JN069382

ワタリガニの墓

韓国現代短編選

CUON

Japanese edition is published by the Korea Foundation and Cuon, Inc. in accordance with the arrangement with Changbi Publishers, Inc., Moonji Publishing co., Ltd. and Munhakdongne Publishing Group.

目次

［凡例］

補足が必要と思われる部分には訳注として＊を付し、各短篇の末尾にまとめて記載した。

その他、訳者による補足は［　］で、原著者による補足は（　）で記載している。

ワタリガニの墓

クォン・ジエ

権志羿

一九六〇年、慶尚北道慶州市生まれ。梨花女子大学校英文科卒業、フランス国立パリ第七大学東洋学部博士号取得。デビュー作は「夢見るマリオネット」(一九九七)。代表作に小説集『爆笑』(二〇〇三)、『ベロニカの涙』(二〇一九)、絵物語『愛するか狂うか』(二〇一〇)、『三十七歳で星になった男』(二〇一二)、長編小説『美しい地獄一・二』(二〇〇四)、『真紅の絹の包み』(二〇〇八)、『師任堂の真紅の絹の包み』(二〇一六)、『四月の魚』(二〇一〇)、『誘惑一〜五』(二〇一一〜一二)、他に散文集などがある。「うなぎのシチュー」で李箱文学賞(二〇〇二)、『ワタリガニの墓』で東仁文学賞(二〇〇五)を受賞した。

アイボリーのバーチカルブラインドに、木蓮の枝の影が揺れている。風が吹くと濃い墨色の影が近寄ってくる。風が止むと、定位置に戻った木蓮の影は遠のき、薄くなる。優しく透明な四月の日差しと春の風が作り出すこの影絵に、しばし彼は見入っていた。じっと見ていると、満開に向かって一枚、一枚ほころび始めた木蓮の花びらの濃淡さえも感じられ、まるで水墨画のようだった。

赤いペンを手に翻訳書の校正紙を見ていた彼の瞼（まぶた）もだんだんと重くなってきた。眠気が潮の流れのように満ちて来る。彼の手から赤いペンが落ちる。パソコンの画面はスクリーンセーバーに変わり、画面の中では真っ青な海の中で魚たちの吐き出す泡がプルルル、プルルとはじけている。階下からは読経の声がかすかに聞こえてくる。

床に落ちた校正紙には何箇所か赤ペンの跡がある。

シオマネキ

ロマンチックな若者が自分の心を虜にした乙女と逢瀬を遂げるのにぴったりの場所があるとすれば、そこは日差しにあふれた海辺の砂浜だろう。そしてそれは、シオマネキのオスにとってもメスとの出会い以外には何の意味ももたない場所である。オスはその大きく華麗なハサミを振り回して欲望を表す。実のところオスは、餌を見つける時と交尾するためのほんの短い時間を除いては、一日のほとんどの時間をハサミを振り回すことだけに費やしている……。[*1]

彼の閉じた瞼の下で瞳が動いている。夢を見ているのだ。海辺の砂浜。砂が黄金のように陽を浴びて輝いている。紺碧の海が白い歯をむき出して襲いかかってくるが、砂浜近くの浅瀬の水は透明だ。日差しを反射する水面は鏡のように静かで、少しずつだが水は引き始めているようだ。

　潮が引き浅くなった海水の中からは、斥候兵（せっこうへい）のように小さなカニがパタパタと這い出てくる。金色の砂浜にも銃口のような丸い巣穴が開いている。そこから赤ん坊の爪のような透明な甲羅を付けた赤ちゃんガニがあとからあとから這い出してくる。八本の脚と二つのハサミをゆっくり動かしながらカニたちが出てくる。カニが横歩きで、彼の短パンの下にあらわになった毛むくじゃらのふくらはぎを過ぎ、太股まで這い上がってきた……。

　目を閉じた彼の顔は、くすぐったいのを我慢しているような、あるいはくしゃみをこらえているような表情になる。そして突然パッと目をあける。目を覚ました彼は夢と現実の境界で、自分が今どこにいるのか分からない。ふくらはぎは相変わらずむずむずする。ゆっくりと短パンの下のふくらはぎを撫でてみてもカニなどいない。それでようやく現実に戻ったと感じる。立ち上がり数珠のようなブラインドの紐を引くと、ここぞとばかりに陽光が滝のように降り注いだ。彼は窓をさっと開け放つ。すると立て続けにくしゃみが飛び出した。

　開いた窓からは階下の老婦がかけているカセットテープから、般若心経の読誦が響いてくる。

「摩訶般若波羅蜜多心経　観自在菩薩　行深般若波羅蜜多時　照見五蘊皆空　度一切苦厄　舎利子　色不異空　空不異色　色即是空　空即是色　受想行識　亦復如是　舎利子……」

　老婦は家の前の陽が良くあたる小さな畑にしゃがみこんでいる。黄緑色の青菜の間にうずくまり、もそもそ動いている老婦の小さな丸い体は、上から見ているとワラジムシのようだった。耳の遠い老婦が畑でも聞こえるようにわざとボリュームを上げているのか、読経の声はいつもより大きくうるさい。それはそうと、これは何の臭いだろう？　続いている読経の声に乗って臭いが上がってくる。彼は鼻から息を吸った。醬油を煮ている臭いだ。彼は窓を閉めた。

読経の声は小さくなったものの、いつのまにか入り込んだ醬油の臭いは、すでにウイルスのように部屋の隅々に浸透してしまったようだ。ウイルスに感染したように、彼はボーッとした表情になる。

＊

夜。クローゼットを開けて彼女の服を取り出した。午後に読経の声と共に窓の隙間から入り込んできた臭いのせいで、体は風邪にかかったように頭がボーっとし、微熱が出て無気力になっていた。芳香剤をまいてみたが、醬油を煮る臭いは屍骸からにじみだした体液のように強烈で執拗だった。臭いは、しばらくの間、気づかないふりをしていた記憶をしきりに呼び覚まそうとしていた。

陽が西に傾く頃、老婦が上がってきた。ピンクのプラスチックのボールに薄緑色のサンチュの葉が花びらのように盛ってあった。

「ほれ。かわいいじゃろ。若葉が出てたんで、試しに摘んでみたんじゃ。葉が柔らかいから熱いご飯じゃなくて、冷や飯を包んで食べるといい。この新しい味噌と一緒に。今日、味噌を漬けて醬油に火を入れたんじゃ。味噌玉をこねてかめに入れ、余ったのを少し持って来た。味はまだ本味じゃないが。醬油も少しやろうか？　でももういらねえか……」

冬の間中、老婦の家からは屍骸の腐る臭いがしていた。家賃を払いに下りていくと、熱くなった部屋のあちこちに味噌玉がかかっており、その味噌玉の発するものだった。しばらく前から老婦の家のベランダを見下ろすと、味噌玉を沈めた丸い甕の中の塩水に炭と赤唐辛子がプカプカと浮いているのが見えた。老婦は一人で暮らしているが、春になると味噌をつけ、晩秋には必ずキムジャンをしてキムチの入った甕（かめ）を土中に埋めていた。

　サンチュの葉は本当に愛らしかった。食べるのがもったいないほどだった。それを見ていると、ピーンと張った弓から解き放たれた矢が刺さったように、瞬時に、強烈に、彼女のことが思い出された。醤油の臭いがした時から必死に抑えこんでいた緊張の糸がプツンと切れたのだ。こんなに愛らしく初々しいサンチュの葉と家の中に染み付いた醤油の臭いに勝てるはずはなかった。

　彼女の顔はぼんやりしていた。その代わりにカニを食べる彼女の姿は、まるですぐ目の前の舞台で起きていることのようにはっきりと思い出された。彼女はワタリガニの醤油漬けを食べている。カニの脚を一つ手に取ると切口の部分を口に持っていき、チュウチュウと中身を吸い始める。すると醤油がカニのハサミから彼女の手に伝わり、そして肘（ひじ）に向かってすーっと流れていく。カニの身を吸っていた彼女は素早く長い舌を伸ばして肘に近づける。舌がなんとか届くと、今度は肘から手首に向けて舌を這わせていく。そんな時の彼女の赤い舌は非常に長くとんがって見えた。彼女の小さな口の中に、あんなに長い舌がどうやって隠れているのか、彼は毎回感嘆を禁じえなかった。

　たぶん去年の春の今頃のことだったろう。その日もカニを食べていると、種を蒔いたサンチュの葉を初収穫したといって老婦がサンチュを手に上がって来た。彼女はちょうど良かったとうれしそうな声をあげた。そして、手のひらの上に薄緑の小さなサンチュの若葉を何枚か載せた。

「赤ちゃんの手みたい」

　カニの脚からほじくりだした身を薄緑のサンチュの若葉に載せて言う。

「何だかんだ言ってもカニはね、春のカニがおいしいの。初夏の産卵期より前のね。本当はメスよりも、肉がついて香りも良くて、身も柔らかいオスの方がずっとおいしいのよ」

春の宵、カニの身を包んだサンチュの葉を食べるのに唇をぎゅっと閉じ、美味しそうにムシャムシャと動く彼女の頬を見ているだけで口の中に唾がたまったものだ。

彼女はカニに関することは何でも知っていた。そしてカニにはすこぶる目がなかった。それもワタリガニの醬油漬けには特に。子供の頃、彼は茹でたカニを食べてアレルギーを起こしたことがあった。それで実はカニが嫌いだった。特に醬油漬けのような、生のものを塩辛く熟成させた食品はどこかひどく野蛮でむごい感じがした。しかし彼女と一緒に暮らすようになり、いつの間にかアレルギーも治り、カニの生の身の香りも分かるようになった。誰かを愛するということは、体質に変化をもたらす不可思議な化学反応なんだと思った頃、彼女は去って行った。しかしその化学反応は不可逆で、食べ物の好みと体の変化は元には戻らなかった。ちょうど時間を元に戻すことができないように。ときどき彼女を恋しがるのと同じように、醬油漬けを食べたくなっている自分がいた。その恋しさが彼女に対するものなのか、カニの味を恋しがっているのか曖昧な時もある。そんな時には食堂に行き、一人でゆっくりとカニに食らいつき、吸い、身をほじくり出す。彼女ほどはうまくできないが、今では彼もなかなかきれいに食べられるようになった。箸で身を取り出して食べたあとのカニの甲羅は傷もつかずに元のままだった。それを食卓の上に重ねていく。ご飯を二杯ほど腹いっぱいに食べると、空っぽの甲羅のように虚しさと恋しさだけが詰まっていた体の中に、卵がぎっしりと詰まったような充足感に包まれた。何かの詩の一節のように、「そうだこれで生きていける」という気持ちになるのだった。

彼女が出て行ったのは去年の秋の終わりだった。実は彼はあまり驚かなかった。彼女と出会ったのが突然だったように、いとも簡単に出て行くことのできる女だった。彼女についてはほとんど何も知らなかった。未だに彼女が残していった服を整理していなかった。それは彼女に対する未練というよりは、いつでも彼女が来れば、持って行けと渡してやりたかったからだ。クローゼットには、彼が買ってあげた高価な革ジャケットと冬に備えてセールの時に買ったウールのコートがおいてあった。彼女はほとんど身一つで彼の家に来たように、出て行く時もそれらをそのままにしていった。数点の夏服はともかくとしても、ひどく寒かった去年の冬、彼女が殻のないカタツムリのように裸で寒風の中を歩いているのではないかと思い、捨てずにそのままにしておいたのだった。彼女は家の鍵を持って行ったようだった。それでいつでも帰って来られると思っていたのかもしれない。いや、彼のいない間でもいいから彼女がちょっと立ち寄り、服だけでも持っていってくれればと願っていた。

クローゼットの中に彼女の服がきちんとかかっている。まるで服の中に詰まっていた彼女の肉体が抜け出して殻だけが残ったように。彼女が身だけ吸い出したカニの殻のように、それらは完璧に見えた。つぶれることもなく、その中にあった体の記憶を執拗に、そして永遠にとどめているかのようで、腐らないカニの堅い殻のようだった。彼は去年の秋に彼女が着ていた黒い革ジャケットを撫でてみた。その中に、ジャケットの中に彼女の体がそのまま入っているようだった。柔らかな曲線をえがく腰のラインや、前にそっと曲がった袖にはまるで彼女の腕が入っているようで、内側のしわは何層にもなっていた。彼はジャケットのボタンを開けると鼻をつけてくんくんと匂いをかいだ。わずかに彼女の肌の匂いがするようだった。いや本当はもう彼女の匂いなど消えていた。彼女の匂いはすでに揮発してしまっているはずだ。その代わりに彼は陰険な醤油の臭いをかいだ。

*

彼女と一年ちょっと暮らした間に、彼は何度か彼女と一緒にワタリガニの醤油漬けをした。カニの醤油漬けは高価で、たびたび買って食べるというわけにはいかなかった。そこで近郊の蘇萊(ソレ)の漁港や、新しく開通した西海岸高速道路を走り、西海岸の漁港にワタリガニの買い出しに出かけた。

カニを買いに行く日は彼女が決めた。

「カニは十五夜にはやせて、晦日(みそか)になると身がつくそうなの」

彼女はカレンダーの陰暦の晦日に赤丸をつけた。

港に入った船のへりに積まれたカニを見物したり、運が良ければワタリガニ漁の船に乗り込んだりもした。巻き上げられた網の中ではワタリガニがぴくぴく動いており、船の上で漁師と交渉した。新鮮なカニをいれた大きなプラスチックの容器を後部座席に載せて走り出すと、彼女は本当にうれしそうな顔をしたものだ。運転をする彼の横顔に何度となくキスをしてくるのだった。そんな時には身も心も高揚しハンドルを握った手から力が抜けていった。彼は我慢できずに高速道路からそれて、暗い国道沿いに車を停めて彼女を抱いたこともあった。月も見えない新月の夜の漆黒のような暗闇の中で、カニたちもバケツの中で一緒に放蕩しているのかトントントンと、プラスチックの容器が打楽器になっていた。

カニをきれいに洗い、醤油の味がよく染みるように、生きているカニの脚先を切り取る仕事は彼の役割だった。彼女はカニを食べるのは好きでも、生きているカニはやたらと恐がった。彼女が恐がるところを見たくて、彼はわざと脚先の切られたカニを放ったりした。カニは切られた脚でより猛烈に動き回った。カニから血がでないのが不幸中の幸いだった。しかしカニたちの必死な行進は、見ようによってはもっと恐ろしいものだった。彼女は悲鳴をあげて外に飛び出し、彼は台所の床いっぱいに広がった、ただひたすらに必死に横歩きをしているカニたちをしばらくの間じっと眺めていたものだ。するとだんだんと恐怖が消えていき、ほろ苦い悲哀が口の中いっぱいに満ちてきた。

　そのあとは彼女の出番だった。彼が小さな甕（かめ）の中に腹が上になるようにカニを重ねていくと、彼女は老婦からもらった手づくりの朝鮮醤油をかける。押し蓋をして十二時間ほど漬けておいてから醤油を取り出す。取り出した醤油に適量の焼酎、青唐辛子、長ネギ、ニンニク、ナツメ、生姜、昆布、水あめを入れて火にかけ、沸騰したら火を止め、冷ましてからざるで漉（こ）して、またカニの入った甕に入れる。数日間、熟成させ、醤油にはさらに一〜二回火を通す。

　火を通すたびに醤油の臭いが違ってくる。濃度が違うのだ。染み出してきたカニの身の体液で生臭さが増し、醤油の味にコクも増す。下の階の老婦も醤油に火を通すたびに上がってきては「参考までに言うけど、ワタリガニの醤油漬けはご飯ドロボウといわれているんだよ」と歯が抜けてすぼまった唇をもぐもぐさせて言っていたものだ。老婦からは朝鮮醤油をたくさんもらっているせいで、彼女は出来上がった醤油漬けの半分を老婦に分けていた。歯がないせいか老婦はもらった醤油漬けをご飯に混ぜて食べると、カニの脚を長い間しゃぶってから「ナビ、おいで」と言って飼い猫にやっていた。

　しかし、彼女を家に連れてきた後、時折老婦は彼のわき腹をつついてこう言った。

「カニの醤油漬けをたんとご馳走になって、こんなことを言うのは何だが、あんまりのめりこまない方がいいぞ。あの娘、顔はきれいじゃが福のない顔じゃ。顔色は血の気がなく真っ青だし、黒い瞳に黄色が強すぎる、顎はそげて耳たぶも薄い、まぶたも薄すぎる。福などどこにも見えない。幸薄い顔じゃ」

　彼女が家を出て行った後も老婦の悪口は続いた。

「忘れるんじゃ。男の骨をしゃぶるような女だったんだよ。昔も似たような女がいたが、付き合う男を片っ端から食い物にして、結局最後は海に飛び込んだよ。満月の夜に女の紅紫色のビロードのスカートが浮き上がってきて、何日も波に揺れていた。とうとう遺体は見つからなかった」

醤油漬けが出来上がると彼女は、他のおかずには見向きもせずに、ひたすらカニだけをおかずにご飯を食べた。狭い家の中はカニの匂いが染み込んだ。家の中の空気だけでなく、醤油漬けの生臭さと、甘辛い味は彼女の口や手にもしみ付いていた。夜には彼女の体の一番奥深いところからもその匂いがするようだった。

ある晩、夜中に奇妙な音がするので目を覚ますと、彼女が枕元に座ってカニをしゃぶっていた。寝る前の姿そのままの、一糸まとわぬ姿で床に座って、箸でカニの脚の身をほじくりだして食べているのだった。彼は黙って、カニにしゃぶりついている彼女の横顔を眺めていた。彼女は非常に精巧な作業をしている人のようだった。カニの脚を目のあたりまで近づけ、箸でカニの脚の中身を規則正しく慎重にほじくりだしていた。箸を動かすたびに贅肉(ぜいにく)一つ無い痩せた彼女の薄い皮膚の下のあばら骨が、わずかに輪郭を現した。見方によっては、まるで古墳から出土した小さな骨に詰まった遠い昔の土をそり落としているようにも、長いパイプタバコを掃除しているようにも見えた。節々についたわずかな身をほじくりだす時には、愛する人の耳垢を綿棒で取り出そうとしているように慎重だった。そうして身を少しずつ取り出しては、口をつけてチュウチュウと吸っていた。

真夜中にカニを食べている彼女の姿は怪奇的で猟奇的だったが、一方ではじつにエロチックだった。その瞬間彼女は、その存在のすべてをカニに集中させ、集約していた。彼女の表情は切実で真剣だった。そしてそれは、彼にとってひどく孤独な瞬間でもあった。相手がただのカニの脚だから我慢したのであり、瞬間、彼は理解しがたい物悲しい嫉妬まで感じた。少し前まで互いに抱き合って噛んだり、吸ったり、舐めあったりしていた、あのセックスのすべての行為が、誇張された偽のジェスチャーに過ぎなかった気がするのだった。

「眠れなくて。何か物足りなくて……」

彼がじっと見つめていることに気付いた彼女は、言いわけでもするかのようにそう言って笑った。物足りないだって……。寝る前に彼女を満たし、自らも充溢感に満ちて寝付いた彼はがっくりしてしまった。セックスでも満たせない彼女の虚しさ、空虚さを遥か遠くにしか感じることができず、眩暈がするようだった。そんな時、彼は彼女に見えない殻を感じる。甲殻類の殻のような、中が空洞の竹のような。彼が触れることのできない、堅い殻で包まれた彼女の内部には何があるのだろう。彼が彼女を愛していたのだとすれば、それは喩えようもないほど堅い殻の中のものに触れてみたいという、切なく残酷な好奇心の表れだったのかもしれない。

彼はクローゼットの中から彼女の服を取り出し、ていねいに畳んで箱の中に重ねていった。しかしそれからどうするかは決めていなかった。靴箱の中の靴も思い出したついでに取り出した。脱いだばかりのように、彼女の脚の形と皺が生々しい量感で残っている鳩色の靴。その靴を箱に仕舞いながら、彼は靴の中に彼女の霊魂が閉じ込められているかのように感じた。靴を逆さにして中の土を落としてからビニール袋に入れて箱の中にしまった。箱を封印しようとしたが、結局彼はそのまま、またベッドの下の空間に押し込んだ。

そうしておいて彼は昼間、作業をしていた校正紙を取り出した。明日までには出版社に渡さなければならない仕事だった。

シオマネキのメスは同一で対称な脚の爪を持っており、体は小さく褐色を帯びた灰色をしている。オスは非対称の脚の爪（オスが揺らす片方の脚はもう一方よりも遙かに大きい）を持ち、多彩で鮮明な色彩を帯びている。朝起きた時、あるいは驚いた時に、オスはメスと同じ色になる。陽が頭上に昇り潮が引き海辺が乾燥すると、オスは眩惑的な色彩だけを残した美しい色に変わる。

この燦爛たる色彩はカニがロマンの雰囲気に酔っていることを物語っている。メスカニがオスカニの招待に応じれば、オスは血管内の性ホルモンが外部の色彩に変化をおこし、華やかな色彩を帯びたハサミ（カニの脚）により自ら、見ているだけではいられないと感じるようになる。メスが姿を現すとオスたちは狂ったように脚を動かし踊りを踊り欲望を露わにする。

ダンスの目的は言うまでもなく、交尾の頂点にメスの性欲を引き上げようとしているのだ。絶頂に達した二匹のカニは感覚的に互いの脚を愛撫する。つづいてオスは海辺の砂上に出来た穴の下に作った棲家へと入っていく。しばらくするとオスは穴をふさごうと、脚の爪で泥を一握りほど握りしめ穴の入り口に再び現れる。結局、彼らは孤独な存在なのだ。

彼は「メスカニ」と「オスカニ」を「メスガニ」と「オスガニ」に直す前にもう一度辞書を引いて確認した。メスガニを誘惑する華麗なオスの「脚の爪」だなんて……。カニにも脚の爪があるのだろうか、ハサミのことではないのか、悩んだが原文がないので確認できずそのままにしておいた。翻訳が雑な気がするが、出版社から外注で頼まれたのは原稿の校正だけだ。ただし、交尾の後に自分の巣穴を塞いでしまうシオマネキのオスの行動と「結局、彼らは孤独な存在なのだ」という最後の文章は頭の中に深く刻まれた。

*

広い干潟には、群れを成して自生する赤紫色の珊瑚草の群落が、果てしなく広がっている。とてつもなく大きな赤紫色のビロードのスカートを広げたようだ。空もすっかり珊瑚草色だ。陽はすでに海に沈み、海は太刀魚の銀色で蒼白に輝いている。ゆらゆら燃える生血の塊のようだった夕陽が落ちれば、水平線はだんだんと赤黒い赤紫色に変わっていく。

彼女は海を眺めながらワタリガニを食べている。茹でたバラ色のワタリガニは花のように美しい。彼女はバラの花束に埋もれているかのようにカニの山に埋もれている。なめらかな黒い革ジャケットをはおり、赤いカニを食べている彼女を見て、彼は嬉しくなる。

「きみ……どこにいたの？」

「……」

彼女は答えずにひたすらカニを食べるのに夢中になっている。

「それでどうやって、その服見つけたの？　いつまでもそのままにしておくわけにもいかなくて、クローゼットから取り出したんだ……」

「ベッドの下の、箱に入れたのね」

「ああ……」

「とっても……寒かったの」

彼女の薄い唇はかすかに青くなっていた。

「相変わらずカニが好きなんだね。そんな風に積んであるとまるで貝塚のようだ」

「そうよ。ワタリガニのお墓なの」

彼女の口元にかすかな微笑が浮かぶ。カニの山は彼女の首元まできている。近くで見るとカニの殻の中はすべて空っぽだった。みんな、完璧なまでにきれいに食べ尽くされたカニの殻だった。空っぽのカニの殻の中をのぞいてから顔をあげると、ちょっと前まで座ってカニを食べていた彼女の姿が消えていた。山のように積まれたワタリガニの墓の中は空っぽだった。

彼は衝き動かされるように外に飛び出し海に向か

って走って行った。干潟の黒い泥の中を前のめりになりながら必死に駆けて行ったが、彼女の姿は見えない。空はすでに薄暗い赤紫色に変わっている。その時、彼のつま先に何か引っかかるものがあった。彼は膝をつき手に取った。彼女の鳩色の靴だった。鋳型（いがた）のように彼女の足の形がそっくり残っており、靴は体温が残りまだ温かい。靴をきちんとそろえて脱いだ彼女は海に帰っていったのだろうか。彼は海に向かい悲しそうに彼女の名を呼んだ。

しかし、胸の奥に大きな岩がどんとのっかっているように重苦しい。息だけが荒く、喉から絞り出した声は暗闇の中に空しく吸い込まれていき、聞こえない。

彼は身を震わせてようやく夢から目覚めた。朝だ。夢にうなされ何度も必死に彼女の名前を呼びながら目覚めた彼の顔には冷や汗が流れていた。悪寒に襲われたように何度も身震いをする。夢はよく見る方だが、寝る前に彼女への想いにとらわれていたせいだろうか。昨日は実におかしな一日だった。彼女の夢を見るのも当然なのかもしれない。隠し絵探しのように隠れていた暗示が一気に飛び出してきた一日だった。それが夢の材料となったのだろう。醤油を火にかけた臭い。サンチュの若葉。彼女の黒い革ジャケット。そして鳩色の靴……。

彼はベッドの下から箱を取り出した。何かおかしい、どうしたのだろう。箱の一番下に入れたと思った黒い革ジャケットが一番上に載っかっており、ビニールの袋に入れたはずの靴は、そのままそれも革ジャケットの上に載っていた。まるで彼女が取り出してちょっとだけ着て夢の中に現れ、また箱の中に戻していったように。とつぜん頭の中が真っ白になった気がした。真夜中にまた取り出してみたのだろうか。ああ訳が分からない。出版社に渡す校正原稿のために昨夜はほとんど徹夜だった。彼は朦朧（もうろう）とした頭をふりながら箱をしまう。午前中に原稿はなんとか出版社に送った。十分寝ていない体は、水をたくさん含んだ洗濯物のように重たかったが、明け方に見た夢があまりにも生々しく、脳裏には夢の映像がはっきりと焼きついていた。

あの夢は彼の無意識のレントゲン写真なのかもしれない。夢はその間の彼の無意識が現れたものなのか。彼女が家を出て行った後、彼は彼女の死を予感していたのではないか。彼女には長い間に醗酵した死の臭いのようなものが漂っていた。空っぽの彼女にとって死は、竹の中を吹き抜ける風のように軽く、ワタリガニの柔らかくて香りのよい身のように、ねばねばと強力に彼女の人生に潜み、沈殿していた。最初に会った日に、空っぽの彼女の瞳の中に彼はそれを見た。彼女が黙って彼について来たのもそれを彼に知られたからだったのだろう。

*

午後になると彼女の服の詰まった箱を車に乗せ江華島(カンファド)に向かった。船の時間さえ合えば夢の中で見たように落陽に間に合うだろう。昼を過ぎても夢の残像が脳裏から消えなかった。昨日のように春の日差しは相変わらずきらめき澄んでいた。消えかかった夕陽の中に、捨てられた鳩色の靴のイメージと貝塚のようにうず高く積まれたワタリガニの墓が、限りなく明るい春の日差しの中で、どこにでも浮かびあがった。木蓮の花の上にも、老婦が育てている青々とした青菜畑にも、海の景色の映るコンピューター画面にも、ただぼんやりと見つめる部屋の灰色の壁にも、ワタリガニの墓だ……彼は彼女が夢の中で言っていたその言葉を口の中で転がしてみた。そうよ。ワタリガニの墓……そして彼女の消え入りそうな微笑み……夢の中のそこは、おととしの秋に彼女と初めて出会った席毛島(ソンモド)だった。

一昨年の秋、彼は珊瑚草の写真を撮りに席毛島に行った。珊瑚草は西海岸の干潟に群れになって自生する植物で、塩分を含みながらも生きていける唯一の植物だった。塩辛い塩田や干潟に生息し、海水を吸い上げて生きているので、引き抜いて口に含むと汁はしょっぱい。珊瑚草を利用したダイエット食品を製造しようとする中小企業からの依頼で、ホームページに載せる広報用の写真を撮るために取材を兼ねて訪れたのだった。

秋になると華やかな赤紫色になる珊瑚草は、永宗島（ヨンジョンド）の国際空港に向かう道路脇にもたくさん茂っていた。しかし写真撮りもさることながら、久しぶりに静かな落陽を見たくてやってきたのだった。席毛島は日没が有名だと聞いていたが一度も見たことはなかった。それに時間が許せば普門寺（ポムンサ）にも寄りたかった。

江華島の外浦里（ウェポリ）の港からカーフェリーに乗り十分ほどで席毛島に着き、昔塩田だった干潟に赤紫色の絨毯のように広がる珊瑚草の群落に向かう。珊瑚草とマツナなどの植物が遠くまで続く荘厳な赤紫色の干潟は圧巻だった。

適当なポイントを探して写真を撮っていると、二度ほどファインダーの中を女の姿が過（よ）ぎった。女は紫色のダッフルコートにジーンズをはいていたので、珊瑚草の群落の中ではあまり目立たなかった。ズームしてみると珊瑚草を手に採りムシャムシャと食べていた。どこかで野生の鴨の群れが爆弾の破片のように空に飛び上がり、女は手をかざしてその様子をいつまでもじっと見つめていた。その様子があまりにも自然で、思わず何度かシャッターを切っていた。

写真を撮り終えて、落陽を観賞するために設計されたような、海に面した広いガラス張りのカフェに入った。木漏れ日あふれる窓辺で熱いコーヒーを飲むと、ビールが飲みたくなった。空の色を見て少し酔いたくなったのだ。カプリ*2を一瓶飲み終えると、透明な熟柿のような太陽はさらに燃え上がり、水平線では夕焼けに波が輝いていた。目を凝らしてジーッと見ていたせいか陽はなかなか動かない。相変わらず水平線から一尺ほど離れている。

少し退屈したのか彼は、デジタルカメラを取り出し撮った写真を眺めた。そしてタバコを吸おうとポケットに手を入れると、そこにあるはずのライターがない。干潟に置き忘れてきたようだった。それに三脚まで置いてきたことに気付いた。満足するような写真が撮れたとホッとしてカメラをしまい、三脚はそのままでタバコを口にくわえた。そこで記憶は途切れた。彼は健忘症のところがあった。ライターは構わないにしても、三脚は探さなくては。

仕方なく西向きの窓の前から立ち上がった。日没後の闇が来る前に、まだ残照のあるうちに探さなくては。車を飛ばしてふたたび干潟に着いた時、幸いにも三脚はそのままの位置にあった。だが、もう少しで危うく海に飲み込まれるところだった。満ち潮が容赦なく押し寄せ始めたからである。彼は自分の頭を一発小突いてから三脚をしまった。そして車に戻ろうと干潟を歩いている彼の目に、夕陽を浴びてピカッと光るものが見えた。

夕陽の最後の光に精一杯ピカッと光る、それこそ瞬間的なピカッ！　だった。近くに寄るとそれは彼のライターだった。ありふれたそのライターが干潟の黒い泥の中で宝石のように輝いていた。そしてそれを拾おうとしてさらに驚いた。すぐ隣にそろえて脱いだ鳩色の女物の靴が置いてあったのだ。靴の横にはタバコの吸殻も三本散らばっていた。靴の持ち主は彼のライターを拾い、タバコを三本吸ってどこかに消えたのだ。

彼はなぜかいやな予感に襲われ海に目を向けた。夕陽はすでに水平線にその姿を半分ほど沈めていた。空は紫色に染まっている。何ということだ。その昏々とした紫色の光のなかで紫色のダッフルコートを着た女が瞬間、彼の目に矢のように飛び込んで来た。女はファインダーの中で見た、あの女だった。彼は走った。女はまるで紫色の大気の一部のように何の迷いもなく海に沈んでいこうとしていた。女は目をつむり満ちてくる海の水を迎えていた。海水が女の胸もとに襲い掛かろうとした瞬間、彼が駆け寄り女の肩を摑んで引き寄せる。女は意外に抵抗しなかった。干潟の端まで引きずって来ると女は力なく座り込み、彼はどうしてよいか分からなかった。干潟の泥が張り付き、海水で濡れた女はひどく疲れて見えた。何も言わずに海を見つめていてから、膝に顔をうずめてしまった。震えているのか、泣いているのか女の体が揺れていた。彼は膝を抱いた女の手を見た。夏につけた鳳仙花（ほうせんか）の花びらの赤い色が、爪先に少しだけ残っていた。彼は茫然としてタバコを取り出した。陽はいつの間にか水平線に落ち、女の赤い爪先程度の落陽だけが見えていた。そして彼がライターでたばこに火をつけ、海に向かって一息吹きだすと、陽は完全に消え去った。

*

その日、彼女とカニを食べた。江華島に渡る最後の船の時間を逃してしまい、仕方なく食堂を兼ねた民宿に部屋をとった。体を洗い適当に服を乾かした彼女に夕飯に何を食べたいかとたずねた。答えは期待していなかったのだが、女は口を開いた。海から上がって以来、半分、気が抜けたようにずっと口を閉ざしていたが、その時ははっきりとカニを食べたいと言ったのだ。民宿のおかみさんは活きの良いワタリガニがあると言ってカニ鍋を勧めた。

彼は自分にはカニのアレルギーがあることを忘れてはいなかったが、そのままカニ鍋を注文した。幼い頃から長い間食べていなかったが、新鮮なカニが鍋の中で真っ赤に茹で上がるのを見ていると、一口食べてみようかという気になった。カニが煮える鍋を見ていた彼女の表情が少しずつ明るくなっていくようだった。鍋が出来上がると彼女は猛烈な食欲を見せた。実際カニというのは、男女が一緒に食べるのには向かない料理だ。本来、猫かぶりな女たちは、男の前で性欲と同じくらい食欲を隠そうとするではないか。しかし、彼女はその日初めて会った間柄、それも自分の恥部をすっかりさらけ出した状況で、信じられないほど猛烈で赤裸々な食欲を見せた。彼が主にカニ鍋の煮汁をすすっていると、彼女はカニの身にしゃぶりついていた。チュウチュウ……指とカニの脚を吸う音、甲羅についた内蔵と肉をはがす音は聞いている方もきまり悪く、彼は彼女をまともに見ることさえできなかった。そして心の中で笑った。この女、さっきまで死のうとして海に飛び込んだくせに……執拗な箸使いで目の前の身をすべて食べつくした女は、面倒で身の部分だけをちょっとほじくりテーブルの上に投げ捨ててあった彼の食べ残しのカニの脚と胴に目をとめた。そして迷うようにかすかに笑った。それは彼が見た彼女の最初の笑顔だった。やけに恥ずかしそうな笑みだったが、相手を武装解除させるような強烈な笑いでもあった。

「あの、それ……」

彼はようやく笑顔の意味を悟った。彼が肯くと彼女は食い散らかされたカニの脚と胴を手に取ると、急がずに、きれいに一つ残らずカニの身をたいらげた。そしておかしなことに、見ている彼も不快には思わなかった。この女は、カニに食い意地が張っているのか。カニにのめり込むおかしな女だ。そんな思いにはならなかった。それほど女はカニをきれいに、優雅に食べていたのだ。

むしろ女が非常に特別に感じられた。少し前まで彼が口の中でしゃぶっていたカニを、女がていねいに吸ったり、舐めたりしているのを見ていると実に妙な気がした。愛撫を受けているような感じとでもいうのか。誇大妄想と言われそうだが自分が愛されている感じさえした。三年前に妻と離婚して以来、彼は誰かに愛されたいという思いを捨てていた。彼は彼女の前で巨大な一匹のワタリガニになっている自分を思い描いていた。

*

彼は一昨年の秋に来たその島の珊瑚草の群落の中に車を進めた。赤紫色の壮観をなしていた干潟は今や早春の野原のように緑色だった。珊瑚草は春夏には緑色を帯び、秋になると赤くなるのだ。車から降りずに辺りを見回しタバコを二本ほど吸ってから、彼は近くの民宿に行った。彼女と一緒に泊まったところだった。その間、さらにふっくらとしたおかみさんは彼のことを覚えていなかった。彼はカニ鍋を頼み、焼酎の杯を傾けながら窓の外の春の海を眺めた。手酌をしている彼を哀れに思ったのか、おかみさんは近寄ってくると酒をついでくれた。彼がたずねた。

「もしかしてこの海で行方不明になった人はいませんか?」

おかみさんは眉間に皺をよせてしばし考えてから、膝を叩いた。

「そういえば去年の冬に、恋人同士のように見える若い男女がそろって靴を脱いで海に入り、出てこなかったわ。行方不明なのか、自殺なのか……たぶん、心中だったのね。遺体は見つからなかったそうよ。もともとここの海は満ち潮が速くて恐ろしいの。以前から事故もときどきあってね。昔から潮干狩りをしようとしゃがんでいて、あっという間に波に連れ去られてしまう人が何人もいたんですよ」

彼は黙って酒の杯を口に運んだ。

いつだったかテレビを見ていたら、海で溺れて死んだ人の追悼祭を船べりで行ってから、海に菊の花を投げている場面が出てきたことがあった。一緒にテレビを見ていた彼女が言った。

「あの人たちの体はもうばらばらになって消えてしまったのよね。あんなふうに死んでお墓もないなんて悲しいかしら?」

「死んだ者に何が分かる。魚の餌になり肉を食いちぎられても、死んだら何の感覚もないじゃないか。生きてる方が悲しいんだ。墓は死んだ者の安息の場じゃなくて、生きてる者が依存する場なんだと思う。ひどい言い方をすれば、海に捨てられるよりも墓の中で腐っていく方がもっと我慢できない気がする。

数十年間、土の中に埋もれて毎日腐敗していくことを考えてみろよ。腸から染み出る体液で蛆を育て、木の根を太らせ……」

「それなら、死んだ人間の肉に食らい付くカニや魚の魂はどうなるの？　そしてそれを食べる人の魂は？」

「さあな……」

「誰かを海に埋葬したことある？」

「いや……」

その時、彼女の目に涙があふれてきた。

一年を一緒に暮らしたものの、彼女についてはほとんど何も知らなかった。最初に会った日、彼女がなぜ海に飛び込もうとしていたのかについても。彼女がなぜそんなにカニに執着するのかも。訊いてはいけない気がしたのだ。ただ、推測するだけだった。彼女の胸の中には空っぽの墓があることを。

＊

最初に彼女を連れてきて暮らし始めた時には、単純に考えていた。行くところもなさそうな女が気の毒でもあったが、何よりも女がすんなり彼について来たのだ。そして絵のように静かに食事の支度をし、家事をした。彼とのセックスも一度も拒んだことはなかった。そんなこんなで便利で手軽なセックスメイトくらいに考え、伴侶にしようなどとは考えていなかった。

死ぬほど愛して結婚した妻と数年間暮らした挙げ句に離婚した時、彼に残されたものはソウル近郊の借家と女性嫌悪症だけだった。彼女は以前の妻のように小言を言ったりもせず、他人と年棒を比べることもしなかった。愛が冷めたと駄々をこねることもなかった。無欲そのものだった。彼女はカニに執着する以外は、ほとんどモノトーンの静物画のように静かだった。話もあまりせずに、彼と目が合えばそっと、かすかな笑みを浮かべた。

しかし、時間がたつほど彼は落ち着かなくなった。

だんだんと彼女を愛し始めている自分に気付いたのだ。最後まで心を開かない彼女に傷付いたのは彼の方だった。最初から愛を望んでいたわけではなかったが、いつの間にか愛が芽生え、どんどん育ち、彼を傷つけていった。彼女の肉体をすべて掌握し、所有しても、風のように軽い彼女の魂はつねに彼の掌からこぼれていくようだった。

彼女のために服を買い、好きなものを食べさせ、惜しみなく愛しても、常に何かが掌から抜け出ていく感じがして虚しかった。愛が一種の災いならば、それは執着からなのだろう。

そんな彼に彼女は何度か警告した。

「私に執着しないで。いつ出て行くかもしれないから」

彼女が出て行ったのは、もしかすると彼の執着がもたらした災いなのかもしれない。ある日、彼は彼女のたった一つの荷物のリュックを密かにひっくり返し、男の写真を見つけた。炎のような憎悪が噴き出した。その日、ワタリガニの醤油漬けで夕食を済ませた後、先に食事を終えた彼はタバコを吸い、いつまでもカニをしゃぶっている彼女を見ていた。突然、カニをむさぼり食う彼女が憎らしくなってきて、彼は食卓に行き、さっと写真を差し出した。カニの脚を吸っていた彼女がビクッとして顔を上げて彼を見た。恐れと諦めのいり混じった表情だった。しかしそれもつかの間のこと、彼女は再び何事もなかったかのようにカニを食べ始めた。その淡々とした表情が反吐（へど）が出るほど憎らしいと思った瞬間、彼の手が彼女の頬を打っていた。彼女が手にしていたカニのハサミがポトンと床に落ちた。下を向き髪の毛で隠れていたので彼女の表情は分からなかったが、カニの殻が重なる食卓の上に大きな涙が三滴落ちるのは見えた。

瞬間、彼は暴力を振るった自分の手を見つめていた。そして彼女の頭を抱きしめ撫でながら心からあやまった。その日の夜、ベッドの中で絶頂に達しようという時に、彼はもう一度写真の男について尋ねた。すると彼女は唇をぎゅっとかみ締め、彼をにらみつけた。恋人か、と尋ねると彼女の二つの眼から涙が溢れた。

そして、なぜそんなことをしたのか……後悔先に立たずだ。彼は彼女の細い首に手をかけ、絞めていた。彼女の肉体、彼女の魂、彼女の命まで全部奪い取ってしまいたいという強烈な衝動で体が震えていた。彼女の細い首は彼の両手にすっぽりとおさまり、堪らなく物悲しかった。彼女は彼をひたすら空虚で悲しみに満ちた目で見つめ、息をゼーゼーさせるだけで抵抗はしなかった。すると戦意を喪失したかのように彼も急に手を離して射精した。ひどく抵抗していたらそのまま殺してしまっていたかもしれなかった。彼女が目を閉じると大粒の涙がこぼれ落ちた。彼女がいなくなったのはその日の明け方だった。

寝耳に彼女のか細いすすり泣きを聞いた気がした。そして彼女の独白も聞いた気がした。いや、もしかすると夢だったのかもしれない。

あの広い海……あなたは、どこにいるの。あなたのたくましい体はいったいどこに消えてしまったの……。

＊

彼は落陽の海に出た。彼の手には箱があった。夕陽は彼女と最初に出会ったあの日ほどは赤くなかった。まるで卵の黄身のような色だった。そのせいか空の色も淡いピンク色だった。潮が満ちてきていた。彼女は死んだのかもしれないし、そうでないかもしれない。いつでも確率は半々だった。しかし彼は、彼女は死んでしまったと考えたかった。そうすれば気持ちが楽になる気がした。去年の冬に冷たい海で恋人と共に死んだ女は彼女かもしれないし、そうでないかもしれない。しかし彼女は明け方の夢で「とっても……寒かった」と言っていた。

彼は箱の中から鳩色の靴を取り出して干潟の上に

置いた。夕陽の差す海辺にきちんと置かれた靴。すると夢の中の場面に、おととしの秋、彼女とはじめて会った、あの時間の中に入っていくようだった。彼は箱の中から黒い革ジャケットとウールのコートと彼女が残していった服をすべて取り出し、靴の横にきれいに並べた。ちょうどそれは少し前に彼女が着ていた服をすべて脱いで、裸で海に飛び込んだようだった。

夕陽は少しずつ水平線に落ち、潮も少しずつ満ちてきた。彼はタバコを口にくわえライターで火をつけた。火が飛び出すライターの金属部分が鋭く光り、目を射った。陽は暮れそうで暮れず、しぶとい生命のようになかなか落ちようとはしなかった。そして瞬間、気づいた時にはすでに暮れていた。

急に波が荒くなり、彼は後ずさりした。満ちてきた潮の流れが彼女の服に触れ少しずつ乱し始めた。波はさらに高くなり、彼女の靴をさらっていった。引き返しては、再び押し寄せた波が彼女の夏服を、革ジャケットを、ウールのコートを次々と運んでいった。彼は押し寄せる波を避けて後ずさりし、その光景をじっと見つめていた。もう海辺には何も残っていなかった。海に流されていった黒い革ジャケットが夕陽に映え、鯨の背中のように輝いていた。他の服は徐々に沈んでいく。しかし黒い革ジャケットだけは長い間、海に浮いていた。なぜその瞬間に老婦の言葉が思い出されたのか。満月の夜に女の紅紫色のビロードのスカートが浮き上がってきて何日も海の上を彷徨っていたとさ。

*

最終の船に乗り江華島の港に戻ってきた。彼女を海に埋葬したので、これで彼女を忘れることができるだろう。夢も見ないだろう。彼女はいない。どこにも。彼の頭の中にも。思い出も、記憶も、すべては空になった。愛とはもともとそんなものなのか。狂おしいほどに肉をむさぼり、胸の中に残骸だけが残る、空っぽのワタリガニの墓のように……。
　今晩はカニを食べよう。腹が空いた。醤油によく漬かったワタリガニを時間をかけてゆっくりと味わおう。このカニの誘惑に勝つにはどれくらいの時間が必要だろう。海のカニは恋人の体を食べ、もう一人の恋人はカニの身に食らいつき……　彼は急に猛烈に食欲が湧くのを感じた。彼はワタリガニの醤油漬けを買いに車を港に向けた。

初出は『ワタリガニの墓』（文学トンネ、二〇〇五年）。

＊1　ハイ・フリードマン著『セックス・リンク　動物たちの性』から引用。以下、引用はすべて本書
＊2　［カプリ］韓国のＯＢ麦酒株式会社が発売したビールの銘柄

隣の家の女

ハ・ソンナン

河成蘭

一九六七年、ソウル特別市生まれ。ソウル芸術大学校文芸創作科卒業。デビュー作は短編小説「草」（一九九六、ソウル新聞「新春文芸」）。代表作に小説集『ルビンの盃』（一九九七）、『隣の家の女』（一九九九）、『青い髭の最初の妻』（二〇〇二）、長編小説『食事の楽しみ』（一九九八）、『サッポロ旅館』（二〇〇〇）、『私の映画の主人公』（二〇〇一）、散文集『まだときめくことは多い』（二〇一三）など。「カビの花」で東仁文学賞（一九九九）、「嬉びの世界」で韓国日報文学賞（二〇〇〇）、「講義白昼夢」で梨樹文学賞（二〇〇四）、「あの夏の修辞」で呉永寿文学賞（二〇〇八）、「アルファの時間」で現代文学賞（二〇〇九）などを受賞した。

五〇七号室に新しい隣人が引っ越してきました。脱水を終えた洗濯物を取り出し、物干しに干そうとしていた時でした。ぼろぼろの洗濯機はすすぎから脱水に変わると、今にも爆発しそうな音をたててガタガタと揺れ始めます。最初に置いたところから二十センチは後ろにずれたみたいです。十年間、ひたすら洗濯・すすぎ・脱水を繰り返してきたのですから、古くなり故障するのも仕方がありません。洗濯機のふたを手のひらでそっとなでながら、つぶやきます。疲れたわよね。でも最後にもう一度がんばれヨンミ。力を振り絞って脱水を終えた洗濯機からは洗濯終了を知らせるブザーの音がします。ヨンミは洗濯機につけた名前です。そしてそれは、今ではほとんど呼ばれない私の名前でもあります。モーターは洗濯機にとって心臓のようなものだそうです。いつだったか修理に来たサービスセンターのおじさんが言ってました。「モーターもほとんど寿命が来てる。今日はなんとか無事に洗濯を終えたが、いつまでこんな労(ねぎら)いが洗濯機に通じるか分かりません」とも言われました。

ある日、洗濯機に話しかけているのを夫に見られてしまいました。夫はベランダを見回し、私一人だと分かると「何してるんだ」と言い、私は「ご覧のとおり洗濯よ」ととぼけました。夫は銀行員です。一ウォンの間違いも許されない銀行員に、洗濯機と話をしていると正直に答えたら頭を疑われることでしょう。夫は私の頭の中は空想で一杯だと言います。それでいつも地に足をつけずに宙に浮いているんだそうです。幽霊のようにフワフワしていると夫は私に不満たらたらです。洗濯機にまで名前をつけていると知ったら気絶してしまうでしょう。「ついにソフトウェアにエラーが生じたようだな」と言って。でも八年前には私も銀行員でした。あの頃は、自分が洗濯機と話をするようになろうとは夢にも思っていませんでした。夫に不満があるわけではありません。銀行員が銀行員らしいのはとてもいいことです。子供の下着についた醤油の染みがとれません。洗濯機に入れる前につまみ洗いをしなかったせいです。干してもいいものと、もう一度洗いなおすものを選り分けたら、物干しに干せたのは夫のワイシャツ一枚だけでした。夫は時々「洗濯は洗濯機がして、ご飯は電気炊飯器が炊いているというのに、残りの時間は何をしているんだ」とひどいことを言います。

大小の荷物が電動はしごにのって五階まで上がってきます。引っ越し荷物はあまり多くないようです。まあ十五坪のマンションなので家財道具もそんなに必要ではありません。他人の家財道具をのぞき見している、そんな女だと誤解しないでください。それに他人の家財道具をちらっと見たといっても法にふれるわけでもありません。望遠鏡で他人の家の中をのぞいているわけでもないし。家財道具はみんな新品のようです。古びてニスのはげた薄汚れた家具は大嫌いです。前に五〇七号に越してきた人は荷物の中にゴキブリが潜んでいたようで、あっという間に我が家までゴキブリのすみかになってしまいました。結婚生活も十年を過ぎ電化製品が古びて、タンスや飾り棚の脚も傷だらけになってくれば、誰でも新しい家財道具に目が行くものです。

家具は新品でしたが新婚には見えませんでした。例えば、ベッドの大きさがそうです。はしご車の横に斜めに立てかけてありましたが、マットレスは一目で分かるシングルサイズでした。すべて新品で一人で引っ越してきた人、どんな人なのでしょう。それだけで十分好奇心がわきます。電化製品はほとんどが最新モデルでした。ふたが透明になっている洗濯機、一度も点火されたことのない染み一つ付いていないガスレンジ、火が付くまで何度もスイッチを押さなければならない私のガスレンジとは大違いです。とにかく五〇七号に引っ越してきたのはどんな人なのか。夫がそばにいたらまた皮肉を言われたことでしょう。夫によれば、時間が有り余っているのでつまらない好奇心が増えていくのだそうです。

「こんにちは」

一目で五〇七号に引っ越してきた人だと分かりました。女性でした。年齢は二十八？　三十三？　最近の女性の年齢はよく分かりません。両手には大きな袋を提げていました。バスで二つめの停留所にあるデパートのショッピングバッグでした。その重さが伝わってきます。袋の持ち手が手の平に食い込み、まわりが紫色になっていました。私は子供の自転車をもって五階に上がるところでした。このマンションには自転車置き場がありません。私が高校生の頃に建ったマンションで、十年前から再開発して建て直すというウワサがありますが、まだ進展はありません。でも夫はこのマンションは投資価値があると言ってゆずりません。とにかく古びたマンションなので駐車場もぜんぜん足りません。自転車置き場を作るとなれば自動車二台分の広さは必要でしょう。ですから自転車置き場は夢のまた夢です。盗まれたくなければ毎回一番上の五階まで持って上がるほかありません。自転車はゆうに二十キロは超えていそうです。六歳になる息子の体重よりも重たいということです。子供は自転車に乗りたいと言っておきながら、すぐに飽きてしまいます。もう何日もローラーブレードを買ってくれとぐずっています。買って欲しいと言われてもすぐに買ってやるわけにはいきません。甘えん坊になってしまいます。その点では唯一、夫と私の意見が一致します。サドルの部分を肩にかけて上がるのですが、二階くらいでもう肩が痛くなります。五階まで上がるエネルギーは、他人の悪口と愚痴です。

その女性は重い荷物を持って、のろのろと上がって行く私の後ろを付いてきたのでしょう。自転車が階段をふさいで先に上がって行くこともできなかったようです。私のせいで自然と歩みが遅くなったでしょうに、その顔にはイライラの一つも見えません。さらに抱えている荷物も重たいだろうに先にあいさつしてきました。うれしいではありませんか。自転車を抱えていたので、腰をかがめた中途半端な姿勢であいさつするほかありませんでした。ショッピングバッグの口からトイレ用のブラシとゴム手袋、洗濯洗剤の箱が見えています。かじかんだ手で階段のドアを開けると、階段の手すりに自転車を括り付けている私の背中に向かってさらにもう一言声をかけてきました。

「よろしくお願いします」

よろしくお願いします。最近そんなあいさつをする人はいません。そんなあいさつは入社したばかりの新入社員が上司にするものです。私は彼女の上司でも、目上の親戚でも、家を貸している家主でもありません。ただの隣の家の女にすぎません。

「近くに安くて品の良いスーパーがあるんですよ」

親しみをこめたあいさつをと思って飛び出したのがこんな言葉でした。よろしくお願いします。その言葉の意味は何日もたたずにすぐに分かりました。

夫はネクタイをほどく手を止めて、また心配しています。すぐに他人を信用してしまう私が、水辺の子供のように危なっかしくてしょうがないと言うのです。昔はこんな人ではありませんでした。働いていた銀行が他の銀行と合併して、その過程で多くの同僚がリストラされました。夫は幸い職を失わずにすみました。でもその期間を夫は、鉄棒に必死にしがみついて落ちないようにしていたようだと言っていました。本当にピッタリの喩えです。鉄棒にぶら下がったり、懸垂したりする体力検査を経験した世代ならその大変さは十分知っています。その何か月の間に夫の頭のてっぺんには、コインほどの円形脱毛症ができました。

「その歳で一人暮らしの女なんて知れたものさ」

夫は一人暮らしというのが気になる様子でした。

「一度会えば納得するわよ。すごく腰が低いの、最近ではあんな人、珍しいわ」

前にもそんな話をした事が何度かありました。でも毎回、夫の方が正しく、夫は意気揚々として、なぜそんなに人を見る目がないのかと私を叱り付けました。

「それで、何してる女なんだ」

もちろん私は知りません。顔を洗っていた夫の次の一言が、夕飯の支度をしていた私の背中に突き刺さりました。

「とにかく金の貸し借りだけはするなよ」

三十四度をこす八月の猛暑の中での魚焼きは拷問です。冷凍室に入れておいたイシモチの干物はどれも三十度の角度で頭を持ち上げています。誰かがイシモチの上に大きな製氷皿をのせたせいです。製氷皿の重みでお腹が裂けてしまったイシモチもあります。イシモチさえも私の思い通りになりません。網の上のイシモチは網の側から焼けていきます。曲がった頭の部分をフライ返しで押さえつけていると玄関のベルが鳴りました。隣の家の女でした。女は玄関から家の中をちらっと見回します。傷だらけの古びたものばかりなので恥ずかしくなりました。部屋中に子供のおもちゃのブロックが散らばり、そこここに転がっているぬいぐるみは手垢で汚れています。壁紙も子供の手形だらけだし。洗濯機は心臓をぎゅっと握られたような悲鳴をあげて脱水をしています。ところがそんな家を見て女が言いました。

「わあ、人の暮らす家だわ。人の匂いがする。久しぶり。私も前にはこんな家に暮らしていたわ」

ふきこぼれた汁のカスがこびりついた鍋。引き出しはゆがんで、きちんと閉まらず中身が飛び出しています。突然女が大きなため息をつきました。当惑するほかありません。泣き出すのをこらえるようにぐっと唇をかんでいた女は、ようやく気持ちを落ち着かせて言いました。

「姉さん（オンニ）と呼んでもいいですか」

オンニ！　うろたえてしまい、どうぞ上がってと言うのさえ忘れていました。もじもじしていた女が突然、思い出したように借りたいものがあると言います。そして迷ったあげくに「フライ返し」と小さくつぶやきました。フライ返し。意外な注文に私はまた当惑してしまいました。六年間このマンションに住んでいますがフライ返しを借りに来た人なんていませんでした。フライ返しという言葉は、レミントン小銃という単語と同じように耳慣れない響きです。夫との会話にフライ返しが出てきたことなど一度もありません。もちろん六歳になるうちの子にフライ返しという言葉を使うこともありません。ですからフライ返しという言葉に、私の耳と舌は拒否反応を示しました。女が私の右手を指さします。イシモチを焼くのに使っていたフライ返しが右手に握られていました。もちろん私はフライ返しにも名前をつけていました。魚を焼いたり、お好み焼き（プッチンゲ）を作るのは思っているよりもずっと退屈な作業です。私には話し相手が必要なんです。フライ返しにはサラダオイルとイシモチの皮が少しついていました。あわてて二匹のイシモチをひっくり返してからフライ返しを貸してあげました。

「ありがとうございます。使ったらすぐにお返しします」

　女は申し訳なさそうに言いました。たかがフライ返しです。先がすこし焦げたメラミン製の安物のフライ返し。むしろ私のほうが申しわけないほどでした。もっと高級なフライ返しなら良かったのに。五〇七号室に帰っていく女の背中に声をかけました。

「洗ってから使ってくださいね。生臭いから」

「その女について何もかも知っている風だったのに、名前も知らない？」

　夫は朝、首を振ってあきれたといった顔で私を見下ろします。私はあわてて裸足で飛び出し、五〇七号のドアに向かって大声をだしました。「ところで、お名前は?」五〇七号のキッチンで女が声を張り上げます。「ミョンヒです」フライ返しで何かをひっくり返しているようです。少しして、また一言。

「明るい明に、女の姫で明姫（ミョンヒ）です」

明姫は二十九歳、未婚で小学生相手の塾で一週間に四日、作文を教えています。

「それで何か分かったのか」夫は本当に意地悪です。私は刑事でもないし、ましてミョンヒは犯罪者でもありません。夫は女の友情を鼻で笑います。女の友情なんてアルミ鍋のようなものだと言います。沸騰してもあっという間にふきこぼれて冷めてしまうと。

一束買ったイシモチはまだ十四以上残っています。子供は「またサカナ」とおかずに文句をつけます。イシモチを網の上に乗せてからフライ返しのことを思い出しました。三百六十五日フライ返しがかかっていたフックには、代わりにラーメン用のお玉が掛かっています。流しの引き出しをひっくり返しても見当たりません。イシモチからはもう焦げる匂いがただよい始めています。分かった、分かった、すぐにひっくり返すから、もう少し待ってて。弱火にして寝室まで探しにいきました。しかしフライ返しが寝室にあるわけもありません。キッチンの床を這いずりまわって流しの下までのぞいてみました。汗だくの膝のせいで何度も床を滑ってしまいます。体中汗だらけです。

「オンニ、ミョンヒです、フライ返し、もう一度貸してください」

いつの間に入ってきたのかミョンヒがこちらを見ていました。フライ返しは豆のように小さなものではありません。ですから隙間に入り込んでいるわけがありません。仕方なく鉄の箸でイシモチをひっくり返しました。イシモチは途中でバラバラになってしまいました。

ミョンヒはもうベルを鳴らしません。ドアノブを回して鍵がかかっていなければそのまま入ってきます。私はそんなに堅苦しい人間ではありません。相手が先にドアを開ければ、私もドアを開けてあげます。昨日の夜も夫は、まったく女は理解できない動物だと言ってました。

「たった一週間でどうやったらそんなに親しくなれるんだ」と言うのです。

私は夫の背中に言ってやりました。

「あなたが銀行員をしているうちは永遠に理解できないわよ。またなんか言ったら、ただじゃおかないわよ。あなたは一度もミョンヒさんに会ったことないじゃない」

「会ったことがない？　さっき米袋を五階まで運んでやったよ。まったくたまらんなあ」

十年一緒に暮らした夫よりも、知り合って七日にしかならない女の肩をもつなんて。私は夫にもミョンヒを気に入ってほしいのです。

「どう、私の言ったとおりでしょ。今回はそうでしょう」

夫はまだぶつぶつ言っています。ハードだけ見て何がわかる。

フライ返しは間違いなく返してもらってません。それなのにまた貸してくれだなんて。たかが千ウォンの安物のフライ返しの行方を追及するわけにもいきません。でも最初からこんな風にあやふやでは困ります。夫の言うように無条件に信じてはいけないのでしょうか。人を。そして、ミョンヒも。

「オンニ、覚えてませんか。昨日、ズッキーニのお焼きと一緒に返したでしょう。オンニがこのフックに掛けたじゃない」

ミョンヒが指でさしたフックは確かに私がいつもフライ返しをかけておくところです。きょとんとしている私を見てミョンヒが笑います。そして思い出したように聞いてきます。

「オンニ、もう洗濯物とりこんだの。本当にまめね」

ベランダの物干し竿には何もかかっていません。そのときになって気づきました。洗濯物を干し忘れていたのを。あわてて洗濯機のふたを開けてみました。洗濯物は洗濯機の中で絡み合ったままうっかり乾いていました。子供のパンツを引っ張り出すと他の物までからみついてきました。ミョンヒが笑い、つられて私も笑います。

ミョンヒからプレゼントをもらいました。きれいな包装紙に包んであり、リボンまでかけてあります。一目で中味が分かりました。「まあ、ミョンヒさん」涙が出そうでした。閉まった寝室のドアの向こうで、帰宅してテレビを見ていた夫が私たちの話に聞き耳を立てているのがわかりました。急にテレビの音が小さくなったからです。ミョンヒが早く開けてとうながします。フライ返しでした。ステンレス製で、もち手の角度も手首に負担にならないように曲がっているシリコーン素材の高級品。デパートで見かけたことはありましたが、値段のせいであきらめた品でした。

「フライ返しを買うときにオンニのことを思い出して、同じものを二つ買ってきました」こんなミョンヒを疑うなんて。

「ところでオンニ」声を聞いただけでわかります。

「何を貸して欲しいの」私が先手を打ちました。

「蛍光灯が故障したみたいなの。ドアもおかしいし。ドライバーをちょっと貸してください」

私の健忘症は笑って済ませられる問題ではなさそうです。午前中にミョンヒがまたドライバーを借りにきました。ドライバーは昨日の夜に使ってすぐに返してもらいました。靴入れの中の工具箱を開けてみましたがドライバーがありません。どうもミョンヒから返してもらってどこかに置き忘れたようです。電話の最中でしたし。私は二つのことを一度にできない人間なんです。銀行の窓口で働いていたときもそうでした。電話でおしゃべりを続けながらも手では電卓をたたき、領収書にハンコを押している同僚が本当に不思議でした。ドライバーは電話に夢中になってどこかに置き忘れたのでしょう。寝室のタンスの中や子供のおもちゃ箱から見つかるかもしれません。もしかするとゴミ袋の中に入れてしまったのかもしれません。そんなことって時々あるじゃないですか。片手にはゴミ袋を、もう片方の手には自動車のキーを持っていて、自動車のキーをゴミ箱に捨て、ゴミで車のエンジンをかけようとして、ようやく気づくことって。

お昼休みに夫から電話がかかって来ました。夫は焼き魚定食を頼んで待っているところだと言います。食堂の中はガヤガヤしています。夫の声の後ろからステンレスの食器がぶつかる音が聞こえてきます。夫が声を大きく張りあげます。

「なぜ、俺の書類カバンにドライバーが入ってるんだ」

言い訳する間もありませんでした。ちょうど注文した焼き魚定食が出てきたようです。「おばさん、コップに口紅の跡が付いてる。取り替えてください」夫が箸でサワラの身をほぐしながら言いました。「明日は何を入れるんだ。どうかソンファンは入れないでくれよな。一日中、銀行の中を駆けずり回るから」その一言で逆に私が頭にきてしまいました。「ソンファン？　それって新しく出たガムの名前？それともタバコ？」

夫の笑い声とともに電話が切れました。

ソンファンは息子の名前です。私が忘れるとでも言うの。そのときになってソンファンが幼稚園からまだ帰って来てないことに気づきました。十二時五十分には帰って来るのに。もう一時二十分です。あわててサンダルをひっかけて下りて行きました。子供はかんかん照りの児童公園でブランコに乗っていました。後ろでブランコを押しているのはミョンヒです。その時になってようやく思い出しました。昨日から一週間、幼稚園は夏休みでした。

ミョンヒは私の健忘症について一緒に悩んでくれました。

「オンニ、気にするとますます悪くなる。だから気にしない方がいい」

でもガスレンジにかけておいたヤカンを真っ黒に焦がした時には、ちょっとまずいと思ったようです。

「聞いた話だけど、有名な詩人は記憶力の訓練をするんですって。例えば、世界のすべての首都を覚えるとか」

夜もぐっすり眠れません。早朝四時に起きてガス栓をきちんと閉めたか確認するためにキッチンに何度も行きました。ゴソゴソする音で目を覚ました夫が怒ります。ガス栓を確かめて布団に戻ると、今度は玄関の鍵をかけたかが気になり、起きて見に行くとちゃんと閉まっていました。

夜眠れないので当然、昼間は居眠りしてしまいます。子供はミョンヒと遊んでいます。たまに夢の中に子供とミョンヒの笑い声が聞こえてきました。

ときどき一緒に買い物にいきます。ミョンヒはショッピングカートをプレゼントしてくれました。お揃いです。私たちはいつも「希望ショッピングストア」に買い物に行きます。希望ショッピングストアは一年前に開店したスーパーマーケットですが、半年も経たないうちに近くの大小のスーパーがほとんど閉店してしまいました。一つ、二つ残った小さなスーパーもタバコを売ったり、夜中過ぎまで酒を売って何とか食いつないでいる様子です。最初にミョンヒを希望ショッピングストアに連れて行った時にその話をしました。すると予想外の反応が返ってきました。少なくとも店をたたんだスーパーに同情すると思っていました。しかし彼女はインスタントのモツ鍋の包装紙に書かれている賞味期限を確かめながら、つまらなそうにこう言ったのです。

「オンニはなぜここに買い物に来るの」

他に比べて安いし何よりもクーポンをくれるからです。

クーポンを百万ウォン分貯めるとローラーブレー

ドと交換してくれます。最近、ローラーブレードがマンションで流行っています。ローラーブレードに乗って広場を滑る子供の姿が目に浮かびます。

「そうでしょう。すべて生存競争。オンニ、どうしようもないわよ」

希望ショッピングストアには、所々に監視用の鏡が設置してあります。丸い監視鏡の中のショッピングセンターは醜くゆがんでいます。店の隅には「万引き発見時、百倍弁償」と書かれた紙が貼ってあります。キッチンスポンジを選んでいたミョンヒが横目で私を見ます。

「オンニ、暑いでしょ」クーラーは入っていましたが性能はよくありません。

「涼しくしてあげる」ミョンヒが手にしていたスポンジを突然私の胸に押し込みました。私は驚きと恐ろしさのあまり息が止まりそうでした。あわてて周囲を見回しました。幸い三つのカウンターに座っている店員たちはレジ打ちに全く余念がありません。

蒼白になった私を見て、ミョンヒが声を殺してクックッと笑いました。

「緊張しないで、いたずらよ、いたずら」ミョンヒがカウンターに背を向けて胸から取り出したスポンジを陳列台に戻します。

「どう、涼しくなったでしょ」ミョンヒは監視鏡を見ながら乱れた髪の毛をかき上げました。

「こんなのただの脅しよ。かかし、スズメを脅かすためのの。頭のいいスズメは騙されないわ」

「万引きしたことあるの？」

いたずらで終わったものの、スーパーから出てきたあとも私は両足が震えていました。

「ずーっと昔、子供の頃。もちろん大きくなってからは一度もない。バイトでスーパーのレジをしたことがあるの。そのときに盗み癖のある主婦をずいぶん見たわ。鉄製のタワシやガムのような安物は見逃すの。下手に騒いだらお客が減るだけ。ポケットに入れて出て行くのを見てもそのままにしておいた。

トレンチコートを着てきて、蜂蜜のビンのような大きいものを盗んでいくおばさんもいた。そんなおばさん達はみんな、店の売り上げに貢献してくれるお得意さんだった」

　ミョンヒと私はもう本当の姉妹のようです。他人行儀な敬語も使いません。時には子供のようないたずらもします。そしてもう洗濯機やフライ返しには話かけなくなりました。でも時々ミョンヒが見知らぬ人のように感じられます。ミョンヒと私はぜんぜん違います。同じフライ返しを使い、同じショッピングバッグを持っても同じにはなりません。彼女は私とは比べ物にならないほどおしゃれです。家の中でもジャージなんか着ません。ウエストがゴムのパンツやスカートは嫌いだそうです。ショートパンツに襟首の伸びたTシャツを着て、安物のサンダルをズルズルと引きずって歩く私とは比べ物になりません。

　昨日は夫がミョンヒの家から出てくるのを見ました。いつから親しくなったのか分かりません。ミョンヒはいつの間にか夫を義兄（ヒョンブ）さんと呼んでいます。私を姉（オンニ）さんと呼ぶので、オンニの夫をヒョンブと呼ぶのもそんなにおかしな話ではありません。夫は手にドライバーを持っていました。故障した蛍光灯を直してきたということでした。古い家ほど男手が必要なものです。

「アルミ鍋じゃなかったの。すぐに沸騰してふきこぼれてしまうんでしょ」

　私の皮肉を分からないはずもないのに、夫は怒るどころかニヤニヤしています。

「ハードはもちろんソフトも大したものだ。それに俺のことヒョンブだってさ」

　私は夫がミョンヒを変な女だと誤解しているのではないかとちょっと心配していました。好感を抱くようになったのなら、ほんとうに良かったです。

　トイレのドアが少し開いていたようです。これが最初というわけでもありません。便座に座っていると夫がドアをバシンと閉めていきました。トイレのドア越しに馬鹿にしたような夫の声が聞こえてきました。

「女の癖に羞恥心のかけらもないんだな」

ドアの隙間から中をのぞいて私をからかっていた夫が突然羞恥心だなんて。もちろん私にも羞恥心は残っています。知らない男の前でトイレのドアを開けたままで用を足したりはしません。十年も一緒に暮らした夫の前でいまさら何を隠すというんですか。隠したくてももう何も残っていません。裏返して中味が丸見えのポケットみたいなものです。寝る前だったので私は下着姿でした。三十度を超す熱帯夜がもう何日も続いていました。夫はタバコを吸いながら何気なく私にたずねます。

「なぜいつもそんな婆さんみたいな下着ばかり着てるんだ。あるじゃないか、ほらレースのついた、そういうのも着てみろよ」

レースの下着ほど非経済的なものがあるでしょうか。洗濯機で洗うわけにもいかず、いつも手洗いをしなくちゃなりません。少しでも手荒に扱えば糸がほつれてすぐに着れなくなってしまいます。そんな高価な下着をつけようなどと私は夢にも思いません。

たぶん夫は、ベランダに干してあったミョンヒの下着を盗み見たのです。蛍光灯を直すという口実で時間をかけてあちこち見てきたのでしょう。ミョンヒの下着は私も見たことがあります。水分が飛んで、乾いたら手の平にすっぽり収まってしまいそうなトンボの羽のような下着。羞恥心がないですって。私は絶対にベランダに下着を干したまま、家の中へ男を入れたりはしません。ガスレンジの上にフライ返しがかかっています。ミョンヒのガスレンジの上にも同じフライ返しがかかっているでしょう。私はフライ返しにミョンヒという名前を付けました。私はフライ返しを手にします。二人の友情の印です。

ミョンヒとはいまや家族も同然です。チゲやナムルを作るときにはミョンヒの分まで用意します。週末の夜には三人でお酒を飲んだりもします。どこからあんな面白い話を仕入れてくるのか、ミョンヒは夫と私を涙が出るほど笑わせます。夫とミョンヒは話がよく通じるようです。株の話や、シンジケート、フランチャイズのような専門用語も出てきます。私はそんな話には関心がありません。八年前には私も銀行員でした。欠勤や遅刻をしたことは一度もありませんでしたが、有能な銀行員にはなれませんでした。音楽を聴かせたら牛乳の生産量が倍に増えた乳牛の話や、巨大な森の底にしげる植物が日光を浴びようとどれほど努力しているかといった話なら、私も話に加わったでしょう。夫とミョンヒが話をしているときにはお茶をいれ、果物をむきながら聞いているふりをしてうなずいています。

鍵を失くしてしまいました。希望ショッピングストアに行くときには確かにドアに鍵をかけました。ミョンヒも私が鍵をかけて、その鍵を小指にかけて振り回していたことは覚えていました。どうやら私の健忘症は深刻なようです。どこで鍵を落としたのか。花壇を探し、希望ショッピングストアまでゆっくりと戻りながら道をすみずみまで探しましたが見つかりません。ドアの前でおろおろしているとミョンヒが鍵の修理屋に電話をかけてくれました。オートバイに乗ってやってきた修理屋はわずか二分でドアを開けてくれました。その間に、ショッピングカートに入れておいた子供のアイスキャンデーはすっかり溶けてしまいました。児童公園で遊んで帰ってきた子供がアイスキャンデーを投げ出して号泣しています。

「お母さん（オンマ）のバカ、バカ」

私の目に怒りが浮かんだのを見た子供は裸足で飛び出していきます。またミョンヒの家です。子供は彼女のスカートの裾をつかんで、その後ろに隠れて私の顔色をうかがっています。

「早く戻ってらっしゃい。三つ数えるまでに来るのよ」

　でも三まで三回数えても子供はびくともしません。もうこの方法も通じないようです。ミョンヒがわざと怒ったような顔をして子供をさとします。

「そんなことを言うとお尻から角が生えてくるわよ。分かった？」

　垢だらけの子供の顔で真っ黒な瞳が輝きます。

「本当よ。私の知ってる子もお尻からこのくらいの角が出てきたんだから」

　子供は嫌々ながら出てくると私の顔を見もしないで、台詞でも言うようにつぶやきます。

「オンマごめんなさい。もうしません」

　いつからこの子は自分の母親よりもミョンヒの言うことをよく聞くようになったのでしょう、おかしな話です。

「いったいおまえの頭には何がつまってるんだ。鏡を見てみろよ。そんな有様だから頭の中だってごちゃごちゃなんだよ。まるで気がふれた人間みたいだ」

　夫は結局ドアの鍵自体を取り替えました。隣にいたミョンヒの方がむしろおろおろしています。サンダルから飛び出した足の指と指との間には土埃がこびりついています。鍵をあちこち探し回ったからです。亀の甲羅のようにひび割れたかかとは、私が見ても泥だらけでした。

「いったい何をそんなにぼんやりしているんだ。まるでボールも無いのにボール遊びをしている子供みたいだよ」

　夫はもう私の顔を見ようともしません。この男はなぜ私をきちんと見ようとしないのでしょう。

　ミョンヒが何かを差し出しました。コーティングもしてあります。

「ずいぶん迷ったんだけど。私の気持ち分かるでしょ」

　アメリカの首都はワシントンD.C.、カナダはオタワ、オーストラリアはキャンベラ、エチオピアはアディスアベバ、ブルンジはブジュンブラ……。細かい文字が紙一枚にびっしり書かれていました。

「同じ塾の先生に手伝ってもらったの。役に立つかもしれないと思って」

彼女の誠意に応えて私は紙を冷蔵庫に磁石で止めました。

水を飲むのに冷蔵庫を開けた夫が紙に気づきました。

「アディスアベバ？　何だこれ。何でこんなつまらないことを覚えるんだ？　そんなこと覚えるから本当に必要な資料を忘れてしまうんだよ。今度は俺のカバンに何を入れるつもりだ？　何をいれて驚かすんだ？」

イシモチに箸をつけようとしていた子供が驚いて飛び上がります。どうしたの。髪の毛でもついていた？　あわてて皿を見ましたがイシモチに問題はありません。下のほうがちょっと焦げてしまったことを除けばですが。子供は箸の先でイシモチの口を指しています。油で焼けた舌が濃い灰色に変色しており、口から飛び出し皿の端についていました。太った毛虫のようでした。

「もう魚なんか食べない。隣のお姉ちゃんの家の魚はこんなんじゃなかった。きれいな魚がいい」

冷凍庫に入っていた残りのイシモチをすべて取り出しました。身に巻きついているワラをほどくのに指先が凍りついてしまいそうです。イシモチは一つ残らず舌を突き出していました。舌は異常に大きいものでした。いったいイシモチになんで舌が必要なんでしょう。味見をしたり、しゃべるのに必要なわけではないはずです。口の中の食べ物を喉の奥へ運ぶショベルカーのような役割でもするのでしょうか。イシモチが舌を突き出しているのはきっと私を馬鹿にするためです。バカ、ヨンミのバカ。イシモチの舌をすべてつかみハサミでチョキチョキ切り始めました。

希望ショッピングストアの女主人が私のことをジロジロ見ている気がします。それでなくともあの女の裸電球のような二つの目が嫌いです。濁った白目の裏には猜疑心と好奇心が潜んでいます。スイッチを入れたら白濁に輝く疑いの目です。クーポンさえなければ、子供のローラーブレードの件がなければ、ここには来ません。それに女主人が秤の目盛りをごまかしていることも知っています。女主人は果物コーナーに座っています。私はトマトを二キロ買いました。それから子供のお菓子を見に菓子コーナーへ足を向けます。カルシウムとビタミンが含まれているお菓子を探すためには、あれこれ手にとって見るほかありません。ところが果物コーナーに座っていたはずの女主人が、いつの間にか私の後ろに立っているではありませんか。目が合うとあわてて果物コーナーに戻っていきました。洗剤コーナーで洗濯石鹸をカートに入れて何気なく後ろを振り返ると、また目が合いました。間違いなく私を疑ってるんです。私のような人間を疑うだなんて。急いで計算を済ませて希望ショッピングストアを出ました。あと二万ウォン分のクーポンさえ集めればローラーブレードがもらえます。

洗濯機の前や、魚を焼く時に世界各国の首都を覚えます。もう五十個以上の国の首都を覚えました。この方法で効果があれば良いのですが。やかんは沸騰したら音がするものに変えました。洗濯機が必死に脱水をしています。洗濯機の原理は非常に単純だといいます。脱水は遠心力の原理を利用したものだそうです。サービスセンターのおじさんに聞いたのだから確かです。六・五キロの洗濯物の入る円筒形の洗濯槽が飛んでいかないのは、飛び出さないように洗濯槽を包んでいる箱があるからです。でもいつか遠心力に耐えかねた洗濯機がベランダの窓を破って外に飛んでいってしまうかもしれません。洗濯機の蓋をなでながら、私は誰にともなくつぶやきます。何でこんなになっちゃったの。

夫とミョンヒが一緒に帰ってきました。マンションの広場を並んで横切ってくる姿がベランダの窓から見えました。マンションの入り口まで来た二人はちょっと立ち止まると、夫だけが向きを変えて児童公園の方に戻っていきました。ミョンヒが先に五階に上がって来ます。五〇七号のドアを開けて中に入る音が聞こえました。十分くらいすると夫がベルを鳴らしました。数日前にミョンヒが夫に言っているのを聞きました。

「一千万ウォンほどヒョンブの銀行に預金したいんですが、利子が高くて税金控除のある商品を教えてください」

たぶんミョンヒは預金をするために夫の銀行に立ち寄ったのでしょう。近くでもないのに、わざわざそんなことをしてくれるなんて本当にありがたいことです。それで二人は一緒に帰って来たのでしょう。私が疑うのではないかと別々に帰って来たふりをしたのでしょう。夫は私の頭の中は空想でいっぱいだと思っています。それに女同士の友情も信じていません。つまらない誤解で私とミョンヒの間が疎遠になることを心配しているのでしょう。でも私達の友情はアルミ鍋ではないのです。

丸い監視鏡の中に映った私の顔は醜く歪んでいます。化粧っけの無い顔は血の気もありません。夜眠れなかったせいで目が赤く充血しています。私の体は本当に夫の言うとおり宙に浮いているようです。虚空を歩いているようです。ミョンヒが言うには一種の強迫神経症なんだそうです。でも希望ショッピングストアの女主人が私を疑っているのだけは確かです。

「オンニ、気持ちを楽にして。オンニがそう思っているだけよ。そんな気持ちがオンニをがんじがらめにしてしまいそうで心配だわ」

ミョンヒの言うとおり、すべては私の強迫神経症のせいなのでしょうか。ミョンヒは子供と一緒に冷凍ケースの中をのぞいています。ミョンヒは子供の言うことをよく聞いてやります。数日前と同じに、子供だましのおまけの付いた高い菓子を買ってやり、アイスキャンデーを握らせるのでしょう。癖になるからそんな風に甘やかさないで、と言ってるのにミョンヒは私の言うことを聞きません。その間に私は雑貨コーナーに来ました。私の目の前には「万引き発見時、百倍弁償」の紙が貼ってあります。こんなのはかかしにすぎない、単なる脅しだとミョンヒが言っていました。笑いながら声に出してつぶやいてみます。ミョンヒのようにスポンジを手に取ってみます。雑貨コーナーには誰もいません。カウンターに背を向けて、さっとスポンジをブラジャーの中に隠します。ゾクッとしました。後ろを振り返ると女主人は陳列台の方をいつものように見ています。捕まえられるものなら捕まえてみたら、さあ。心の中で叫びます。もう女主人も怖くありません。バランスをとるために、もう一つスポンジをとって反対側のブラジャーに押し込みました。胸はすっかり豊かになっていました。私はその胸を丸い監視鏡に映してみます。女主人が私を疑っているなら、すぐにでも飛んできたでしょう。でも誰も気がつきませんでした。ミョンヒの言うとおりのようです。神経質になっているのは夜眠れないからのようです。

ミョンヒがカートを押して私の方にやってきます。ミョンヒの手を握っている子供のもう片方の手にはおまけ付きの菓子が握られています。これで一万ウォンのクーポン一枚をもらえばローラーブレードがもらえます。ローラーブレードの話をすると子供は喜んでぴょんぴょん飛び跳ねています。お金を払って一万ウォンのクーポンも手にしました。店を出て行こうとした瞬間、突然、女主人が私の前に立ちふさがりました。

「ショッピングバッグの中をちょっと見せてください」

その時になって胸に隠したスポンジを陳列台に返

し忘れたことを思い出しました。誓ってスポンジを盗むつもりはありませんでした。スポンジは家に新品が二つもあるんです。ただのいたずらでした。

「人を何だと思ってるの」ミョンヒがキッとなって声を荒らげます。道行く人たちが私達を振り返ります。私達は女主人の後について再び希望ショッピングストアの中に入って行きました。まさか胸の中のスポンジに気づいたわけではないですよね。女主人は私のショッピングカートの中の品を取り出して並べていきます。レシートと品物を一つずつチェックし始めました。店の中にいた人が周りに集まってきます。あいさつをしたことはないものの、みんな知った顔です。ここで暮らして六年です。

ミョンヒが女主人に向かって大声を張りあげました。

「責任をとってもらうわよ、間違いだと分かったら」

「このガムは何です?」女主人が私にガムを突きつけ詰問します。ジューシーフレッシュガムでした。


私は誓ってそんなガムをとった覚えはありません。ミョンヒが私の代わりに怒鳴りつけました。

「たかが三百ウォンのガム、盗むような人間に見える? この町で商売出来なくなるわよ」

女主人も負けていません。頭がぼーっとし、ミョンヒと女主人の声だけが耳元で響いていました。

ミョンヒが夫に電話をかけました。どうしてミョンヒが夫の会社の電話番号を知っていたのか分かりません。驚いた子供が泣き始めました。ミョンヒが子供の手を握りしめて涙をふいてあげます。私はガムを盗んだりしていません。でも知らない間にガムをつかんでいたのかもしれません。全身から汗が噴き出します。スポンジが肌にすれてひりひりと痛くなり始めました。下手をすると肌がむけてしまうかもしれません。

夫が来ました。外で会うと夫はじつにこざっぱりとしています。朝アイロンをかけたワイシャツにはもうシワがよっています。夫が私の肩をつかんで揺さぶります。

「ヨンミ、ヨンミ、いったいどうしたんだ。ヨンミ」

なぜこの男が私の名前を呼んでいるのか分かりません。まさか、私が自分の名前さえ忘れてしまったと思っているのでしょうか。ミョンヒが涙を流しています。

「オンニがなんでこんなことになってしまったのか。私が悪いんです」

夫はミョンヒの肩を叩いて慰めています。私の方は見ようともしません。恥ずかしいのでしょう。たぶん、私が赤の他人ならと思っているのです。夫はこれまでの夫ではありません。希望ショッピングストアで買い物をしていた人々は夫と私、ミョンヒの顔をかわるがわる見ながら通り過ぎて行きます。私はアイスキャンデーの入った冷凍ケースの横にしゃがんで女主人と話をしている夫の顔をぼんやりと眺めていました。夫とミョンヒは昔からの知り合いのようです。いつからあの二人はあんなに親しくなったのでしょう。アルミ鍋のように熱くなったと思ったら、すぐに冷めてしまうのは女同士だったのでは。

オーストリアの首都はウィーン、レバノンはベイルート、レソトはマセル、シリアがダマスカス……。こんな状況でなぜ世界各国の首都の名前が思い浮かぶのでしょう。頭に浮かんだ単語が口から飛び出してきます。止めることができません。ミョンヒが私の方にやって来て、私の口許に耳を寄せるとびっくりして顔をゆがめます。ミョンヒが誰にも聞こえないような小さな声で毒づくのをしっかり聞きました。

「完全におかしくなってるわ」

それでも私は止めません。段々と加速度が付きます。オーストラリアはキャンベラ、ブルンジはアディスアベベ、アメリカはマセル、オーストリアはワシントンD.C.、日本は京都……。私の記憶力はまだ十分使えそうです。すらすらと口から出てきます。ミョンヒがちょっと顔をしかめました。いえ、もしかするとニヤッと笑ったのかもしれません。ミヨンヒはなぜ私を見てあんなふうに笑うのでしょう。もしかすると、ミョンヒは私から借りていったフライ返しを返してくれてないのかもしれません。ドライバーを夫の書類カバンに入れたのもミョンヒなのかもしれません。夫の書類カバンはいつもリビングの棚の上においてありますから。ヤカンを焦がしたり、洗濯物を干し忘れるのは誰にでもあり得る些細な事なのかもしれません。うちの鍵もミョンヒが隠したのかもしれません。ミョンヒが借りていったものを一つ一つ思い出してみます。世界各国の首都を覚える訓練は、私に大きな効果をもたらしたようです。

フライ返し、ドライバー、栓抜き、傘、鍵、ニンニク叩き……。そして。

ミョンヒと夫、そして私の息子のソンファンがまるで家族のように見えます。夫と私の子供、他の品物のように今度も返してくれないのでしょうか。

ミョンヒ、あの見知らぬ女は誰ですか。五〇七号、隣の家の女です。

初出は『隣の家の女』（創批、一九九九年）。

マテ茶の香り

チョン・ハナ

鄭ハナ

一九八二年、ソウル特別市生まれ。建国大学校国文科卒業、同大学院修士課程修了。二〇〇五年大学在学中、大山大学文学賞を受賞してデビュー。小説『月の海』(二〇〇七)で文学トンネ作家賞受賞後、本格的に小説家として活動開始した。代表作に小説集『エニ』(二〇一五)、『ハロウィン』(二〇一七)、『私のために笑う』(二〇一九)、長編小説『リトルシカゴ』(二〇一二)、『親密な異邦人』(二〇一七)などがある。『エニ』で統營市文学賞(二〇一六)、金溶益小説文学賞(二〇一六)、『親密な異邦人』で韓戊淑文学賞(二〇一九)などを受賞した。

その日の朝、彼女はペンダントで胸を引っかき、目を覚ました。ボサボサの頭で上体を起こすと、暗い部屋の片隅に蛍光色の時針と分針が見えた。七時二十分、寝床から起き上がると膝はガクガクしふくらはぎから太ももまで筋肉が痛かった。

近ごろ彼女は夢の中で猛烈に自転車をこいでいる。彌阿里（ミアリ）から漢江（ハンガン）の向こうの開浦洞（ケポドン）まで、北漢山（プッカンサン）から道峰（トボン）山まで、ブレーキを一度もかけずにペダルを踏む。「最近何してる？」と友人に聞かれると思わず「自転車に乗ってる」と答えてしまうほどだった。昨夜は水草の生い茂る漢江沿いの道を過ぎ、遠く京畿（キョンギ）道の九里（クリ）市内まで行き市内を一周した。冷たい空気、湿った髪の毛、手のひらは汗でびっしょり、思い出すと体の節々の筋肉が痛かった。

ドアを開けて部屋から出ると、キッチンで父さんがチョリソーを揚げていた。スペイン式のソーセージチョリソーはまるまるとして大きく、その表面はテカテカと光って光沢があった。テーブルの上には小麦粉をまぶしたエンパナーダののった皿がずらりと並び、どの皿からも湯気がたっていた。

「起きたか」

彼女を見た父がうなずいた。

「母さんは？」

「スーパーだ。今週は早番だからな」

古いオーブンからは低い唸るような音とともに明るい光が漏れていた。父は無言で空の食器を拭いていた。調理台の横にはオリーブの実、ベーコン、卵、チーズ、干しぶどうがずらりと並んでいる。

父は年に一度はアルゼンチン料理を作った。自分で買ってきた最高級の食材を使い、一日かけてさまざまな料理を作るのだ。彼女は果物を入れて焼いたエンパナーダを大きく切って、口いっぱいに放り込む。オレンジの香りが口の中いっぱいに広がった。

＊

外は風が薄氷のように冷たかった。濡れた髪をちゃんと乾かさなかったせいで体がブルブル震えていたが、そのままバスに乗り込んだ。眉毛を描き直すのに時間がかかってしまい気持ちがあせっていたのだ。隣の席に座った人のイヤフォンからはかすかにエレキギターの音が漏れていた。そのままウトウトと居眠りして目覚めると、霜の降りた窓の外にスポーツセンターが見えた。

二十四時間オープンのスポーツセンターは、七階建のビル全体が全面ガラス張りになっている。建物の中でスカッシュを打ち、ダイビング台から飛び込み、ジャズダンスをしている人々の姿が見えた。カバンをロッカーに入れるとオフィスに行き、交代のサインをする。

カウンターの仕事は顧客の会員カードを確認し、ロッカーのキーを手渡すことだった。仕事を始めた時、彼女は何よりも「勤務時間よりも早く来れば施設をタダで利用できる」という言葉に惹かれた。アルバイトをしてお金を稼ぎながら運動も出来ると思ったのだ。六か月が過ぎたがいまだかつてバーベル一つ、握ったことはない。まったく予想外の展開だった。

毎日午前二時、三時に寝床に入るので早朝の運動など最初から不可能だったのだ。彼女は一日おきに学校とアルバイト先の学習塾を行き来していた。家に帰ってからも塾の学年別のテストを作り、評価表を作り、大学院の宿題に追われ、寝床に入り横になるとようやくバラバラになった体の節々が組み合わさるような気がした。朝、遅刻しないようにするだけでも必死の毎日だった。

ベルベットのトレーニングウエアーを着た女が二人、運動を終えて出てくると彼女にカードを渡した。ほのかにボディシャンプーの香りがする。颯爽と出て行く彼女たちの後ろ姿を見ながら彼女は、むくみをとってくれるという手のひらのツボを、ボールペンの先でギューギューと押した。近頃は朝になると手がむくみこぶしを握るのも難しいほどだった。

「何か計画があってのことなの？」

一日中、ただただ忙しく走り回っている娘を見て、母は舌打ちをした。しかし仕方がなかった。問題の原因は「少しの休む間も与えずに講義をさせる学習塾の院長のせい」から「目の前に迫った来学期の大学院の授業料」につながり、その先はしばらく悩んだあとにカーブを描いて「講義が多い分給料も良い塾」にたどり着いてしまう。

教育大学院に入ったのは去年のことだった。大学卒業後、選択できる道はそれしかないように思えた。誰でも一つぐらいは才能を備えているとすれば、自分のそれは教師としての能力だと彼女は考えてきた。二十歳の頃から始めた家庭教師の経験があり、子供たちにも好かれ、特に劣等生たちと気が合った。そして何よりもそれが教師としての資質を証明するものだと信じていた。

教育大学院は入学するのも大変だった。同級生はちゃんとした職場を辞めて来たという人が大半だった。大学を卒業したばかりの学生、子供が三人いるという主婦、トラックで世界旅行をしてきたというおじさん、韓服店をしているというおばあさんまで様々だった。世の中では教員免許が流行しているようだった。

「何だかんだいっても先生が一番さ」

社会経験のある人たちからこんなことを言われると、なんだか合理的な選択をしたような気がした。「仕事帰りには絵画や楽器を習いに行き、夏休みや冬休みには長い旅行にでかける生活」を想像すると、しんどいアルバイトも何だか楽に感じられた。大学院の授業料はそのチャンスの値段だと考えることにした。そして彼女は、山のように積まれたトレーニングウェアを一枚一枚きちんとたたんでは手のひらでパンパンと叩いていった。

正午過ぎにコンビニで買ってきたキムパプ［海苔巻き］を食べながら携帯電話を見ると、大学院の幹事をしている先輩のＬオンニからメッセージが届いていた。夕方からの学期末の打ち上げについてのものだった。「二学期最後の打ち上げです。一人残らず参加してください」彼女には短いメッセージがもう一つついていた。

「用意した？」

キムパプのキュウリを噛みもせずに飲み込むと「いいえ」と短く返信した。カバンの中のきれいに包装された箱を思うと胸が苦しくなってきた。昨夜、これを選ぶ時には、デパートの中をぐるぐると見て回り、目が回りそうだった。

教育学の講義をするＪは、世間の若い留学派の講師とは違い、万事に注意深く慎重なタイプだった。学生たちと雑談をすることもなく、気分を露わにすることもなかった。講義が終わると、脱いで椅子にかけておいたジャケットを着て静かに教室を出て行った。もともと彼に対して「若くて几帳面そうな講師」という印象しかなかった彼女に、Ｌオンニが低い声で「講義中にＪの視線があなたを見つめていることが多い」と耳打ちした。彼女は思わず気の抜けたような笑い声を出してＬオンニの背中をポンと叩いたが、何度も同じ話を聞いていると気になってくるのはどうしようもなかった。

そしてそれは全く根拠の無い話でもなかった。実際にＪは受講生の中でも唯一彼女の名前だけは覚えており、講義の内容に関して彼女に聞いたり、何か指示する時には必ず彼女に言いつけ、携帯に電話をかけてきたことも何度かあった。背筋をピンと伸ばして座り彼女を観察していると、だんだんＪの授業時間が待ち遠しくなっていった。

彼は左利きではなかったが左手でボールペンを回す癖があり、口元には小さな傷跡がある。眼鏡をかけた少し面長の顔の瞳は、クレパスで塗ったように真っ黒だった。彼はいつも青く光るほどに真っ白なワイシャツを着ていた。ワイシャツが白すぎて時には布の白さが虚空まで染めて輝いているようだった。彼女はその光を飽きもせずにまっすぐ、いつまでも見つめていたものだ。

Jは主任教授の全面的な信任を得ていた。ずば抜けた経歴で講義の実力も卓越していた。少し前に行われた学科の公開採用も、実のところ彼を任用するためのものだというのが学生の間でのもっぱらの噂だった。それでJが立っているところは、自分とは正反対の極地点のように思えた。彼が彼女の名前をまるで外国語でも発音するように呼ぶ時には、自分自身も見慣れぬ存在になったように感じられた。

学期の間中、Jの本心を探ろうとしたが、彼からはそれ以上の感触は何も得られなかった。

「そういうのが学者スタイルなのよ」

Lオンニは、チャンスは今日だけだと言う。

「講義が終わっちゃったらもう会えないのよ。何としてでも今日チャンスを捕まえなくちゃ」

Jの細くて薄い唇を思い浮かべて彼女は眉間にしわをよせた。

＊

学校までは地下鉄で三十分ほどだ。鏡の前で左右が不揃いの眉を見て水をつけながら何度も修正をこころみたが、それでも気に入らなかった。

スポーツセンターから出たところで母から電話が来た。

「今日は早く帰って来られないよね？　アサドが本当においしく出来たの、冷めないうちに食べられたらいいのに」

「父さんは何してる？」

何気ない調子でたずねる。

「シチューを温めてる」

彼女は小さく息を吐きだした。するとその音を聞いた母が低い声でささやく。

「心配しないでもいい、大丈夫」

父が初めて料理をした時も母はそう言った。

「何でもないのよ。父さんは記憶をしまっておくところが必要なの」

あの時は、韓国に帰ってきた直後だったので、すべてが滅茶苦茶だった。開けてもいないカバンがあちこちに転がっており、窓にはカーテンが厚くかかり、がらんとした部屋の中は暗く静まり返っていた。父が突然立ち上がり買い物に行こうと言った時には、またどこかに旅立つ準備をするのだと思ったほどだ。キッチンはひんやりとしていた。父は無言で買ってきた食材を揚げ、炒め、焼いて、茹でた。彼女は不安なあまり母の手をギュッと握りしめていた。

そして、料理の盛られた皿をずらりと並べて食事をした後、父は中古のタクシーを買いにいくと言って出かけて行った。父は靴を履きながら、彼女に母さんの手伝いをして荷物を片付けるようにと言った。カバンからは服が後から後から出てきて、やがて空っぽになると力なくたわんでしまった。それは、彼女の家族がカバンに生活のすべてを押し込んでソウルを後にしてから、四年目のことだった。

ソウルオリンピックが開かれる一年前、父と母はスペイン語会話を練習しながらカバンに荷物を詰め、八歳の彼女は教壇に立ちクラスメートに別れのあいさつをした。「アルゼンチン」だと何度言っても「あいつアマゾンに移民に行くんだってさ」とささやく声が聞こえてきた。

その時母は妊娠五か月の身重の体だった。空港で母方の叔父が腕の太さくらいの「ホドリ人形」[*1]を二つくれた。

「赤ん坊が生まれたら母さんの手伝いをするんだぞ」

母は泣いていた。父は母の肩を抱き「俺たちは地球の反対側に行くんだ」と言ったが、彼女には何のことかよく分からなかった。

東京で一度、ロサンゼルスでもう一度飛行機を乗り換えた。飛行機の中で彼女は、客室乗務員のお姉さんがくれたペロペロキャンディーをゆっくりとなめ、父は母のパンパンに腫れた足を膝の上に載せてマッサージをしていた。

「赤いレンガ造りのバルコニーのある家を建ててやる」

そんな父の話に、乗り物酔いをしていた母は、足の指をしきりに動かしながらかすかに微笑んだ。

「すべてが変わるぞ」

父は絶えず明るい場所に手を伸ばして突き進む人だった。辞表を出すのは昔から彼の得意技で、そのせいでおのずとどんな職場にも長くはいつけなかった。十四番目の会社を辞めた日、父は頭を丸めて帰ってくると、酒に酔った息をハアハアさせながら母にすがった。

「俺を助けてくれ」

母は夫の青白い頭皮が不憫で、行こうという所がどんなところなのかも確かめずに、ただうなずいていた。

アルゼンチンの空気はどことなく重くずっしりとしていた。移民者の大部分が彼女の家族のように幼い子供を連れた若い夫婦で、公園では移民者同士の親睦のためのバーベキューパーティーがたびたび開かれた。空は青く晴れ渡り、どこからでも簡単に地平線が見えた。弟が生まれると父は、金で作った小さな豚を周囲の韓国人に記念だと言って贈った。

彼女の家族は最初からバルコニーの付いた赤いレンガの家で暮らした。国土が広いため家の値段は信じられないほど安かったのだ。両親は母の若い頃の経験を生かして衣類の卸売業を始め、時間が経つにつれて家計もだんだんと安定していった。

その頃、週末にはよく家族揃って海に出かけ海水浴をした。父は浜辺に座ると後ろに回した両肘で上半身を支えながら、遠くの海で波が砕ける様子をあきずに眺めていた。彼女は母が殻を剝いてくれた焼き海老をほおばりながら、赤ん坊だった弟の手を握っていた。弟は彼女を母だと思い、すんだ声でけらけらと笑っていた。

海辺では彼女の家族のような韓国人家族の姿をたくさん見かけた。韓国人会の人々はがむしゃらに働いたので、アパレル業界の現金は全部韓国人が持っていくという噂が流れるほどだった。褐色の肌の西洋人の間で、彼らは怖ず怖ずと小さくなり、少しだけ体を伸ばして日光浴をした。金融危機が起きるまでは非現実的な好況が続き、韓国に帰ろうなどと考える人は誰もいなかった。彼女は唇を真っ赤に染めて、母の送り迎えを受けてタンゴの教室に通い始めた。アルゼンチンの少女にとってそれは韓国のピアノ教室ほどにありふれた習い事だった。

＊

振動音がした。携帯電話の液晶に見慣れた番号が点滅する。アルバイト先の学習塾だった。院長はアルバイトの講師たちに四六時中電話をかけて来た。要件は「退職金で建てたこの学習塾が私にとってはすべてだ。君たちももう少し関心を持って欲しい」で始まり、子供たちの授業態度と小テストの結果、中間考査に備えた計画などの話が延々と続くのだった。地下鉄が漢江を渡る時に、彼女は携帯電話の電源を切った。

学校に着くと正門から一人、二人と学生たちが出てくるのが見えた。暗くなりかけた空に街灯の光が吸い込まれていき、図書館前の道には銀杏の落ち葉がうず高く積もっている。学生食堂を過ぎ閲覧室へと入っていった。

A列五二一番。いつもの席にLオンニの姿が見えた。前髪をピンでとめたLオンニは机に上半身を預けた姿勢で座っていた。ボーッとした顔で、どこか疲れて見えた。

最低限の生活費の為に職場を辞められない大方の人々と違ってLオンニの家は、全面的に彼女の教員試験準備をバックアップしてくれていた。そのため、皆の羨望の的となっていた。

「一日中、教科書だけ見てるのよ。私たちとは比較にならないわ」

「うらやましいでしょ。三十年間ずっと毎月一日には父からお小遣いをもらってるんだもの」

Ｌオンニにその話をすると、Ｌオンニは何が可笑しいのかいつまでも笑い続けていた。

彼女がそっと近づき肩をつかむと、Ｌオンニはびっくりして飛び上がり後ろを振り向いた。机の上には金色の帯のついた財テク関連の本が見えた。Ｌオンニはカバンをつかむとすぐに彼女を連れて図書館を出た。

図書館の外では学生たちが前かがみになってタバコを吸ったり、自動販売機のコーヒーを飲んでいた。街灯の光を受けた彼らの黒髪が青く見えた。Ｌオンニは化粧気のない顔を乾いた手のひらでゴシゴシこすると急に思い出したように言った。

「さっき公示が出たの知ってる？」

「何の？」

「Ｊよ。今回の採用落ちたみたい」

Ｊの名前が飛び出すとドキッとしたが、そんな胸のうちを隠しながら何のこととわざと一拍おいてからゆっくりとたずねた。Ｌオンニが顔を近づけささやいた。

「あのポスト、主任教授の後輩が選ばれたんだって」

テコンドーのユニフォームを着た学生の一団が号令をかけながら彼女たちの右側をまわって駆けて行った。Ｌオンニの声が少し大きくなった。

「あんなにこき使って親しそうにしてたくせに、本命は他にいたってことよ」

Ｌオンニの話を聞き流しながら足を進めているとＪの淡白で面長の顔が思い浮かび、すぐに消えた。講義室のある建物に入ると冷気が感じられ思わず肩をすぼめた。

教室の中はところどころ空席が目立ち、最後の授業なので欠席者が多いようだとＬオンニがため息をついた。

「これじゃ会費をもっと集めなきゃならないかも」

前の扉が開きJが入ってくると彼女は姿勢を正した。いつものようにジャケットを脱ぐと前の椅子にかけて講義を始めた。講義の間中、彼女は頭を上げることができなかった。なぜか目があったら心の中の亀裂が顔に出てしまいそうだった。教材の最後の章だった。内容も重要なものはなかったが、Jはゆっくりと講義を進め、何人かの学生が隣で肘をついて居眠りを始めた。Jの声だけはいつもと同じで何の気配も感じられなかった。

Jは『現代教育思潮』を声を出して読んでいた。現職の教師である何人かの院生が遅刻して講義室に入ってきた。授業に常習で遅れてきてそのたびにJから注意される一団だった。彼らが音をたてて椅子を引き着席する間もJは本を読むのを止めなかった。頭を上げて彼を見ると、本に目を落としている彼の瞳がバラバラに砕けているのが分かった。

＊

授業が終わると人々は一緒に、打ち上げ会場である学校近くの中華料理店に移動した。他の教授や学生たちはすでに到着して席についていた。Jが入っていくと、隣の席の講師の話を聞いていた主任教授の笑顔が心なしか揺らいだ。Jは無表情のままで一番端の席についた。

幹事のLオンニが主任教授に一学期を締めくくるあいさつを促し、いくつかの長い話が終わった後、学生たちが拍手をした。Jは静かにテーブルの上のおしぼりをじっと見つめていた。

食事が済み酒の杯が回った後でも、Jはいつものように先に席を立つこともせずに座っていた。主任教授は現職の教授たちと一方のテーブルに座り談笑を交わしていた。ときどきそちらの方からは大きな笑い声が聞こえてきた。

時間が過ぎ、人々が一人二人と酒に酔い始めると、彼女は目に付かないように少しずつJの隣の席へと近づいた。彼は誰とも話さずにテーブルの上で手にしたペンを動かしながら酒を飲んでいた。テーブルの上にのせた左肘のせいで肩の骨が奇妙に飛び出して見えた。彼女は空咳をしたがJは気付かなかった。

「あのう」

Jが顔を向けて彼女をちらっと見る。

「今回の講義のおかげで本も何冊か読みましたし、大変勉強になりました」

ぎこちなく酒の杯を差し出して彼女があいさつをすると、Jも頭を下げた。

「幹事さんが授業の時間に毎回いろいろと助けてくれたおかげです」

彼女は彼を見つめた。少し酔っているようには見えたが、わざと間違えているようには見えなかった。

「あのう、私は幹事じゃありませんが」

瞬間、彼女のスカートにビールの入ったコップが転げ落ちた。左側に座っていた後輩の腕がテーブルに当たり、テーブルが揺れたのだった。彼女のアイボリー色のスカートに薄い色の液体が広がるのを見た後輩が悲鳴を上げた。

後輩は大丈夫だと言う彼女を無理やりトイレに引っ張って行った。引きずられるようにして行きながら振り返ると、Jは黙って倒れたコップを片付けていた。

スカートのシミは水で拭けば拭くほどより鮮明に染みこんでいき、後輩は半泣きだった。

「本当に大丈夫だから」

彼女は後輩の手を押しとめた。太ももの内側のストッキングまで濡れてしまったようだった。便器の蓋を閉めてその上に座りトイレットペーパーで水気を拭いていると、疲れが押し寄せてきた。幹事だなんて。その間、Jの見せた親切と関心がゆっくりと色あせていき、干からびて砕けた後、空中に飛び散っていった。誰かが遠くから彼女を見て笑う声が聞こえて来るようだった。

染みをおおかた落として席に戻るとJの隣には他の人が座っていた。科の中でノートの整理が一番上手だというROTC（予備役将校訓練課程）出身の男子学生だった。彼は今年の出題傾向について熱を上げて話していた。なかなか自信満々な口調で、新入生たちがその前で真剣な表情で目を輝かせて聞き入っていた。

彼女は静かに端の方に行き座った。男子学生の声は大きく彼女のいるところまで聞こえてきた。男は領域別の出題頻度について表を描きながら説明し始めた。横に座っていた人たちも首を伸ばして男の手元に目をこらしている。

「先生はどう思われますか」

誰かがJにたずねた。

「……試験ですか」

その声は普段より少し低く聞こえた。

「そうですね……」

表を描いていた男がジロッとJを見た。Jはニヤッと笑い、つぶやくように言った。

「僕なら試験なんて受けないでしょうね」

彼はゆっくりと首を傾けた。

「それは……出口が一つしかないビルのようなものですから」

Jの首が赤くなるのが遠くからでもはっきり見えた。女学生の一人が反発するかのように言った。

「でも誰かは出口から出て行けるんですよね」

「展望を信じないわけではありません」

Jは唇の端を上げて笑った。

「僕自身を信じられないだけです」

人々が一斉に彼を見つめた。隣にいた同僚の講師が彼の脇腹をトンと突いた。雰囲気は重くなり、しばらくすると不機嫌な顔をした主任教授が席を立った。主任教授に従い何人かの学生があたふたと立ち上がり、講師たちも出ていった。Jは背中を丸めたまま無言で座っていた。さっぱりした表情の下に黒い沈殿物が沈んでいるように見えた。

残った人間たちも静かに天気やスポーツの話をして、十時を過ぎるとカバンを手にぞろぞろ席を立ち始めた。Ｊも立ち上がろうとしたが瞬間フラッとよろけ、とっさに彼女は倒れた彼の身体を支えた。思ったほど重くはなかった。

外の風は刺すように冷たかったがＪの酔いは覚めなかった。男子学生たちがＪの服のポケットをすべて探してみたが、携帯電話は見つからず皆が困っている時に、Ｌオンニが硬い声で突然言い放った。

「ああ、この子が家を知ってます。ほら、この間のセミナーの後、一緒の方向だって言ってたじゃない」

彼女はＬオンニの送る不自然なサインに顔をしかめた。手を振って違うと頭（かぶり）を振る間に、面倒くさいという表情の男子学生がさっさとタクシーを捕まえ、彼女とＪを一緒に後部座席に押し込むとドアを閉めた。

「頼んだぞ」

車から降りようとした瞬間、彼女に頭をもたれていたＪが深く息をはいた。彼女は首を回して彼を見た。人々はすでにさっさと立ち去っており、彼女は仕方ないと観念して肩を落とした。

彼女はＪを学校の前のモーテルに連れて行った。モーテルの主人が彼女に手を貸して彼を部屋まで連れて行ってくれた。

「私は帰りますから」

弁解するように言ったが、主人は何も言わずに部屋を出て行った。

彼女はマットレスの上にうつ伏せになったＪを見下ろした。当初の計画よりは事の展開が速いものの方向性は間違っていないと考えると、気が抜けて少し笑いたい気分にさえなってくる。テーブルの上の水を一杯飲み干すと、Ｊの横にしゃがみこんだ。彼は固く目を閉じていた。彼の顔をゆっくりと仔細に観察した。

窓もない狭い部屋の中に、表道路を行きかう車の音がそのまま伝わってきた。Ｊの胸がゆっくりと上下するのが見えた。瞬間、その部屋の朱色の照明の下で彼女は、その男のどこに自分が惹かれたのか悟った。細くからまりやすい髪の毛、丸みをおびた頬骨、まつ毛の濃い、切れ長の小さな目、眠っている彼は、昔彼女が愛した誰かに似ているように見えた。

＊

雲はどこから来るの？　空はなぜ青いの？

お姉ちゃん、僕たちはなんで海の中では暮らせないの？

僕はなんでいつもお腹がすくんだろう？

木の葉はみんな、どこに行っちゃうの？　お姉ちゃん、風が吹くと悲しいの？

彼女はモーテルの片方の壁にもたれて立っていた。反対側の壁で電子時計が点滅していた。真夜中にベッドに横たわる男の傍で何をしているんだろうと思った。おかしな夜だった。自分も、この男も、子供の声も。

ド、レ、ミ、歌を歌うように問いかける弟がいた。その子にとって世の中は感嘆するものが多すぎて、時間が一日あっても足りなかった。卸売商を営む両親のせいで弟の面倒をみるのはいつも彼女の役割だった。その子が言葉を話す頃には、彼女は十一歳になっていた。ある日、彼女は家に遊びに来ていた母の友人のポケットから十ドルを盗んだ。生まれて初めての泥棒だった。彼女はスーパーマーケットで嫌になるほど甘いチョコレートバーを買い、食べながら家に帰ってきた。

母は彼女の服から残りの金を見つけ、彼女のしたことを確かめると家から追い出した。彼女は玄関の外でずいぶん長い間、泣いていた。何もかもが嫌だった。その国も、午後の真っ赤な夕陽も、父も、母も、弟も。その時涙で濡れた彼女の頬の上に、何か小さなものが触れた。弟の手のひらだった、あっちに行け、幼子の手を振りほどいて公園の方に歩いていった。すると幼子もまた彼女の後についてきた。

あっちに行けってば、彼女は湖の岸辺に座った。すぐにあたりは暗くなった。

父と母が彼らを探しに出てきた時には彼女は弟を負ぶって立っていた。眠り込んだその子の流した涎が背中を濡らしていたが、それでもぬくもりが温かかった。

大統領が代わり金融危機が起こった後、韓国人会の人々は自分たちだけで銀行を作った。あちこちで閉店する店が相次いだが、彼女の父は綱渡りをするように何とか事業を続けていた。深刻な表情の移民たちがよく父の店に集まっていた。彼女と弟は家と店の間をたびたび往復し店の手伝いをしていた。その日も彼女は弟と一緒にケーキを店に届けるところだった。

「残りは僕が食べるんだ」

弟がうれしそうに言っていた。

「そうね」

店の前に到着すると家に置いてきたものを思い出し、彼女は先に入っているようにと言って弟の背中を押した。その小さな背中を。そして、その子は店の中に入って行った。店の中では父と母が床にうつぶせになり手を頭の上に上げていた。銃を持った人々らは、父が韓国人会の銀行の鍵を持っていると考えていたのだ。銃声がした時、彼女は道の向こう側から歩いてくるところだった。

病院に横たわっていた弟の顔には青いあざができていた。白い布で包まれた弟を母が胸に抱きしめ、彼女は冷たく縮まった弟の手を握っていた。韓国に帰国する前に冷蔵庫の中を整理していたら、あの時の弟のケーキがそのまま残っていた。

Jは夢を見ているのか少し息遣いが荒くなっていた。彼女は彼を揺り動かして起こそうかと思ったが、そのままにしておいた。それが何であれ夢の中へ流してしまったほうが良いだろう。眠りについた彼はよりいっそう細長くすらりと見えた。決して整った顔ではないが、そのすらりとしたところが不思議で思わず見入ってしまった。

携帯電話の電源を入れると父から何通ものメッセージが届いていた。彼女はなぜか不安な気持ちで父に電話をかけた。

「どこだ、十一時を過ぎてるぞ」

「学校」

受話器ごしに自動車のクラクションと騒音が聞こえてきた。仕事にでかけた証拠だ。

「おまえはずいぶん遅くまで学校にいるんだなあ」

彼女は少し笑った。

「パーティーは終わったの?」

「ああ、おまえの母さんと一つ残らずきれいにたいらげた」

父さんはなぜ料理をするの。彼女はそれを聞く代わりに唇をぎゅっと嚙みしめた。

「客もいないし……大学の近くなんだ」

何か気配を感じたのだろうか、父が普段言わないことを言う。

「家まで送ってやろうか。今から出発すれば二十分ほどで行く」

父と待ち合わせの場所を決めて電話を切った。

Jはハアハアと息を吐いており、ぎゅっと締め付けた首回りが窮屈そうに見えた。隣に座っていた彼女は衝動的に彼のワイシャツのボタンを一つはずしてあげた。すると彼はフウーと息を吐き出すと寝返りをうち横向きになった。その拍子にワイシャツがはだけて中に着ていた肌着が見えた。

彼女は目を丸くした。その肌着というのは古くなり山ほど毛玉ができているうえに、薄く垢までついているように見えたのだった。目を細めて見ても同じだった。彼女はしばらく男を見つめていたが、ワイシャツのボタンを元通りにとめた。

昨晩、彼女が悩みに悩んで選んだ贈り物はネクタイピンのセットだった。金色の包装紙に包まれた小さな箱が光の下で輝いていた。まるで重さでも量るようにそれを手にしていた彼女は、その箱を再びカバンに戻した。彼女は体を起こしてJの胸元からペンを抜き取った。サイドテーブルの上に白いメモ紙があったので、彼女はペンを手にしてしばらくためらってから、簡単な事情と自分の名前を書いた。メモは余白が多く二度も折りたたまなければならなかった。

外に出る前に彼女は部屋の中の明かりをすべて消した。暗闇の中でJは安堵したように長い息をもらしていた。廊下を歩いているとスカートの裾がかさかさした。水気がすっかり乾いたようだった。入り口を掃いていたモーテルの主人は背筋を伸ばして、路地を出て行く彼女の後ろ姿を見ていた。

図書館の前で父を待っていた。冷たい夜の空気が肺腑（はいふ）までしみこんできた。彼女は真っ暗な虚空に浮いている黄色い銀杏の葉を眺め、さらに頭をもち上げると閲覧室の窓がすべて明るく輝いていた。

つま先がカチンカチンに凍りついたように硬く感じられ、彼女は小刻みに身体が震えた。胸元のペンダントも一緒に揺れた。チェーンの先端に結ばれている白くて滑らかな骨の欠片が、暗闇の中でかすかに光っている。アルゼンチンの人々は家族が死ぬと、その骨を大切にとっておく。そうすれば、その人に対する記憶を永遠に忘れないでいられると信じているのだ。そっと胸元のそれに触った。その硬い欠片に触っていると何も怖くない気がした。

瞬間静寂を破り携帯電話のベルが響いた。学習塾の院長の電話番号だった。すでに午前零時をまわっていた。電話に出ると、院長は乾いた声でこの前の授業に欠席した生徒たちの補講の時間と月末評価に対する意見を彼女にたずねた。彼女は落ち着いて質問の一つ一つに丁寧に答えていった。学習評価試験や電算システムに関する意見も出した。

「分かりました。他の意見はありませんね？」

院長がたずねた。

「塾に出勤しない日には、電話をかけてこないで下さい」

素っ気ない口調で彼女が言うと、院長が何ですって、と聞き返した。

「電話をかけてこないで下さい。こういう話は出勤した日にまとめてしてもいいはずです。講義についてならばそれは私の役割ですが、院長先生の不安はご自分で解決するべき問題です」

「キム先生……」

「よく分かります。院長先生、不安についてならとてもよく。最近私は毎晩夢の中で自転車のペダルを踏んでいます。いわば私は不安の専門家なんです。でもそれは解決策にはなりません。地面に足がつかないからといって一生、眠ることもできずにペダルだけを踏んでいるわけにはいかないじゃありませんか」

彼女は早口で言葉を続けた。院長と彼女はしばらくの間、無言で受話器を握っていたが先に電話を切ったのは院長のほうだった。

*

「母さんは七時からウトウトしてると思ったら、夕飯を食べるとすぐに横になって寝ちゃったよ」

父が助手席に座れるように荷物をどけながら言う。

「当分の間、早朝勤務だそうだ。アラームを三つもかけてた」

母はスーパーでレジ打ちの仕事を十年以上もしている。一年三百六十五日、雨が降れば傘をさし、氷が張ればつま先だってふらふらしながら出勤した。彼女はその仕事が母を支えているのだと分かっていた。母はそんなふうに人生を信じて生きている人だった。

車の中にはマテ茶の香りが静かにただよっていた。父が椅子の下から魔法瓶を取り出した。揺れる車の中でそれを注意深く口に運ぶ。丸く、ほろ苦い味が喉を伝わり降りていく。長い間震えていたところに温かいものを飲んだせいで、下腹がヒリヒリするような感じがした。父が料理の後にいれるマテ茶は、他のものなど比較にならないほどに、その香りと味は素晴らしかった。震えがおさまると、体がだんだんと気だるくなってきた。

父のタクシーに乗るのは久しぶりだった。大学入試の時にこの車に乗って試験場に行ったことを思い出した。昔の場所から一歩も動けずにいると思った。すべてがそのままだった。彼女はお茶をもう一口、ゆっくりと味わった。

アルゼンチン産のマテ特有のほのかな香りが車の中に広がった。父は普段からマテの葉を直接干して茶をいれていた。良いマテの茶葉からは風、太陽、土の香りを感じることができるという。感覚が開かれ、それまで感じることのできなかった時間、場所にまで行けるのだという。

彼女と父はラジオもつけずに、低いエンジンの揺れを体に感じながら夜の道を走っていた。星も見えない暗い空には雲が動いていた。

「本当はそのために料理をしてるんだ、マテ茶を飲むために」

茶を飲み干す彼女を見て、父が静かに言った。

「このため？」

「ああ」

父は微笑んだ。

「良いお茶は料理の味を消さずに一つにしてくれるんだ。おまえにはまだ理解できないだろうがね」

彼女はハンドルを握る父の手を見つめた。ふいにJの長い指を思い出した。彼について何一つ知らないけれど、彼にもこのお茶を飲む時間だけは救いになるだろうという気がした。正式に飲むマテ茶は、陶磁器の瓶にストローを入れて接待する。主人とお客は一つのマテ茶を一口ずつ一緒に味わう。

タクシーは都会のど真ん中を疾走していった。眩しいほどに輝くネオンサインをつけた巨大な建物が後ろへ後ろへと流れ去っていく。

「ソウルの夜はおかしいわ」

ほんのりと温かな魔法瓶を手にした彼女が言った。

「明かりが消えないから期待を捨てることができない」

父は無言で前を見ていた。家が近くなるにつれて彼女は眠くなってきた。今日は十分に長い道のりを走って戻って来たので、もう自転車に乗らなくてもいいだろうと思った。長い夜の間中、遠い国の茶の香りが彼女を包んでいた。


初出は『私のために笑う』（文学トンネ、二〇〇九年）。

＊1　［ホドリ人形］'88年ソウルオリンピックのマスコットぬいぐるみ

プラザホテル

キム・ミウォル
金美月

一九七七年、江原道江陵市生まれ。高麗大学言語学科、ソウル芸術大学文芸創作科卒業。デビュー作は「庭園に道を尋ねる」(二〇〇四、世界日報新春文芸入選)。主な作品は『ソウル洞窟ガイド』(二〇〇七)、長編小説『八番目の部屋』(二〇一〇)、『誰も開いてみない本』(二〇一一)、散文集共著『僕が愛した女』(二〇一二)、『昔の恋人のおみやげバザー』(二〇一九)、翻訳『ガウディの青い海』(二〇〇四)など。「中国語授業」(二〇一〇)と「プラザホテル」(二〇一二)が文学トンネ若い作家賞、「八番目の部屋」で申東曄創作賞(二〇一一)、今日の若い芸術家賞(二〇一四)などを受賞した。

行き先を決めるのは妻の役目だった。今年はプラザに行こうと妻が言う。すぐにパソコンの電源を入れた。行き先の予約をするのは私の役割なのだ。

妻が最初にホテルの話を持ち出したのは四、五年前のことだった。夏の休暇を市内のホテルで過ごしたいという話を聞いて私は鼻で笑った。なんだかんだ言っても休暇ではないか。気のきいた避暑地のリゾートでもなく、毎日朝晩、通勤の際に行き来する都心のど真ん中のホテルに行くなんて。いったいそんなところに行って何をするというのか。

しかし、決局のところ妻の言葉に従った。考えてみれば鼻で笑うことでもなかった。家でゆっくり朝寝坊でもしながら、その間観られなかったプレミアムリーグの中継を思う存分観るのが最高の休暇だと信じる私としては、遠くの避暑地よりは近くのホテルに行くほうが遥かに楽だったからだ。

そうやって始まった夫婦のホテルでの避暑。いつのまにかそれは毎年の恒例行事のようになっていた。シェラトン・グランデ・ウォーカーヒル、小公洞(ソゴンドン)のロッテホテル、ホテル新羅(シルラ)、ミレニアム・ヒルトン……。妻は一度行ったホテルには二度と行こうとはしなかった。むしろ休暇のたびに、今度はどこに行くかを選ぶ過程を楽しんでいた。隣で見ている私は、もしかして彼女が本当に望んでいるのは単純にホテルで休暇を過ごすことではなく、武術の達人が道場破りをしてまわるように、それ以上征服するところがなくなるまでこっちのホテル、あっちのホテルと泊まり歩くことにあるのではないかと疑うほどだった。

客室の中で一番低いランクに属するスーペリアルームと、それよりワンランク高いデラックスルームの料金の差は四万ウォンだった。マウスは自然にデラックスルームの予約ボタンに向かう。後ろに立っていた妻が私の右肩に手を置いた。

「それにしてもあなた、少し変わったんじゃない？」

「何が？」

モニターから視線をはずさずに答えた。

「前はいつも文句を言ってたじゃない。ホテルなんかに、何しに行くんだと」

一泊に三十二万ウォン。税金とサービス料を含めると四十万ウォン近く払わなければならなかった。

「覚えてないの？　世の中で一番もったいないのがホテル代だと言ってたじゃない」

そうかな。そうだったような気もする。ホテルの施設がどうだ、サービスがどうだといったところで結局のところ寝に行くだけじゃないか。寝るのはどこで寝ても同じなのに、大金を払って無駄遣いをする理由を四、五年前には納得できなかった。

「そう。あの頃はそうだった」

私はゆっくりとうなずいた。

「本当にもったいないのは……ホテル代なんかじゃないのにな」

すると急にすっかり年をとってしまったような気分になった。

二十歳の頃は世の中で一番もったいないのはタクシー代だと思っていた。大学進学で上京するまで、猫の額ほどの狭い故郷の村では、タクシーは基本料金さえ払えばどこにでも行けた。ところがソウルでは、酒を飲んで終バスを逃すとタクシーに乗って家に帰るしかなく、その料金が二、三万ウォンになることもざらだという事実に驚愕した。それでタクシー代を節約しようとバスの始発が走り出す早朝まで酒を飲み続け、結局は酒代がタクシー代よりも遥かに嵩んだ。それでもそれはもったいなくはなかった。飲んだ分だけ体に残るからだ。一方、就職後に自分で車を運転するようになってからは、駐車料金がもったいなくて仕方がなかった。何もせずに車を置いておくだけで金を出せだなんて、泥棒のようなものだと感じたのだ。例えば酒を飲んだら酒が腹の中に残り、本を読めば本の内容が頭の中に残る。しかし、車をしばしの間停めておいたとして、後に残るものは何もないではないか。そんな非論理的なロジックで酒代十万ウォンはさっさと出しても、駐車料金の一万ウォンには手が震えた。

そして今や、いつの間にか三十代の半ば。今最ももったいないと思わせるものは何か、わざわざ考えてみたことはない。少なくともタクシー代ではなかった。駐車料金でもなく、ホテル代でもなかった。だとしたら何だろう。

「ここは本当はワールドカップのときに行くべきだったのよ」

何の話かと、妻をじっと見つめた。

「そうすれば市庁前広場をぎっしり埋め尽くしたレッドデビル[*1]を眼下に見下ろせたのに」

市庁前だと。待てよ、ホテルの名前が何だっけ。再びモニターに視線を戻した。そうだった。予約しながらもまるで気づかなかったが、今回の休暇の行き先はあそこだった。市庁のそばを通る際には誰もが一度くらいは見上げることになる、車道の向こうにソウル広場を守るかのようにすっとそびえ立つソウル・プラザホテル。私は鼻水をすすった。急に鋭い冬の風が鼻先をかすめた気がしたのだ。冷たく澄んだ空気の中に響き渡った救世軍の社会鍋[*2]の鐘の音が耳元に鮮やかによみがえった。

先輩たちはあきれたという表情をしていた。入学式でもない予備召集のオリエンテーションの日にスーツを着込んできた新入生が三人もいたからだ。三人の共通点はみんな地方から上京してきた国内留学生だということ。初めから田舎者丸出しになってしまったことが恥ずかしかったが、それでも僕は自分の背広が一番高いだろうと確信して胸を張った。大学入試の合格発表の日に、父が村に一つしかない洋装店であつらえてくれたスーツは、チョッキをのぞいても値段が三十万ウォンもしたものだった。しかし、先輩たちの関心を引いたのは他の奴のスーツだった。

「アルマーニじゃないか。本物みたいだな」

「それじゃいくらだ、二百（イベク）？」

イベクだなんて。杜甫と李白の李白（イベク）でもあるまいし。

「いいえ、百万ウォンちょっとぐらいです」

そいつの答えを聞いてようやく僕はそれが値段のことだと察した。世の中にそんな高い服があったなんて。そんな服を買って着ている人間がいて、それに気づく人間がいるなんて。しょげるというよりも、あきれてしまった。しかし、地方の有力者の息子だというそいつに見せた先輩たちの反応は、意外にも冷たいものだった。この真っ暗な絶望の時代に名品ブランドだなんて恥ずかしいと思えと、あからさまに非難する先輩もいた。真っ暗な絶望の時代が何なのか、名品ブランドが何なのかは分からなくても、いずれにしても大学生になった僕の最初の悟りは、それだった。

ああ、ソウルは本当にたまげたところだ。

驚いたのはそれだけではなかった。大学には担任の先生もおらず、決められた授業の時間表もなかった。新入生たちは電算室にどっと押し寄せたかと思うと、それぞれの受講申請をした。自分が聴きたい授業を自分で選ぶという生まれてはじめて獲得した学生としての権利を最大限行使しようと、僕はゆっくりと講義の目的とカリキュラムを比較しながら、どの授業が面白いかを比べていった。ところがふっと周囲を見回すと、電算室に残った新入生は三人しかいなかった。三人は全員、スーツを着ていた。後で聞いた話だと、受講申請は素早く行わないと、あっという間に定員が埋まってしまうので、みんなさっと終えて飯を食いに行ってしまったとのことだった。結局僕たちスーツ組は、とにかく空いている授業を手当たり次第に申請し、何とか必要な十九単位を埋めた。新入生の数が三十人で授業の定員も三十人なのに、なぜ早く申請しないと席がなくなり受講が不可能になるのか、到底理解できなかったが、哲学入門だとか、人文学概論とか、何か知的に感じられる科目名を見ているだけで自分が知性人になったようで、すぐに気分はよくなった。

学生食堂では先に来ていた新入生たちがいくつかのテーブルを一列に長くつなげて、向かい合って座り食事をしていた。僕も端にそっと座った。座ってから見ると横には女子が、前にも女子がいた。生徒全員が男子、教師も全員男性の中学・高校に通った六年間、僕は女子の半径一メートル以内に近づいたことは一度もなかった。顔も上げられずにスープがしょっぱいのか、ご飯が固いのかも分からないまま、誰も何も言わずにひたすら箸の触れ合う音だけがテーブルの上を流れる中、僕も箸の音をそっと添えた。そのとき前の席の女子が口を開いた。

「みんな、大豆もやし止めときな。傷んでる」

僕はちょうど大豆もやしのナムルを箸でめいっぱい摑んで口に詰め込んだところだった。彼女と僕の目があった。瞬間、何でもいいから言わなくてはという気がした。

「うん、僕はよく分からない。大丈夫な気もするけど」

主張を裏付けようとしたのではないが、無意識に口に放り込んでいたもやしをゴクンと飲み込んだ。すぐに四方から、どうりで味がおかしかったとか、最初からおかしいと思ってたよ、一口食べて吐き出した、などという声が聞こえてきた。ウソだろ。

「あんた、大豆もやし初めて食べたの？」

口調はぶっきらぼうだったが、顔は笑っていた。突然、箸を持った手から力が抜けてしまった。女子が笑っている顔をそんな近くで見たのは生まれて初めてだった。彼女は顔が小さかった。肌は白く、瞳は真っ黒で、唇は紅かった。一言で言って白雪姫のようだった。こんなに可愛い女子が僕の前に座っているなんて。予備招集日にスーツを着てやってきた田舎者で、受講申請も出遅れた間抜け野郎で、大豆もやしが傷んでるのかさえ分からない大ばか野郎に笑いかけてくれたユンソに、僕はそうやって出会った。

浪人をしたという彼女は二十一歳だった。早生まれなので数えの七歳で小学校に入学した僕は十九歳。それでも彼女は大学に入学した年は同じだからタメ口でよいと言った。ユンソ、ユンソ。彼女の名前を呼ぶたびに僕はお釣りを余計にもらったような、ささやかなおまけをもらったような気分になった。しかし、おまけというのは元々おまけでしかなく、チャンスがたくさんあったわけではなかった。ユンソは何かにつけて授業をさぼった。探してみると科の部屋や学校前の居酒屋で飲んでいるのが常だった。周りにはいつも、浪人して入学してきた二十一歳の男子が取り囲んでいた。現役の同期を子供扱いし、自分たちだけ大人であるかのようにふるまっている彼らのせいで、僕はユンソになかなか近づくことができなかった。

偉そうに。浪人したのが自慢かよ。

と思っても彼らの前では一言も言えない僕は、何の罪もない道端の石ころに八つ当たりしては蹴飛ばしていた。

いつ過ぎたのかも気づかないうちに、あっという間に春の日は過ぎていった。こっちのサークル、あっちのサークルとうろうろした挙げ句に結局僕はどこにも入らず、何にも関心がないように見えたユンソは大学の放送局のプロデューサーになった。校庭で偶然放送が聞こえてくると、僕はしばしその場に立ちどまり目を閉じたものだ。彼女の声が聞こえてくるわけではないが、アナウンサーが読んでいる原稿をユンソが書いたかと思うと、スピーカーから流れてくる文章の後ろに彼女の顔が浮かんでくるようだった。そうして何かの機会にユンソと顔を合わせれば放送が良かったとか、コメントが新鮮だったとか、選曲が抜群だったなどと熱弁をふるった。それで熱烈リスナーに見えたらしく、彼女が僕に出演をもちかけてきたのも無理はなかった。

「放送に？　僕が？　そんな」

「十分だけだから。生じゃない事前収録だから負担に思うこともないし。お願い」

改編に際して、学友たちにとってもっと身近な番組にしようということになり、一週間に一度、学友との対談コーナーを企画したというのだった。ほかならぬ彼女の頼み、断れるわけがない。僕はすぐにその日から毎日一個ずつ生卵を食べた。リクエスト曲はキム・ゴンモの「間違った出会い」とルーラの「羽を失くした天使」とR.efの「別れの公式」の中からどれにするか悩んだ。録音の当日には約束時間より十分も早く到着する誠意も示した。

しかし、僕が出演した部分は完全に編集でカットされ、たったの一秒も放送されなかった。十分理解できる措置だった。遊びに行く気分で出かけていったところ、やれＷＴＯ（世界貿易機関）の発足だ、財閥家の妙な世襲や予備校の営業自由化などという、いわば真っ暗な絶望の時代に対する質問が待ち受けており、慌てふためいた僕は誰が見ても不適格者だったからだ。特に教授も顔負けの老け顔で局長と呼ばれていた奴は、壊れた器を見るような苦りきった表情で僕に向かって舌打ちまでしていた。その日、僕のリクエスト曲の代わりに選曲されたのはノチャッサ（歌を探す人々）の「乾いた葉ふたたび生き返って」という歌だった。

そんな馬鹿な。乾いた葉がどうやって生き返るんだよ。イエスかよ。

放送を聴きながら僕はまた罪のない道端の石ころに八つ当たりしていた。

翌日、質問の内容を事前に知らせてあげられなくて悪かったと謝りにきたユンソにデートの約束を取り付けたのだから、不発に終わった放送出演は、結果的に僕にとっては怪我の功名となったようだ。僕たちは明洞（ミョンドン）でとんかつを食べ、生ビールを一杯ずつ飲んだ後、少し歩くことにした。複雑に入り組んだ明洞の裏道をユンソは抜け道までよく知っていた。GET USED、ニクス（NIX）、BOY LONDONなどの有名メーカーの店が並んでいる通りは見るだけでも楽しかった。超高層ビル、華やかなショーウインドウ、三々五々に集まって行き交う若い男女たち。僕には一歩一歩、歩みを進める通りがすべて新世界だった。故郷なら十分前も十分後も歩いている村の風景は同じなのに、ここは一分ごとに変わっていった。乙支路入口（ウルチロイプク）駅を過ぎ、市庁の方へそのまま歩き続けた。そのどこにも知った顔が全然いないのもまた、不思議な体験だった。

ああ、ソウルは本当にたまげたところだ。

僕は心の中でまた叫んだ。そして何よりも今、この時間、この世界がすべてユンソと僕の二人だけのものだということに興奮してしまい、休みなく一人でしゃべり続けた。中学校の時には反共産主義のスピーチコンテストに出場して一等になったとか、高校の時にはキャンプに行って素手で蛇を捕まえたこともあったとか、笑い話にもならないようなつまらない昔話を、彼女は笑って聞いてくれた。しかし、心の中では他のことを考えていたのか、僕の話が終わると突然、突拍子もない話を始めた。

「私　昔からあそこに一度行きたかったんだ」

「あそこって、どこ？」

話題をそらされてちょっと残念だったものの、好奇心は動いた。ユンソは市庁前の交差点で噴水台の向こうを指差しており、そこには高層ビルが立っていた。屋上の左側についた看板の文字が照明を浴びて黄金色に輝いていた。SEOUL PLAZA HOTEL。

部屋は十六階の廊下の左側の一番奥にあった。ドアを開けると前面透明な窓がまず目に飛び込んできた。ガラスに着色してあるのか、そうでなければ外は雨が降っているのか、空がセピアモードの写真のように非現実的な紫色を帯びていた。妻はスリッパに履き替える間もなく窓辺に行くと歓声をあげた。

「うわぁ、ここから徳寿宮(トクスグン)も見えるわ」

　彼女が徳寿宮を見ている間、僕は部屋の中を見て回った。ざっと見ただけでも構造も家具も什器類もこれまで泊まった他のホテルとたいした違いはなかった。ベッドに腰掛けた。向かいの化粧台の鏡に休暇初日を迎えたサラリーマンの顔が映っていた。ここで過ごす時間が、最近忙しくて見逃した「プリズン・ブレイク」シリーズを最後まで観ることよりも、決して面白そうでも、価値がありそうでもないことをよく分かっているという顔をしていた。

　それもそのはず、ホテルで過ごす休暇はいつも決まりきっていた。チェックインをする。ホテルのレストランで夕食を食べる。スカイラウンジのバーで酒を飲む。部屋に戻ってセックスをして寝る。それがすべてだった。翌日も部屋から出かけるといってもスパに行き、フィットネスクラブかプールに寄るのがせいぜいだった。だから特別な記憶が残る休暇というのはなかった。去年行ったところも、一昨年行ったところも、冷蔵庫の中の卵のように、ホテルはどれもこれも似たり寄ったりだった。

　マットレスは弾力がちょうど良かった。シーツは糊がよくきいて清潔で、陽光の下で乾いたタオルの匂いがした。私は横になった。エアコンの風で適当に冷たくなった空気が顔や腕の上に気持ちよく落ちてくる。目をつぶる。完璧な温度、完璧な湿度、完璧な清潔状態、完璧なサービス、完璧な待遇を受けているという気分。ホテルに何度も足を運ぶことになるのは、まさにその完璧さが心地良いからではないか。金を払って完璧さを買うというのはまさに、資本主義の祝福だ。

　妻は化粧台の上に所持品を並べていく。一泊の短い外泊でも行商人のように荷物を一杯に詰め込んでくる彼女らしくなく、今回持ってきた化粧品はなかなかシンプルに見えた。結婚して驚いたことの一つが女性の化粧品の種類の多さだった。あんなに多種多様で細分化されているとは知らなかった。化粧水に乳液にクリーム。そこまでは私も知っていた。エッセンスだ、セラム（美容液）だとかいうのも理解できた。しかしそれがすべてではなかった。アイクリーム、ネッククリーム、ハンドクリーム、フットクリーム、ボディクリーム、リップクリームなどなど、無限に増殖する化粧品の種類の前で人体は各部位に分解、解体された。ネックもハンドもフットも皆ボディの一部なのに、そんなに区分しているとフットクリームをネックに塗ったら大変なことになりそうではないか。それらは基礎化粧品で、メイクアップ化粧品が別にあるという話を聞いたときには、それ以上知りたくないと思った。もうギブアップだった。

家の電化製品も同じだった。加湿器にエアコンにヒーターに空気清浄機、浄水器、毛玉取り機、生ごみ乾燥機に食器洗浄機にビデに歯ブラシ殺菌機まで、必要なものがどんどん増えていった。なくても暮らしていけたものが、いつからかあれば良い、さらにはどうしても必要なものに変わっていった。今後はもっとそうなっていくだろう。だから束の間だけでもそんな物から離れていられるという点でなら、ホテルに来るのも休暇は休暇だった。

目を覚ましたのは周りがやたらと静かだったからだ。妻の後ろ姿が見えた。化粧台の整理を終えたのか、彼女は腕組みをしたまま再び窓から外を見ていた。

「何をそんなに見てるんだ？」

「ノ・ムヒョン［盧武鉉］[*3]」

「えっ？」

思わず体を起こす。妻は徳寿宮の大漢門（テハンムン）のほうを見下ろしていた。

「ノ・ムヒョンのことを考えていたの。あそこに焼香台があったじゃない」

わずか数か月前のことだった。朝からノ・ムヒョン元大統領逝去のニュースがオンライン・オフラインの世界を完全に掌握していたあの日、妻は夜遅くまで家に帰ってこなかった。一日中、電話も通じなかった。私が妻を見たのはテレビの九時のニュースでだった。彼女は徳寿宮の塀に沿って長く延びている弔問の行列の中に、白い菊の花を手にして立っていた。クローズアップされた画面の中で目に涙をためた彼女は、どこか悲しいというよりは疲れて見えた。後で聞いた話だと弔問のためにきっちり五時間並んでいたということだった。疲れて見えたはずだ。

　ズボンのポケットからタバコを取り出す。ライターが見つからない。家から出てくるときに確かに持ってきたはずなのに。服ではなくカバンに入れたんだっけ。

「ライター見なかった?」

　妻はこちらをちらっと見ると、隅に置かれたカバンの中を探し始めた。窓の外に広がる地上十六階の高さの空は依然として紫色だった。遠くに見下ろす歩道では色とりどりの傘が出会い、そして離れていった。意外なことに黒系統の傘が一番多かった。雨は止もうとしているのだろうか。ソウル広場の入り口に傘もなくウロウロしている一塊（ひとかたまり）の人々が目に付いた。彼らは皆、あらかじめ申し合わせたかのように黒い服を着ていた。

「ないわよ。フロントデスクにマッチを持ってくるように頼みましょうか」

「ああ、そうだな。そうしてくれるか」

　妻は受話器に近づいた。彼女の肩越しに市庁から光化門（クァンファムン）の方向に長く延びている太平路（テピョンロ）が見えた。見慣れた建物、見知った通り、目をつぶっても思い出すことのできる光景。私はカバンから傘を取り出した。

「いや、外に出て買って来る。外の空気も吸いたいから」

　妻は受話器をおくと、にこりとした。

「ちょうどいいわ。それなら戻ってくるときにアイス・アメリカーノを一杯買ってきて」

ベッドサイドのデジタル時計の数字が十七時十四分から十五分へと変わろうとしていた。

ホテルの前の横断歩道。その真ん中に信号に引っかかった観光バスが一台、中途半端に停車していた。乗客はみんな窓に頭をつけて眠りこけていた。いつからだったろう、世の中の人々がいつも疲れてるように感じられるようになったのは。なぜだろう。傘をさした。雨はだいぶ小降りになってはいたが傘もささずに歩けるほどではなかった。徳寿宮の隣の建物と乙支路方向の建物を眺めた。普段は否が応にも目に付くコンビニが一つも見当たらなかった。ホテルの裏側に回って見ようと思った。足を運びながら私は疲れた乗客でいっぱいのバスを何となく横目で眺めた。その後ろに市庁の建物があり、地下鉄駅があり……交差点があり噴水台があり……そのどこかにユンソと僕がいるようだった。

最初のデートの後、僕たちはもう一度二人だけの時間をもった。時は五月。光州民主化運動の真相究明を求めるデモでのことだった。普段からよくしてくれた学生会の先輩に誘われ、僕も断りきれずに参加したのだった。人々に交じって学校の正門を出るときまではこんなものかと思っていた。しかし明洞に到着すると、驚きのあまり口をポカンと開けてしまうほどだった。ソウル市内の大学生が全員集まったかと思われるほど、デモ隊の規模は想像を遥かに超えたものだった。途中で適当なタイミングで抜け出そうと思っていたが、スクラムを固く組んでいるのでそれも容易ではなかった。何度か試みた末にようやく隊列から抜け出した。デモ隊を見物する市民で混み合った歩道に足をかけた瞬間だった。突然、背後から強大な喚声がまき起こった。耳をつんざくほどだった。少し前まで座り込んでいた車道を振り返った。遥か遠くの隊列の一番前にワラで作った実物大のチョン・ドゥファン〔全斗煥〕[*4]の人形が登場していた。殺人魔を火あぶりにするんだと誰かが叫んだ。背中を冷や汗が流れた。見物していた市民たちは、もっとよく見ようと争うように前へ前へと足を踏み出していた。

僕は人波を掻き分けて地下鉄駅に向かった。汗びっしょりになった体を少しでも早く洗いたいという思いだけだった。そして隊列の後尾に達したときに見慣れた顔を発見した。教授顔負けの老け顔をした例の放送局の局長。カメラを抱えた男子学生が二人。その横に立っている女子学生が一人。

「ユンソ！　イ・ユンソ！」

彼女が僕を振り返り、催涙弾が飛び交い、戦闘警察が押し出してきて、スクラムが崩れ、悲鳴が乱舞した。どちらが先だったか分からない。気がつくと僕はユンソの手を摑んで狂ったように駆け出していた。足がガクガクしてこれ以上は走れなくなり立ち止まったのは献血ルームの前。荒い息を吐き出しながら、何も考えずに中に飛び込んだ。よくいらっしゃいました。歓迎します。看護師が愛想よく笑いながら僕たちを迎え入れてくれた。室内は心地よく、平和だった。外とは完全な別世界。

ソウルは本当にたまげたところだ。

僕たちは二人とも献血不可能の判定を受けた。当たり前だ、死にもの狂いで駆けてきた直後なので血圧が正常なわけがなかった。ユンソの血液型はA型だった。僕は0型。A型の女と0型の男は相性が最高だとか。考えただけでも顔が赤くなった。ユンソは無言だった。血のついた親指の先をアルコール綿で拭いてばかりいた。しばらくそうしていて、突然こうたずねた。

「私たちも何年か後、もっと年をとったら、さっきの市民のようになるのかしら」

「何のこと。市民がどうしたの？」

「俺も昔、まだ青二才の頃にはデモもやったもんだ、と言いながらのんびりと見物するようになるのかしら」

「まさか。そんなふうに考える人はいないよ」

「いいえ。私はさっき聞いたの。あそこにいたおじさんがそう言ってた。若い学生に何が分かるかって、どっちにしたって卒業して、社会に出ればみんな忘れてしまうのに、なぜ、何かといえばデモなのかと。そんなことしたって車が渋滞するだけで、世の中は変わらないって」

ユンソは複雑な表情で血のついた綿をゴミ箱に捨てた。テーブルに置かれたチョコパイの包み紙を破りながら今度は僕がたずねた。

「チョン・ドゥファンのこと、本当に殺せるかな」

「本当には殺せないからワラ人形を燃やしてるんじゃない」

「だから、僕が言いたいのは、万一本当に殺せるなら、きみならどうする?」

「私は……できない。人を殺すなんて」

「そうだよ。人を殺すなんて」

「……」

ユンソもチョコパイを手にとった。献血もしないくせにおやつには手を出して危険千万な内容の談笑を交わしている二人の大学生を、看護師は追い出そうとはしなかった。

その日も僕たちは市庁駅まで歩いた。韓国銀行の前を通り過ぎるときにユンソは今日初めて会った人のように僕にソウルでの生活はどうだとたずねた。そういえばソウル暮らしもいつの間にか三か月目に入っていた。幼い頃にチョ・ヨンピルの「ソウル・ソウル・ソウル」やイ・ヨンの「私たちのソウル」などの歌を聞いて抱いていた幻想の中のソウルとはちょっと違っていたが、それでも悪くはなかった。ユンソはソウルが故郷だと言った。

「私はここが嫌い。人も多くてうるさすぎる。街には同じような形のアパートしかないし、空気は濁って。夜は明るすぎて眠ることもできない」

人が多くてうるさいのが僕はむしろ良かった。自分までつられてテンションが上がるからだ。ソウルはどこに行っても同じところは一つとしてなく、その気になれば一年三百六十五日デートコースを三百六十五種類作ることもできた。夜も明るいから、一人でいても寂しくないように感じられた。しかし、だからといってわざわざユンソに反対意見を述べる必要はなかった。いや、ユンソにならなんでも彼女の思うとおりに説得されてかまわなかった。向こうにプラザホテルの建物の側面が見えた。

「ユンソ、なんであの時あそこに行きたいと言ったの？」

ユンソの表情は真剣だった。

「たとえば、私が二十年前に父母に捨てられて外国に海外養子に出された孤児で……」

「きみが、本当？」

「そうじゃなくて、たとえばの話よ」

彼女の声は低かった。少し前まで催涙弾の煙でいっぱいの明洞を逃げ回っていたのが遠い昔のことのように感じられた。空には星もなく、大地には花もなかったが、僕は彼女と一緒に歩くこの夜道が永遠に終わらなければいいのにと思っていた。

「二十歳になって初めて故国を訪れるの。実の両親に会いに来たというわけ。それでプラザホテルに泊まるの。ソウルのど真ん中にあるから象徴的じゃない。市庁のまん前だし、ポイントゼロ（道路元標）も近いし。とにかくそれで両親と会うことにした前の晩、ホテルで故国の首都の夜景を見下ろしながらいろいろな想いにふけるのよ」

ユンソは言葉の最後に空を見上げた。

「それで？　それで終わり？」

「うん。それがどんな気持ちなのか知りたくて行きたかったの」

「でも例え話なら。きみは海外養子に出された孤児じゃないんだろう？」

「そのような状況で見下ろすソウルの街は見慣れない、新しいものでしょ。私が一度も見たことのない場所のようなもの。二十年間かかわりあって暮らしてきた見慣れた故郷の街ではなく、生まれて初めて見る魅惑的な異邦の地。でも私を捨てた非情な都市。それを見たかったの」

僕は歩調をゆるめた。彼女のために何かしたかった。彼女の願いをかなえてあげたかった。プラザホテルに一晩泊まる費用はいくらくらいだろう。どんなに高いといったって。金ならためればよいではないか。僕は口調を整えた。

「ユンソ、クリスマスはどうする？」

彼女は大声でゲラゲラと笑った。クリスマスまではまだ七か月も残っていたからだ。僕は笑わなかった。ゆっくりと拳を握り締めてから、開いた。手のひらが汗で濡れていた。

「約束がないなら……その日、僕と会わないかい？」

僕としては一世一代の勇気を出したのだった。まるでプロポーズをするような気分だったというか。ユンソの答えを待っているその数秒間が恐ろしく長く感じられた。

「いいわよ、そうしよう」

彼女は明るく笑った。学生食堂ではじめて会ったときと同じように。あふれ出る喜びの叫びを抑えようと、僕は歯をギュッと食いしばった。そして足の先にひっかかった石ころを蹴っ飛ばした。それははるか遠くまで飛んで行った。

使い捨てライターの値段は一個が三百ウォン。本当に久しぶりに買った。最近でも三百ウォンで買える物があったなんて。ガムも一個が五百ウォンはするというのに。透明な緑色のライターをはじめて見るもののように眺めた。それなら昔、大学に通っていた頃は百ウォンくらいだったということか。それでもあの頃は、世の中で一番もったいないのが、仕方なく買うライター代だった。ビリヤードや居酒屋に毎日のように通っていた時代なので、そこから一つ、二つ持ってきた色とりどりの使い捨てライターが、机の引き出しには常に三十個くらいは入っていたときもあったからだ。

またホテルの前に戻ってきた。今度はアイスコーヒーを買う番だった。妻はブランドにはこだわらなかったが、コーヒービーンのアメリカーノが一番好きだった。いつだったかソウルフィナンシャルセンターの近くでコーヒービーンの売り場を見たことを思い出した。私は赤信号の点った信号機の下に立った。

横断歩道の向かい側のソウル広場入り口に、黒い服を着た人々が傘もささずに立っているのが目に入った。よく見るとさっきホテルの部屋から眺めていた、あの人々のようだった。雑然と列をなした隊列の先頭には女たちが立っていた。彼女たちが着ているのは喪服だった。彼女たちの左側に立っているのは野党の政治家なのか、市民運動家なのか、どこかで見たような顔の男。そして彼らの後ろには白いひげをたくわえた老人が、司祭服を着て杖で体を支えて立っていた。老人が掲げている垂れ幕の文句が雨の中でも鮮明だった。

「大統領は遺族の前に謝罪しろ！　龍山（ヨンサン）惨事を解決しろ！」

龍山惨事って、年が明けてすぐに起きたあの事件がまだ解決されていないというのか。都市開発計画により強制的に退去を強いられ、それに反対した地元住民五人だか、六人だかが抗議の最中に死亡したあの事件を記憶していたのは、ちょうどその日の夕方に妻と一緒にその事故現場のそばを通り過ぎたからだった。妻の実家のある二村洞（イチョンドン）に行く途中だった。警察のバスと武装した戦闘警察と取材陣が幾重にも取り囲んだ新龍山（シンヨンサン）駅一帯は、車がひどく渋滞していた。妻は乗用車の中で「大変だ、大変だ」を連発していた。それが龍山の惨事について言っているのか、車が混みあい大変だと言っているのかは分からなかった。その日、私たちは予定よりも一時間遅れで目的地に到着した。

遠く市庁の外壁の大型時計が五時三十分を指して

いた。喪服の女たちが突然地面にひざまずきうつ伏せた。政治家らしき男と白いひげの司祭と六、七人の市民も横と後ろで同じようにひざまずき、地面にひれ伏した。三歩歩いて一度地面にひざまずいて祈り、また三歩歩き一度ひざまずいて祈る。彼らは三歩一拝を繰り返しているのだった。

信号が青に変わった。瞬間、大きな音がしたと思ったら空から大粒の雨が落ちてきた。さらに突風まで吹きだした。私は横断歩道の途中で立ち止まり、風にあおられ反り返った傘を必死で握り締めていた。猛烈な雨で前もよく見えない。誰かが喪服の女たちに雨具を渡したが、女たちはそれを受け取らなかった。豪雨の中で雨合羽も傘もなしに彼らは三歩進み、一度ひざまずきながら広場を回っていた。一緒に行う人もさほど多くなく、それを見ている人も少ない惨めな風景だった。私は横断歩道の中あたりでそのまま引き返した。こんな雨の中を突き抜けて行くにはコーヒービーンは遠すぎた。それに妻はコーヒーの選択にそんなにうるさくはないので、徳寿宮の横のダンキンドーナツのアメリカンでも喜ぶだろう。

びっしょり濡れた袖と短パンの裾から水滴がポタポタと落ちていた。気の利いたドアマンが乾いたタオルを渡しながら笑みを浮かべた。

「コンニチハ」

日本人じゃないと言うのも面倒だったのでタオルを受け取ると答えた。

「ありがとうございます」

休暇シーズンに韓国人の男性が、ソウルのど真ん中のホテルで休暇を過ごしているなんて考えられないだろう。ビジネスのために地方からソウルに出張に来た韓国人に見えるかもしれないが、椰子の木の模様の空色のシャツに短パン、裸足に革のサンダルをつっかけた姿は、十中八九日本人観光客に誤解される。

ホテルのロビーに入ると自分の家に帰ってきたような心地に包まれた。不快な声が出そうなほど暑くジメジメした外の空気とは違い、ここはうわーと歓声をあげてしまいそうなほど涼しく快適だった。エレベーターのドアが閉まった。一人になると思わず溜息がでた。手にアイスコーヒーを持っていないことに気付いたのは十六階で降りた瞬間だった。ロビーで体の水気をタオルで拭く間、コーヒーをしばし横に置いたのだが、それをうっかり忘れてそのまま上がってきてしまったのだった。再びエレベーターに向かった。すでに遅し。十五、十四、十三……階を知らせる表示はどんどん下がっていった。周囲を見回した。廊下には誰もいなかった。いつだったか週末の名画番組で見た外国映画の一場面が思い出された。誰もいないホテルの廊下で太った男が壁に向かって全速力で走っていく場面だ。

「俺が俺だということを見せてやる！」

男はそう叫んだ。そして壁にぶち当たった瞬間、そこを通り抜けた。私は男の体が突き抜けていったその穴を眺めるように目の前の壁を凝視した。正確にはその前に置かれたテーブルを、より正確にはその上の電話機を凝視した。その受話器を取るとどんな言葉が流れてくるか知っていた。ずいぶん昔に一度取り上げて、また戻したことがあったからだ。ありがとうございます。何のご用でしょうか。そのような内容だったと思うが、受話器の向こうのフロントデスクの担当者が駆使した日本語をその時はまったく分からなかった。それでもむしろ良かった。対話をしたかったわけではなかったからだ。ただこの世の中に自分一人ではないことを確認したかっただけだった。

よりにもよって気温が急降下した日だった。市庁の前には僕のように誰かを待っている人々が六、七人はいた。手はかじかみ、体は震え、上下の歯がぶつかる音がした。それでも思わずニヤニヤしてしまうのは止めようがなかった。人生で十九回目のクリスマスだった。もう少しすれば、人生で二十一回目のクリスマスを迎える女性が来ることになっていた。この瞬間をどれほど長い時間をかけて準備してきたことか。好きな人を待ちながら眺めるソウルの夜景は驚くほど冷たく澄んでいて美しかった。行き交う人々は、市庁前の歩道の片隅に置かれた救世軍の社会鍋にお金を入れて通りすぎていく。制服を身につけた男が鳴らす鐘の音が十二月の冷たい空気の中で透明に広がっていった。

「きみのためにプラザホテルを予約した」

ユンソをびっくりさせるクリスマスプレゼントだった。もちろんホテルに僕も一緒に行くという話だったが、他の意味はなかった。彼女に指一本触れる気がなかったかといえば嘘になるが。でも僕が本当に願っていたのはそんなことではなかった。ホテルの部屋で、彼女が二十年ぶりに初めて故国を訪れた海外養子の心情を経験することができるのなら、その目に映った見慣れぬソウルの風景を長い間記憶できるのなら、それで十分だった。

約束時間から三十分が過ぎた。彼女の家に電話をかけた。携帯電話もポケベルもなかった時代なので公衆電話のブースから電話をかけながらも、その間にユンソが来て行き違いになったらどうしようと気が気ではなく、絶えず後ろを振り返っていた。一時間が過ぎた。依然として誰も電話を取らない。さらに三十分が過ぎた。ついに電話に出たのは彼女の母親だった。ユンソは昼頃すでに友人たちと一緒に外出したという。僕との約束をすっかり忘れていたのだ。一人でホテルまでとぼとぼ歩いた。宿泊予約を取り消すことができるという考えを、そのときなぜ思いつかなかったのだろう。

十六階の窓から見下ろすソウルの夜。市庁から光化門の方向にすっと延びている太平路をヘッドライトをつけた車の列が絶え間なく走って行っては、反対車線から走って来た。白い車が一番多かった。好きな人にすっぽかされて見下ろすソウルの夜景は依然として冷たく澄んで美しかった。そして寂しかった。七か月間ありとあらゆるアルバイトをして貯めたお金で買った一晩は、そうやって過ぎていった。僕はその日のことを誰にも打ち明けなかった。ホテルの部屋に一人でいた。ずっと窓の外を見ていて、そのまま眠ってしまった。早朝に目覚めて、故国に初めて来た海外養子のように突然孤独が身にしみて辛くなり、寂寞とした廊下をうろうろした。そしてエレベーターの前のテーブルの上に置かれた受話器を見つけ、フロントデスクの担当者の声を聞いたのだ。

あとでユンソにも市庁前で寒さに震えながら彼女を待っていたという話はしたが、ホテルの話しはしなかった。その夜の記憶をあの時は一人で秘めていたかった。どちらにしても話をしたところで、信じなかっただろう。当時のホテルの一晩の宿泊代は、僕の部屋の三か月分の家賃に匹敵する大金だったからだ。

十数年の歳月が流れた今、この話をしたら彼女は信じるだろうか。あの時のことを覚えているだろうか。私があの時の僕だということ、私たちがあの時の僕たちだったことを、証明できるだろうか。

雨の中を買いに行ってきたアイスコーヒーを渡しながら何気なく話してみようと思った。妻が信じなくても覚えてなくても関係なかった。そんなことは実際、重要ではなかった。今はまだ休暇の初日。私たちにはまだ何日も残っているから。

初出は『ソウル、夜の散歩者たち』(カン、二〇一一年)。

＊1 [レッドデビル] 韓国サッカー代表チームのサポーター
＊2 [救世軍の社会鍋] 救世軍(キリスト教団体)による歳末募金運動
＊3 [盧武鉉] 韓国の政治家。第十六代大統領(在任:二〇〇三〜二〇〇八)
＊4 [全斗煥] 韓国の軍人、政治家。第十一・十二代大統領(在任:一九八〇〜一九八八)

桃色のリボンの季節

クォン・ヨソン
權汝宣

一九六五年、慶尚北道安東市生まれ。ソウル大学校国語国文学科卒業、同大学院修士課程、仁荷大学校大学院国文学博士課程修了。デビュー作は長編小説『青い隙間』（一九九六年、「第二回想像文学賞」受賞）。代表作に小説集『純粋な魂、マリリンモンロー』（二〇〇五）、『ピンクリボンの時代』（二〇〇七）、『私の庭の赤い実』（二〇一〇）、『カヤの森』（二〇一三）、『春夜』（二〇一四）、長編小説『レガート』（二〇一二）、『レモン』（二〇一九）、『まだまだという言葉』（二〇二〇）、散文集『今日、何を食べる』（二〇一八）など。「タンキリ豆の蒸す間」で呉永壽文学賞（二〇〇七）、「愛を信じる」で李箱文学賞（二〇〇八）、『土偶の家』で東里文学賞（二〇一五）、「さよなら酔っ払い」で東仁文学賞（二〇一六）、「知らない領域」で李孝石文学賞（二〇一八）などを受賞した。

二十九歳の晩春にソウルを離れた。そして、新都市のオフィステル[*1]できっかり一年を過ごし、三十歳の春の終わり、梅雨が始まる直前にソウルに戻ってきた。ソウルを離れた当時、私は何もせず誰にも会わなかった。誰にも会わないというより会う相手がいなかったというのが正しいだろう。何もしなかったというよりは、仕事がなかったというのがより真実に近い。とにかく私はソウルを後にし、何もする必要のないシンプルで孤立した暮らしをしようと考えていた。

私は人と付き合う際に、なかなか気難しいところがある。もちろん、自分が他人の厳しい基準を満たすような素晴らしい友人でないこともよく分かっている。しかし私の長所ともいえるのは、つまらない時間つぶしの人間関係よりはむしろ一人でいるほうが良いと考えるところだ。目指すところはやたらと高いが、実態はそれについていけず、とはいえ孤独には耐えられるという意味だ。きちんとした仕事もなく会う人もいない、そんな風に暮らしていた私が三十歳のころ、彼女たちと出会ってしまったということ自体が、むしろ驚異的だといえる。彼女たち、私の彼女たち。

*

新しく移り住んだ新都市のオフィステルに運び込んだ荷物といえば、ビデオ付きの二十インチのテレビとパソコン、クローゼット一個、そしてホワイトアクリルでできた本箱五個が全部だった。壁面が狭く本箱をあちこちに置いたせいで玄関からは狭い通路しか見えなかった。

引っ越してすぐ、私は歩いて五分のところにある大型スーパーに魅了された。大きな陳列台と広い通路からなるその巨大な空間は、私のオフィステルを弾き飛ばしたようなバロックな形状であった。買い物のためではなく、狭い長方形のオフィステルに慣らされていくおのれの憐れな肉体に、深遠な野望を植えつけるためにほとんど毎晩、ショッピングカートを押してスーパーの中を疾走した。オフィステルに戻って来た私の手には、玉ネギ一袋、卵一パック、時には閉店間際のタイムセールの新鮮な鰈（かれい）一パックが握られていた。

　白い横線で区画された本棚と陳列台の間を、一日も欠かさずにひと月ほど往復したある日の夕方のことだった。しとしとと降り続いた梅雨の雨がしばし止み、雨雲が薄くなり夕焼けに赤く染まった空が現れた。瞬間、私は腹の中の脂肪がすべて流れ出してしまったような強烈な空腹感に襲われた。むっとするような蒸し暑さにもかかわらず、牛の肩バラ肉と牛足骨をじっくり煮込んだ濃厚な肉のスープを食べたいという思いにかられ、慌てて買い物袋を手にした。

　本箱でいえば百科事典用の棚のような広い精肉コーナーをうろうろしていた私は、手頃な値段の部位に目をつけたあと、もっと安いものはないかときょろきょろしていた。そのとき、見知らぬ手が私が目をつけていた肉の上に伸びた。瞬間、私はサッとその肉を取り上げてカートに投げ入れた。ライバルは驚いた様子も見せずに他の部位を探し、シンプルな指輪をした節の太い手が、ゆっくりと陳列台の上をさ迷っていた。次の瞬間、腰を深くまげたその女の肩越しに、朱（チュ）先輩の溌剌とした三角形の顔が現れた。

「チョルス先輩！」

「ヨンヒ！」

　先輩は、私が彼の妻と肉の取り合いをした間柄だとも知らずに懐かしそうに近寄ってきた。それは昔、私に別れを宣言した時に彼がとった冷たい態度を思えば、じつに意外な反応だった。二言三言話しただけで、私たちは互いが大通りを隔てた隣人だということを知り、感激した。

*

先輩は職場を変えるためにしばし休職しており、彼よりも年上に見えるその妻は、頑強そうな体つきとは違い、身体の調子が悪くて教職を休職中だということだった。その後、三人はたびたび会っては一緒に酒を飲んだ。先輩夫婦は結婚三年目でまだ子供はいなかった。私に彼氏がいるという話に先輩の妻は喜んだ。そしてその彼氏が今、モンゴルにいると言うと、今度はひどくまじめな顔で真剣に「モンゴル、モンゴルですって！　よりによって」と言った。モンゴルに誰か知り合いでもいるのかとたずねようとした瞬間、先輩が鼻で笑った。

「フッフン」

先輩はいいことを思いついたという風に目を輝かせて言った。

「話が出たついでにモンゴル鍋のしゃぶしゃぶでも食いに行こうか。年をとったせいか不味（まず）い物を食べると腹が立つんだ」

すでに近隣の飲食店はすべて席巻したという夫婦は、新参者の私をつれて評判の店を何軒か食べ歩いた。それもおおかた食べつくすと、今度は自分たちのアパートに招くようになり、それから私は、その家の常連メンバーとなった。

先輩の妻はいくら言っても年下の私に丁寧な口調をつづけた。子犬に餌をやる時にも敬語を使いそうな女だった。彼女が唯一、ため口をきく相手は先輩だけだった。それも完全なため口というのではなく、語尾をあいまいにするという具合だった。

彼女は文句を言わない女だった。ただ先輩がタバコを最後まで吸う癖に関してだけは、ときどき注意をしていた。そして自らタバコは半分以上は吸わないという模範を示していた。彼女は先輩の妻というよりは思慮深い守護神のようだった。

何よりも彼女は魚料理の名手だった。彼女の作った魚料理の中で私が一番好きだったのは焼き物でも、鍋でもない、煮付けだった。エゴマ油と酢と唐辛子味噌を適当に合わせたタレを使うというのだが、彼女はどんな種類の魚も驚くほど上手く煮付けた。野菜の方は、少しずつ腕を上げている私の勝ちだった。肉類は先輩が好きじゃないということで、たまにしか作らず味もそれほどではなかった。

最初は焼酎で口慣らしをした後に、優雅にワインにシフトするというのがいつものコースだった。それで先輩の家に行く時には、私はスーパーで白ワインを一本買い、先輩の妻は主に魚料理をした。さらにその家の冷蔵庫にはいつでも何種類もの果物が豊富に入っていたので、私は値段の高い果物を買って食べる必要もなかった。彼ら夫婦は中産階級らしく食事をした後には必ず果物かケーキ、クッキーのようなものを食べた。

夏の間中、彼らは私をペットのようにかわいがり太らせようとし、私は喜んで彼らの愛犬となった。愛犬にさえ敬語を使いそうな彼女の口調が、時に不便に感じられたものの。そして彼女は私にきちんとした敬語を使い、モンゴルにいる彼氏の安否を会うたびに必ずたずねた。女らしい哀切さ、思わず手を差し伸べたくなるような可憐さにかけた女たちがよくやるように、彼女と私は終始一貫して互いに礼儀正しい距離感を維持した。

*

先輩夫婦と出会ってから贅沢に慣れてしまった私の舌は、これまでの禁欲的なメニューを拒否し、だんだんと無限の要求をし始めた。果物と魚は十分に味わったので、肉類を味わいたいという具合だ。そういうとき私は、スーパーで手の平くらいの大きさの牛ヒレやサーロインを買い、ステーキにして食べたり、豚バラ肉や赤身を焼いて食べたりした。肉料理をした日には、一人で酒を飲むのがもったいない気がしたが、先輩夫婦は肉類が嫌いだというから仕方がない。ある日、私からその話を聞いた先輩の妻は、ひどく残念そうにこう言った。

「この人はそうでも私は食べますよ。次は私だけでも呼んでくださいね。ヨンヒさん」

先輩も横から口をはさんだ。

「俺も食べるよ。好きじゃないけどな」

礼儀上の話だとは思ったものの、牛ヒレでチャップステーキを作った日、夫婦を招待した。材料さえ新鮮ならチャップステーキほど簡単な料理もない。熱く熱したフライパンに、肉と野菜をジョキジョキと料理バサミで切って放り込み、強火で焼いて最後にステーキソースをかければ出来上がりだ。二人は私がニンジンまでハサミで切っているのを見て感嘆し、予想に反して旺盛な食欲を見せた。コチュジャンで味付けした豚肉の辛口プルコギの時もそうだったが、私が一大決心をして作ったカルビチム［骨付きカルビの蒸し煮］のときには、ほとんど過食といえるほどによく食べた。それでも先輩は相変わらず肉類は嫌いだと言い張り、その妻はそれでも自分は夫よりはよく食べる方だと、そっと付け加えた。彼らにとって肉好きというのは、日に三度肉を食べなければおかしくなるという水準を意味するようだった。彼らと付き合っている間、二人が私よりも肉が嫌いだという証拠を見つけることはできなかった。中産階級の証拠は肉が嫌いというのではなく、肉が嫌いだと口にするところにあるようだった。

彼らと酒を飲まない日には、十階にあるオフィステルの窓辺に座り、向かい側の彼らのマンションの廊下を照らす黄色い明かりと、廊下側に面した小さな四角い窓からあふれる白い蛍光灯の光を眺めながら、タバコを吸っていた。もちろんギャッツビーの真似をしていたのだ。

ある日の深夜には、その白い四角い蛍光灯の光が消えた瞬間に黙禱（もくとう）したこともあった。その部屋は先輩が書斎として使っている部屋だった。私は先輩の指がスイッチを押して灯りを消す感覚と、妻のいる寝室に行くために裸足の足が木目の床を歩いていく感触を想像した。ふと空中を飛んで行き、彼らの暗い寝室に忍び込みたい衝動にかられた。そしてすぐに懺悔でもするように、居もしない彼氏が早くモンゴルから帰ってくればよいと、敬虔なロシアの農民のように心の中で十字を切った。

*

先輩のマンションで酒を飲まず、街の居酒屋を転々とするようになったのは、秋になり先輩の妻が復職してからのことだった。言い換えれば、飲酒の席が他に設けられるようになったからだった。彼女が魚料理をしなくなると、おかしなことに私も肉料理をする気にならなかった。彼女は忙しくて料理ができなくなったのだが、私は何もしない怠け者の癖がつき、料理をしなくなったのだ。むしろ、何かをきちんきちんと作って食べ始めたのは、一人で食事をする日の多くなった先輩の方だった。

その秋、先輩はときどき電話をかけてきた。電話のベルが鳴り不在を知らせる女の声の自動応答メッセージが流れると必ず、「おい、このおばさんコメント何とかしろよ」という先輩の皮肉る声が聞こえてきた。

「はい、先輩、私です」

「午前中に買い物に行ったんだが、物価がずいぶん上がったな」

「暗いニュースですね」

「ではクイズを一つ。これは思ったより安かった。中国料理に必ず入る野菜の一種」

「玉ねぎじゃないし、シイタケ？」

「昼に炒めて食べた」

「銀杏？」

「銀杏は好きなことは好きだが、中国料理にはそんなに沢山入れないぜ。これはチーズ色の……」

「もしかして筍？」

「正解！」

「どうせなら中国式チャプチェ[*2]を作ればよかったの

に」

「面倒なんで筍だけ炒めて食べた。それでも淡白でなかなかいけたよ。クイズをもう一つ、俺のなりたい職業は？」

先輩は新たなクイズを出すとフッフッと、低く笑った。

「最近はこれのデザイナーもいるそうだ」

「……」

「デザイナーはデザイナーだけど、この服をデザインするにはトータルな能力が必要だ。服は形が一番大切だ。最近は香りのする糸でできた服もあるというが、酸っぱい味、甘い味のする服はないだろう？これは形、香り、触感に、味まで気を遣わなければならない服の一種だ。常に着るものじゃなくて決定的な瞬間にだけはおる紳士服」

私がまさかというと、先輩が笑った。

「そう、コンドームさ」

「コンドームのデザイナーになりたいんですか？」

「俺の不満は、コンドームにはなぜ果物味やバニラ味だけしかないのかということだ。子供じゃないんだ。焼きたてのガーリックトーストの味とか、貝を入れて作ったおいしそうな味噌汁の味とか、海老フライ味にケチャップ味、アワビの粥の味とか。そういうコンドーム最高じゃないか？　熱くなるからピリ辛味もいいが、何せ敏感な部位だからまあ止めておいたほうがいいだろう。とにかく香ばしい味の系統で勝負をするべきだよ。身体にビビッとくるほど、強烈なやつで」

「先輩はたいしたフェミニストですね。女性の好みにまでそんなに気を遣うなんて」

「どちらかと言えばむしろマッチョだよ。女たちが辛い味で恍惚となるのを知っていながら辛い味は抜いたじゃないか。俺はコチュ保護主義者[*3]だからな」

「コチュも環境の一部だからエコフェミニストですね」

「そうかな？　冷えてきた、エコフェミニストと熱(あつ)

燗でも一杯どうだ？」

「いいですね」

＊

温かい熱燗で一杯やろうと会った晩秋の夜、先輩は会うとまず有無を言わさずに畜協の売り場に向かった。肉は嫌いだという人間がどうしたのかと思ったら、牛乳を買いに行ったのだった。

「あいつが明日の朝用に買って来いと言うんだ」

「それなら一緒に来ればよかったのに」

「いいや、学校から電話で注文してきたんだ。遠隔操作だよ。酒飲んで忘れないうちに買っておこうと思ってな」

先輩は靴下の一足を買うにも、いちいち細かく比較しながら選ぶほうだった。十分以上をかけて冷蔵庫の中のありとあらゆる牛乳を全部取り出して、成分と価格を一つ一つ比較し、売り場の女の子をイライラさせた挙げ句に、ようやく気に入った牛乳を一パック選ぶと賞味期限を確認してから金を払った。そして、レジ袋が二十ウォンだと聞くと断固としていらないと言い、牛乳をそのままカバンに入れた。

自分の持ち物を滅多にかえようとしない先輩は、昔から持って歩いていた四角い黒革のカバンを肩にかけていた。いわゆるチャプセカバン〔戦闘警察用カバン〕と呼ばれていた、ファスナーを開けなくても前後のポケットにいくらでも物が入るカバンで、警官がそのポケットから、俗にリンゴ弾と呼ばれるリンゴほどの大きさの小型催涙弾と二つに折った棍棒を取り出すことからつけられた名前だった。そのカバンを見た瞬間、彼に恋してスクラムの中でその後ろ姿をひたすら目で追っていた頃の胸のときめきと、彼が別れを宣言した瞬間の苦しさが一度に押し寄せてきた。

先輩は居酒屋に行く前に最後は書店に立ち寄った。本を手にしてはまた書棚に戻し、それを繰り返して内容の五分の一ほどを通読してから、ようやく図書カードを取り出して貯まったポイントを商品券に換算したあと、残高だけを現金で払ってハードカバーの理論書一冊を購入した。

＊

日本式の小さな居酒屋に入り、熱燗と焼き鳥を注文した。銀杏のくし刺しを手にした先輩は昔、故郷の家の庭にあった美しいイチョウの木から毎年麻袋六、七個分の銀杏が採れたという話をした。ところが、先輩のお父さんが亡くなると、父の長兄の息子たちと先輩の兄弟の間で財産争いがおき、名義が複雑になっていたその故郷の先輩の家は、結局、従兄弟たちのものになってしまった。従兄弟たちもさすがに体面上すぐに引っ越してくるようなことはせず、結局壊すわけでもなく長い間、誰も住まない廃屋となっていたという。時は今と同じ秋、誰もいないその家の庭にあったイチョウの銀杏を村の人々が片っ端から拾っていくのを見た従兄弟が、とんでもないことをしでかした。

先輩は熱燗を飲みながら、その故郷の家のイチョウの銀杏でもあるかのように、大切そうに串から一粒とって口に入れた。

村では噂になっていたという。叔父が数十年も暮らしていた家を、叔父が亡くなるやいなや甥っ子たちが奪いとったと。自分たち名義の家を、悪意に満ちた噂をしている村人が荒らしているという事実に極度に興奮した従兄弟は、斧でイチョウの木を半分ほど切ってしまうという蛮行をしでかした。大木だったので手にあまったのか、それともそれくらいで十分に気が済んだのか、とにかく、完全に切り倒したわけではないイチョウの木は、そうやって醜い姿のまま徐々に枯れていった。

イチョウのアンダンテ的な枯死に、故郷の家の深い喪を見た先輩は、無限の感慨にひたりながら薄緑色の銀杏をまた一粒何かの象徴のように口に運んだ。

イチョウの木が切り倒された年度を尋ねたところ、

ちょうど出獄した先輩が詩の季刊誌を出す出版社で働いていた頃のことだった。あの当時、先輩がどれほど粗暴で無礼な人間だったかを私は鮮明に覚えている。出版社のあるビルの地下の喫茶店で彼と会った時、彼は私を完全に無視した。私だけではなかったのだろう。当時の彼は世の中の何にも関心を示さず、過去とつながることには特に冷淡だった。

「振り返ってみれば何も残っていない、何も」

会っている間中、そんな言葉を繰り返し、別れ際にはもう二度と会いたくないという意志を、完全な別離のニュアンスを隠さなかった。考えて見ればあの頃は、彼も二十九歳の秋だった。

*

銀杏に刺激を受けてひどく感傷的になった先輩は、珍しく昔話をだらだらと続けた。私は笑ったり、舌打ちしながら、時には怒り、知ってる話には補足を加えたりしながら熱燗と焼き鳥を口に運んだ。

不穏を自称する仲間たちが私服警察の目を避けて、シーンと静まり返ったキャンパスの片隅に集まり、そこで初めて知ったふりをするというスパイごっこに、生命をかけていた時代だった。彼らの手帳には会うべき人間の名前と時間、場所がいつでも暗号文のような略字と数字でびっしりと書かれており、中には書ききれずにはみ出ているものもあった。手帳の端には『錦江』[*4]や『五賊』[*5]を真似た詩の数行が荒々しい筆跡で書き込まれていた。しかし、グラウンドの残りの空間は大学のキャンパスそのものだった。いつの時代にも校庭の芝生は緑で、建物の影は色濃く、青春は善良で弱々しく多忙だった。学生食堂に向かう石の階段、すれ違いざまに振り返り、あわててあいさつを交わした際に、でこぼこの石階段に強く当たった靴底の記憶。芸術大学裏のベンチに座っていた数十分、絵の具で汚れたエプロンをした女学生が長い髪をなびかせて、虫のとびかう芝生を横切っていった。ときどき聞こえてくる楽器の音。

一音ずつ優雅に上っていき、ついには頂点に達する女学生のソプラノ。それは上にいくほど狭く急なはしごを上っていくような、不安と魅惑にあふれていた。工大の前の芝生の寂寞。ときどき沸き上がる男たちの叫び声。そうだ、あの友を愛さなくては。ストレートな考えに感動しタバコをスパスパ吸っていた冷ややかな稚気……。

日差しの差し込む食堂の窓辺や建物が角をなすひし形の芝生の上で、ポーカーをしていた学生たち。子供たちが大人の目につかないように遊ぶ時のあの静けさ。その執拗で純粋な楽しさがなぜかうらやましい反面、心が痛んだ。校内デモで私服警察が出動したり、校門前での衝突で戦闘警察が校内に進入し、色鮮やかな催涙弾を投げたり、恐ろしい催涙弾の爆音で振動したりするときには彼らもポーカーをやめて立ち上がり、カードを繰っていた手に石をつかんだものだった。

十年ぐらい前までは大学近くにもあった売春宿。数えるほどしかなかったバー・スタイルの飲み屋でつまらないことで喧嘩になり、払ったり払わせたりした補償金。問題学生と言われるようになってからは顔も合わせようとしなかった指導教授が、田舎に暮らす両親の手をひいて刑務所に面会に来た話。その教授の推薦で入った出版社で編集委員と大喧嘩をした話。その編集委員から聞いたという猟奇的な熊掌の料理の話。

前にも聞いたことのあるような、ないような話が先輩の口から次から次へと飛び出してきた。大喧嘩をした編集委員と同じ会社にいたあの頃、彼は生意気そうにこの言葉だけを繰り返していた。

「振り返ってみれば何も残ってない、何も」

＊

別れ間際に先輩は顔を上げて暗青色の夜空を見上げた。そして私は、彼の首の骨が作り出す鋭いラインを見つめていた。

「あの夜空を見ないで行くのはもったいよな？　タバコでも一服して行こう、ヨンヒ」

先輩と私は別れ道の手前の歩道に座り込んでタバコを吸った。

「間違った生き方をしているとは思わない。でもこんな風に生きるのがふと恐ろしくなる」

「どんな時にそう感じるんです？」

先輩はきょとんとして私を見つめた。

「きっかけがあるわけじゃない。俺の生き方、俺の気質そのものが恐ろしいと感じるんだ。俺の人生、いつ決まったんだろう、何が既決で何が未決なのか、そんなことが知りたくなって数日前にＡ４用紙七枚に整理してみたんだが、じつに早くに決まっていたという結論だった。大学に入って決まったんじゃなかった。高校でも、中学でもなかった。俺が何かを考えるようになり始めたその時からすでに決定されていたんだ。もしかすると生まれた時から、もっと遡れば受胎したその瞬間から。太初の気質があったんだ」

「運命論者・チョルスですね」

先輩はフッフンと鼻で笑い、タバコをもみ消した。

「ここらで別れよう。きりがない」

彼はもう一度空を見上げるとカバンを肩にかけて立ち上がった。瞬間、私は驚愕しながら彼のカバンを指さした。

「先輩！　どうしたんです？　そのカバン」

黒革のカバンの半分以上が白くなっていた。彼が何を言ってるんだという顔でカバンを持ち上げるとカバンからは白い液体がポタポタと垂れていた。牛乳だった。道端に座る時に何気なくカバンの上に腰おろしたせいで牛乳パックが破れたようだった。カルシウムの含有量が多い、二倍も高い牛乳は、彼があれほど選びに選んで購入したハードカバーの理論書をびしょびしょにしていた。ポカーンと見つめる先輩の前で私は笑いを抑える事ができなかった。

その後もたびたび目撃した、妻と一緒でないときの先輩は、完璧に見える自分のフェンスの中に、妻のいないときにだけ現れる失敗だらけのモンスターを飼っていた。彼の人生がいつ決定されたかの問題よりも、この小さく愚かなモンスターがいつから彼のフェンスの中で飼われていたのかがもっと気になった。公園の芝生に座って話をして立ち上がれば必ず家の鍵を落とし、弾丸のようにすばやく駆けつけてドアを開けてくれる馴染みの錠前屋に「また忘れたんですか」と言われる始末だった。眼鏡もたびたび失くしていたが、その理由も先輩自ら眼鏡をよく忘れるという事実にしばられ、常に何個もの眼鏡を持ち歩いているからだった。いつか新聞で地下鉄の遺失物センターには、信じられないような不可解な品々が保管されているという記事を読んだことがある。中には入れ歯を忘れる人までいるという記事に、私はさもありなんとうなずいた。間違いなく先輩のように、よく物を忘れる誰かが、いくつもの入れ歯を持ち歩いていて忘れていったのだと思った。

引っ越した新都市での秋はそんなふうに安穏に、どこか微妙な雰囲気の中で過ぎていった。その年の秋を振り返ってみて私が抱いた疑問。「スリム」も先輩の起こした数多くの失敗の中の一つだったのだろうか？　そして私も？　先輩の妻はすべての事態を知っていたのだろうか？　先輩は妻が知っていることを知っていたのだろうか？

＊

新年になってからの一か月間、私は三十歳という自分の年齢について考えていた。タバコをプカプカ吸い、毎日真夜中に一人で酒を飲んだ。酒の肴はフライパンで焼いた魚だった。先輩の妻が作ってくれた夏の日の煮付けが懐かしかったが、私には難しすぎた。スーパーで安く買った三束のイシモチ六十匹を、一か月間ひたすら食べ続けたのだ。おかげで目をつぶっていてもフライパンの上のイシモチをいつひっくり返せばよいか分かるようになり、信じられないほどの短時間で小骨まできちんとより分けられるようになったが、自慢する相手はいなかった。いつだったかイシモチの頭の下にある生臭い身の味に感動して、久しぶりに熱烈な詩を書いたりした。人間で言えば顎にあたるその部分には、三角形の赤黒い身が二つついていた。手慣れた箸使いでその身を取り出すと、まるでイシモチの舌を取り出したような感じがした。

ワンルームの部屋の隅々まで魚の生臭い臭いとタバコの臭いが染み付き、酒に酔わないと眠れないほどだった。お天道様が真上に昇るまで、枕の上で吐き気をもよおしながら眠れずに過ごす日も多かった。このすべての不健全な状況のせいか、三十歳という年齢に関する私の思考は何の進展もせずに同じところをぐるぐる回っていた。すべての自然数がそうであるように……私の経てきたすべての年が、そして私を通り過ぎていくすべての年が、それぞれの固有性を備えている。三十代の最初の年も、十代の八番目の年も、五十代の三番目の年よりも意味深長だという理由はなかった。三十歳が特別なのは、すべての数字が特別だという、その平凡な真理から来ているのだった。しかし先になり後になりはしたものの、彼女たちと出会った私の三十歳は、今になっても特別だったとしか考えられなかった。

ときどき私は、もしスーパーの精肉コーナーで朱先輩夫婦と偶然会わなかったら、と考えてみた。偶然については後悔しても仕方がないが、仕方がないといって後悔が生まれないわけではない。だから仕方がないという言葉を思い浮かべると、私の頭の中には三十歳の一月の間中食べ続けたイシモチの頭部の、六十匹の小さな舌の形をした赤い身が思い浮かぶ。舌が一対なら仕方がないかもしれないが、もしかして少しは仕方があるのではないか。なぜだか分からないが、舌が二つだったなら、私の人生が今とはだいぶ違っていたかもしれないと、そんな風に思えた。先輩の妻とスリム。彼女たちはもしかするとはるか昔に退化して、私の舌根に痕跡だけが残っている一組の舌だったのかもしれない。

*

イシモチを二匹ずつ焼いて食べ続け、六十四のイシモチをすべて食べ尽くすと、いつの間にか一月も三十一日になっていた。いつからか私は、夕食の頃になると電話を眺める癖がついていた。そしていつの頃からか、先輩から電話がかかってこなくなっていた。その日の夜、私はテレビを見ながら遅い夕食を食べていた。それ以上焼いて食べるイシモチが残っていないという事実に安堵しながらも一方で不安だった。食卓を片付けていると電話のベルが鳴った。

「オ・ヨンヒです。只今、電話に出られませんので、メッセージをお願いします」

先輩の注文どおりに機械の録音テープを消して、わざわざ録音した私の肉声だった。

「おっ、メッセージ変えたな」

録音した私の声を初めて聞くなんて、先輩はいったい何日ぶりに電話をかけてきたんだろう。私は腕を伸ばしてコードレス電話をつかんだ。

「はい、先輩。私です」

「どうした、そんな声で、どこか悪いのか?」

「いいえ」

「夕飯、まだだろう?」

「いいえ」

「もう食べたのか?」

彼は驚いたという風にたずねたが、時間はすでに十時を過ぎていた。

「はい」

「オフィステルの前なんだ。夕飯でも食べながら一杯しようぜ」

「夕飯食べました」

「なら酒でも飲もう、出て来い」

私が何も言わずにいると、先輩は確かな餌を投げてきた。

「出て来いよ。紹介したい友人もいるし」

「友人？　誰？」

「出てくれれば分かるよ」

「どこです？」

先輩はビルの二階にある海鮮鍋屋の名前を口にした。電話を切りカレンダーを見ながら私はたった一歳増えた年齢のせいで、その年齢の八パーセント以上の時間を消耗してしまったことを知り、訳もなくくやしかった。

*

海鮮鍋屋の玄関には女性用のロングブーツがきちんとそろえて置いてあった。先輩と向き合って座っている女は、水から上がってきたばかりのような黒い髪の毛が頭部にピタッと張り付き、その形の良い輪郭がはっきり分かるヘアースタイルをしていた。女は私の目にはなぜか先輩の妻に似ているように見えたが、体格も年齢も、その半分にしかならないほど若く見えた。

「俺がいつだったか話しただろう？　キム・スリムだ」

いいえ、私は先輩から彼女に関する話を聞いたことはありません。彼女は先輩が一時在職していた出版社の社員で、三十歳で未婚だという。彼女を紹介する先輩の顔には、彼女をアラジンの魔法の絨毯のように小さく折りたたんで懐に入れて、連れて歩きたいという心情があふれていた。

「若く見えるだろう？」

先輩はそれがまるで自分の努力の成果でもあるかのように得意満面だった。私が何か答える前に彼女が言った。

「この人も若く見えますよ」

この人？　私の目つきが自然ときつくなった。

「私は別に若く見えませんよ」

「ため口でいいよ」

彼女の唐突な反応に私は先輩を見た。

「そうだな。同い年だしな」

先輩は私の様子がおかしいので、あわててこう付け加えた。

「初めはなかなかため口というわけにもいかないかもな」

「最初からそうしなくちゃ、一生だめですよ。編集長」

彼女の有無を言わさない口調に、先輩は訳もなく笑うばかりだった。

「それはそうだな。常に初期化が重要だな。俺が昔ある教授から聞いた話だが、お前ら熊掌の料理どうやって作るか知らないだろう」

いや、私はその話をすでに二度も聞いたことがあった。先輩は私にしてもいない話はしたと言い張り、すでにした話はしてないふうを装っていた。その話とは、熱した鉄板の上に熊を乗せると、熱さのせいで熊がバタバタと飛び跳ねる。十分に飛び跳ねたと思ったら熊を鉄板から下ろして、鉄板にこびりついた熊掌の肉を食べるというのだ。傷ついた熊は、よく治療をして掌に肉がついたらまた鉄板の上に乗せるという。こんな内容の話を先輩はそわそわとした落ち着かない様子でしゃべりたてた。彼の妻と私が突然両手で互いの頭をつかんで取っ組み合いのケンカを始めたとしても、彼をこんなふうに不安定にさせることはないだろうと思った。

「まさか」

あのとき先輩の妻は笑っていた。私の反応も似たように懐疑的なので、先輩はさらに説明に熱をいれた。

「本当だってば。料理をするたびに熊を捕まえてたら費用がどれほどになると思う？　生かしておいてそうするんだよ。熊の肝にストローを刺して中の胆汁を吸うのと同じことだよ」

そうだろ？　人間なら十分にそういう残忍な知恵をだすことができるはずだ。私たちの表情がそちらの方に傾くと先輩は満足した。その満足のせいか、先輩は私と二人きりで酒を飲んだ時にももう一度、その話をしたことがあった。熱い鉄板の上で踊る熊、治療、再び踊り、治療、鉄板についた肉の点、点……。

　先輩の雑談を聞いている間中、スリムは小さな頭をきりっと立てたまま落ち着いた表情で座っていた。三度目になる先輩の話を聞きながら、私はそういう苦痛を死ぬまで繰り返さなければならない熊の運命について考えていた。万一、人生が終わるまでそういう断続的な苦痛の中に閉じ込められて生きていかなければならないとしたら人間は狂うなり、首をつるなりするのではないだろうか。死ぬことを知らず、死に向けて走り出すことも出来ない熊の荒廃した絶望を思うと、私は自殺できることがいかに大きな恩(おん)寵(ちょう)なのかを実感した。私は熊掌に敬虔(けいけん)な気持ちで口づけをしたかった。さすれば、熊掌の料理を一度食べてみるほかなかった。しかし、先輩は肉類を好まないのでどうしようもなかった。

＊

　身体にピタッとフィットした黒の革ジャケットにスパッツを穿き、ロングブーツを履いたスリムな身体は驚くほど締まって見えた。彼女は街路樹の下でブーツのつま先で地面を突いており、その姿は厳しい冬の寒さの中に放り出されたひとつの事物のように堅固で凝縮していた。先輩がタバコを口にくわえてぶらぶらとやってくると、彼女を私のオフィステルに泊めてほしいと言う。彼女はいつも自分では直接やらずに誰かにさせる女王様だった。

「うちに行ければいいんだが、ワイフがあいつのこと嫌いで」

「なぜです？」

　スリムが近寄ってきたので私は答えを聞くチャンスを逃した。彼女は私のオフィステルに行くことに何の異議もなかった。そして泊めてくれるものだと確信し、部屋にどんな酒とつまみを買って行けばよいか相談してくるほどだった。

コンビニでワイン数本と干肉、そして松の実を買った。先輩と同じように肉類が嫌いだというスリムも唯一、干し肉は食べると言う。オフィステルのドアをあけて中に入ると、彼らは鼻が曲がるほどの臭気に顔をゆがめた。先輩は「おまえの部屋からは水産市場を半日うろつき、国立図書館の密閉した喫煙室で半日タバコを吸い続けたあげくに、夜霧をいっぱい吸って帰ってきたホームレスの臭いがする」と言った。

私がインスタントのスケトウダラのスープを作っている間に、スリムがテーブルセッティングを済ませた。先輩は少し疲れたのか片隅で居眠りをしていたが、酒の席が始まるとまた合流した。何のせいかは分からないが、突然浮かれ出したスリムは、CDをとっかえひっかえかけては、ワインをごくごく飲み干し、休みなくタバコをふかした。そして突然、先輩の顔をじっと見つめたと思ったらピンポン球ほどの、その小さな拳骨で彼を叩きながら笑い出した。

「どうした、どうしたんだ?」

先輩はうれしくてたまらない様子だった
「私は偽りの歯を入れてる人が一番嫌いなんです。編集長!」

彼女の編集長は、前歯の義歯(ぎし)が見えないようにフッフンと鼻で笑った。刑務所で折れた歯だった。それも拷問の栄光ではなく、後ずさりしていて凍った床ですべって転んだからだという話だった。気分がいい時や、何か良いアイデアの浮かんだ時に口をあけずにフッフンと鼻で笑う癖も、もしかすると義歯の嫌いなスリムのせいで生じた癖かもしれないと思った。

スリムが首を傾(かし)げながら何かの詩を口ずさみ、それを契機に私の本箱に並んでいる詩集という詩集を片っ端から取り出して酒の席に並べ始め、そんな彼女の相手をしているうちに夜が明けた。陽が昇り外が明るくなり始めた頃に、ようやく先輩は大通りの向こうにある自分のマンションに帰っていき、スリムは完全に酔いつぶれて私の布団の上に倒れこんだ。布団の真ん中で丸くなっている彼女は、華やかな色紙の上に落ちた真っ黒なコンマのようだった。猫のように小さな彼女の頭蓋骨は、彼女のもつ奇妙なアイデンティティの象徴のように見えた。私は彼女に対し、ヒステリーでたちの悪い女だという印象をどうしても拭い去ることができなかった。私がもう少し酔っていたら、彼女の両足をつかんでグルグル回して十階のオフィステルの窓から外に放りなげていただろう。

*

毛布一枚かけただけで寒さに震えて目を覚ました時、スリムはもういなかった。私はすぐにその空いた布団の中にもぐりこんだ。布団からは相変わらずホームレスの臭いがしていたが、枕からは濃い果物の香りがした。スリムの髪の毛に染みついたムースの匂いだった。私はすぐに枕をさっとひっくり返すと再び眠りにおちた。眠りながらも何か気配を感じた。確かに誰かが室内を動き回っている音だった。私はさっと飛び起きた。すると私の急な動きによる空気変動で香ばしい食べ物の匂いがしてきた。

「起きた?」

小さな黒い妖怪のようなものが本箱の間の通路から飛び出してきたので、私はギョッとした。

「帰ったんじゃなかったんですか?」

「敬語は使うなって。ちょっとスーパーに行ってきたの。食べる?」

「まだ到底食べられそうにありません」

「だったらもっと寝たら、ヨンヒ」

私は困ってしまった。こいつはなぜ家に帰ろうとしないのだろう。仕方なく私は二日酔いの力を借りて再び眠り込む。すると突然、スリムが私を揺さぶり起こした

「これ以上寝たら胃によくない。一口でも食べなよ」

私は断りきれずに起き上がった。朝までのドンちゃん騒ぎで足の踏み場もなかった部屋の中を、彼女はきれいに片付けていた。朝まで酒席となっていた食卓の上には、ゴマと海苔を散らしたお粥と、小さく切ったキムチが置かれていた。意外なことに食器は一組だけだった。

「一緒に食べないんですか？」

「ため口でいいよ。食べられないんだ」

「それなら私のために作ったの……かしら？」

わたしは中途半端な言葉使いでたずねた
「そうじゃない。肉が嫌いだから野菜粥にしただけ。でも考えてみたら今日は食べないほうが良さそうだから、それで」

「二日酔いなら、一口でも食べろと言ったじゃない？　一緒に食べたら？」

「いや、二日酔いは大丈夫」

「ならどうして？」

「食べられない理由があるの」

スリムは深い事情を抱えているかのように微笑んだが、それはややもすれば神秘的にふるまう女の小賢しい悪習に見えた。シャワーをあびたばかりなのか髪の毛の先が少し濡れていた。私が無理に粥一杯を食べ終えると、彼女がコーヒーをいれようかと言った。私はいらないと答えた。いったいいつになったら帰るのだろう。私が水を一杯飲んでタバコを吸いながらたずねると、彼女は唇を歪めて突然こんなことを言い出した。

「三十万ウォンだけ貸して、ヨンヒ」

「三十万ウォン？　そんな……お金ないよ」

「銀行に行ってカードで引き出せばいいじゃない」

彼女の堂々とした要求に私は目玉が飛び出しそうだった。粥一杯が三十万ウォンだなんて。

「さっきスーパーに行った時に薬局に寄ったの。戻ってきてテストしてみたら、予想通りだった。なぜこんなに運が悪いんだろう。数えてみたら八週目ぐらい」

こんなに小さく細い体に別の生命体が宿っているという事実が私には到底信じられなかった。

「これ以上悩むのは嫌だから、今すぐに手術を受けようと思う。それで何も食べないでいるの。あの人からもらい次第すぐに返すから。電話したんだけど、出ないんだ」

＊

私はスリムに金だけ貸してあげたのではなく、病院にも一緒に行き、手術を受けた後、またオフィステルに連れてきて昼寝をさせた。眠りから覚めた彼女が涙を流してぶちまける話を、子供を二桁になるほど堕胎した燦爛（さんらん）たる恋愛歴も聞かねばならなかった。望みもしなかった秘密を突然共有することになったせいで、私は夜の九時までぐずぐずしている彼女に我慢しなければならなかった。

「酒はだめだよね？　炎症起こすから。でも飲みたい。ヨンヒ、私、あの人のこと恨まない。私がコンドームに拒否反応があるからなの、編集長のせいじゃない。考えてみればかわいそうな人なのよ、あの人は本当に。ヨンヒも分かってあげて」

スリムが玄関を出て行きながら毅然とした様子でこう言ったとき、彼女が帰ってくれるだけでうれしかった私は、その不幸な人間が他でもないコンドームデザイナーを夢見ている朱先輩だと知っても驚く余裕もなかった。ただただ力の限り大きくうなずいて同意しただけだった。彼女を送り出した後、私は部屋の中をうろうろ歩き回った挙げ句にコートを羽織り、わざわざそうする必要もないのに、慈善団体から寄付の代わりに買って欲しいと一か月以上も前に送られて来た未使用のクリスマスカードの束に「受取拒否」と書いてポストに放り込むために出かけた。何か非情なことをしないではいられない気分だった。ポストにクリスマスカードの束を放り込んでの帰り道、人々で賑わうビアホールに立ち寄ると、つまみもなしに千ccのジョッキを注文して三、四回で飲み干した。私はふらつく足で鼻歌を歌いながら街をさ迷い、狭くて乱雑な私の魂の隠喩のようなオフィステルに帰ってきた。玄関の扉を開けると、本箱の間には相変わらず我慢できないような生臭い臭いがこもっていた。そのとき一つの信号のように電話のベルが鳴った。

「もしもし、俺死にそうだったよ。一日中寝てたんだ。少し前に起きだして、帰宅したワイフとアワビの粥を食べてきたところだ。お前は何か食べたか？そうだ。スリムは朝、帰ったのか。あいつは他人の家ではなかなか寝れないタイプなんだ。神経が細かいのなんのって。どうだ、面白くて、なかなかいい娘だろう？」

私はフッフンと軽く鼻で笑った。何だか質の悪そうな女だと思ったら、本当に膣の状態が良くない女だったと、先輩特有の口調を真似て皮肉りたい気分だった。電話を切ってから私はスリムが整理するといって滅茶苦茶に押し込んでいった詩集をすべて取り出し、私の観念の秩序にあわせてまた一つ一つ並べていった。最後の詩集を本箱に戻しながら、ふいに自分自身が不道徳に感じられた。その感じは先輩が自分の気質自体が恐ろしいと感じると言ったときのニュアンスと似ているのかもしれなかった。瞬間、ポンと何かが私の中ではじけた。いや、私がそれをポンと突付いたのかもしれない。膿んだ部位のように敏感なそれ、ずいぶん前に断念したと信じていたそれ、しかし、いつの間にかその隙から膿んだ体液があふれていたそれ。口の中にねばねばした酸っぱい唾をため、眉間にしわを寄せてしまうそれ。ポンと突いた後からモソモソと動き出し体をゆがめるそれ。私は本箱の白い横枠に額をつけて泣いた。泣きながら自分で自分の頭を張り倒すこんな爽快さがなければ、私という存在はいったい何なのか、何なのかと考えた。

＊

蝶だったのだろうか。

先輩の妻が私を訪ねてきたとき、私は軍手をして、本の入ったダンボール箱を紐でしばり、最後はリボン結びにしてハサミで切っていた。ホワイトアクリルの本箱はどんどん空になっていった。新都市を離れる前に最後にもう一度スーパーに行き、あの巨大な売り場と通路を見渡してみたいと思っていたところだった。

「引っ越しするんですか？　何も言わずに？」

先輩の妻は別に驚くでもなく、問い詰める様子もなしに私を見つめてたずねた。まだ台所用品は梱包する前だったので、ポットにお湯を沸かしてコーヒーを飲むことができた。

「あの人がかわいそうな人だということは私も分かってます。でも……」

先輩の妻が何の話をしようとしているのか直感で分かった。こんな類いの話をスリムからも聞いた記憶があった。最後に印鑑を押すような断固とした調子で彼女が言った。

「離婚することにしました。あの人が望んでいるので」

私はあきらめたような表情を作った。そして彼ら夫婦の決心を変えることはできないだろうと思い、まだ先輩の妻である年上の彼女に無言で肯いた。彼女の額には夕暮れ時の武士の疲労に満ちた灰色の影が伸びていた。彼女は半分以上残ったタバコを灰皿でもみ消してから一言一言きりっとした口調で尋ねた。

「ヨンヒさんのフィアンセは、まだモンゴルにいるんですか？」

彼女の意図が分からず私は表情が硬くなる。

「インドに行くようです」

私は無愛想に、想像の恋人をインドに送り出した。

「インド、インドですか、よりによって」

彼女は今回も、よりによってという妙な言葉を付け加えた。しかし私は、彼女にインドに誰か知り合いでもいるのかとたずねはしなかった。私たちはしばし沈黙したまま座っていた。その時突然、私の頭に発作のようにひらめいた。

「姉さん！　あの魚の煮付け！」

「えっ？」

「もしかしてカレー粉を入れたんじゃありませんか？」

「カレー粉？」

彼女は口の端を上げてなぞめいた微笑を浮かべた。

「カレー粉ではありません」

彼女は魚の煮付けの秘法を私に教えたくない様子だった。彼女らしくない吝嗇さだった。もしかすると、それは去年の夏と秋、冬、そして今年の初春に起きた事を全部あわせて括弧でくくりたい気持ちだったのかもしれなかった。私もそうだった。あんなにも完全に無為徒食で、静寂と生臭さでいっぱいだった季節は一度で十分だった。とにかくカレー粉ではないという。それなら何だろう？　黒コショウ？　月桂樹の葉？　しかしそれ以上は訊けなかった。

コーヒーを飲み終えて立ち上がった彼女の眼光が、不安げに揺れた。玄関に乱雑にちらばっている紐を靴のつま先で押しやると、彼女は顔をあげて初めて私にきつい口調で問いかけた。

「私がそんなにお人好しに見えたの？　あんたたちには？」

私は何か弁明しようとしたが、喉が緊張して固く締め付けられ舌の根が裂けるように痛くて何も言えなかった。ようやく舌の根が繭のようにパッとはじけると、今度はばたばたする二枚の羽が出てきた。二枚の舌は互いに絡み合いリボンのように結ばれた。彼女からあふれ出てくる言葉なのか、私の中から出てくる言葉なのか分からない言葉が飛び出してきた。おかしくなりそうなほどにどきどきする心臓のせいで鎖骨が上下した。初めてセックスという言葉を知り、心の中で何度も繰り返していた幼年時代のあの日のように猥雑な言葉があとからあとから乱雑に飛び出してきた。

悪い奴、卑しい女、昼も夜もあのことだけ考えている尻軽女。男とはセックスするだけ、女とはセックスの話だけ、胃の下の口が開いたままの破廉恥な娘。お前は胸を突いて泣き崩れたことがあるか。男や失恋なんてことじゃなく、お前のつまらなさ、お前の愚劣さ、お前の更正されない魔性のせいで唇が真っ青になるまで人生を呪ったことがあるか。ドン底まで沈んで死ぬことしか、恐ろしい白紙の次元しか残っていないことを実感したことがあるか。毎日毎日、朝目を覚ますことが地獄のような生ける屍の生活を生きたことがあるか。それなしには生きることもできず、死ぬこともできない断腸の思いを持ったことがあるか、ないだろう、あるわけがない。ただ下の穴一つと、その穴の周りの皮だけを宝物のようにしているお前が、女郎屋のおやじのように自分の身体を手入れして男の餌として投げ与えることしかしらないお前が、詩を読み書きすることも、ジャズを聞いて涙ぐむことも、干し柿を抜き取って食べるように大学時代の思い出を蘇らせながら酒を飲むことも、肉や魚を遠ざけ食べ物の好みさえもひたすら男から特別な刻印をしてほしいと願うお前が。一度だけ！　一度だけ！　抱いてくれと子供が抱っこをねだるように手を広げ、一度だけ！　一度だけ！　してほしいと股を広げたお前が、お前が、お前がそんなことはないだろう。

先輩の妻が帰った後、私は窓辺に座りタバコを吸った。薄霧のせいか向かいの彼らのアパートはよく見えなかった。蝶だったろうか。目の前を何かがひらひらと通り過ぎた。私は窓を開けて顔を窓の外に出した。白くひらひらしている物体はどこにも見えなかった。十階から見下ろすオフィステルの駐車場の花壇には鬱蒼とした濃い緑色の葉の上に赤いバラが赤い傷のように突き刺さっていた。ぽつん。雨粒が鼻の頭に落ちてきた。それは熱弁をふるう先輩の口から飛び出した唾の大きさほどだった。あの時のように私は笑いながら手で鼻の頭をさすり、手を止めた。真っ赤なペンキの塗られた軍手の手の平には、雨粒が血のようについていた。私は自分が待っていたのがモンゴルの彼氏ではなく、ある種の劇的な破局だったことを知っていた。親しげに振る舞いながらも先輩の妻をあざむいていた私。虎視眈々と先輩に股を広げようとしていた私。セックス中毒のスリムを限りなく嫌悪しながらも、あらゆる情熱をかけて嫉妬していた私。すべての情報を知らないふりをして漏らしていた私。孤立という名分の陰で常に小汚い繋がりを夢見ていた私。また引っ越し荷物をまとめる頃になり、私の舌は元どおりにきれいに接着されていた。現実は一つの口の中に二つの舌を持たない。私は紐をリボン結びに固く締めながら、それでも舌が一組だったら、たとえそれが苦痛の中でも鉄板の上の熊を踊っているように見せる一組の熊掌のように、私の舌がかわるがわる踏み出すことのできる刹那の遊戯を許す一組の奮起する欲望だったなら、私の人生は今とはだいぶ違ったものになっていただろうと考えた。三十歳の半分が過ぎ、半分が残っている分かれ道だった。

*

数年後、知り合いから朱先輩夫婦は離婚しなかったという話を聞いた。何の用事だったのかは分からないが、枯死したイチョウの木のある先輩の故郷の家からの帰り道だったという。象徴的な儀礼を重要視する先輩の性格から見て、たぶん離婚することを父親の墓前に報告に行ったのかもしれない。帰りの高速道路でのことだ。ジープの後ろのタイヤが外れて車体がセンターラインを超えて一回転して横転した。不思議な話だった、運転をしていた先輩の腕がねじれ、助手席に座っていた妻もちょっと気絶しただけですんだという。レッカー車の運転手も救急車の救急隊員さえも、夫婦の軽い負傷にやや狐につままれたような顔をしていたという。彼らは二つの病院で精密検査を受けたが、先輩の腕に少し小さなひびが入ったこと以外には何の異常もなかったという。その後も二人は新都市で暮らしており、子供はまだいないという。本当に良かったと、幸運だったと、落ち着いた私の舌が繰り返しつぶやいた。

初出は『ピンクのリボンの季節』(創批、二〇〇七年)。

＊1 [オフィステル]「オフィス」+「ホテル」の造語で、ワンルームマンションのこと
＊2 [チャプチェ] 春雨入りの炒めもの
＊3 [コチュ] 唐辛子のことで、男根の隠語
＊4 [錦江] (一九六七) 申東曄の詩集
＊5 [五賊] (一九七〇) 金芝河の長編詩

からたちの実

ユン・デニョン
尹大寧

一九六二年、忠清南道礼山郡生まれ。一九八八年檀国大学校仏語仏文学科卒業。一九八八年大田日報新春文芸に「円」が入選、一九九〇年に短編「母の森」が『文学思想』新人賞を受賞してデビュー。小説集に『鮎釣り通信』(一九九四)、『陶磁器博物館』(二〇一三)、長編小説『昔の映画を見に行った』(一九九五)、『追憶の遠い向こう』(一九九六)、『コカコーラ恋人』(一九九九)、『ハサミムシ女』(二〇〇一)、『誰かが歩いていく』(二〇〇四)、『トラはなぜ海に行ったのか』(二〇〇五)、『ピエロたちの家』(二〇一六)、他に散文集など多数。受賞歴は、「天地間」で李箱文学賞(一九九六)、『たくさんの星が一か所に流れた』で現代文学賞(一九九八)、「いばらの記念館」で李孝石文学賞(二〇〇三)、『燕を飼う』で金裕貞文学賞(二〇〇七)、『口蹄疫』で金埈成文学賞(二〇一二)、「誰が猫を殺したのか」で「ソナギ村」文学賞、黄順元作家賞(二〇一九)などがある。

今春、統営市（トンヨン）から済州島（チェジュド）に渡る船の中で出会った年老いた僧侶が、たまには浄化をしないと人間は歳をとれないと話していた。それで行く当てもないのに、こうやって海を渡っていくのだと。その時私は、鎮海（チネ）で花見をした帰り道だった。浄化とは何かとたずねると、僧は私が手にしていた燃え尽きようとしているタバコの赤い炎と、脇に置かれた空の焼酎ビンを指さした。そして付け加えるように、死の床（とこ）につく前にもきっとそうなるだろうと、ぎこちなく笑いながら言った。

　おまえが覚えているかどうかは分からないが、最後に会ったのは祖父（じい）さんの葬儀の時だったから、数えるのも大変なくらいにもう三十年も経ってしまった。あの頃、お前は黒い学生服を着た坊主頭の中学生だった。大きくなってからも膝に座らせてかわいがってくれた祖父さんが亡くなったというのに、お前は涙さえ見せなかったね。怒ったヤギのような顔をして舎廊棟[*1]の板の間に座り、クッパの器を空にしていた。それがお前を見た最後だった。そんなお前ももう四十歳を過ぎてだいぶ経つというのだから、歳月というのは顔に膏薬（こうやく）をべたべた貼った老人のように意地悪なものだね。

　突然の便りにさぞや驚いているとは思うが、どうか知らんぷりしないで最後まで読んでおくれ。一か月ほど前に祖父さんの祭祀に合わせて、バラバラに暮らしている兄弟が久しぶりに故郷の家に集まった。十年、二十年と足を向けていなかった私もふと兄弟の顔が見たくなり、バスに乗って一日がかりで行って来た。江陵（カンヌン）に住む一番下の叔父さん以外は全員来ていたよ。そこでお前の父さんからお前の消息を聞いたんだ。

　それで手紙を書いているのだけれど、用件だけをかいつまんで書き記す。お前の住んでいるところに一度行ってみようと考えている。迷惑をかけると思いどうしようか悩んだんだが、結局は手紙を書くことにした。一つだけ頼みがあるんだ。顔は行きと帰りに一度だけ見ればそれで十分だよ、その代わり時間を作って部屋を一つ見つけておいて欲しい。半月か、ひと月ほど滞在しようと思うのだが、最近流行りのホテルなんていうのは、女一人で泊まるのはやはり落ち着かないので、古くても、不便でもいいから空いてる民家があれば好都合だね。

　来週の水曜日に統営から船でそちらに向かおうと思っている。その前に、慶州(キョンジュ)に立ち寄り遠足気分で一人旅をして、話に聞くだけで一度も見たことのない仏国寺(プルグクサ)*2にも行こうと思う。船に乗るのも、済州に行くのも、みんな初めてのことだけど、年をとったせいかこれが最後だと思うと、恥ずかしい話だが気が焦ってしまうのだよ。

　この手紙を受け取り面倒に思うだろうが、そうだとしても、どこかに行ったり居留守を使ったりはしないでおくれ。つい最近まで忠武(チュンム)だと思っていたんだが、電話で調べたら名前が統営に変わってて驚いたよ。その統営から船に乗る前にまた連絡する。お前の奥さんにも、つまらない気は遣わないようによく言っておいておくれ。それから、この叔母がお前のところに行くという話は、他の家族には言わないように。この年になってまで身内からいろいろと言われたくないからね。よろしく頼むよ。

　取り急ぎ用件まで。

　　　　　　　　　ソウルの叔母より

祖父のつけた叔母の名前は京子(キョンジャ)。日本の植民地時代の最後の頃に生まれたからだが、日本式の名前だといっても特別な意味があるわけではなく適当につけた名前のようだ。ハングルで何とかこじつけるならば「ソウルの女」とでも言うのだろうが。そんな名前に何の意味があるというのか。それでも人はその名の通りになるというから、それでソウルに住んでいるのかなと思う。しかし手紙をもらうまで、叔母がソウルに住んでいることさえ知らなかった。この三十年間、両親を含めて誰も叔母に関する話をする人はいなかった。

祖父が他界したのは一九七五年の夏だった。当時私は中学二年で、叔母は三十五歳、だいぶ前に嫁にいっていた。忠清南道保寧（チュンチョンナムドボリョン）の真竹（チンチュク）というところに住んでいるということだけは、何かの時に耳にしていた。そこはアミの塩辛で有名な広川（クァンチョン）に近く、海水浴場のある大川（テチョン）からもさほど遠くないということだった。鉄道の長項線（チャンハンソン）*3の通る小さな田舎町で、叔母の夫は簡易駅の駅員だったという。葬式の日、叔母は息子を一人連れてきていたが七歳だった。なぜか叔母の夫は来なかった、でもそのわけを尋ねる身内は一人もいなかった。台所に行って私が尋ねると、叔母は寂しそうな笑顔を浮かべて濡れた手で私の頭をぎこちなくなでた。

ゴマ粒のような小さな顔に、生まれついての醜い顔で、ガリガリで背も低い叔母は、幼い頃から家族みんなに無視されていた。さらに学校に入学する前は一日中外で遊びまわっていたので、夜遅くまで帰ってこない叔母を探しに、懐中電灯を手に家族が探し回ることも度々だったという。それは一方では人々の関心を引くための反抗でもあったのだが、そんな態度がより一層、一家の鼻つまみ者の烙印となり、その下に兄弟がどんどん生まれてくる頃になると、親からも完全に見捨てられてしまった。祖父が田舎の村長であったので、多少とも言動に気をつける必要があったと思われるのだが、叔母はそんなことは気にしなかった。村のガキ大将たちと一緒にウリ泥棒、りんご泥棒、挙げ句の果てには他人の家の鶏まで盗んで食べてしまった。その心の内を知ろうともせずに人々は、ただただ最初から生まれてくるべきではなかった子だと舌打ちをした。それでも学校だけはと中学校に行かせたが、卒業前に足の悪い担任の先生と恋に落ち、駆け落ちしてしまった。数か月後にぼろぼろのみすぼらしい姿で戻ってくると、それから二十八歳で嫁に行くまでの十二年間を家の飯炊きとして下女同然の暮らしをさせられた。追い出されはしなかったものの、親兄弟、誰一人として気にかけたり、世話を焼く人間はいなかった。そのくせ、家の中に何か小さな不幸が起き、非難される人間が必要になると必ず叔母の名前が使われた。

二十八歳で嫁に出す時も長い間の厄介者を追い出すという雰囲気だった。十年以上も家の中にほとんど閉じ込めるようにしていたのも、ようするに足の悪い先生との噂を消すのが目的だった。みんな一様に口をつぐみ、できるだけ故郷から遠く離れた、後で駆け落ちの噂が耳に入っても何だかんだケチをつけてこない、そんな家柄を選んで朝早く人目につかないようにして嫁に出した。そして、今後は実家で何かあっても帰ってこなくてよいという厳命も忘れなかった。それが私が八歳の時だった。その時まで私は叔母と一緒に暮らしていた。もちろん自分の叔母であることは知っていたが、彼女はいつも顔を煤だらけにした台所の飯炊き女に過ぎなかった。嫁に行ったということも、数日後に大人たちが板の間で話しているのを聞いて知った。そのようにして長い間姿を見ることはなかったが、祖父の葬式の時に再会したのだ。その後も叔母の消息を聞く機会は全くなかった。成人して家を出てからは、私も故郷の家に足を向けることがだんだんと少なくなっていったせいでもあった。

手紙は黒い線の引かれた紙に下敷きをして鉛筆で書かれていた。正直、手紙をもらってもうれしいとも、懐かしいとも思わなかった。同じ屋根の下で暮らす家族ならともかく、家族もそれぞれ枝分かれをして他人になっていくのが人生の道理であり本質だ。一旦、家を離れれば盆暮れをのぞいては互いに会うのが難しい理由もそこにある。考えてみれば家族ほど面倒で負担になる関係もないだろう。親子の関係もたびたび顔をあわせるほど葛藤もまた生じるものだ。ましてや三十年ぶりだという叔母が突然に手紙をよこし、こんな遠いところまでたずねて来るというのだから、負担にならないわけがなかった。簡単に半月からひと月と言うが、迎える方にしてみればかなり長い時間だった。普段から親しい間柄でもたずねてきて最初の一日、二日がせいぜいで、三日も過ぎれば気疲れするものだ。そうは言っても人間、生きていればやはり避けられないことはあるもの。人間関係も同様だ。そんな風に考えなおすと、年寄りが一人でなぜよりにもよって船で来るのかと心配になってきた。この春にも経験したのだが、波が高くなると四時間近い船旅は半端なくきつかった。

　一応妻に叔母の話を伝え、家から近いペンションに連絡してみた。しかし宿泊料がとてつもなく高かった。夏の観光シーズンなのでどこも一泊十万ウォン以上するという。払えるかどうかではなく、年寄り一人が負担するには多大な金額だった。さらに外観と施設がちょっと良いだけで、宿屋と何ら変わりがなかった。分譲して売れ残っている共同住宅もあたってみたが、半月や月単位では貸さないという話だった。民家も事情は同じだった。年寄りが一人だという話をきくと一様に嫌がる様子だった。仕方なく、海辺の民宿を一つみてはおいたが一日中、海を見て過ごしている叔母の姿を想像すると、それも気になった。妻は家に泊まってもらえばよいではないかと心配そうに言った。両親が知ったら、なぜ泊めなかったと言われるかもしれないと心配しているのだ。

　叔母が到着したのは七月二十一日の水曜日で、朝から晩まで一日中蒸し暑い日だった。統営から来る船は城山浦（ソンサンポ）に入港するので、島の反対側に位置する涯月（エウォル）からだと車で一時間以上かかる。港に到着し冷麺を食べ船の到着を待った。午後二時になると白い旅客船が北の海の彼方に現れ、およそ三十分後に観光客をいっぱいに乗せたマンダリン号が埠頭に入ってきて岩壁に着岸した。観光客が次から次へとタラップを絶え間なく降りてきたが、いくら探しても叔母の姿は見えなかった。朝、出発すると電話までかけてきたのだから間違いはないはずだと思いながらも、少し不安な気持ちになった。観光客が待合室から全員去った後、乗船客のリストを確認しようと船着場の事務所に向かっていると、小さなお婆さんを両脇から抱えた乗務員二人がタラップの先に姿を現した。すると白の木綿のチョゴリに、黒のトンチマ[*4]が、すぐに目に飛び込んできた。あわてて船にかかったタラップの下まで駆けていき叔母を迎えると、叔母の顔は汗でびっしょり濡れていた。船酔いがひどくて薬を飲んだものの、その薬まで吐いてしまい脱水状態だということで、乗務員たちが口々に早く病院に連れていけと促した。礼を言う暇もなくあわてて叔母を背中に背負うと船着場を飛び出し、港の近くの病院に向かった。

　手の甲にリンゲルの針を二つも刺して叔母は三時間ほどぐっすり眠っていた。妻に電話をかけて事情を説明し、三十分おきに病室に行っては眠っている叔母の顔を見下ろした。当然のことだったが、最後に会った三十五歳の叔母の姿はどこにもなかった。顔の輪郭でどうにか叔母だとわかる程度だった。待ちくたびれた私はしばし病院から抜け出し、バス停の前に置かれたプラスチックの椅子に座って自動販売機のコーヒーを飲み、タバコを三本ほど吸った。そして再び妻に電話をかけて先に夕飯を済ませるように言い、遠くの海面に影が差してきたのを見て急いで病院に戻った。

　叔母は顔を洗ったのかさっぱりした様子で待合室のソファーに座って看護師とぼそぼそと話をしていた。私が入っていくと申し訳なさそうな顔をして、私の手をぎゅっと握りしめた。

「会った途端に面目ない」

「慶州によって来るのなら近くの浦項(ポハン)に空港もあるのに、なぜわざわざ船に乗ったんです？」

「とにかく到着はしたんだからもういいだろう。それより朝食べたものを全部吐いてしまったのでお腹がすいた。どこかでご飯でも食べよう」

外までカバンを持って見送りにでてきた看護師に、叔母は一万ウォン札を差し出した。看護師がいいと頑なに断っても叔母は無理やり握らせた。夕方の闇があっという間に濃くなり、海のイカ釣り船、太刀魚釣り船が一斉に灯りをともす。日出峰（イルチュルボン）*5の下の食堂に入り味噌味の海鮮鍋を注文したが、叔母は生臭いと言って口をゆがめてしまった。周りの客がこちらをチラチラ見ながら、万景峰号（マンギョンボンホ）に乗り北朝鮮から来たんじゃないかとささやきあっていた。田舎臭いチマチョゴリ姿のせいだった。食堂の窓ガラスには日出峰の巨大な影が壁のように黒く浮かびあがっていたが、叔母は全く気付かなかった。匙と箸をおくと叔母は、統営で船に乗った時には平気だったのにとぶつぶつこぼした。

「船が死ぬほど揺れて、何度か気絶しそうになったよ」

私も経験したことがあるが船酔いほど暗澹（あんたん）たるものもない。バスやタクシーのように途中で止まってくれとも、降ろしてくれとも言えないし。私は話を変えて、叔母が家を出発してからこれまでの旅路についてたずねてみた。

「慶州はいかがでした？」

途端に叔母の顔が明るくなった。

「良かったよ。一柱門（イルチュムン）まで歩いて上ったので疲れたけど、仏国寺に入ると、私みたいな無学な者でも自然と心が清められる気がしたよ」

「仏国寺にそんなに行きたかったんですか」

「もちろんだとも。十五歳の時からだから五十年目にしてようやく願いがかなった。それに、これまで十ウォン玉でしか見たことがなかった多宝塔（タボタプ）や釈迦塔（ソクカタプ）までこの目で見たんだ、これでもう死んでもいいと思ったよ」

こんな狭い国でも、慶州をそんなに遠く感じる人もいるのかと驚いた。ところで、何で済州まで来る気になったのか。たずねるわけにはいかなかったが、手紙をもらいふっと心をよぎった疑問が改めてまた首をもたげてきた。私がここにいるので観光に来たのだろうか。

食堂から出ると宿はとっていないから、このまま私の家でゆっくりして欲しいと言った。聞こえなかったのか叔母は黙っていたが、家に向かう車の中でようやく口を開いた。近くにも遠くにもたくさんの船が波のように揺れながら夜の海を明るく染めていた。しばらく海に目を向けていた叔母が、静かな夜を破るように言った。

「ところでさっきの話だけれど」

口調は穏やかだったが、それは明らかに私を責めていた。

「忙しいのは分かるけど、家を探してくれというのがそんなに面倒だったのかい?」

私は黙っていた。

「分かってる。お互い道理というのはある。でも生涯、家中の人間の目を気にして生きて来たんだ。ここまで来てそれも甥っ子の嫁さんの機嫌をとりながら過ごすのはイヤだね」

「そんな人間じゃありません」

「だれでも最初はそんな人間じゃないものさ。でも一日過ぎ、二日が過ぎれば面倒になるのが人間関係だ。それに今はどうか分からないが、私の覚えているお前もなかなか気難しいところがある人間じゃないか。それもみんな血のせいだよ。お前も知ってのとおり、うちの家の人間はみんな大人しいことは大人しいが、腹の中は本当に冷たいものだよ。何かあって久しぶりに会っても、別れる時には何も言わずに一人、また一人と消えていく、まるで寺の人間みたいだ」

そのせいなのか、いつからか私も故郷に足を向けることがなくなった。血ではなく、骨だけ残った関係のように見えるからだ。それでも盆暮れや家の行事の時にはその骨たちがぞろぞろ集まってくるのだから、その姿を見るとどこか不思議な気さえした。それに家に伝わる伝統や慣習に一度でも逆らった者は二度と同じ席に着くことは許されなかった。だからといってものすごい名家というわけでもないのだが。

「今日は仕方がない、お前の家に一晩泊めてもらうよ。でも明日、夜が明けたらすぐに宿を探しておくれ」

私は車を止めて海辺に下りて行き、暗闇の中で小便をしてから小さな売店の前にある自動販売機でコーヒーを二杯買い求めてきた。叔母の言うとおりにしたら妻が何と言うだろう、それが早くも頭を悩ませていた。もちろん半月、ひと月も叔母が家にいれば、妻も大変なのは明らかだ。しかし妻は、あくまでも人との関係において道理と常識を優先する人間だった。

車の中に並んですわりコーヒーを飲みながら叔母に言った。

「叔母さんの言うとおりにします」

その方が良いという気がした。

「申し訳ないけど、そうしてもらえれば私も気が休まる。それからこのコーヒー。何でこんなに濃いんだい。残してもいいかな」

済州市を過ぎ涯月に近づくと、家の近くに住んでいる莞島(ワンド)出身の男の顔が思い浮かんだ。あの男なら叔母の泊まるところを探してくれそうな気がしたのだ。五十代半ばの男で済州に来てかれこれ二十年ほどになる。何年か前までは山林庁所属の山林伐木員だったが、ある日、杉の木が倒れてきて肩を打ち八か月間入院した後、労災補償をもらい退職した。男の妻は涯月の町で食堂をしていた。体は回復したが、怪我に驚いた妻は夫にもう仕事は辞めて休むようにと言ったという。私とは防波堤で釣りをしていて知り合いになり、酒を一緒に飲むうちに親しくなった間柄だった。家も互いに近いので、ときどき家族も連れて一緒に飯を食ったり、おかずも何度か分けてもらったりしていた。

莞島の男に電話をかけ事情を話したところ、思いのほか簡単に問題が解決した。涯月の山のふもと、海は見えるか見えないか分からないが、人里離れたところにぽつんと家が建っているという。春に民宿として建てたのだが、まだ営業許可が下りず、営業はしていないが部屋は空いているという。四十代後半の主人（あるじ）夫婦が二階に暮らしてはいるものの互いに気を遣うようなことはないという。それに、一般の住宅のように建ててあるので営業用の宿の雰囲気もしないと付け加えた。

翌朝、朝食もとらずに彼の教えてくれた家を訪ねてみたところ、主人夫婦は庭で草むしりをしていた。莞島食堂の話をすると主人はすでに電話をもらったと言い、私にどこに住んでいるのかとたずねた。年寄りが一人だというので、やはり心配している様子だった。近くに住んでいると言うと、それなら昼頃にでも連れてくればよいと言う。さらにこちらから頼んだわけでもないのに、部屋代は半分でいいと言う。当分の間は客をとるわけにもいかないので、気にしないでいいという話だった。

幸い、叔母も気に入ってくれた。階段の上り下りは大変だろうからと主人夫婦は叔母に一階の部屋を貸してくれた。二階建てだが屋上に上らないと海は見えなかった。しかし家の前が畑で遠くまで開けているので、息がつまるということもなさそうだった。叔母が荷物の整理に部屋にあがっている間に莞島の男から電話がかかってきて、その十分後にはオートバイに乗って現れた。釣りに行く途中だと言う。

「天気もいいし暑いから、気晴らしを兼ねて甥っ子も一緒に行こう」

彼も私を甥っ子と呼ぶ。

「日に焼けるからと、昼間の釣りは家内が嫌な顔をするんでやめときます」
三、四日も釣りを続けると真っ黒になり、体も干上がってしまう。指名手配犯のようだと妻が断固として嫌がっていた。

「それで叔母さんは？」

外が騒がしいので叔母が窓からこちらをそっと窺っていた。この家を紹介してくれた人だと言うと、叔母はあわてて外に出てきて頭まで下げてあいさつをした。食堂にも一度遊びに来てくださいと言って、男はすぐにオートバイに乗りジャガイモ畑の間をさっと走り抜けて行ってしまった。男がいなくなるとすぐに叔母が口を開いた。

「あの人の顔はなんであんなに真っ黒なんだい。私の目にはコソ泥のように見えるよ」

私は冗談っぽく答えた。

「そうなんです。前は山賊だったと聞きました。今も獣でも、魚でも生きてるものならなんでも捕まえて食ってますよ」

「そうだろうと思ったよ。部屋を紹介してくれたのは有難いけど、もう関わりたくはないものだ」

宿も決まったのだから観光に行こうと誘ったが、叔母は首を横にふった。

「昨日も一日無駄にしたんだ、今日は帰って仕事をしなさい。気になるなら明後日にでも一度よっておくれ。まだ船酔いのせいでふらふらする。一日、二日は休まないと」

そして最後に念を押した。

「私がここに来たこと、お前の父さんも知ってるのかい？」

叔母の手紙にもあったのでわざわざ電話をかけて報告することはしなかった。父は叔母の二番目の兄で五歳年上だった。

「そうか、それでいい。帰った後にも、来たという話はしないでおくれ。最初からそっと来て黙って帰るつもりだったんだから」

一日おいて、時間を作り宿へ行ってみたところ、叔母は頭に手ぬぐいをかぶり庭で雑草抜きをしていた。主人夫婦は五日市に出かけたと言う。なぜ一緒に行かなかったのかと聞くと、誘われなかったと言う。じゃあ僕たちも五日市に行きましょうかと聞くと、他人の後に付いていくようで嫌だと言う。

叔母を乗せて涯月海岸道路を西に向かってゆっくりと車を走らせた。天気は相変わらず蒸し暑かったが、台風の過ぎ去った後のように空は澄みわたっていた。挟才（ヒョプチェ）海水浴場で車を停めてサイダーを飲み、叔母の写真を何枚か撮ったが、なぜか叔母は嫌がったり、周りをはばかることはなかった。ファインダーに映った叔母の姿に、私はふと血のつながりを感じて内心驚いた。血族というのはあまりにも近すぎて、むしろそっぽを向いてしまうが、こんな風にファインダーを越しに覗いて見て、近くに感じられることにその時はじめて気付いた。

「海の色が本当に玉のようにきれいだこと」

挟才海岸の海は、城山浦近くの細花里（セファリ）の海とともに済州でも美しいことで有名だった。夏のシーズンだったので海水浴客でにぎわっていた。白い木綿のチョゴリに黒いトンチマ姿の小さな老婆が、手に小さな手提げ袋を持って現れたので、見てみないふりをしながらも誰もが振り返ってはクスクス笑っていた。そうとも知らずに叔母は長く息を吐き出すと、独り言のようにつぶやいた。

「あんまりきれい過ぎて恥ずかしくなりそうだ。なんか韓国じゃないみたい」

ちょっと見たところはそうかもしれないが、人間の暮らしなんて、しょせんどこも似たようなもの。済州島の住民も苦労しているのは同様だ。物価が高い上に毎年漁獲量が減り、みかんを食べる人もどんどん減って、畑をつぶしたり、中には自殺する者まで いた。天候も、いつもいいというわけではない。冬には晴れの日が、たまにめぐってくる祝日のように少ないし、毎日のように注意報が発令され外に出て歩き回ることさえままならない。陸地から移ってくると冬にうつ病にかかってしまう人が多いというが、夏も同様で、ややもすると台風がやってきて、新婚旅行に来ても雨に降られどおしで帰っていくカップルも少なくない。島の東西南北の天気がそれぞれ違うというくらいだから、その変化の速さが分かるというものだ。沖に見える飛揚島(ピヤンド)を眺めながら叔母はずいぶん長い間沈黙していた。

高山(コサン)に行き、叔母と私は「海女の家」[*6]で遅い昼食をとった。この間にも叔母は目の周りが充血していた。海風にあたったせいか咳も多くなり、さかんに痰をナプキンに吐き出していた。太陽を見てめまいがしたのだと、帰りは山道を行こうと叔母が言った。サバの塩焼と太刀魚汁が出たが、叔母は口に合わないとすぐにまた箸をおいた。

「どこかで味噌を買えないかね？　スーパーで売っているような甘い味噌じゃなくて、自家製の朝鮮味噌だ。それさえ食べれば痰もおさまり、消化もよくなるだろうに。ここに来てからはずっと胃がもたれてムカムカして吐きそうで、調子が良くないんだ」

年寄りはどこに行ってもまず水と食べ物について文句を言う、人間、年をとると自分の生まれ育った故郷の食べ物を好むようになるという。それならこの地の食べ物が口に合うわけがない。逆にここの島を出て行った人間が年をとると、スズメダイの刺身やヤリイカが食べたくて島に戻ってくるという。味覚というのは結局記憶であり、思い出なのだ。

「莞島の男が町で食堂をしてますから、帰り道によってみましょう。あそこの家の味噌をもらったことがありますが、美味しかったですよ」

莞島の男の話をすると叔母は気に食わないという表情で返事もしなかった。摹瑟浦(モスルポ)に寄って市場を見てから、西部観光道路を通って涯月に戻るともう夕方だった。すぐに莞島食堂に寄り味噌チゲから先ず作って欲しいと注文した。朝早く、冠脱島(クアンタルド)に石鯛を釣りにでかけたという男はまだ戻っていなかった。ズッキーニと青唐辛子をチョンチョンと切って作った味噌チゲを一口二口食べた叔母は、突然厨房にいるおかみさんを呼んだ。私はおかみさんとも顔見知りの間柄だった。何かまた気に食わないことでもあるのかと思っていると、叔母は椅子から立ち上がり、おかみさんの手をしっかりと握りしめて話し始めた。

「実家はどこ？　もしかして忠清道じゃない？」

　叔母の唐突な問いに当惑した様子だったが、おかみさんはすぐにすっと表情を緩めると笑顔になり、そうだと、忠清道唐津（タンジン）だと答えた。

「まあ、こんなとこまで来て故郷の人に会うなんて。味噌の味ですぐに分かりましたよ」

　叔母と私は唐津の人間ではなかった。それでも同じ忠清道だということで本当にうれしそうだった。目頭まで赤くして叔母とおかみさんはずいぶん長い間、話に花を咲かせていた。そしてどんぶりに山盛り一杯味噌をもらって宿に帰ってきた。食堂を出る時に叔母はカバンから青い実を二つとりだし、おかみさんの手に握らせた。

「食べられはしないけど。それでも忠清道から採ってきたものだから受け取ってちょうだい。故郷が恋しい時にときどき匂いを嗅いでみるといい、気持ちが落ち着くから」

　思い出したように私にも何個かくれた。それはからたちの実だった。あのやたらと棘の多いからたちの木の実だ。

「こんなもの、なんで持ってきたんです？」

　小言でも言われたように黙り込んだ叔母がぶつぶつとつぶやいた。

「どうしてだろうね」

「どうしてって……みかんがどこかを越えるとからたちの実になるという伝説があると聞いた。たまたまその話を思い出して何個か採って持ってきたんだ」

　さっきカバンの中をのぞいたらその数は二十個以上もあるように見えた。まさかと思い、叔母の話を聞いて驚いた。橘化為枳[*7]、みかんが淮水（わいすい）[*8]を越えればからたちの実になるという昔の故事の話をしているのだった。

「からたちの実をもって海を渡れば、みかんになるかもしれないと思って持って来たんだよ」

叔母からもらったからたちの実をそのまま車のコンソールボックスに入れた。宿に着くと、まるで待ち構えていたかのように雨と風が強くなってきた。気象庁の自動案内システムに電話をかけて天気を確認してみると、台風がやってくるという。台風の威力を知っているので、今日は一緒に家に行きましょうと勧めても、叔母は宿代がもったいないとまったく聞く耳をもたなかった。

台風は一晩中、島中を荒らしまわって朝になってもおさまる気配はなかった。

月曜日から金曜日まで外国語学院に出勤する妻と一緒に、朝早く宿に行ってみると叔母はまだ横になっていた。一晩の間に、顔色が漬け物のような醬油色になっていたが、叔母はよく眠れなかったせいだから心配するなと言う。そして妻がいくら家に行こうと勧めても頑なに宿にいると意地をはった。八時半に妻が車に乗って出勤すると、私は台所に行き朝飯の支度をしようとした。しかし叔母はそれさえも止めた。見ると頭の上に器が二つ置かれていた。一つにはビニールに包んだ味噌が入っており、もう一つの器にはからたちの実が山盛りになっていた。からたちの実はおがくずの入った箱にでも保管されていたようにまだ青いままで艶が残っていた。宿の主人に頼んで味噌チゲを作ってもらい、それを叔母と二人で朝ごはんとして食べた。妻の用意したおかずの入った容器もいくつかあったが、叔母は後で食べるといい、蓋を開けることさえしなかった。

食事の最中に叔母は手を止め、見ると目を赤くしていた。突然のことでどうしたのかとたずねるわけにもいかず、気まずい雰囲気のまま口を閉ざしてそっと部屋を抜け出し、屋上に上った。荒々しく波立っている海を遠くに眺めながらタバコを何本も立て続けに吸い、三十分ほどしてから部屋にもどった。

その間に叔母はお膳を片付け服も着替えていた。こんな日に車も無しにどこへ行くのかとたずねると、叔母はタクシーを呼んでまた高山に行きたいと言う。昨日は何も言わなかったのに、高山の沖の遮帰島（チャグイド）がしきりに思い出されるので、そこに行って私に刺身をごちそうしたいと言うのだ。心配だったので台風が過ぎたあとに行こうと止めてみたが、叔母はどうしても行くと言ってきかなかった。私に折り入って話したいことがあるという。その言葉に仕方なく町のタクシー会社に電話をかけて料金を決めると、宿に来て欲しいと頼んだ。いつ台風がおさまるかも分からない状態で、一日中、部屋に閉じこもっているよりも、むしろその方が良いという気がしたのだ。

中山間道路（チュンサンガン）に抜けてから途中で道を変えてまっすぐ高山に向かった。まさに土砂降りの雨が車窓を叩きつけるように降り注いでいた。ワイパーを使っても前が見えないほどだった。時速二十キロで暴風雨の中を突き抜け高山に着くと、もう十一時になっていた。いくら夏のハイシーズンだとはいえ、天候悪化で刺身屋もほとんどシャッターを下ろした状態だった。昨日、昼飯を食べた海女の家に行くと、店のおばさんは入り口の横の部屋で昼寝をしており、私たちを見るとこんな日に変な客だと驚いている様子だった。昨日来た客だったことを思い出すと、ようやくあわてて席を整え遮帰島が見える窓際に席を設けてくれた。しかし船で十分の距離にある、その遮帰島さえ暴風雨のせいで輪郭がかすんで見えた。

真鯛を一匹刺身にして、粗（あら）は食事が終わるまでゆっくりと煮詰めて出汁をとってもってくるようにと頼んだ。漢拏山（ハルラサン）焼酎を頼み、一杯ずつ飲んで、二杯目がまわると叔母はカバンからタバコを取り出して火をつけた。

そして何の前触れもなく、突然身の上話が始まった。

「私のこれまでの人生については誰にも話したこと

はない。だからお前も初めて聞く話だと思う。生涯胸に秘めて生きてきたけど、ここに来てアルバムでもめくるように昔のことがなぜだか鮮明に蘇ってくる」

口が渇きもう一杯焼酎を飲んでから、私もタバコに火をつけた。

「祖父さんが亡くなってちょうど一年後のことだった。八月の中頃だったと思う。ある日、亭主の手に腫れ物ができたんだ。最初は体がちょっと熱くて痒いという程度だったけど、次には手の指から膿がでてきてひどい臭いがしてきた。皮膚病だと思い、広川(クアンチョン)の町で薬を買ってきて十日ほど飲ませてみたが一向に良くならなかった。病院に行こうと言っても気の弱い亭主は絶対に嫌だと言う。それでもどこかで話を聞いてきては野茨(のいばら)の根を煎じてそれに手を浸してみたり、苛性ソーダも使ってみたが無駄だった。その頃には手だけじゃなく股ぐらや眉毛のまわりにも大きな白い斑点が広がり始めていた。貨幣状湿疹(かへいじょうしっしん)だと言う人がいて、今度はニンニクをすってすり込んでみたり、水銀を燃やした粉をこねて膏薬にしてはったりもした。それでもどんどん肉が腐っていったよ。包帯でグルグル巻きにした手から赤黒い膿がたれて、夜中に何度も起きだして包帯をとり替えねばならなかった。それでも戸を閉めきり病院には絶対に行かないというのだから本当にどうしてよいか分からず、胸が張り裂けそうだった。挙げ句の果てに私まで体に縞模様の斑点ができてしまい、あわてて亭主を毛布にくるんで、洪城(ホンソン)にある病院に連れて行った。一目見た医者は驚いて腰を抜かしたよ」

聞いている私まであちこち体が痒くなり、背筋が寒くなってきて身震いがした。ちょっと聞いただけでも何の病気かすぐに見当がついた。最近ではそれをハンセン病と言うが、昔は「ライ病」と言われた。最近では医学が発達し感染症の一種とみなし、初期に発見すれば完治も可能だと聞いている。しかし当時は、それはまさに言葉そのまま天刑[*9]だった。

「医者はすぐに隔離して忠清北道陰城(ウムソン)にあるハンセン病患者の村に送れと言う。それが当然の処置だったんだけど、亭主は最後まで医者の言うことを聞かなかった。今でもあの気持ちの悪い薬の名前を全部覚えているよ。プロミン、チバ、ダイヤゾンG軟膏、リファンピシン、ラムプレン等、後で知ったことだがどれも単なる殺菌剤なんだ。それを一日三回、食事のたびに一握りも飲んでいるのを見てると、私の方が死にたくなったよ。薬を飲むと、そのたびに腹が痛いといってご飯に味の素を混ぜてそれにまたコーラをかけて食べるんだが、その胸糞の悪いことといったら、私の方が毎回台所に駆け込み吐いていたよ。幸か不幸か、私は薬を飲んですぐに治ったが、病院に行くのが遅かったせいで亭主の方はあまり効果もなかった。右手は完全にぼろぼろの使い古したタワシのように固まり、指の一本も残っていなかった。眉毛も全部抜け落ち、部屋の中でも毛糸の帽子をかぶって一日中、布団の中に隠れて過ごしていた。それでもあのひどい臭いの強い薬が少しでも効果があったのか、冬の初め頃になると病状もだいぶ落ち着いてきた。でもそんな有様じゃ誰が見てもそれ以上普通の暮らしはできなかった」

雨の中に遮帰島がぼんやり姿を現したが、すぐにまた見えなくなった。

「とにかく食っていかなきゃならないから、私が昼は塩辛工場、夜は缶詰工場と朝晩仕事に出てなんとか食いつないだ。お前も知っているかどうかは分からないが、女が外で金を稼いでくると、出来損ないの男が必ずやることがある。つまらないことに言いがかりをつけて女房を殴るんだ。早朝、くたくたになって帰ってくると、毎日のようにそのタワシのような手で殴るんだ。その痛いことといったら。その度に子供部屋で寝ている息子は泣き出し、殴られて痛いのよりも子供の泣き声で胸が張り裂けそうだった」

私は叔母の空いた杯に酒をついだ。刺身は出てきた時のままだった。鯛の粗は厨房の釜の中でグツグツ煮立っていた。

「でもそんな日も長くは続かなかった。翌年、山にツツジの花の咲く頃、亭主は汽車に飛び込んで命を絶ったよ。静かな夜だった。なんであんなに静かだったのか、まるで他の世界に来ているようだった。二日後に山に運んで埋めたんだが、ツツジの花がみんなまっ黒に見えたよ。恐ろしいことに涙は一滴も出なかった。世の中すべてが寂寞としていてもその泣き声は聞こえはしなかっただろう」

空の焼酎ビンを新しいものに取り替えた。

「亭主をかますでグルグル巻きにして山に埋めてから数日後に、子供を背負って夜明けに、真竹の村を後にした。持ってきたのは一部屋を借りられる程度の金だけだった。ソウルへ行って新堂洞(シンダンドン)の今にも倒れそうなトタン屋根のあばら家に月極めで部屋を借りて、魚の行商を始めたよ。それが一九七七年の四月のことだ。息子は九歳だったが、あの子が私にとっては仏様だったよ。本当に優しい子で学校から帰ってくると、市場の私のところに来て一緒に魚を売るのを手伝ってくれた。勉強も良くできた。その後、工大を出て有名な会社に就職し、就職した年に結婚して男の子と女の子が一人ずつ生まれて、今はアメリカにいる。何年か前に永住権を得たと連絡してきたよ」

その従弟なら一度会ったことがあった。私より七歳年下だが、一九八三年に禮山(イエサン)修徳寺のふもとにある修徳旅館で、毎年開かれる家族の集まりの席で会った。しかし二泊三日の間、その従弟は口のきけない人間のように押し黙ったままだった。当時、中学生だったと記憶しているが、色白の優等生タイプで父親似だったのか背も高かった。ソウルに戻る汽車の中でちょうど隣り合わせに座ることになり、いろいろと話しかけてみたが、返事は返ってこなかった。一緒に三日を過ごす間、その子が母親の実家の人間に対して強い敵意を抱いているのが感じられた。汽車が永登浦（ヨンドゥンポ）駅に到着してカバンを手に降りる段になってようやく、その子は刃物を突き刺すような一言を私に投げつけるように言い放った。

「母が行けとうるさいので、遠足に行く気分で来ることは来ましたが、僕は苗字も違うのだから兄さんの家の人間だとは言えないですよね。それなのに族譜［一族の家系図］を持ち出し僕にまで無条件に覚えろというのはチャンチャラ可笑しな話じゃないですか。その間、母のことを身内扱いもしなかったくせに」

　それではなぜ来たのかと尋ねると、この生意気な従弟はこんな風に答えた。

「ご存知かどうかは知りませんが、修徳旅館は一時、李應魯（イウンノ）画伯が過ごした旅館なんです。旅館の入り口前にある二つの大きな岩。そこに彫られた先生の文字の抽象作品を見たくて来たんです。三日も見たんでもうこれからは修徳旅館に行くことも二度とないでしょう。それではお気をつけて」

　画家が夢だったその子は工大に進学した。そしてその子の願いどおりにその後、再び会うことも、会う機会もなかった。

　魚の行商から始めて息子が中学校に入る頃には、叔母は新堂洞の市場の入り口に小さな食堂を開いた。その頃、隣で青果商をしていた四十代半ばの男やもめと情を通じたと叔母は淡々と打ち明けた。女子高に通う娘が一人いる男だった。他人の目を恐れて式は挙げずに一緒に暮らそうとしたが、父の再婚話に娘が衝撃を受けて家出したため、一緒に暮らすわけにはいかなくなってしまった。それでもその男との縁はしばらく続き、二年ほどはさほど寂しい思いもせずに過ごせたという。しかしその代償は大きかった。当時、市場の人々は毎月一回集まり「契」[*10]をしていた。会員は十人余りで毎月集まる契金を合わせると相当な金額になった。金をもらう契主は、慣例どおり順番を決めて受け取っていたが、この内縁の男が自分が契主になった途端に待ってましたとばかりに通帳と印鑑をもって市場から姿を消したのだ。問題はそこで簡単には終わらなかった。二人の関係を良く知っていた市場の人々が叔母の家に乗り込んできて家財道具を壊し、叔母の胸倉をつかんで金を返せと迫ったのだ。耐えられなくなった叔母は、近郊の議政府(ウィジョンブ)にしばし住所を移し、事態が治まる気配が見えると再びソウルの永登浦に戻って来た。そして業種を変えて小さな乾物店を始めたという。

息子は大学を卒業するまで、ありとあらゆるアルバイトをして、暇さえあれば母親の店を手伝った。父を早くに亡くし母親を養わなければならない身の上なので、兵役も免除となった。卒業と同時に大企業にはいり仁川(インチョン)工場勤務となり、事実上自立することになった。仁川なら永登浦からさほど遠くはないが、通うのに大変だろうからと叔母は、わざわざアパートの保証金の一部を崩して息子に家を借りてやった。皮肉なことにその時から叔母は、息子の顔を見る機会がどんどん減っていってしまった。就職してしばらくすると、息子は富川(プチョン)の漢方医の娘と結婚し翌年に男の子が生まれ、その後アメリカへの海外転勤の辞令がでた。それからは二年に一度くらい帰国するだけだった。それさえも永住権をもらってからは、盆暮れに電話をかけてくるだけになった。

叔母は長年乾物商をしていたが、しばらく前に店をたたみ、今は盆唐(ブンダン)新都市に四十坪のアパートを買って暮らしているという。息子夫婦が帰ってきたら一緒に暮らすためのアパートだという。店をたたんだ叔母は、祖父の命日にあわせて故郷を訪れソウルに戻る途中に、二十八歳で嫁に行き暮らした真竹にも行ってみたという。

生涯働きづめだった叔母は、盆唐のアパートで一人で暮らすようになると、かえって毎日が息がつまり辛くなったという。それで話に聞くだけで一度も行ったことのなかった観光地を見て回ろうと決め、身の回りのものをカバンに詰めるとまず江陵と束草(ソクチョ)に行った。そして雪岳山(ソラクサン)のふもとにある東海(トンヘ)観光ホテルで二日間過ごし、ケーブルカーにも乗り、襄陽(ヤンヤン)にある洛山寺(ナクサンサ)にも行ってみた。雪岳山から出発した日は、朝早く尺山(チョクサン)温泉で温泉につかり、束草からバスに乗り浦項を経て、慶州まで下ってきた。

　叔母が私に手紙を書いたのは盆唐を立つ前日だったという。なぜか慶州にとても心惹かれ、春に花の咲く頃にぜひ一度過ごしてみたいと、叔母は何度も繰り返し言っていた。また、済州島から帰る時には莞島にも渡り、海南(ヘナム)で名物の韓定食を食べてから、春香(チュニャン)＊11の里の南原(ナムオン)でも一晩泊まるつもりだという。そこまで行けばもういい加減疲れてきて嫌になるだろうから、そうしたら南原から高速バスに乗ってソウルに戻るという話だった。

　高山に行ってきた後、叔母は少し気持ちが落ち着いたようだった。涯月から戻った晩、叔母は私にもう大丈夫だから当分の間は訪ねてこなくていいと言った。

　台風が過ぎ去った後、莞島の男から午後電話がかかってきた。高山に行ってから五日後のことだった。その間、私はまたソウルから客が来て三日間ガイド兼酒の相手をしていた。環境運動をしている写真家で、漢拏山のふもとの霊室(ヨンシル)の松林と旧左邑(クジャウプ)のカヤの木の森を撮影しに来ていた。普段から付き合いのある山林学者の紹介で、もちろん初対面だった。まあ時々あることなので、そこまでは良かったのだが、環境運動をするというくせにやたらと酒好きで、三日間あちこち振り回されたあげくに、一晩中酒の付き合いをさせられた。そのため体は疲れ、仕事は一向にはかどらなかった。

　莞島の男が電話をかけてきた理由は、今朝、黒豚を一頭つぶしたので、夕方に防波堤で焼いて食べようというものだった。二か月ほど前にも橋の下で犬をつぶして連絡してきたことがあった。その時も断ったので気にはなったが、今日は叔母のところに行かなければならないので遠慮すると断った。

「心配するな、お前さんの叔母さんもちょうどここに見えてるよ」

私は驚いて聞き返した。

「そこって、どこです?」

「どこって、食堂だよ。だから奥さんも連れて早く来い」

前回、犬をつぶしたという話をしたら、妻は真っ青になり二度と彼に会おうとはしなかった。獣を私的にしめるのは禁止されていた。それも犬だと言ったら妻は吐く真似までしてトイレに飛び込み、歯磨きをしていた。その時にうっかり話したものだから彼と一緒に何かをする時には妻の顔色をうかがうようになってしまった。ところが叔母が今、そこにいるというのだ。

行って事情を聞くと味噌が結んだ縁だった。宿で朝ごはんを食べ終えると何もすることがなく、叔母は毎日宿のまわりを歩き回って過ごしていたという。一昨日、何気なく歩いていたら、いつの間にか涯月の町中まで下りてきたのだそうだ。その時行き先として思いついたのだという。同郷の人間だからとためらうこともなく食堂に入っていくと、おかみさんも実の姉を迎えるように迎えてくれた。昨日は厨房で皿洗いの手伝いをしながら夕方までいて、夕飯をご馳走になって莞島の男のオートバイに乗せてもらい、夜遅く宿に帰って来たのだという。

豚は莞島の男が五日市で買ってきて裏庭で直接処理したものだ。その場面を私も一度、目撃したことがあるが吐きそうになり大変な思いをした。まず豚をしめてから、たらいにその生血を受け、マッコリでも飲むように飲み、その後腹を割いて肝臓をとり出してこれも生のままで食べて、それから一袋にも達する残りの内臓を取り出し、スンデ料理にするものだけ別に保管し、残りはシャベルで地面を掘ってそこに埋めて処分した。男は手際がよく、そこまで処理するのに一時間もかからなかった。しかし、その場面をすべて見たあとでは、肉を口にすることはできなかった。内臓を取り除いた豚は縦に半分に切り割き、冷蔵庫に入れておいて食堂で使い、一部は釜の中で一日中茹でて、その濃厚なスープごと数日もの間、日に三回食べて食べつくす。また事前に解体した各種部位は知り合いを呼んで当日に防波堤で釜の蓋にのせて焼いて食べるのだ。そして今日がその日だった。準備した肉を黒いビニールでグルグル巻きにして食堂のライトバンにのせてから、男は日が沈む前に防波堤に到着しなければならないと周りをせきたてた。私は食卓の椅子に座ってニンニクの皮を剝いている叔母の顔色をうかがった。

「どうします？」

叔母はチマで手を拭きながらそっと立ち上がった。

「見物がてら行ってみようかね。昨日オートバイにも乗せてもらったので、断りづらいし」

一行は四人だったが、防波堤に到着するとすぐに男の妹夫婦というのが乗用車に焼酎とビールをケースで積んでやって来た。防波堤の向こうには、陽が傾き海一面が光輝いていた。みんなの顔が夕焼けに赤く染まって見えた。誰からともなく先を競うように肉を焼いては、味噌と長ネギ、ニンニクを添えてサンチュに包み、焼酎で腹の中に流し込んでいった。酒が何杯か回ると男はやっと思い出したように妹夫婦を叔母に紹介し、世間話のようにこんな話までした。

「こいつ俺の一番下の妹なんですが、ちょっと運がないんですよ。二十二歳で順天（スンチョン）に嫁に行ったんだが、わずか五年で建築業をしていた亭主が飲酒運転の事故で亡くなり、子供二人を育てるのに十年間苦労のしどうしでした。見かねて一昨年に、荷物をまとめて島に戻って来いと呼んだんです。隣にいるのは今の亭主で、七年前に女房を亡くして一人で子供たちを育てて、貞淑な未亡人のように浮いた噂一つなく暮らしてきたやつで、似たような境遇ですよ」

後で聞いた話では彼は警察官、それも刑事だということだった。

「こいつとも釣りをしてて知り合ったんですが、それがどこかと言うと、ここ涯月の防波堤よ。防波堤は陸地で言えば村の広場のようなところです。一緒に酒を飲んだら、これがなかなかいい男なんだ。それで三回目に飲んだ日に妹を呼び出して引き合わせた。次からは酒を飲む機会があれば何だかんだ口実をつけては呼び出したよ。嫌なら来ないだろうからね。去年の秋に村の会館で身内だけで式を挙げて、賃貸アパートから出て家も新たに手に入れた。今は仲良くやってる。子供たち同士も仲良くしてますよ」

妹夫婦は顔をそむけたままニヤニヤしていた。二時間が過ぎ、彼ら夫婦は舅の祭祀があるからといって先に帰っていった。夜がふけても近くに停泊するイカ釣り船の灯した明かりが、周囲を満月の夜のように明るくしていた。叔母は肉を何切れか食べ、その間にときどき焼酎も杯に半分ほど注いでは飲んでいた。最後は酒に酔った莞島の男が箸で釜の蓋を叩きながら「船艙」という歌を歌い、次におかみさんに「七甲山（チルガプサン）」を歌わせ、最後に今度は叔母の番になった。しばらく押し問答がつづいた。

「せっかく遊びに来たんだ、思いっきり遊びましょう」

叔母は首をふりながら頑なに拒んだ。

「これまでの人生で歌なんて一度も歌ったことがないんだ、勘弁してちょうだい。むしろお酒でももう一杯下さいな」

叔母の杯に酒を一杯に満たしても、男はあきらめなかった。

「だからこの機会に一曲だけ聞かせてください。甥っ子の顔をたててると思って」

「できません」

おかみさんが中に入ってなだめても男は言うことを聞かなかった。

「うちの味噌までもらっているという話を聞きましたよ。それなら尚更、味噌代だと思って歌えばいい。あの味噌はうちの女房が秋から春までかかって苦労して作っているんだ。誰にでもやるって代物じゃない」

はらはらしながら思わず叔母の顔をそっと見ると、幸い、傷ついたような様子はなかった。ここいらで帰ろうというのか、ゴソゴソとチマをはたいて立ち上がると防波堤越しに無数に浮いているイカ釣り船を冷ややかな目つきで眺めた。叔母の小さな体が明かりの中に飛んでいってしまいそうにわずかに揺れた。

そして叔母は歌い始めた。波音のせいで叔母の声はよく聞こえなかった。しかしじっと耳をすまして聞くと、それは「水鳥の鳴く川岸」という曲だった。その声は白髪ネギのように細く青く、時には糸唐辛子のようにか細く赤く続いていき、最後には風の中に跡形もなく消え去った。

宿に戻ると真夜中だった。無理をしたせいか叔母は部屋に入るやいなや布団の上に力なく座り込んだ。すぐに帰ることもできずにぐずぐずしていると叔母が言った。

「さっさと帰りなさい。家で待ってるよ。少し疲れはしたけど、気分はいいから」

「お酒はいつから飲んでるんですか」

「どうして、私が飲んだらいけないかい。もう二十年になるよ。今になって心配しても何にもならない。酒までなかったら、あの長い夜をどうやって過ごしたというの」

「タバコは？」

「それは十年ほどかなあ。何か月か前にどちらも止めたんだよ、でも今日のように誰かと一緒に酒を飲んだりするとタバコもときどき思い出される。甥っ子の前で言うのもなんだけど、この叔母は酒とタバコが大好きなんだ。気持ちが落ち込んだ時には人間よりもよっぽどいい」

「……」

「分かってる、それでも人間が仏様だよね」

「もう帰ります。ぐっすり休んで、明日は食堂に行かずに部屋で休んでください」

立ち上がると叔母も布団から体を起こした。

「今度も三日ほどしたら顔を見せておくれ」

蓮の花が見たいと、叔母は哀願するような表情で言った。慶州に行き石窟庵（ソックラム）を見てからずっと蓮の花のことが頭から離れないというのだった。


ちょうど妻も休みの日だったので三人で蓮の花を見に樹木園に行った。夜明けに仏が降臨して座ったかのように蓮の花は明るいピンク色で、水面にたくさん浮いていた。蓮池のベンチに並んで座った三人はきっかり二時間、蓮の花を眺めていた。緑の茎の下には紅色の鯉と金魚がところどころに隠れているのが見えた。中国人観光客がぞろぞろとやってきて、そしていなくなると叔母が口を開いた。

「誰が作ったのか分からないけど、世の中は本当にきれいだこと。目に見えるものすべて、これが最後だと思う時がある。本当に涙があふれるくらい美しいこと」

「どうしてそんなことを言うんです。統営から済州まで船に乗って一人で遠足にくるおばあさんはそんなにいませんよ」

叔母はわずかに笑った。

「それは行くところがないから来たんだよ。何日かいたら、ここに小さな家でも建ててしばらくの間でもいい、静かに暮らしてみたくなったよ」

その時までは私も口先だけの話だと思っていた。しかしよく聞いてみると、そうでもなさそうだった。

「五十坪くらいの土地を買って屋根を覆い、部屋の一つでも作れば暮らせないこともないだろう。それくらいの金はある。後でお前たちにあげてもいいし。だから不動産屋に聞いてみてくれないかい？」

妻は聞こえないふりをし、私もすぐには何と返事をすればよいか分からなかった。

「嫌なんだね」

「盆唐の家はどうするんです？」

「あそこは死ぬまで立ち寄る人は、誰一人いないから未練もない。息子のやつがいつ帰ってくるか分からないのに、幽霊のように一人で家を守っているとため息ばかり出てくる」

妻が売店に飲み物を買いに行っている間、叔母はまた愚痴を繰り返した。

「人も動物も子が何人もいれば、そのうちの一つは必ず出来損ないや不良品がでてくるものさ。うちの家では私がそうだった。みんな親の言うことを良く聞いて、道を外れることもなく賢かった。だから兄弟はみんな大学教授や公務員になり、姉妹も教育委員の女房や、悪くても中学校の先生の女房になってちゃんと暮らしている。だが私だけは生まれた時から何かと出来が悪かった。勉強も兄弟姉妹の中で一番出来なかったし、女のくせに何日も風呂にも入らずに、男のように外で遊んでばかりいたから、幼い頃から親にも見捨てられていた。十六歳で足の不自由な先生と駆け落ちして、戻ってきてからは兄弟姉妹からも無視されるようになってしまった。それでも恨んだりはしなかった。灰かぶりのように台所に隠れるように暮らして十二年我慢したのも、その足の不自由な先生との約束のせいだった」

叔母の声はいつの間にか酸っぱくなった白菜キムチのようにかすれていた。

「苧麻（からむし）で有名な韓山（ハンサン）の人だった。駆け落ちしたその日にあの人は私をバスに乗せると、公州（コンジュ）の甲寺（カプサ）に行ったんだ。近くの旅館で何日か過ごすとその先は行く当てもなかった。仕方なく韓山の家に戻った。行ってみると老母が一人で暮らしていた。藁葺き屋根の家だったが、あんなあばら家は初めて見たよ。それでも嫁に来たんだと思って台所に入りご飯を炊いたんだが、その年老いた母親が見かけとは違い大した婆さんだった。台所にいる私を呼びつけると、道端で拾ってきたようなどこの馬の骨とも分からない女を嫁にするわけにはいかないと言って、すぐに出て行けと言うんだ。息子が学校まで辞めて故郷に戻ってきたと知ると、その場で寝込んでしまった。それで看病したんだが、私の作った料理には口をつけようともしない。それでもこれも運命だと思って百日ほどがんばったんだが。先生というのが気の弱い人間で、私と母親の間でどっちにつくこともできずに、日に日にげっそりやつれていった。そんなある日、門の外に私を静かに呼び出すと、実家に戻っていれば頃合いを見て迎えに来ると言うんだ。その間にまた学校に教師の職を見つけるから、そしたら両家の親の許しを得て正式に婚礼を挙げようと言われた。泣いてしがみついて嫌だと言ったんだけど、あの気の弱い先生があの時だけは冷たくて頑固だった。結局、追い出されるように荷物をまとめて家に戻ってきた。夕餉（ゆうげ）の時間に死ぬ覚悟で家の門をくぐったんだが、誰も何にも言わなかった。夕飯を食べていたところだったので、みんな匙と箸を手に板の間に飛び出してくると、庭の真ん中に突っ立っている私をじっと上から見下ろしていた。ただずっと何も言わずに見ているんだ、自然と私の足は台所に向かっていた。韓山から迎えに来るのを待ちながら、台所で飯炊きをしながら三年待ったが、いくら待っても何の連絡もなかった。五年待って訪ねていくと、老母はすでに亡くなり、先生は村の小学校の先生になっていた。それも他の女と所帯までもって。いったいどういうことなのかと責めると、こんなふうになってしまったと水に酒を入れたような話を繰り返した。老母が十年位前に隣町の白丁（ペクチョン）*12の家から麦を何俵か借りて食べたらしい。それをずっと返せずにいて、ボケたのか死ぬ前にその家の娘を嫁にするんだと言ってきかなかったというんだ。死ぬ前にどうしても嫁の顔を見て死にたいと言ったそうだ。その女房というのが家から飛び出してきて私の足をつかんで泣いているんだ、お前が私の立場なら、そんな時何と言う。それに私も醜女だけどあんなドングリの皮みたいな顔の女は初めて見た。白丁の娘というのだから想像がつくというもの。とにかく女房をなだめて家に帰らせると先生は私を近くの小学校に連れて行った。そして学校の塀になっているからたちの木の青い実を何個か採ると、これが黄色く熟したら一度訪ねて行くと言ったんだよ。その言葉を信じて韓山から戻ってきたんだが、本当に自分の運命を考えると情けなくなった」

「訪ねてきたことは来たんですか」

「来たことは来たが、何の意味もなかったよ。人の目につくからと停留所の椅子にちょこんと座って、一時間ほど何にも言わずにため息だけついて、乗ってきたバスにまた乗って帰っていった、それだけさ。もうすぐ二人目の子供が生まれると、胸に突き刺さるような言葉だけ吐いて。それが全部で、それが最後だった」

「その後は二度と会わなかったんですか」

「真竹に嫁に行く前にどこで噂を聞いたのか、一度訪ねてきた。嫁に行ったら幸せになれと、そのたった一言を言いにね」

「……」

「ぺらぺらしゃべることじゃないが、今度ここに来る前に、実は韓山にもう一度行ってみたんだ。すでにずいぶん前に定年退職して、今は村のアパートに一人で暮らしていた。退職した年に女房はガンで死に、子供たちもみんな都会に出て年に二度だけ帰ってくるという話だった。そんな話をしながらまた出刃包丁を背中に突き刺すようなことを言うんだ。韓山でもう一度一緒に暮らそうと。足元に転がっていた石ころをつかんで投げつけてやると、後ろも振り返らずバス停まで歩いて行ったよ」

　おそるおそるたずねた。

「その話がそんなに頭にきたんですか。また一緒に住もうという話が」

「そんな話を聞いている自分に嫌気がさしたんだ。バス停まで歩いて行く間も追いかけても来なかったよ。少し待ってからバスの時間にはまだ余裕があったんで、タクシーに乗って勤めていたという学校に行ってみた。まだあのからたちの木がそのままあるかと思ってね」

「……あったんですね」

「あった」

「それなら、あれがそれだったんですね」

「ああ、あれがそれだ。昔のことが思い出されてカバン一杯につめこんでソウルに戻ってきた。そして翌日すぐに雪岳山に向かったんだ」

間をおいて私はもう一度言った。

「もう一度韓山に行ってみれば」

熱いため息をついてから叔母は答えた。

「そんなことしても、からたちの実が今更みかんになるかい？」

私は少しこじつけて言い張った。

「ここから帰る時にみかんを一箱買って持っていけばいいじゃないですか」

「言うのは簡単さ。でもそんな簡単なことじゃない」

日がだんだんと暗くなってきて、叔母と私はベンチから立ち上がった。妻を家に降ろしてから中山間道路を抜けて山道を通り涯月に向かう道で、叔母が急に車を止めてくれと言った。

車を止めたのは小高い山裾にある大きな白菜畑だった。白菜畑の前で降りた叔母は、カバンからタバコを取り出し口にくわえた。火をつけてあげると、ライターの炎で叔母の小さくしわくちゃな顔が照らし出され、すぐに消えた。夕闇が迫る数千坪の白菜畑の下には村と海が横たわっていた。私がよそ見をしているすきに叔母は白菜畑に入っていった。そしてしばらくすると、暗闇の中に叔母の姿が消え去り、次の瞬間、白菜畑の中からまるで葬儀の時の慟哭のような泣き声が聞こえてきた。海を見ても泣かなかった叔母だった。それが白菜畑に来てようやく長い歳月の間に鬱積していたものを解き放ったのだった。泣き声はだんだんと嗚咽に変わり、しばらくの間止むことなく続いた。部屋に戻ると叔母が言った。

「見苦しいさまを見せてしまって恥ずかしいよ。悪かった」

「ぐっすり眠れば明日の朝にはよくなりますよ」

私の話には答えず叔母は話を続けた。私は先ほどの、闇の中に置いてきた白菜畑を思い出していた。

「あの人が家庭訪問に来ての帰り道だった。見送りに出たんだが、だんだんと暗くなる道を足を引きながら歩いていくその後ろ姿を見ていたら、不思議なことに胸が張り裂けそうだったよ。その時はまだ私はただの向こう見ずな娘だった。後を追って急いで追いつくとあの人の服の裾をつかんで言ったんだ。そんな風に出来損ないみたいに足を引いて歩いてないで、いっそのこと私の背中に負ぶさって一緒にどこへでも逃げようと。それが白菜畑だった。私の話に驚いて足を止めたあの人は、白菜畑に座り込むと私の見てる前で悲しげに泣き始めた。私は家出をした猫のように、あの人の揺れ動く肩だけを見つめていたよ。しばらくしてようやく顔を上げると、そうしても後悔はしないかと聞くんだ。すでに心を決めた私は必死になって、後ろは振り返らないと答えた。そしてその足で駆け落ちしたんだ」

話終えると叔母は床につき目を閉じた。私は床を見つめながらゆっくりと腰を下ろしたが、その間に叔母はもう眠っていた。

翌日の午後に釣りに行き、そこで莞島の男から意外な話を聞いた。叔母が土地を探しているというのだ。今朝、食堂に寄り彼にも頼んだという。それで午前中に不動産屋に行き、いろいろと聞いてきたという。スチールハウスというのがあるという。値段も安く、土地さえあれば家を建てるのは、急げば数日でできるということだった。家を建てる技術が発達し、暴風も暖房もまったく心配ないという。しかし土地が問題だった。五十坪単位では土地は売買しないという。二百坪を基準に売買の許可が下りるという話だった。

釣竿をたたんで宿に行くと、叔母は真夏だというのに布団をかけて寝ていた。顔色がひどく悪そうに見え、顔には汗をびっしょりかいており、咳のしどうしで痰まで吐いていた。防波堤で豚肉を食べた日にあたった夜風が結局、病気を引き起こしてしまったようだった。病院に連れていこうとしたが、すでに行ってきたといって枕もとの薬袋を指した。それをぼんやり見つめていた私はこのままではまずいと思い、自分でも思いがけない冷たい言葉を吐いていた。

「ここに家を建てるんじゃなくて、もうソウルに帰った方がいいですよ」

なぜとは聞かずに、叔母は目を閉じた。

「このままでは取り返しの付かないことになります。いくら夏だといっても陸地から来た年寄りは、海風に一度吹かれただけでもすぐに体調を崩すんです。それは病院でも治せません。ここでこうしてることが、後で親戚連中にでも知られたらどうするんです。最後まで隠し通す自信なんてありませんよ」

「分かってるから、そんなにむきにならないで」

「妻もこの何日か夜眠れないでいます。うちに泊まっていただかないこと事態が道理じゃないのに、体まで壊されたようだと心配してます。すぐにでも家にお連れするようにと言われてるんです」

「年をとれば誰でもみんな、どこか具合が悪いものさ。それに戻る考えがないわけじゃない。甥っ子を訪ねて来て寝込むなんて、目上の者として道理に外れたことだと、今朝も莞島の人に言われたよ。その通りだよ」

「ゆっくりしていただけなくて、すみません」

「そんなこと言わないでおくれ。船に乗って来た時にはこんな迷惑をかける気はなかったんだから」

「どうか体から治してください。元気になったら韓山にもう一度行けばいい」

「韓山……ああ韓山か。乾物商をしている時でも苧麻は韓山のものだけ扱っていた。行きたくないわけじゃない。ここに来てもずっとそのことだけ考えていた」

「ならなぜ迷うんです？　今更、気を遣う人間もいないでしょう」

「これ以上、男の飯の仕度をしてやる気力が残っていないんだよ。一人なら味噌チゲ一つあればいいが、一日三度、男の飯の仕度をしていたら体が壊れてしまう」

「ご飯の支度ができないから行かないというのなら、あとできっと後悔しますよ」

　叔母は力なく笑った。

「それならお前の言うことを聞いて、もう一度だけ行ってみようか」

「その方も待ってますよ」

「そうかな？」

　窓から一筋の涼しい風が吹き込んできた。

「それから。この叔母がお前を尋ねてきたのは、私が台所の飯炊きをしていた頃、それでもお前だけは私に対して何の差別もしないで接してくれたからなんだよ。幼心にも私がかわいそうに思えたのか、夕方になると台所をうろうろして、一言二言声をかけて部屋に戻って行った。それがこの叔母にとっては大きな慰めになった。だから遠くから突然やってきて、いろいろ迷惑かけたこともどうか許しておくれ」

　その夜、再び台風がやってきて島全体を三日間かき乱してから、日本の九州方面に抜けていった。荷物をカバンに詰めてから二日も足止めを食っていた叔母は、済州島に来てから十五日目の日に、済州港から木浦に向かう船に乗り込んだ。

　港へ向かう途中に叔母は莞島食堂に立ち寄り、残った味噌を返しておかみさんと別れのあいさつを交わした。すっかり情が移ってしまって、叔母よりもおかみさんの方が先に目頭を押さえていた。そして風呂敷に包んだ箱を差し出した。西帰浦（ソグィポ）から昨日採って来たばかりのハウスみかんだったが、これしかお土産がないとむしろ恐縮している。

　叔母は予定通り船に乗り莞島に行くと言っていた。

私はその長い道のりがまた心配になり、飛行機でまっすぐソウルに戻るように勧めたが、叔母は、無理やり追い返されるんだ、そこまで反対するなと意地をはった。隣で黙って聞いていた莞島の男が、それなら木浦に行き、そこから高速バスで南原まで行くのはどうかという折衷案を持ち出した。それなら距離も近いし苦労も少ないという。食堂から出ると叔母は男を振り返り、あの日、防波堤で食べた豚肉と焼酎は本当に美味しかったと、遅れたあいさつをするのも忘れなかった。

木浦に向かう船は朝の九時三十分発だった。出発にはまだ時間があったので、叔母に樹木園に寄って蓮の花をもう一度見ようかと誘ってみた。しばし考える様子をしていた叔母は、首を横に振り他の話を持ち出した。

「それよりも露地みかんを何個か欲しいんだけど」

露地みかんというのは、ビニールハウスではない自然の状態で畑で栽培されるみかんのことだ。みかんはりんごや梨のように春に白い花が咲き、実をつけ十月末から収穫するので熟すにはまだ程遠かった。他人の畑に入って盗んでこない限り、私としては手に入れる方法がなかった。

「それをいったい何に使うんです？」

「からたちの実を持ってきたからみかんにしていこうということだよ」

「さっき食堂のおかみさんから一箱もらったじゃないですか」

「まったくお前まで、察しが悪いんだから。誰が食べるのに持っていくと言った？」

何のことか、分かるような気がして私は、まず樹木園の隣にあるみかん畑に向かった。誰も青々とした夏のみかんをとろうなんて思う人間はいないのか、見張ってる人間もおらず、その気になれば数個のみかんを採ることなど大したことではなかった。私は大きい実だけを選んで五個ほど採り、叔母のカバンに入れると済州港へと車を走らせた。

叔母の乗った船が見えなくなるまで私は、旅客船ターミナルの窓越しに海を眺めていた。駐車場に戻りコンソールボックスを開けてみると十五日前の青々としたからたちの実は、すっかりしおれて黄色くなりカビまではえていた。その短い間に腐ったのか酷い臭いまで放っていた。しかし、捨てはしないでそのままコンソールボックスの中に入れておいた。

叔母の無理やり追い返すという言葉が棘のように胸に突き刺さり、家への帰り道に樹木園の蓮の池に立ち寄った。その日も蓮の花は水面に浮いていた。金魚と鯉も緑の茎の下でのんびりと泳いでいた。そこに十分ほどいて樹木園から出てきた時のことだ。大きなスズカケの木の間に一本ぽつんと小さなからたちの木が立っているのを見つけた。作業場として使っている事務所のすぐ近くなので、樹木園には毎朝運動がてら来ているが、これまで一度も気づかなかったものだった。からたちの木は棘が無数に生え、枝ごとに青い実が成っていた。

その日、船で木浦に向かった叔母からはその後何の連絡もなかった。私の言葉がそんなに寂しかったのだろうか。

そして、からたちとみかんが黄色に色づく十月末にソウルの父と電話で話をした際に、まるで他人の家の話をするかのように、叔母の死を聞いた。まあ一応伝えておくがと言いながら、十月の第二週の火曜日に叔母が肺がんで亡くなり、盆唐にある南ソウル公園墓地に埋葬したと父は言った。肺がんの診断を受けたのは五か月前だったという。アメリカにいる息子はなんとか出棺にだけは間に合い、葬儀が終わるとすぐにとんぼ帰りしたという。私はなぜ今になって知らせてくるんだと静かに責めるように言った。当惑したのか突然言葉を失った父は、そのまま黙り込んで受話器をおいた。それで私も、七月に叔母が済州島を訪ねて来たという話は、最後まで伝えることができなかった。

初出は『燕を飼う』（創批、二〇〇七年）。

＊1［舎廊棟（サランチェ）］一家の主人の居室
＊2［仏国寺（プルグクサ）］慶尚北道慶州市にある、新羅時代に創建された仏教寺院
＊3［長項線（チャンハンソン）］忠清南道天安駅と全羅北道益山駅を結ぶローカル線
＊4［トンチマ］改良韓服の短めのスカート
＊5［日出峰（イルチュルボン）］済州島の東の海に突き出た火山で、有名な観光地
＊6［海女の家］済州島の海辺には「海女の家」という地元の海女たちが経営する食堂が多数ある
＊7［橘化為枳］橘、化して枳と為る（たちばな、かしてからたちとなる）。人間は環境によって行動が変わるという意味
＊8［淮水］淮河の異称。中国の長江、黄河に次ぐ第三の大河
＊9［天刑］かつてハンセン病を指した言葉
＊10［契］日本の頼母子講にあたる
＊11［春香（チュニャン）］朝鮮時代の古典小説『春香伝』の主人公
＊12［白丁］朝鮮時代の最下層民で、食肉加工を生業としていた

旅人は道でも休まない

イ・ジェハ
李祭夏

一九三七年、慶尚南道密陽市生まれ。弘益大学校彫塑科中退。一九五六年に童話「水晶玉」が子供雑誌『新しき友』に入選。一九五九年には詩「零時」が『現代文学』に、短編小説「黄色い子犬」が『新太陽』にそれぞれ入選しデビュー。一九六一年には短編小説「手」で韓国日報に入選し本格的に小説を書くようになった。代表作に小説集『草食』（一九七三）、『汽車、汽船、海、空』（一九八二）、『龍』（一九八六）、長編小説『熱望』（一九九七）、『ミゾレ結婚』（一九九九）、詩集『あの暗闇の中の灯火を感じるごとく』（一九九二）など。「旅人は道でも休まない」で李箱文学賞（一九八五）、「熱望」で韓国日報文学賞（一九八七）、『綾羅島での出来事』で東里文学賞（二〇〇八）、他に片雲文学賞（一九九九）などを受賞した。

1

癸亥（みずのとい）の年（一九八三）も暮れようとする師走中旬の日暮れ時のことだった。汐淄（ムルチ）三叉路に停車した束草（ソクチョ）の市内バスからは数人の乗客が降りてきた。防寒ジャンパーの前をしっかり合わせて毛糸の帽子をかぶり、リュックサックを背負ったり、洗面道具のはいったカバンを手にしたりした三、四人の男たちは、山登りに行くのか「うぉー、寒い！」などと騒ぎながら道端の商店の方へさっと歩き出し、その後ろから降りてきた老人一人も市内で刺身用の魚を求めてきた様子で、包みを手におぼつかない足取りでその後について行ったが、最後に降りた男だけは、電車にぶつかったような顔をしてぼんやりとその場にたたずんでいた。見渡す限りの海、海、海、海だけがまさに目の前に広がっていた。

ほとんど衝動に駆られたようにソウルのターミナルでバスに飛び乗って以来、これまでもたびたび水を見ると気持ちが揺れ動いたことはあったが、少し前、停車したバスの窓越しに突然現れた海は、そんなものとは全く違っていた。自分でも分からない力に突き動かされて、最後の瞬間にとっさにバスから飛び降りたのも、そのせいだった。何というか、それは突然目の前を遮って現れた絶壁のようだった。

ソウルの街ではなくとも、観光バスなどの車両が絶え間なく通る、そこだけ四車線の三倍くらいの大きさがある広場のようなアスファルト道路の端から、すぐに海が始まっていた。彼は思わずぶるっと身震いをして、断崖をさけるように注意深く道を渡り始めた。

行楽客のためなのか道の中間にセメントで花壇のようなものが作られているが、地面が斜めになっているのではないかと感じるような強風の中では、それらは限りなく矮小に見えた。六十センチくらいの高さの路肩ブロックを降りて幅十メートルくらいに見える砂利の砂場を彼は歩いて行った。手にしたカバンを下に置き、腰をかがめた瞬間、「止まれ！動くな」と怒鳴る声が聞こえてきた。

「三歩下がれ！　そのままにして」

「……」

小銃を向けて近づいてきた哨兵は、彼のカバンの中をじろじろと眺めると緊張を解いた。

「これは何です？」

「ちくしょう……」と彼が答える。

「見れば分かるだろ？　乱数表と麦こがし……」

「おじさん！」

カバンの中味といっても下着が数枚と洗面道具とビニール袋一つしかなかった。哨兵がしゃがみこんで見ている間、彼の脳裏には、お前もう殺られてるぞという考えが浮かんだ。スパイならこの隙を見逃すはずがない。だいたいカバンの中に堂々と武器を入れて持ち歩いている間抜けがこの世にいるか。

「なんです？　これ。粉みたいだけど……石灰かな」

袋の端から取り出した指先を擦っている哨兵を鬱陶しそうに見つめていた彼は、思い切ったように近づいた。

「麦こがしだと言ったろう」

「このおじさんめ、まったく。ああ、遺灰か……」

「……」

「撒いたらさっさと行ってください」

「……」

「……すぐにですよ」

十五、六年前の訓練兵の頃に、安全ピンを抜いた手榴弾を手にしたままどうして良いか分からず、あさっての方向に投げてしまい、仲間一人の手を吹き飛ばすという事故を起こした同僚を、彼は目撃したことがあった。周囲でいくら足をジタバタさせて正しい方向を指差し大声で叫んでも、その訓練兵は顔をさらに真っ赤にしてただ足踏みだけしていたが、哨兵から袋を返してもらうと、自分がまるであの時の訓練兵と同じ立場になったような気がして怒りがこみ上げてきた。それでカバンを手にし、一言も発さずに彼は砂場から道に上がった。

〃メウンタン〃[*1]と書かれた紙がガラスに貼られた二軒の食堂の明かり窓が、道向こうで風にガタガタ揺れているのが、遠くに見えた。

彼が左の食堂の戸を開けて入って行くと、先ほどバスから一緒に降りた例の男たちが暖炉を囲んで座り、酒を飲んでおり、入ってきた彼をじろっと見た。リュックサックを背負った男は顔見知りのように彼を見ていたが、彼は気にせずに片隅に行き南京椅子に腰を下ろした。

「あいつ　遅いな。失敗したんじゃないよな」

「もともと、あふれるのはあいつらなんだ、いくらなんでも……その反対だろう」

「反対？」

「女たち、下手に付きまとわなきゃいいが……。でれでれしてるとたまに離れなくなるぜ」

「事前に鼻をへし折ってくるさ、金将軍のことだ……。余ったら一緒にすればいい、二人でも三人でも……」

「こいつ、入れたら最後であっという間に逝っちまうくせに、こけおどしが……」

「なんだと、こいつ。俺はまだまだいけるぞ。これも男の物の違いさ。パイプさえしっくり合えば、一時間は十分に……」

「まったく世間話も卑しいねえ。皆、年寄りばかりだろうが、いい加減にしろよ」

くすくす笑いながら再び騒ぎ出した男たちの後ろの方から、年老いた爺さんがそっと脇戸を開けて入ってくると、彼のところにやって来た。

「メウンタンでいいかい。まあそれしかないが」

「何の魚だい？」

「ヒラメ……これもそれだけだ。焼酎は？」

「茶碗にくれ。一杯だけ、飯もな……」

組んだ手をしばらく眺めてから、それをほどくと習慣のようにタバコを取り出し口にくわえた。

「そこの旦那、ちょっといいかい？」と、さっきの爺さんが脇戸の向こうから再び彼のところに来たのは、飯女が運んできたチゲと飯を平らげ、彼が二本目のタバコに火をつけ、ボーっと目を閉じている時のことだった。その頃には隣の席の男たちも、待っていた仲間がやってきて騒ぎながら出て行った後なので、店の中はがらんとしていた。彼らは登山を口実にして女を買いに来た輩のようだった。最後に現れたベレー帽の男が若い女を四、五人ほど連れくると、男女の数が合わないと彼らは言い合いをしていた。

「俺はいらないと言っただろ」とリュックサックの男が不機嫌そうに言う。

「いらないというのに余るほど連れてきて、どうするつもりだ？」

「なんだと、ずいぶん偉そうにしてるな……。女を嫌だと言う奴、初めて見るぜ。数のとおりに連れて来たのに何をほざいてる。多すぎるだと。本当にいらないのか」

「いらない」

「いらないなら、やめとけ。俺が何とかするから……その代わりお前の女には指一本触れないよ。金はお前が出せ」

「殴り殺してやる、人間のくずが……」

「お前はかみさんにでも捧げてろ。インポみたいなこと言って……」

ベレー帽の男はヨンジャ、チュンジャと女たちの名前を呼び、ばらばらに座ってわざと目を丸くしている女たちを外に連れ出した。最後に出て行こうとしたリュックサックの男がふり返り、彼にたずねる。

「山に行くんですか」

答えずにグズグズしていると、男は帽子のつばをひっぱり下ろした。

「同じ道なら白雪旅館にいらっしゃい。花札でもしましょう。せいぜい儲けるなり……」

外から男たちがタクシーを拾う声が聞こえてきた。彼は匙を止めて耳をすませた。体を売りに来たとはいっても、混じって聞こえてくる女たちの笑い声は、男たちよりも遥かに活気に満ちていた。彼はリュックサックの男がなぜ二回も見知った振りをしたのか、分からずにぼんやりと窓から外を眺めていた。賭博をして女を買って山に行っても……。

何も言わずについて来いと、爺さんが彼を連れて行った先は、脇戸の後ろにある部屋だった。食堂はもともと納屋のようなところに食堂の部分だけ付け加えた形で、脇戸を開けると軒の低い小さな古家の庭につながっており、台所が別にないのか裏の板間や庭のあちこちに古ぼけた食器が置かれ、湯気の出ている釜がかかっていた。この部屋です……と言って爺さんが開けた部屋の中を覗き込んでは見たものの、彼はそれ以上は動こうとはせずに、踏み石の所で爺さんの方に顔を向けた。

「あのお客さんを月山の近くまで連れてってやってくだせえ」と爺さんが言う。

「十万ウォン払うと言ってる。八十を超えたお客がもう三日もこんな風で……」

「病人のようだな」

彼は再びさっと部屋に目を向けたが、今日は面倒なことに巻き込まれる日だなあ……と思い、帰り支度を始めた。

「なんで俺なんだ？」

「もう三日になるが、役に立ちそうな者がおらん。旦那ならいいと思うがなあ」

「タクシーがあるじゃないか」

「月山に行く道は車が入れねえだ。道もねえ……休戦ラインの向こうなのか、こっち側なのか、はっきりしねえし……」

「……」

「その近くまででも行きてえと。瑞和(ソファ)までは入れるはずなんだ」

「役に立ちそうな者」と爺さんが言った意味が、力のある頑丈な胸板の人間を指しているのは明らかだった。

部屋の中には、胸が落ち込み両目を見開いた老人が頭をよじったまま横たわっており、看護師姿の女が壁にもたれて座り、無表情にこちらを見ていた。

「おじさんが連れて行ってくださらない？」

「俺が旦那を負ぶう？」と怒った顔で中年男は言った。

「交通費とは別に十万ウォン出すって言っとるがね」

「俺は山に行くんだ。だめだね」

「旅先で会ったのも何かの縁じゃろうが、冷たいのう。いくらならやってくれるんだい？」

「何でこうなるんだ？」

「だめかい？」

「他をあたってくれ」

「無理強いしなくていいわ、おじさん」

看護師姿の女が部屋の中から抑揚の無い声で言った。彼は金を出すのが病気の老人なのか、看護師なのか知ることなく勢いよく店を出たあとも、後ろめたい気持ちになった。

店の前で道の向こう側を見ると、濃い緑色だった海はすでに灰色の暗礁に変わっており、哨兵は見えなかった。だが砂浜に一歩でも足を踏み入れれば、大声を張り上げて、またどこからかにゅーっと現れるだろう。

三叉路で山手に向かうバスに乗り、すでに真っ黒な暗闇の中へと取り込まれつつある野辺を窓の外に眺めながら彼は、陰鬱な気分から抜け出せずにいた。年老いた病気の老人を置き去りにしてきたという後味の悪さだけならまだしも、そんな気分はむしろ看護師姿の女から受けた印象からきているようだった。まだ二十歳前後にしかならない娘なのか、あるいは三十歳？　いや四十歳に近い顔なのか、全く見当がつかなかった。部屋の中に低く流れていたカセットラジオのパンソリ[*2]の音色、豆電灯の光の下でもその顔はこれといった輪郭のようなものは全く見えず、それが妙な拒否感を彼に抱かせたのだった。厚手の外套に豪華な毛皮のマフラーをした老人の身なりからみて、金持ちの家の気難しい家長のように見えた。彼らは山で療養中に病気がひどくなり帰るところのようだった。良いご身分だ……というよりは、ちらっと見ただけでもまひが残っていることは見て取れたが、爺さんが休戦ラインがどうのこうのなんて言いさえしなければ、あの大きく見開いた目でさえなければ、彼はその提案に応じていたかもしれない。

旅館街で降りて「白雪旅館」を訪ねると、例のリュックサックの男が、来ると思っていたとでもいうように二階の窓から灯りを背にして彼に手を振っているのが見えた。

「上がってらっしゃい。来ると思いましたよ……」

上がっていくと階段の入り口に男が立っており「部屋は別にとらないように」と言った。

「四部屋はいらない。三部屋で頼むと言ったら、場所代を出せと言うんだ、主人が……。ここには来るたびに寄るんだが、ちくしょう。あいつらは座ったままで夜を明かすはずです。明日の朝、滝を見に行きませんか。私は花札に興味はないです。運動がてらに」

「花札に入れてやるという話だったじゃないですか」

「二時間ほどしたら眠ればいい。面白くないですよ。帰るときには頭すっきりさせていなくっちゃ。そんな朝から晩まで……」

リュックサックの男が連れて行ってくれた部屋を覗いたことは覗いたが、彼はカバンは持ったまま男の後についていった。その次の部屋が男の部屋のようであり、花札をしているのは三番目の部屋だった。男たちの脇に一人ずつ女が寄り添い、わいわい言ったり酒やつまみを食べさせたり、金の勘定をしていたが、彼らはどうやらそれが楽しくて女たちを呼んでいるようだった。おい女学生、今日は俺の代わりにこの客人を頼んだぜ……。

夕飯は？　という挨拶する間もなくリュックサックの男は、女を一人連れて来て彼の隣に座らせた。どうせ隣に座るならぴったり餅みたいにひっつかないと、と他の女が彼に妙な仕草をして見せた。

「勝っても負けても午前○時前にはお休みなさい。熱を入れすぎると身代つぶしますよ。明日の朝、起こします。私は部屋でヨガの練習でもしなきゃ……」

リュックサックの男は、彼が花札の仲間に加わる体勢を見せると、そんな言葉を残して出て行った。

「あいつ何のために山に来てんのかさっぱり分からん。昼も夜もああだぜ……」とベレー帽の男が口を尖らせた。

「五鳥、カス、短冊、全部ある。ジェギュもある……知ってますよね。光は五ウォンで……」

「ジェギュは何です？」

「クァン（光）を出して組にならなければ一枚ずつ減らしていくんです。行き当たりばったりに引くなり、出すなり……クァンだけだめなんです。やったと思ってもお陀仏ですよ」

「なんでお陀仏なんだ。どこのルールだよ」他の男が言った。

「引くときにはストップはダメだ。一回りして……その間に親が出るとお終いさ」

「親？」

「ほかの奴がストップをかけるということさ。二倍になる。知りませんか」

それには答えず財布を取り出したものの、掛け金がやたら大きいことに彼は気づいた。クァン一枚で五千ウォン、カスに千ウォン……。それにナガレまであり、下手をすれば帰りの旅費まですってしまうかもしれなかった。博打の面白さはあるがままに遊ぶことの面白さだという話もあるが、いったん始まると彼らは水を打ったように静かになった。儲けを大きくしようと彼らは雑多な規則を作っているようだった。女たちだけがぺちゃぺちゃとしゃべったり、時には笑い声を出して、男たちの気を引こうとしていた。隣に座った女は幼そうに見えたが、たんぽでも殴られたような顔をしていた。ときどきつまみを口に入れてくれたり、酒を注いでくれたりはするものの、一言も言葉は発しない。相手にされない女は酒場でも疎んじられると言うが、相手にあぶれたということがたぶん女を気落ちさせているようだった。最初から相手を決めて来たわけではないだろうが、リュックサックの男が振ったのだった。

九時近くになり、女が一人、それまで場所代のように勝負のたびに少しずつ出していた金の中からいくらかを手にすると、立ち上がり部屋から出て行った。そしてすぐに戻ってくるとドアの前に立ち、

「金先生、電話です」と言った。

「こんな早くから」

金先生と呼ばれた男は熱に浮かされた目で顔をしかめて女を睨んだが、イライラしてないで触って来いや、と隣の男たちがはやし立てた。男は立ち上がって出て行き、しばらくすると二人で戻ってきた。

十一時にまた他の男が呼ばれて電話をしに行き、三十分後にまた一人が呼ばれた。このへんになると彼も電話だと呼ばれるのが何を意味するのか分かり、ふと前に積み重なった金を眺めた。金をすり始めると男たちは厄払いだといって性交をしてくるようだった。彼の隣に座っていた女がドアの前で、電話ですよ、と言ったのは零時半を過ぎた頃だった。大人しく前を行く女の後について一番奥の部屋に入っていくと、すでに敷いてある布団の前で女が服を脱ぎ始めた。

「俺はしない」と彼は言った。

「別にすってもいないのに、なんで電話なんだ？」

「本当にしないの？」スカートに手をあてたまま女が無表情で彼を見つめていた。

「立たないから、辞めとくよ」

「立たせてあげるから。さあ」

「うるさい」彼が言った。

「やらないと言ってるだろう」

「本当に？」と女が言い「まあうれしい」

言葉のようにうれしそうでも、かといって怒っているわけでもない、そのままの顔で女は近づき彼の腰に腕を回して頭の後ろに口づけをした。

「少しして席に戻ったら電話がなんでこんなに長いんだ？　国際電話かよ？　と一言言ってね、必ずよ」

長い国際電話か……。女の横にしゃがみこむと、突然疲労を感じた。少し勝ってはいたものの、三十分ほど座っていてから戻っても彼らの目つきが鋭くなることもないだろう。

彼が賭博の席から腰をあげたのは正確に二時四十五分、自分の部屋に戻り二、三時間ほど横になろうと思った。夜明け頃に肩を揺さぶられ目を覚ますと、リュックサックの男が彼を見下ろし、奇妙な形に口を閉じて立っていた。

「起きてください。問題が起きました」

女が一人、四時半を少し過ぎた頃に突然吐き始め、そのまま後ろにひっくり返り、倒れたまま息をしなくなったという。心臓麻痺のようだ……。説明を聞きながらも、思わず隣に座っていた女を思い出して緊張した。

「ミス・チェという女ですか」

「何か思いあたることがあるんですか。あいつと電話はやったんでしょう。もちろん……」

「いや」と言おうとしたが断念し、彼は男を見つめた。

「そのせいであの女がショックを受けたと？」

リュックサックの男はあきれたという様子でじっと彼を見つめると、あえて笑みを浮かべた。

「あなたもショックを受けたようだなあ。まずは下山しましょう」

「……」

「警察が来るはずです。連絡したから……。こう見えても私たち公務員なんでね。あなたも面倒臭いことに巻き込まれる必要はないでしょうが」

「……」

「先に抜け出しなさい」

後始末はどうするのか、医者は来たのかとたずねたが、リュックサックの男は心臓麻痺でほとんど間違いないようだ、そう答えると口を固くつぐんだ。ありがとうと言うべきか、面目ないと言うべきか複雑な心情のまま彼は力なく旅館を後にした。他の男たちは部屋の中に集まって座り込んで対策を論議している様子だった。そんな場で紹介された男たちの名前をいちいち思い出すことはなかったが、例のリュックサックの男に挨拶さえきちんとしなかったことに気づいた。彼は下山を断念し何も考えずに上のほうに向かって歩いて行った。一里ほど行くとホテル街が現れ、パークホテルのスイス風の建物が目に飛び込んできた。修学旅行に来たのか鶏のトサカのような見るからに不良っぽい頭をした生徒たちが、宿舎の窓から顔を出したり、開店前の土産物屋の前をうろうろしていた。青灰色の空向こうにだんだん赤みがさしてきているが、渓谷を挟んで両脇に隙間なく立ち塞ぐ山岳の影のせいで、周囲はゾクッとする寒気をともなって未だ霞がかった気配から抜け切らずにいた。ホテルの庭園にはE.T.の大きな模型が、からかうように彼の背を覗き込んでおり、渓谷からは震えるような水の音が聞こえてきた。彼は力なく、数十万光年の遥か彼方の宇宙から来たというその怪物を見つめていた。

こう見えても私たちは公務員なんでね、という言葉が頭から離れずにいた。リュックサックの男がそんなことを言ったのは、自分たちは公務員だからすべての責任を負うという意味なのか、そんな身分だから後始末もたやすいという意味だったのか分からなかった。仲間以外の第三者が関係していたと言えば、無駄に処理が面倒になるかもしれない。そんな類の公的な手続きというのは当事者がうんざりしようがしまいが、元来そんな風に面倒になるものだ。検視の結果が明瞭だとしても、こいつは誰だ、なぜここにいたのか？　と警察は質問を浴びせるだろう。万一、死因が賭博と関連があるとなればさらに面倒になる。銅銭投げで女を買っていた？　どれほど面の皮が厚いのかは分からないが、あんたたち何食わぬ顔して法廷でそんなことを言えるのか、誰もそんな話を真に受けることはないだろうよ。

リュックサックの男は四十過ぎに見えた。目つきは穏やかだが、青白いほお髯の真ん中にときどき現れる歯が冷たかった。厄介な立場から解放してくれたのは実にありがたかったが、男のどこかボス面の態度がいかにも窮屈で、疲れていたにもかかわらず男の言った寝るようにという時間に寝ないで起きていたのも、そんな印象のせいだったのかもしれなかった。〝公務員〟という言葉は、実は自分の口から出なければならない言葉だったのだ。

ケーブルカーの付近をうろうろし、ホテルのコーヒーショップが開くのを待って、コーヒーを飲んでから、彼が再び旅館に戻ったときには十一時近くになっていた。旅館はがらんとしていた。

「あの文化部[*3]の人たちは？」

主人は何のことか分からないという風にとぼけていたが、彼が泊まり客だったことに気づくと突然怒りだした。

「まったく、あの腐った奴らが文化部の人間だというんだから、嫌になる……　一緒に下りていったよ、警官と一緒に」

「どこへ？」

「警察署だよ。どこって？　決まってるだろう」

「医者は来たんですか？」

「来たって何になる……女がかわいそうだよ。何があったんだ。あんたもやったんだろう」

文化部が何だ、と旅館の主人はぶつぶつ文句を言い続けていたが、新聞社なのか、放送局なのか、どこを指しているのか彼には分からなかった。警察署なら束草に違いなかった。

市内バスで束草に向かったが考え直して汐淄（ムルチ）でバ

スを降り、ガラガラと戸をあけて入っていった例の店もガランとしていた。どんと腰を下ろして爺さんが出てくるのを辛抱強く待っていた。月山というのはたしか内雪岳（ネソラク）の端にある村だと彼は考えていた。いつだったか麟蹄（インジェ）付近を通り過ぎたときに月鶴（ウォルハク）という、月山に似たような名前を聞いた覚えがあり、もし休戦ラインの向こうだとしても道路の途切れた距離がどれほどかは分からなかったが、急げば老人をその付近まで連れて行ってやり、昭陽江（ソヤンガン）を船で渡れば今日中に春川（チュンチョン）まで行くことができるかもしれない。春川なら早朝にソウルまで戻ることもできるだろう。

　小さな脇戸の向こうに声をかけると、ようやく出てきた爺さんは、初めて会ったようなすっとぼけた顔で彼を見ていた。

「あの人たちまだここにいるかい？　あの病気の老人」

「発ったよ」

「人が見つかったのか」

「見つかるもんか……元通（ウォントン）まで行ってみると、早朝に出て行ったよ。タクシーで行ったが、あそこで人を見つけるのはもっと大変だろうよ」

「……」

「金があっても何にもならん、戻れない故郷だよ……行って聞いてみればいい。どうした、考えが変わったのかい」

「瑞和までは行けるんだな。そこに行って今日中に春川まで帰れるかな。そうしなきゃならないんだ」

「難しいだろうよ。調査が厳しいからなあ」

　いくら検問検査が厳しくてもそれで丸一日かかるわけがない。イライラしながら爺さんを見て、唇をかみ締めた。

「それじゃだめなんだ……明日は出勤しないと」

　何はなくても……という言葉と、俺は公務員なんだ……という言葉が喉まで出かかったが、ギュッと押し込み、彼は食事を頼んだ。

2

店の前を通る江陵(カンヌン)行きのバスに乗り込んだのが二時、江陵で考えなおして鏡浦(キョンポ)に向かったのは四時を少しまわった頃だった。湖畔で降りると、することもなく彼は海に向かって歩き出した。

妻の遺灰は妻が恋しかったのではなく、どこに撒いて良いのか分からず、ただずるずると保管してきたとしか言いようがなかった。火葬場でも、どこかの山裾にでも処分できたのに、その日はなぜかうんざりした気分になり、何となく持ち帰り、雑多なものと一緒に突っ込んでおいたまま三年も忘れていたのだった。

「故郷は、元山(ウォンサン)じゃないんです」

心臓弁膜症とかいう病気で五年も寝込んでいた妻が、ある時、何気なくつぶやいた言葉をふいに思い出し、遺灰を入れた袋を探そうと思ったのだが、妻が生まれたところが漠然と東海岸のどこかだと考えていたわけではない。

元山でなければ、じゃどこなんだ、という問いに妻は答えられなかった。生まれた時からあちらこちらをたらい回しにされて奈落の底まで落ちてきたとはいえ、自分の生まれた村や縁ある所は記憶にあるものだが、嘘みたいに妻は何も覚えていなかった。時には慶尚道(キョンサンド)と全羅道(チョルラド)のなまりが一緒に飛び出したり、北の平安道(ピョンアンド)のなまりを自然に使っていた妻の言葉は、そんな怪しい過去を裏付けていたのかもしれなかった。市場で行商をしていて酒場の立ち並ぶ路地裏で初めて出会った時には、それでもどこか聡明な印象に惹かれたものだが、妻のそんな全面的な無知さが彼にはまったく納得がいかなかった。養護施設で育ったのなら誰かが噂を聞いたり、嘘でも教えてくれたはずだし、そうでなくても、一つや二つの地名くらいは潜在意識の中に残っているものではないのか。妻は突然、失声症にでもなったかのように顔を赤らめてしどろもどろになりながらも努力していたが、結局最後はうつむいてしまった。
元山と言ったのはこちらが開城（ケソン）の人間なのでとっさに思いついてそんな風に言ったというのだ。その時は笑いとばしたが、妻の最期の痕跡さえ消そうとしている今、唯一そのことが今更ながら重苦しく想念の中に浮かんでくるのが、彼には不思議に感じられた。

鏡浦には、十年余前に新婚旅行をかねて一度だけ来たことがある。その時も今も、シーズンオフの行楽地というのはただひたすら物寂しいもので、杯中の月[*4]がどうのこうのという話を常に鼻にかけるここも例外ではなかった。撤収した海岸沿いの屋台の残骸が崩れるようにスレート屋根が傾き、風に耐えている。なんとか一、二軒開いている店の軒下のセメントの水槽では、何匹かの魚が真昼間から蛍光照明を受けて浮遊しており、荒涼とした砂漠を連想させた。

口先をジョキジョキ切られた魚を指さし、そのまま二階に上がると酒を頼んだ。床は思いのほか温かかった。針魚（サヨリ）という名前のその魚は、口先で他の魚をしきりにいじめるのでそんな風にしたというのが食堂の女主人の言い訳だったが、口を切られていてもむしろ他の魚よりも元気に泳いでいた。いじめるというよりも、自分より遥かに大きな魚の急所を攻撃してあっという間に麻痺させ底に沈めてしまう魚は、毒でももっていればもっと美味しく高価になっていたのではないかと思いながら、彼は海をながめた。そして窓を開けるとカバンの中からビニール袋を取り出した。南の地方なら夕方になれば風向きが変わり海に向かって吹くようになるのだろうが、袋の口を開くと遺灰は一瞬、渦巻いたかと思うとそのまま屋根を越えて反対側の湖の方に散っていった。空になったビニール袋を風の中に投げ捨て、墨のように満ちてくる水平線を見つめた。シーズンだったら、落ち着かない気持ちなんかものともせずに、まずは外に出て宿を決めようと慌てていただろう。

テーブルに突っ伏したたまま酔いから覚めたときには夜になっていた。帰らなければという思いと、それには市内へ出なくてはという考えが代わる代わる脳裏をかすめたが、立ち上がる気にはなれなかった。この食堂は木賃宿もかねているのか、ソウル行きの始発のバスは早朝の何時なのかなどをたずねて、下の階で足を洗って上がってくると、「宿泊届出はまだないです」と言いながら、布団を抱えて上がってきた女主人は「アガシ[*5]いますよ」と言った。彼は首を振り布団を敷いた。

それであきらめただろうと思い灯りを消して横になっていると、片隅にほうりだされたように置かれていた電話のベルが鳴った。

「お客さん、可愛い娘いますよ」

答えずに荒々しく受話器を置いたが、十分後にまた鳴り出した時には思わず彼は起き上がって座った。女主人のくどくどとした説明を辞めさせようと彼は「ショートでいくらか」とたずねた。

「少し横になる。くどくど言われるのは嫌だから、十時頃に電話をして時間でよこしてくれ」

妻との普通でない関係が長期化してから、彼は月に一、二回生理的な緊張を解き放つことには慣れていた。それはまた彼が独学で五級乙類試験に合格した時期でもあり、必然的なことだったのかもしれない。生計を立てるための昼間の仕事を終えて、酒を断って机の前に座ると目の前がぼんやりした。浪人生でもないのにという思いで気分転換に出かけたのが契機になったのだが、なぜかそういう逸脱がむしろ集中力にも役立つことに気づいた時には、すでに習慣になっていた。自慰とあまり変わりないような相手といえば、それはたいがい酒場の女か、場末の女なのでそれなりに安全措置をとってはいるものの、今日は準備してなかったので忌まわしい気分になった。十時に電話のベルで起き、今更コンドームを頼むのも決まり悪くて断念していたが、女が来ると、そのせいかあっという間に彼は頂上から奈落に転げ落ちていった。金を払い女を送り出すと灯りを消して彼は再び眠りについた。

どんよりとした天気の湖の向こう側の、湖水の一部だけが凍りついたように朝陽の光に輝いている。運動場のような丸い空間を抱くようにして道路が延びており、道路の真ん中十メートルほど前方に女が背中と肩をこちらに向けたまま、彼と同じ歩調で歩いていた。彼の意識は覚めていたが、これが夢の中なのか、眠りからようやく起きだしバスに乗って市内に行く途中なのか区別がつかなかった。道には女と彼以外には誰もおらず、周囲のありとあらゆる背景は遥か遠くに退き、まるで解像度の低いスローモーション画面のように薄暗くぼんやりしていた。前後のすべての動きすべての音が一瞬、一挙に停止したように感じられた。

「こんな寒い時に、なぜここに来たんです?」

「そうだな。なぜ来たか……そういえば今日は家内の命日だったような……」

たずねたのは女で、答えたのは自分なのに、前を歩いている女は絶対にふり返らなかった。それだけではなかった。汐溜の食堂の小さな脇戸の中から聞こえてきたあの憂いを帯びたパンソリの音さえ聞こえていた。彼はそのときになりようやくこれは不合理だということに気づき、この対話が真夜中に女と抱き合う前に交わした会話だったことを思い出した。それで話は終わり、女は本当に変な人だという顔で体を横たえたのだが、それが別に録音でもしてあったかのように聞こえてくるのだ。さらに時間と場所が違うラジオの音まで重なっているのを見ると、これは間違いなく幻聴のようだ。前方に突然スクリーンが広がったかのように視野が狭くなり、空気が熱砂のように熱く濃密になった。女の背中が後ろへとすさまじいスピードでどんどん大きくなりながら迫ってきたかと思うと、歩調が変わりそれは走る姿になった。そして女は、遠くからこちらに向かって段々と姿が大きくなる車に向かって突進していった。

予感を黙殺し体の向きを変えて、海側の循環道路に一歩足を踏み出そうとする女を力いっぱい摑んでとどまらせた。ぐったりしたままで彼は、丘の真横にある街路樹の老松の下に座り込んだ。顔を上げずとも大声で叫んでいる人々と集まって騒いでいる子供たちの姿が思い浮かんだ。鼻の下に二筋鼻血をつけたまま死んでいる真夜中の女とその上に防水袋をかぶせる警官の大きな手が見えた。

「飛び込んできたんです」

横向きに頭を突っ込んだ車の前で、焦点を無くした目の運転手がしどろもどろに口走っている。女の顔をもう一度確認できないかと、死力を尽くして彼は体を起こした。丸い顔、褐色のチェック模様の上着とはいっても、灯りを消す前やことを終えて出て行くときは確かに見えていた姿も、このようなことが起きれば条件反射的に錯乱するのかもしれない。

彼の目の前はガランとしていた。足元の道路は延びていたが、背中を見せた女もそれに覆いかぶさった車も見えず、遠くに集まりざわしていた人々の姿も、跡形もなかった。彼は頭を揺らしたがその時になりようやく、数年前の妻の死が幻影のような実像として自分に襲い掛かってきたのだと気づき、冷や汗をかいた手でタバコを探した。事故の起きた翌日になってようやく連絡をもらい、彼は病院の霊安室で妻と対面した。ひき逃げした車が見つからないせいで妻の死は、単純な交通事故として処理されていたのだった。

江陵市内に出ると、昨日間違って降りたターミナルの側を歩いていった。そこでまた考え直して束草行きの乗車券を買うか、あるいは襄陽（ヤンヤン）に行く内雪岳の道にしようか。彼は迷った。束草をもう一度思い浮かべたのはリュックサックの男とその酌婦のことがまだ気になっていたためかもしれない。できることなら警察署でも覗いて、陳富嶺（チンブリョン）を越えて元通に抜ける考えだった。

一旦、襄陽まで乗車券を買ったが、歯磨きをしなかったようなすっきりしない気分でパンと牛乳を朝食がわりに買って乗り込むと、ぼんやりと窓の外を眺めた。新婚の時にはあれほど清潔に見えた市街地が、十余年後の今見ると全くそうでないことに彼は気づいた。その間に都市が変貌したというよりは、自分の心のせいだと悟っても、短いといえば短いとしか言いようのない歳月の間に、そんなにも深く傷ついた心の泥沼というのはどこから来ているのか、彼には分からなかった。妻に対する憐憫か妻のいない世の中に対する感情が、もしかしてその契機になったのかもしれない。そんな体になっても妻の生活力というか生に対する執着は、ススキのように強く頑強だった。何度も流産をしながらも子供が欲しいと願っていた。眠りにつく直前までも両手で握ったものを離すことはしなかった。寝たきりで年を越し始めると万事にイライラと神経質になったのも、そんな執着の一つの変形だったのだろう。こんな風に生きるくらいならさっさと決断を下すわ……。目をむいてそんな駄々をこねた時、そうだ、死ね……と追い詰めたことがなかったわけではない。しかし万一、唯の一度でもそんな言葉を心の中でつぶやいたことがなかったのなら、そんな暴挙を敢行する気持ちが妻に宿っただろうか。

「今日の車はもうないですよ。薬水里(ヤクスリ)までしか行きません」

　襄陽ターミナルで下りて向かった窓口でそう言われた時には、金を出したまま彼は唖然としてたたずんでいた。

「大雪注意報のせいで動かないと何度言ったら分かるんです。すぐに降り出します。五色里(オセクリ)までも行きますか」

「ソウル行きの切符はありますか」

「江陵から高速バスに乗らないと。そこも午後からは不通になりますよ」

　雪が降るというのはいったいどれだけ降るというのか、こんなになるなんて……。ここで道が不通になれば四方がすべてふさがれてしまう。一番安全な方法は急いで江陵に戻ってすぐにソウルに向かう方法だが……。「安くしておきますよ、タクシーどうです」とくっついてきた男を避けながら彼は、もう一日場合によっては三、四日欠勤しなければならない分かれ道で、なぜ強行しようとしているのか自らに問うた。あのくそ老人の二つの目があんなに見開いていなければ、首に巻いた豪華な毛皮の襟巻きと外套に吐き気をもよおさなければ、あるいはあの生意気な看護師が、鋭い視線で恥知らずな餌さえ投げてこなければ、などというあの時の悪感情はこの場合、行かなくても良い理由にはならなかった。行って病人をどうしてやるということよりも、気がかりなまま帰ることは到底できない……そんな気持ちだった。

「元通まで、動けなくなる覚悟で行くと言ってるんじゃないですか」タクシーの運転手が誘う。

「バスが行かないのはそのためかい。五色薬水(オセクヤクス)までは行くそうだが」

「そこは問題外ですよ。下山の登山客がどんなに多いか知ってますか。大勢集まるんです。運転手の言いなりですよ……」

「いつ行けば船に乗れるかな」

「雪が降れば船は動きませんよ」

思いつくままにデタラメを言ってやがると思ったが、心を決めて彼は付きまとう男の言うとおりに立ち止まった。

元通までわずか二、三時間の距離だと彼は知っている。用事を済ませるというのなら別だが、その間に何がどうなるものかと思い、結局貸切料金でぶつぶつ言いながらも車に乗り、五色薬水に達すると果たして下山客の姿がところどころ窓越しに見えた。

「ほらご覧のとおり。雨が降る前に雲が立つようにどっと出て来たでしょうが」

運転手はタクシーを止めて窓を下ろすと外に腕を伸ばした。

「だいぶ降りそうだな」
男の大仰さに呆れながらも、この時彼は、なぜかこれまで空回りしていた堂々巡りからついに抜け出せたような奇妙な開放感に浸った。休日が終わってものんびりと登山のできる人々、幸運な人々、その余裕に満ちた人々も追い立てられるように降りてくる道を、なにを好き好んで自分は越えようとしていたのか……。肌にひしひしと突き刺すような気圧の変化が、そんな心理的な反動を呼び起こしたのかもしれない。

カーブで何度も引き返そうと思いながらも寒渓(ハンゲ)嶺(リョン)まで登ると、突然の突風に加え雪が舞い始めた。彼は車の窓を下ろしてタバコをくわえた。

しかし、雪が本格的に降り出したのは、タクシーが元通の入り口まで下りてきた頃だった。そんなふうに降り出した雪は、一寸先も見えない強風とともにあっという間に大雪に変わり、わずか二時間で四方に白い壁を積み上げ、彼が降り立った町を完全にその中に封じ込めてしまった。

3

電報でも打っておこうと郵便局の場所をたずねたが、チゲを運んできた食堂のおばさんは無言で頭の先から足の先までジロリと眺めるとさっさと中に入っていってしまった。

アホなオヤジだ、こんな状況で郵便局を探してるという表情だった。呆気にとられ恥をかいたような思いになり、彼は口を閉じた。しかし、麟蹄まで降りていかなきゃありませんよ、と言われていたらもっと困っていただろう。大雪で交通がマヒし、三日間の欠勤……。一日ならともかく、末端の職員のそんな弁明がみじめったらしくさえ思えてしまい、横っ面を張り倒すように窓を叩く吹雪をボーっと眺めていた。三差路のいわば村の中心のようなそこでも、宿泊できそうな家は多くても四、五軒しかないようだったが、一軒一軒覗いてみようといざ決心すると目の前が真っ白になった。老人と女をすぐに見つけたとしても何と言えばよいのか。

　食堂の向かいに見える店に飛び込みビニールで出来た登山用の雨合羽を一つ買い、それを着て彼が外に出たのは、風の勢いが少し衰える気配を見せた午後三時頃だった。木賃宿や旅館などという看板はわずかで、ほとんどが普通の民家のような家の部屋や庭先では、足止めを食らった下山客が落ち着かない様子でたむろしていたり、雪をはらっていたりし、空いている部屋は洞窟のように真っ暗だった。

　そこが最後と思われる六番目の家まで行ってみたが女と老人の姿はなく、そこで彼は同じことをしている二人の男と出くわした。

「あの人たちも同じ人を探しておられるよ」というので覗いてみると、吹き荒れる吹雪の向こうの板の間に二人の男が腰かけてこちらを見ていた。

「ミセス・チェをお探しですか?」と言って、ひょろりとした男が立ち上がった。

「……」

「ここの旅館全部探されましたか」

「……いませんでした」

　思わずそんな答えをしたものの、彼は当惑しながら近づいてきた男を見つめた。

「私たちは瑞和から探しに来たんです」

　近づいてきた男は親しげな口調で彼を見上げながら舌打ちをした。

「……いません」

　どうして探しているのだろうという疑惑は、当然向こうの方から聞いてくるところだが、一緒に三差路に下りて来ると、彼を誘って茶房に入ってからも男たちは何も聞いてこなかった。

「瑞興(ソフン)、月鶴里(ウォルハンリ)……全部探したんですよ。奴らうるさいの何のって」

　奴らというのは検問の哨兵を指しているようだった。ひょろりとした男は茶を飲んでいる間も首を伸ばして外をうかがっては舌打ちをし、目を伏せたまま体をすくめて座っている図体の大きな男は、運転手なのか一言も発しなかった。

「束草で患者さんにちょっとお会いし、その後を追ってきたところです。私は」

　男が独りでにしゃべりたてる話でだいたいの事情を察した彼は、機会を見て仕方なくこちらの事情も簡単に吐き出すほかなかった。

「ほう！」と感嘆したように男は言った。

「そうだったんですか。故郷の近くに行きたいというのは人情の常ですよね」

　相槌をうつ言葉が要領を得ず、彼は男を注意深く見つめた。ミセス・チェという看護師が勝手に患者を連れ出し、瀕死の状態の老人を連れてどこかに逃げようとしている。何とか捕まえて連れて帰らなければならない……。少し前にしゃべっていたそんな内容にふさわしくない答えだったからだ。私はこういう者です、と席に座ったまま差し出した男の名刺には〝S企業常務〟とあった。

「チェという看護師は病人の担当だったんですか」

「会社の病院から派遣されてきた看護師です。やたらと生意気な女で……生意気な女だからこんな真似もするんでしょう」

「ミセス・チェという娘……」彼はその呼び方が妙だと思ったが、別にあえて尋ねることでもないので窓の外に目を向けた。

「どうします？」図体の大きな男がようやく一言、言った。

「さてどうするかな。麟蹄に行ってみよう……間違いなくあそこにいる」

「来るときにだいたい覗いたじゃないですか。百潭（ペクタム）寺（サ）に行ったんじゃありませんか」

「お前、冗談言う気か」ひょろりとした男が急に大声を出した。

「会長の健康がどんな状態か知ってるだろう。あんな状態でそんなところまで行けるか。途中ですれ違ったんだ。俺たちが瑞和に行く間に下に下りたんだろう。性悪女め……必ず捕まえてやる」

　彼らはどうやら車で洪川（ホンチョン）のほうから上がってきた様子だった。ターミナルで買った簡易地図を広げて見るまでもなく、外加平（ウェガピョン）から百潭寺に行く道は今頃は鬼でも震えあがるほどの奈落に変わっているだろう。性悪女……と歯軋（はぎし）りをする真似をしていたが、男のそんな姿がなぜか子役を演じる俳優のようで、彼は笑い出しそうになるのを必死に堪（こら）えた。

「先生も一緒に行かれますよね。どうせソウルに戻られるのなら、交通費でも節約して差しあげないと」

「この雪道をどうやって……お言葉はうれしいが……」

「行けるはずです。行けます。明日までに帰らなければ会長が大変なことになります」

　先ほどの会長は老人を指した言葉だったが、今のはその息子のことを指した言葉だという気がした。この男はさしずめ、その会長の甥っ子の常務くらいなのかもしれない。男の厚意をどう受け止めるべきか、彼は困ってしまった。ことがこんなにこじれている今、老人を見つけたとしても、看護師が彼女なりの主張をし始めたらなおさら面倒なことになるかもしれない。察しはついていたが、看護師と彼らとの関係はただの雇用関係でないことは明らかだった。常識的な関係なら女がいくら生意気だといっても、一人でそんなことを仕出かすはずがない。老人とその息子の間の深刻な軋轢のようなものがぼんやりと感じられ、彼は麟蹄でも無駄骨になることを祈りながら、二人についていくことにした。

　彼らの乗ってきたベンツは、全く不可能に見えた道を見事に突き進んでいった。風がおおかたおさまったとはいえ、狂ったように激しく舞う吹雪の中を、車は小さな揺れもなく進んでいき、そんな安定感がむしろ彼の心を重くしていた。運転手も男もそれ以上は何も言わなかった。すでに外は暗くなりかけており、彼は麟蹄で無駄足になったにしてもソウルまで同乗するのはやめるべきだという考えを固めた。夜通しの吹雪も弱まれば明日には船も出るだろう。

「待ってろ。見てくる……」

麟蹄の入り口にさしかかり、最初の旅館の前で車を止めて中に入っていった男は意外にもすぐに出てくると、街灯を背にしたままこちらに手を振っていた。

「見つけたぞ。ここにいる。早く来い……」

その時異変が起きた。窓は下ろしていたが、運転手はその言葉に従おうとはしなかった。

「降りないで何してるんだ?」

恨みがましい顔でやってきた男に運転手は「このまま帰りましょう」と言った。

「この野郎、何をほざいてる?」

男が開いた窓から運転手の頬を殴りつけた。殴られた頬に手を当てたままうつむいていた運転手がおとなしく車から降りた。彼らが入っていく姿を見ながら彼は、どうしようかとしばらく迷っていた。

今となっては完全に部外者でしかないが、いざという時は止めようと思い、彼は一旦車から降りて旅館にそっと入っていった。脱ぎ捨てられた靴ですぐに見当のついた部屋の前にぼんやりと立ち尽くしていたが、それさえも気まずいと感じた彼は、隣の板の間に小さくなって腰を下ろした。宿の主人らしい女が部屋のドアを開けて覗き、一行だと思ったのかまたドアを閉めた。

「これを受け取って、契約書を渡しなさい」

男のそんな声が聞こえたが予想とは違い低い声だった。

「それで解決するんですか」という女の声も静かだった。

「会長もミセス・チェには感服しています」という声と、「仕方がありませんね。ありがとうと伝えてください」という女の声が聞こえてきた。彼が身を隠そうとしたときに、部屋のドアが開き老人を負ぶった運転手と男が出てきて、見送る姿勢で女がドアの柱の横に立っていた。

「あっ、おじさん」と看護師が例の抑揚のない声で言った。

「こんなとこで、どうしたんです？」

老人を負ぶった運転手がよろけそうになったので、自然と支えるふりをして彼は、彼らについていくほかなかったが、病人は依然として胸が大きく波打っている状態で、両目をカッと見開いていたのだ。まるで老人は下半身とその二つの目のあたりだけが麻痺しているようだった。

「乗らないんですか」

車から遠く離れて立っている彼を見て、男が車に乗りこみながら顔を向けた。彼はそうだというようにうなずいて見せた。十メートルほど進むと、突然車は立ち止まり、男が再び顔を出した。

男の口から吼えるような罵声が飛びだした。しかし、彼が無意識にそちらの方に踏み出そうとした時には、すでに男の頭は車の中に入り、車は出発していた。

宿を出てきた女が彼のところに近づいて来た。彼はぼんやりと女を眺めていたが、男がなぜ急にそんなことをしたのか、全く訳が分からなかった。

「行かれなかったんですね」と女が言った。

「ここにはなぜ来たんです？」

彼は困惑し追い詰められた子供のように口をもぐもぐさせた。この質問を受けたのも二回目だった。病人を見捨てたのが気になり……追いかけてきたと言えないわけではない。しかし今はもう老人はここにいないではないか。すでに会計を終えて出てきた様子で女はカバンを手にして立っていた。白い帽子を頭の後ろにつけ、看護師の服装の上に黒い外套をきちんと羽織っていたが、ほの暗い闇の中でも、何かに打ちのめされたような疲労の跡がはっきりと見て取れた。

「休戦ラインの付近まで連れていってくれと言ってましたよね？」

女が力なく笑った。

「一足遅かったですね。昨日いらしてたら事情も違っていたでしょうが……」

「元通にいると言ってたが。沕淄食堂の爺さんが……」

「元通にいました」女が答えた。

彼はいぶかしい思いで女を眺め、嘘を言っているのではないだろうかと思った。

「泊まっていないと言われたが……」

「旅館じゃなくて部屋を借りてたんです。出入りする人の視線を気にするのが嫌だったので。結局断念してここまで降りてきました。昨日、いらしても会えませんでしたよ。普通の民家を探そうとは思わなかったでしょうから」

冷やかされているような妙なニュアンスが女の口調に感じられ、彼は口を閉ざした。

「それでも、出会う人は出会うものです」気づいたのか女が再び笑った。

「どこか他のところに行きましょう。私が夕飯おごりますから。明日ソウルに帰るんですよね？」

「まあ。船がでるかどうか分からないが……」

「私は江稜に行き、旌善に抜けるつもりです。父の顔を見てこなくては」

「故郷がここなんですか？　みんな、江原なんだ」

「先生も江原道ですか。旌善ではなく餘糧……アウラジ川という名前を聞いたことありませんか」

私ではなく死んだ女房が……と言おうとしてやめた。

「アウラジ川？」

雪まみれの女が一歩前を歩き、着いた所は食堂ではなく別の旅館だった。とまどい気味に歩みを止めた彼を振り返り、女が促した。

「まともな食堂なんか一つもありません。ここでは自分で炊いて食べたほうがむしろましです。夕飯食べてから他の旅館に行って休んでください」

手にしていた外套の雪を払い、食べ物を注文すると、女が再び外に出ている間に、彼は座布団二枚がおかれた床に手を差し入れた。昨日今日のどうにもならない疲労の連続からか自然に瞼が閉じてしまう。職場になんと言い訳すればいいか……。

「さっき、あいつ何と言って行ったんです？」

手でも洗ってきたのか、すっきりした顔で入ってくると、片方の壁にもたれて座った女が彼を見た。

「聞こえなかったのか？」

「聞こえたことは聞こえましたがはっきりしなくて……」

「……」

「何と言ったんです？」

罵声を何でそんなに気にするのかと思い、彼はじっと女の顔をうかがった。

「……そうだと思った。おまえ……とか何とか、たぶん」

「……そうだと思った。その売女と仲良くしなよ……でしょ」女がはっきりと繰り返した。


「……」

見てはいけないものを見たように、ちらっと女に目を向けてから彼はあらぬ方向を向いた。

「私は、そう言われても仕方がないんです」

「……」

「そういうことをしたんです。書類まで作って……」

「契約書がどうしたとかいうあれ？」

「ええ」女が目を伏せた。

「あの老人の看護を二年間任されたんです。病院に連絡が来て。やめるか、従うしかありませんでした。会社の病院なので。入浴させたり、下の世話をする程度ではない特別な仕事だが、やり遂げられるかと言われました。社長の遠い親戚でカルビ屋をしてる女がいるんです。内容を聞いて契約書でも交わしておかなくてはという思いがふとしました。何をするか具体的に明示した契約書ではありませんが……」

「八十の老人にあれをする気力があるんですか」

腹が立ったのか、意地が悪かったのか、そんな気分で彼がたずねた。

「まして中風だろうが」

「ホットパックというのご存知ですか。ほら……患者を温めるお湯の入った袋……湯たんぽとも言いますよね。日本のものはホットパックとはちょっと違いますが……その湯たんぽの役目を二年間したんです。特別看護契約書にそう書いてあります。それも私が無理を言って入れた言葉なんですが……今になって、その契約書が気になり始めたんですよ、社長が……私は忘れていたんですが、じつに性質（たち）の悪い人間だもので」

「それで逃げ出したんだ」

うなずいて、けげんそうな顔で女が目をあげた。

「ここにくる事をみんな、知っていたんです。ここ以外に老人が行くところなどどこにもありませんから。月山里に行きたいという話は、病気になる前から口癖のように言ってましたから。いつもそのことで喧嘩してましたし……ソウルで一旗揚げて財を成したならソウルが故郷だと思え、社長がそう言い聞かせ、老人はそれに頑固に逆らい……言い訳です。父親から受けた仕打ちを今になってそんな形で仕返ししているんですよ。あの老人の往年のあだ名、何ていうか知ってますか。チンドブルドック……チンド犬にブルドックを加えたようだというのだから、想像つきますよね。そして今年の冬にまた倒れたんです。今度は年を越えられないだろうと思い、やってきたんです。しゃべれなくてもあの老人駄々を捏ねだしたら……」

「そんな渦中でも契約書は持って？」

女がさびしそうに笑った。

「どんな目に遭うか分かりませんから。身動きがとれないくせに、欲に駆られてあの手この手で苦しむ人々を病院で散々見て来ましたから。社長はこの機会に解雇する口実を探していたし……さっき常務の奴、助けてくれと言うんです。病院なら他にもいくらでもあるじゃないかと……社長は来年国会議員の選挙に出るんです。邪魔者はすべて片付けておかないと……」

夕食の膳が来た。女がビールをついでくれたが飲む気にはならず、コップはそのままおいて彼は箸を手にした。それでミセスチェという呼び名で呼ばれていたのなら、この女もかなり辛抱強いほうだ。一流の秘書程度の月給をもらっていたのだろうか……。

「何も知らずに追って来たというわけだ、俺は……」

「あなたがいらっしゃることも分かってましたよ」

手際よく料理を取り分けていた女が顔を上げてあいまいな表情をした。

「雪岳山に行って数日休もうかとも思ったんですが、到底気力がなくてダメでした。昔、面牧洞(ミョンモクトン)で聞いた占い師の話が頭に浮かんできて、あそこで待っていたんです。汐淄で……三十歳に水辺で棺を三基背負った人と必ず出会う……その人が前世のお前の夫だ……」

「……？」

「占い師の言葉にも一理はあるものです」

「看護師でもそんな話するんだ」

女の顔がちゃめっ気たっぷりの表情に変わった。

「これを見てください」

箸を片隅に押しやると女が手のひらを広げて見せた。

「こんな手相見たことありますか」

刺身包丁で魚でも切ったようにメッタ切りされたような手相を淡々と見下ろしてから、意地悪く彼はたずねた。

「あそこで俺の前後に十万ウォン儲けようという男が誰も来なかったということか。それなら俺じゃないだろう。その棺を三基背負ってきた男というのは……」

「誰が先生のことだと言いました？　先走らないでください。来ると思ったということです……ちょっと手相を見せてください。ひょっとしたら、分かりませんよ」

患者を扱うように女が両手を差し出した。幼子のような仕草をはじめると露骨に放心状態になる女を彼は茫然と見ていた。

「あんた、それじゃまだ処女なのか」

何げなくそんなことを口にしてから彼は、しまったと思った。

「処女がこんなこと簡単に口にしますか。ソウルに初めて行った時はビビンバもどうやって食べるか分かりませんでした。ナムルとご飯は別々に食べるものだとばかり思ってましたから。あの時は処女でしたよ」

女の口調が突然弱々しくなった。

「処女じゃない」

居心地の悪い気分に包まれて下を向き、彼は無理に飯を口に運び、女も口を閉ざした。食べ終わると女は膳をさげ、戻ってくると制服のポケットから紙を取り出した。

「退職金をもらったんです。さっき。この小切手どうしましょう?」

訳が分からず彼が見上げると女が立ったまま言った。

「破り捨てましょうか」

「正気か?」

「そんな思いをして稼いだ金を破り捨てたら正気じゃないんですか。三百万ウォン……父に部屋の一つでも借りてあげることができるけど……」

「ふざけるなよ」彼は言った。

「破り捨てたからって何が解決されるんだ。あんたがバカを見るだけさ。あんた、いったい年はいくつだ?」

「それなら破り捨てます。バカの方がよっぽどまし」

小切手を手にした女の手がブルブルと震えだした。泣きながら絞り出すように言う。

「破れない……」

女の体が力なく倒れてきた。彼は思わず女を受け止め抱きかかえたが、女は奈落の底に落ちていくようなうめき声を出しながら、大きく目を見開いていた。道でこんなになったら、この女も死ぬ……

どうやってその部屋を抜け出してきたのか覚えてなかった。彼が背中を撫で始めると女はすぐに泣き止んだが、泣き声で「一人ではもうこれ以上耐えられない……」などとつぶやいていたのが、ぼんやりと記憶に残っている。女の頬に自分の頬を何度も何度もこすりつけたのは事実だったが、明日の朝迎えに来る……と言ったのか、一緒にソウルに行くか、とたずねたのかはっきりしない。

路地を抜け出すとそんな状況でも部屋から持ってきたのかビール瓶を一本手にしていた。彼は目についた最初の旅館に飛び込み部屋をとり、布団を敷いて肌着姿でその上に座り込んで、部屋の窓を少しだけ開けて降る雪を眺めながら、ビンのまま直接ビールを喉に流し込んだ。

頼んでもいないのに朝食の膳を運んできた旅館の女は十時半に船が発つと伝えた。彼はそのせいで目を覚ましたような、かすかな太鼓の音に耳を傾けた。

「ああ、オググッ[*6]のようです」と、旅館の女が言った。

「去年、子供が一人雪道で滑って水に落ちて亡くなったんです。峠を越えた両班(ヤンバン)家の子供で……」

カバンを運んでくれるという宿の女を振り切って迎えに行くと、準備を終えていたのか女が部屋のドアを開けて出てきた。ぎこちなく無視したまま路地を出ると、彼は船首のほうに早足で歩き始めた。土手道にそって船首に至るその五分間、二人は一言も発しなかった。

遠くからこちらに方向を変えた巫女(ムダン)の船を見ながら、彼はようやく住所と職場の電話番号を書いたメモを女に差し出した。

「餘糧に行ってきたら、すぐに来るかい？」

「はい」

「当分の間は共稼ぎになるだろう。家の一軒でも持つには……」

「もうそんなことおっしゃるんですか」

「船に乗らなくちゃ。バスはあるかな？」

「あるはずです。除雪作業をしていたので」

昨日の午後、たった一回の欠航だというのに下山客で船の欄干はすでに埋まっており、船客たちはうろうろしながら緊張した顔つきで騒ぎ立てていた。クッを終えた巫女（ムダン）は、船首の片側につけた船から降りて、ヒサゴで水を再びあちこちに撒き始めた。そしてヒサゴを投げ捨てると、長鼓（チャンゴ）打ちと太鼓打ちから扇子と鈴を受け取り、鈴を鳴らした。再び太鼓の音が鳴り響いた。

「お気をつけて」と女が言った。船に乗り込む彼から目を離さずにぼんやりと防波堤の上に立っていた女が突然笑い出したので、彼は困ったように視線をそらしてタバコを取り出した。

東海　東方　海龍　神様
西海　西方　地蔵　神様
無間地獄　風塵　世の中
どうかいらしてください　どうかいらしてくださ
い　さあ
そろそろ降りていらっしゃい　そろそろと

ムダンの近くには薪火が焚かれ、客船を見送っていた人々と村の子供たちがすぐにそれをとり囲み始めた。

何が起こっているのかと彼が気付いた時には、踊りながら女の傍まで近づいてきたムダンが女に扇子を差し出しているところだった。

「さあ」とムダンが一言叫んだ。

……萬頃蒼波　水殺　霊山　再び会うことがない
と思っていたのに
アイゴ　我が娘よ　かわいそうな我が娘よ

冥土の道は九万里なのに、どこに行っていたんだい

「受け取れ」と鎮魂歌を歌っていたムダンがジロッとにらんで再び大声をあげた。看護師の顔が真っ赤になった。無理やりムダンはさらに扇子を突き出し続ける。それに従って女の体がもがくように後ろにのけぞる。

カバンを落として両手で扇子を掴んだ女の体がわなわなと震えるのが見えた。

女の頭の後ろから帽子が落ちる。

「やあ、何してるんだ　あれ……　神がかりになったんじゃないか」

「あれは……　看護師じゃないか……」

船の欄干に集まった見物人の間から感嘆の声と舌打ちする音が同時に聞こえてきた。死んだ妻の声なのか、看護師の声なのか、どこからかヨボ(あなた)と絶叫する声が聞こえてきた。

船から飛び出そうと彼が一歩足を出したとき、女の目つきが変わった。片手に服をつかみ、もう片方の手で扇子を揺らしながら、いつの間にか踊りの足さばきをしていた。ぐらっと揺れてから、水の上に船が浮かぶ。船の横腹に波が当たる音がして、雪におおわれた山の峰の上に巨大な手のひら一つがかかった。

それが夢なのか、幻覚なのか分からないまま、彼は自分の手のひらの線が三個の方形を描き複雑にからまっているのを、目をカッと見開いたまま見ていた。

初出は『第九回李箱文学賞受賞作品集』(文学思想社、一九八五年)。

＊1　［メウンタン］魚、または魚のあらで出汁を取った辛い鍋料理

＊2　［パンソリ］十九世紀に朝鮮で人気のあった口承文芸。二〇〇八年、ユネスコの無形文化遺産に登録された

＊3　［文化部］文化体育観光部の略。韓国の国家行政機関

＊4　［杯中の月］朝鮮時代の文官・鄭澈（チョン・チョル）が、鏡浦台には空の月、海の月、湖の月、杯の月、あなたの瞳の月があると詠んだ

＊5　［アガシ］未婚の女性の呼称。ここでは、夜の女性の意

＊6　［オググッ］ムダン（巫女）が死んだ人間を弔う死魂祭

鎌が吠えるとき

キム・ドッキ
金 槵 熙

一九七九年、慶尚北道浦項市生まれ。東国大学校国語国文学科、文化芸術大学院卒業。デビュー作は短編「あわび」(二〇一三、中央新人文学賞)。二〇一七年に文学と知性社から出版された『急所』には、ディアスポラ的な状況が描写され、素材・主題ともに様々な九編の短編が収められ、翌年に第二十三回韓戊淑文学賞を受賞した。

「私は字が読めない」

筆を持ち、私の話を書きとろうとしていた子どもが顔をあげる。子どもの目を見て笑いかける。よく磨かれた碁石のような瞳だ。疑うことも、騙したこともない目だ。

「どうした？」

「先生、これはどのような文ですか？」

「そのうち分かる」

これからこの子は、私のこれまでの人生を記録する。文字を書き写しながらも、その意味を知ってはならなかった人生だ。そしておそらく、私はこの記録さえも読めないままで死ぬだろう。子どももそれ以上は何もたずねることなく、私が吐き出すことばを紙の上に書いていった。自分に許された知識と、禁じられた知識の区分ができることの記録だ。子どもが書く手を止めて、再び顔をあげる。全部書いたという意味だ。紙の上に書かれた文字をゆっくりとながめる。一つ一つ目になじんではいるものの意味も音も知らない。私の物語はこんな風に始まるのか。子どもの手から紙を取り上げ、しばしじっと見つめる。文字はそれぞれ墨を吸ってどっしりしている。質の良い墨の香りが紙の上に漂っている。

庭をうろうろしていた茶色い犬が、軒下の敷石のところにやってくるとごろんと寝転んだ。獣とはいえ、私の話を聞いてくれるものが増えたことに慰めを得た。どこから始めようか。話の最初と最後は数百回、数千回も考えてきたのに、いざ筆の先から繰り出される文字に向かうと、頭の中が空っぽになった。

私は文字を習うことのできない奴婢の身分だった。しかし年をとるにつれ、自然と文字の使い道を知るようになった。文字は世の中のすべての物を写し取ることができ、虚空に散っていく言葉を完全につかみとることができ、頭の中に雪のようにふり積もっていく考えを、消え去る前に静止させることができると聞いた。私はそんな文字を知りたかった。しかし父は、文字には絶対に近づくなと言った。幼い私が棒切れを握って地面に文字を描いているのを見つけると、首根っこを捕まえては立ち上がらせ、ひどく叱りつけた。そしてそのたびに、自分たちの身分と宿命では文字を習ってはいけないのだと諭した。父の言うことが理解できず恨みもした。文字に主人がいるわけでもないのに、父はまるで私が両班（ヤンバン）*1のものを盗もうとしているかのように言うのだった。私はそれでも虎視眈々と文字を覚える機会を狙っていた。しかし、誰も文字を教えてくれなかった。声をかけることのできる大人たちはみんな文字を知らず、たやすく声をかけることのできない人々は、台所をうろうろする犬を追い払うように、私を追い払った。

　仕方なく文字を習うことは諦めざるを得なかった。しかし、世の中のものを自分の手で書き写してみたいという欲望は、少しもおさまることはなかった。それで地面に絵を描き始めた。鳥と木、牛と鋤を描いた。犬と猫、鼠とムカデ、花と蜂、蝶と青菜を描いた。ある日、畑仕事を終えてへとへとになって帰ってきた父が、庭の隅にしゃがみこんで何やら描きなぐっている私を見つけて、またまた猛獣のように飛び掛かってくると手にしていた棒切れをさっと奪いとった。しかし、私が地面に描いていたのが文字ではないと分かると、怒りはすーっと収まった。私はその時、父が何かにひどく驚いたのを感じとった。恐ろしい夢でも見た人間のようだったが、その時、父が呟いた一言は、ある種の予言のようだった。

「絵は、関係ないはず……」

　父の黙認のもと、暇さえあれば絵を描いた。私の絵は日に日にうまくなり、鎌を描けばすぐに草を刈れそうに、犬を描けば今にも吠えそうに見えた。絵を描いていても近くに誰かが来ればすぐに消した。

奴婢が仕事もせずに土遊びをしているのを見て喜ぶ人間はいなかったからだ。まだ幼かった私は、監視の目が少なかったものの、怠けて罰を受ける大人の奴婢を山ほど見てきた。

ある日、書信を届けに行っての帰り道、道端に転がっていた立て札の切れ端を手にした。どうしたわけか私の目にはそれが文字ではなく、絵の描かれたものに見えた。それでいつものように地面にしゃがみこんで、そこに書かれた文字をその形どおりに描いていった。文字の書いてある物を手にしたのが久しぶりだったこともあり、それに今回のように文字の多いものは初めてだったので、夢中になっていたようだ。ふと見ると、地面と自分の間に大きな影が現れた。びっくりしてしゃがんだまま尻餅をつき引っくり返った。主人(あるじ)と主人を守る頑強な男二人が、虎のような表情で私と私が描いていたものを見下ろしていた。あわてて立ち上がり両手を揃えて頭を縮めた。ちょうど仕事を終えて大門を入ってきた父が、私の前に主人が立っているのを見てしまった。父は背負子を投げ捨てるとあたふたと駆け寄り、何が起こったのかを知ろうとした。父は地面に置かれた立て札の切れ端とその横に書かれた文字を見るや主人の前にひれ伏して頭を地面にこすりつけた。

「私奴(わたくしめ)が子どもの躾を怠ったせいでございます。どうか一度だけお見逃しください」

ちらちらと見上げると、主人は後ろ手をして首をかしげて、しばらくの間じっと地面を眺めていた。その間も父は頭を地面にこすり続けている。私は手の中の棒を力いっぱいぎゅっと握り締めた。棒がポキッという音をたてて折れ地面に落ちたとき、主人が口を開いた。

「おまえが地面に書いていたのは、何だ?」

私は主人の質問の意味が分からなかった。もじもじしていると横にいた男たちが目をぎらぎらさせて促した。力があり、武術にも長けており、それぞれが一人で兵士五、六人くらいは軽く倒せそうな男たちだった。

「おたずねではないか。さっさと答えろ」

男の中の一人が怒鳴った。父はなお一層どうしたら良いか分からずにいた。そして私にだけ聞こえる声でつぶやいた。

「おまえはいつ、いったいいつ……」

父は最後まで言えなかったが何を言いたいのかはすぐに分かった。だからあんなにダメだと叱ったのにおまえはいつ文字を習った、というものだった。しかし、父の推測は間違いだった。私は間違いなく文字を知らず、誰が何と言おうと、私がしたのは単に文字をその形の通りに描いただけだった。大人たちが何を誤解しているのかが分かったので、言いたい言葉が出てきた。しかし、主人の顔を正面から見る勇気はなかった。主人の横で怒鳴りつけた男がまた大声でせかす。

「ガキのくせに不届きなやつめ。仕置きを受けないと白状しないか」

むしろでグルグル巻きにされて棍棒で叩かれる奴婢をたくさん見て来たので、足がすくみ股座（またぐら）が痺れてきた。喉は干上がり、唇はカラカラに渇いていたが、頭の中から言葉を一つ一つ取り出さないわけには行かなかった。

「これが何のことかは分かりません。ただ、面白いので絵を描いていました。これを見つけて、それで地面に描き写していただけです。これが文字だということは知っています。でも文字を読んでそれを書いていたのではありません。ですから切れ端のものはたしかに文字でしょうが、地面のものは間違いなく文字ではありません。地面に描いた鎌で草一つ刈り取れず、地面に描いた犬で泥棒を追い払うことができないのと同じことです」

言い終えると同時に主人の横にいた男がまた大声を張り上げた。

「小僧が、ご主人様の前でそんなデタラメを言うか。おまえの父親と共に仕置きをされたいか」

父が地面にひれ伏したまま言った。

「どうか命だけはお助けを。命さえ助けていただければ、こいつの手首をへし折ってでも二度とこのような真似はさせません」

父がパジ[*2]の裾を引っ張ったせいで、その横に同じようにひれ伏す他なかった。間違ったこともしていないのに問い詰められたのが悔しく、間違っていたにしても父が怒られるのはより一層我慢できなかった。身分が何で、宿命が何だというのか、恨めしかった。父が心配していたのがこういうことだったのか、そしてもっと大きな禍(わざわい)がふりかかってくるかもしれないと思うと、急に怖くなった。そして、二度と絵を描くのは止めようと誓った。

「子どもがちょっと土遊びをしたくらいで手首をへし折るなどと。おまえも本当に厳しい親父だな。この子の名前はなんだ」

主人の声はまるで天から響いてくるようだった。

父は地面に鼻をつけたままで答えた。

「卑しい私たちのような者に名前など。滅相もございません。ただ命だけでも永らえればよいと市場の人相見に話したところ、スボクと呼ぶのが良いだろうと言われて、そう呼んでいます」

主人は父の話を聞くと、ひらひらとした道袍(トポ)[*3]の裾を折って地面にしゃがみこんだ。父は殴られるとでも思ったのか、縮み上がりひれ伏したまま後ずさりした。主人は、ちょっと前に私が折った棒切れを手に持ち、字を書き始めた。

「たぶん、その人相見という男が書いたのはこの字だろう」

父は主人の書いた二文字をじっと見ていた。私はそれを見て自分の名前はあんなふうに書くんだ、人々が自分を見てスボクと呼ぶ、その名前の形がこんな形なのかと、しばし雲の上に乗ったような気分になった。そして膝を折った父の手がブルブル震えているのに気付いた。非常にわずかな震えではあったが、明らかに父は何かに必死に耐えていた。

「そう、そうでございます……その通りでございます。私の……獣にも劣る記憶ですが、愚息の名前なのでよく覚えておこうと思ったので……間違いありません。この二つの文字の形は人相見が書いてくれたものに似ております」

父は手と同様に声も震えていた。主人がそんなに恐い人間なのかと思い、改めて身を縮めた。父の話を聞いた主人が突然大声で笑い出し、その横に立っていた男たちも必死に我慢していたというように一斉に吹き出した。

「すまん。少し悪ふざけをした。この字は長生きするようにという意味ではなく、その反対じゃ。いやはや、わしはしばし度を超したようだな。分かったな？　おまえの息子の名前をこんな風に記憶してはならんぞ」

主人は地面に書いた文字を消して再び書いた。画ごとに力を入れたり、抜いたりするのを目の前ではっきり見た。棒が地面をこする音も軽快で、それは目の前を塞いでいた厚い幕をさっと切り裂く音のように聞こえた。父の震えていた体は、主人が書き直した二文字を見た後、ようやく少しずつ落ち着いていった。

「これがおまえの息子、スボクの名前だ。後で文字を書いてやるから、大切に保管するように」

「アイゴー、ありがたいお言葉を。私にご主人様のお書きになったものだなんて。猫に小判のようなものです。お言葉だけでも、何と申しあげていいのか分かりません。どうかお気遣いはご無用に」

「おまえも、まったく。文字くらいでそんな大げさに驚くな。もちろん商人の中には、わしの書いたものをなかなか高く買ってくれる者がいるといううわさも聞いたが……親父としては息子の名前を商人らに売りたくもないだろう……つまらん悪ふざけをして気がとがめたからだ、まあ受け取っておけ。それからスボク。おまえは明日の朝早く、ちょっとわしのところに来るように。おまえの才をそばにおいて使ってみようと思う」

　主人は気分がなかなか良さそうだった。私は何が何だか分からず、すぐに返事をすることもできずに頭をさらに深く垂れた。主人と男たちは面白い見物を終えた人々のように、笑いながらその場を立ち去って行った。


　一晩中、主人が何の仕事をさせようとしているのか考えた。仕事のない奴婢、余った奴婢は売られていった。そのため自分のような奴婢の血肉の絆はワラ屑にも及ばなかった。父母や兄弟がいたとしても、主人は生まれたばかりの犬の子を他人に与えるように、奴婢を売り飛ばした。私はまだ幼く自分の食い扶持分も働けないでいたが、それでも書信を渡しに行ったり、品物を買って来るなどの使い走り程度はしっかりとこなしていたので、これまでは父と離れることがなかった。父はもしや息子がどこかに売り飛ばされるのではないかと心配して、息子の食い扶持の分まで仕事をするのだと、いつも馬車馬のように働いていた。だから私には食い扶持分となる仕事がどうしても必要だった。それで主人が自分に仕事をさせるというのが不安な一方で、この上もなく嬉しかった。

　しかし父はまったく嬉しそうな顔をせずに眉間にしわを寄せたまま、じっと灯火が揺れるのを見つめて座っていた。夜の空気に乗りどこからか犬の吠える声が聞こえてきた。火を消して横になったものの、いつもなら疲れてすぐに寝息をたてる父が、寝付けないのか何度も寝返りを打っていた。

「ご主人様はおいらに何をさせるのかな」

　父のほうを向いてたずねた。暗闇の中、深いため息が答えよりも先に聞こえてきた。

「何をやらされるにしても、おまえはおまえの身分を絶対に忘れるな。ただ言われたことだけすればいい。必要ないことは見もせず、聞きもせず。何も考えるな」

父は主人の胸の内を探ろうと一つ一つ手繰り寄せてはみたものの、結局は堂々巡りで何も分からずじまいだったようだ。しばらくすると静かな寝息が規則正しく聞こえてきた。父にとってとてつもなく辛く長い一日だったのだろうという思いがして申し訳なかった。私はその後も長い間、眠ることができなかった。窓に映った月の光を眺めながら、一人で何度も思いめぐらしてみた。やはり、主人が自分に直接何かをさせることはないだろうが、一つだけ、主人のしている仕事と関係があるのではないかという推測が頭の中でどんどん膨らんでいった。主人は両班ではあるが官職にはついていない。禄をもらっていなくても、穀物や反物が絶える日がないばかりか、家の勢いはどんどん大きくなり、ときどき新しい奴婢が入ってくるほどだった。定期的に年貢のあがってくる土地があることはあったが、一族の数に比べれば実にわずかな土地に過ぎなかった。

主人の財産を増やす手段について聞いたのは、家によく出入りしている人々が、全国を行き交う行商団の親方たちだという話を聞いたときだった。遠くは王様のいる都からも来るし、山を越えて海を越えても来るという。同じ奴婢の小母さんたちの話では、彼らは主人が書いた書籍を買うために来るのだという。自分たちのような卑しい身分の人間には、見ても分からないような内容だったが、両班たちにはそれが何とも面白いということで、我先にと争うように手に入れようとしているということだった。主人の本は米や絹と交換された。本によってその価格も違っていたが、昔の古い本の筆写本は米一俵程度で取り引きされ、新しく書かれたものは最大で十俵まで受け取っているということだった。そんな様子だったので主人が新しい本を書き始めたという噂がたつだけでも、酒幕（チュマク）[*4]の大部屋は全国各地から集まった行商団の親方たちで一杯になった。彼らは主人の本を一冊手に入れると、それぞれの故郷に持ち帰り、何冊かに複写してから少し安い値段で売りさばいた。

主人の手を離れた十冊ほどの本は、そのように数段階を経て百冊、千冊となり全国に散らばっていった。

　主人に文を習いに来る人も着実に増えていった。お屋敷の横の別棟に寝起きしている何人もの若い両班は皆、そのような人々だった。彼らの大部分は没落した家門の子弟たちだったが、中には都の名家から来たという人もいるという話だった。彼らはいち早く仕官への道を放棄し、主人のように本を書いてその名を世に轟かせようという夢を抱いていた。主人は彼らに文を教える代わりに、筆を執るための話のネタを探しに行かせ、時には主人の本を筆写させて同じ物を何冊も作らせた。

　そんな事情からして、主人が本と関連のある仕事をさせようとしているのでないかと思った。父を驚かせると思い、たずねることはできなかったが、他の事はまったく思い浮かばなかった。もちろん、自分でもそんな考えが突拍子もないことは重々承知していた。何よりも自分は卑しい奴婢であり、文字がまったく読めないからだった。考えがそこまで及ぶと、また庭で字を描いていて見つかった最初の場面にもどるほかなかった。夜はさらに深まり、だんだんと疲れていった。朝になれば分かることだと思って、もう考えるのは止めようとしたが、簡単に眠りにつけなかった。

　眠りについたのか、ただうとうとしただけなのか知らぬ間に朝を告げる一番鶏が鳴いた。父はすでに仕事に行った後だった。すぐにお屋敷のあちこちから朝を迎える音が聞こえてきた。主人からの呼び出しを思うと気が急いた。

　主人が朝食をすませたと思われる時間まで待ってから、母屋の軒下に行き声をかけた。しかし、主人はすでに出かけていて不在だった。主人の代わりに現れたのは、ここで寝泊まりして主人から文を習っている門下生の一人だった。門下生は紅色の道袍姿をしていたが、ちらっと見上げた時は、壁の大黒柱が一本抜け出して歩いてくるのではないかと錯覚するほどに背が高かった。門下生の中でも年がいっているように見え、目つきが異様に鋭かった。そして板の間の下に立っている私に近づいてくるとたずねた。

「おまえがスボクか」

「そうでございます」

「先生は今日からおまえに執筆法と運筆法を教えるようにとおっしゃった。おまえはその理由を知っているか」

私は下を向いて視線を敷石の上の男物の履物の上に貼り付けたままで答えた。

「執筆法に運筆法とは何ですか。おいらは、ただご主人様に呼ばれたので来ただけです」

「執筆法と運筆法という名前さえ聞いたことがないと。そうだろう。おまえのような奴が筆を握ったことなどあるはずがない。それなら字をいったいどうやって覚えたのだ？」

「どうしておいらのような卑しい者が文字を知りましょうか。やはりご主人さまが何か誤解されているようです」

「ほほう、あきれたことを言う。文字も知らず、筆を握ったことさえないおまえを何に使おうと、文字を書く方法を教えろとおっしゃるのか。まあいい、おまえは何も先生から聞いていないというのだな？」

「ご主人様はおいらにさせる仕事があるとだけおっしゃり、他のお話はありませんでした」

地獄の使者の問いに答えるように身の縮む思いだった。門下生はしばし考えていたが、彼の脳裏にある言葉の欠片は一つにはまとまらないような様子だった。やがて彼は首を横に振り、考えるのを諦めた。そして私を講堂に連れて行った。父は、門下生たちは厳しい修練で心がひどく傷ついているので下のものに辛くあたると言っていた。顔に墨を塗られるのは日常茶飯事で、硯（すずり）で殴られ鼻がつぶれた人もいた。門下生同士で胸倉をつかんで争っているのを見たこともあった。それで門下生たちがうろうろしている講堂は、鬼神が入り口で見張っているという巫女(ムダン)の家に近づくのと同じくらいに、恐ろしい空間だった。講堂に足を踏み入れると、長年の習性のためか緊張のあまり手足が痺れた。文字を読んだり書いたりしていた門下生たちがいっせいにこちらに視線を向ける。一様に青色の道袍姿で不審げな視線を投げかけてきた。紅い道袍の門下生は何の説明もなしに、私を講堂の後ろのほうの片隅の席に座らせた。そして青い道袍の門下生の一人に紙と筆と水を持って来させた。

「文字の練習をするときには墨を使うことはならない。高価な紙を練習用に浪費することはできないからだ。筆に水をつけて使え。すぐに紙に書くのではなく、床に百回ずつ練習してから紙の上に一度書くように。濡れた紙は再び使えるようによく乾かすこと。さあ、筆を握ってみろ」

筆は軽く、滑らかで、まっすぐだった。土に突き立てていた棒切れとは比べものにならなかった。棒切れをつかむように力を入れて握ると、門下生が舌打ちをした。門下生は私の手から筆を取り上げると、手本を見せて筆を握る方法を教えてくれた。

「まず親指と中指の先で筆を持つ。持つときに二つの指が作る理想的な円形を龍眼(ヨンアン)と言うが、少しでも傾けば、筆にこめる力が足りなかったり、余ってしまうので、注意しなくてはならない。人差し指は中指の上で中指と一緒に指の先で筆軸をそっと押さえ、薬指は中指の下で爪の下の部分で筆軸の裏側を支えて押す力を作り出す。最後に小指は薬指を助けて押す力を補強する。このときに五つの指には力が入るが、手の平の力は抜かなければならない。これを虚(きょ)掌実指(しょうじっし)の形と呼んでいる。開いた手のひらには高潔な心を込めて、筆を立てている五本の指は千変万化(せんぺんばんか)の筆道に従い、自由に力を入れたり抜いたりできるようにしてみろ」

門下生の話がよく分からなかった。「ヨンアン」

だとか「キョショウジッシ」とか、「センペンバンカ」などという言葉は雲をつかむような話だった。これまで誰ともそんな言葉で話をしたことはなかった。門下生はたしかに話をしていたが、私には堅くて複雑な字画に感じられ、耳の外でグルグルと回っているだけで頭の中には入ってこなかった。ただ彼が筆を握る形だけを一生懸命に見ていた。最初はぎこちなかったが、すぐに姿勢が整い、筆にそえた五本の指にそれぞれ別々の感覚が伝わってくるのを感じることができた。

「では筆に水をつけてみろ」

筆に水をつけると、つけただけの重さが感じられた。それまで軽くて飛んでいってしまいそうだった筆が下の方に重心ができ、指に入れた力が安定し始めた。門下生は筆を立てて動かしてから止める方法、筆を引いてのばしてから止める方法、円を描いて方向を変える方法、鋭くはねる方法、尖ったような細い線を描く方法、太く押さえて終わらせる方法などを見せてくれた。門下生のしたとおりに床に線を書いてみた。水のあとが筆の動きに従って床につき、そしてゆっくりと消えていった。自分の作った跡を見ながら興奮した。練習を続けてだいたいどんな技巧があるのかを記憶できるようになった頃に、門下生は紙の上に文字を一文字書いてくれた。

「この字が何か知っているか」

私は何も悪いことをしていないのに、理由もなく喉がつまった。

「どういうわけか、先生はおまえに文字を教えてはいけないとおっしゃっていた。それなのに文字を書けるようにしろというのがどういうことか、私にはまったく分からない。この文字の意味を教えるわけにはいかないが、この中に運筆のすべてが込められているから、この文字を一日に千回ずつ書くように。運筆は単純な技巧ではなく修養だ。おまえが技巧を身につけることだけに没頭せずに、心から修養するなら一カ月ほど後には、だいたいの文字は自由自在に書くことができるようになるだろう。先生からの特別のお言いつけだ、努力を怠ってはならぬ。そのときには厳しく罰するぞ。どういうことか分かったか」

私は頭を深々と下げて答えに代えた。

講堂に行くようになって三日が過ぎた。その間、主人は一度も姿を見せなかった。私は門下生が書いてくれた文字を書いては、また書いた。門下生が話してくれた執筆法と運筆法の詳しい名前はすべて忘れてしまった。私にとって執筆法とは、一番効率的に筆を握る方法だったし、運筆法はもともとの筆の道に過ぎなかった。点をつけ、線を書いた後に、筆をはなす瞬間瞬間にもいろいろな変化が起きた。最初は前に書いた文字と後ろの文字の形がてんでバラバラで違いが山ほどあった。しかし、文字がある程度骨組が整い同じ様に書けるようになると、小さな差も目につくようになった。筆の毛の一本一本が文字の模様にすべて影響を与えていた。門下生のように筆の動きの一つ一つに名前をつけたら、きりがないように思えた。それで名前というのは、最初からあった百の変化とこれから起きる千の差を、わずかないくつかに納めてしまう監獄のようなものだと思った。

一日に千回ずつ書けと言われたが、いちいち数を数えるのも面倒なのでひたすら休みなく書き続けた。書きながら文字の意味は考えずに形に集中した。意味が気になっても必死に気持ちを遠ざけようとした。それは主人の命令や紅い道袍の門下生の命令のせいだけではなかった。息子が文字を書くようになったことを知った父は、わずか一日で目に見えるほど老け込んでしまった。だからといって、主人の命令に逆らうことはできるはずもなかった。父は何も考えずに言われたことだけをしろという話を何度も何度も繰り返した。一日が過ぎ、私は夕飯を食べながらも箸を筆のように握って練習していた。その姿を見た父は私に「絶対に話すまいと思っていた」という話をしだした。先祖に関するものだったが、驚き、そして恐ろしかった。

　曽祖父は主人のような両班だったという。それもただの両班ではなく王宮に出入りし、王と国の政治(まつりごと)について議論するほどの高い官職に就いていたという。曽祖父は主君と共に年をとり、主君が太平盛大な世の中を作り出すように助け、多くの功をたてた。晩年には気力も衰えたので官職を退き、人材育成に専念していた。ある日、老いた王が亡くなりその息子が新しい王の地位についた。新しい王は政治を怠り、日々奇行を繰り返し、昼夜を問わず放蕩に明け暮れた。その間、王宮の官吏たちは私腹を肥やすのに忙しく、民は草木の皮も得られず、飢えて死んでいった。曽祖父は憂慮に堪えず毎日毎日を過ごしていたが、ついに決然として筆をとった。新しい王にどうか正気を取り戻して国政にあたってほしいという願いをしたためて、訴えるためだった。新しい王は気性が荒々しく、恐ろしいという噂があったので、弟子たちは曽祖父を引き止めた。しかし、曽祖父の決意は変わらなかった。

　曽祖父が王に差し出したのは直言(ちょくげん)ではなく、分別のある者なら、熟考を重ねればその意味を察せられるほど、自然の理(ことわり)にそってしたためた婉曲的な文だった。私は「理にそってしたためた言葉」が何なのか分からず、父の話をさえぎってたずねた。父は王の前で刀を振り回すことよりも危険なことだと言うだけで、それ以上説明はしなかった。曽祖父の訴状を見た王は、その内容を理解するどころか、よく見もしなかった。代わりに、ある狡猾な臣下に曽祖父の訴えが書かれた巻物を放り投げて、また酒宴を張りに立ち去った。臣下は長い間、その文章をじっくりと読んだ後で、宮女たちをはべらせて酒を飲んでいる王の前に行くと、曽祖父の訴状には私欲が色濃くあふれていると申し伝えた。曽祖父の数多くの弟子たちも逆賊の一味にされてしまった。王は手にした酒瓶を投げ捨てるとすぐに曽祖父を捕らえるようにと命じた。

臣下らは、わざわざ訊問の場にまでお出ましなった王の前で、家族全員、一族郎党まで死罪にすべきだと主張した。曽祖父は「事実」を話せという拷問を受けながら亡くなった。そして一族は奴婢の身分に転落し、全国各地へとバラバラに流されていった。それでも曽祖父が以前の主君にたてた数々の功労があり、寛大な処分になったのだという。幼い時に家の没落を見守らなければならなかった父は、話の最中に何度も深いため息をついた。父の話では、奴婢になっても逆賊の家門だと言われ、息をするのさえ監視されるような日々が続いたという。奴婢になる前に覚えた文字は、誤解を受けないために必死に忘れなければならなかった。子牛に鼻輪をつけられるような年頃になったときに、この地に売られてきて、同じ身分の母と半ば強制的に結婚させられ、母は私を産んだ後、疫病にかかって亡くなった。父にとってこの世の中に肉親といえば息子の私だけだった。私は自分たちがまた両班になることはできないのかとたずねた。その瞬間、父の目が燃え上がり、全身の力を込めて私の頰にびんたを食らわせた。

「痛いか。その痛みを覚えておけ。おまえが万一、文字を覚えたらその百倍、千倍の苦痛が伴うだろう。肝に命じるのだ。まだ私たちを見ている目がある。おまえが文字を覚えるということは、この父を死に追いやり、おまえの血肉をすりつぶすことになるのだ」

私は文字の練習をしばし止めて、あのときに殴られた頰をなでてみた。殴った父に、父の手に申し訳なかった。そして心底、文字の意味から自由になろうと誓った。

講堂に行くようになってから四日目のことだった。相変わらず雑念を払って筆が作り出す千変万化の世界に夢中になっていた。そんな中、しばし腰を伸ばした時に、いつやってきたのか、前に立ってじっと私を見下ろしていた主人と目が合った。私は慌てて、頭を床に押しつけた。

「できたか。もういいだろう。次はこの本を書き写してみろ」

主人が私に本を一冊渡そうとした瞬間、周囲にいた門下生らがいっせいに集まってきた。

「先生！　なぜそのような卑しい者に筆写をまかせるのですか。私どもがいたします。其奴は文字も分からないとおっしゃったではありませんか」

主人は弟子たちをにらみつけると低く長いうめき声を出した。犬をかみ殺そうと山から降りてきた虎が、人間が持つ松明(たいまつ)を見て出す声に似ていた。

「それでこいつを使おうというのじゃ。こいつは文字を読むことはできないが、今や書くことはできる。ただ書くのではなく、おまえたちの中のたいていの者よりもきれいに書く。この者は文字を知らないので、おまえたちのように自分の書いているものにどんな些細な私見も入れないだろう。おまえたちと違う点はそれだけだと思うか。見てみろ。ここにいるおまえたちがいくら頑張っても、たった四日でこんなことをやってのけることはできないだろう」

主人が私の手から取り上げたのは、四日間休み無く濡らしては床に文字を書いていたため、毛がすっかり短くなってしまった筆だった。毛先が丸く短くなってしまい、水につけても水を含むことができずに、床に水が一滴ぽたりと落ちた。門下生らは主人の手に握られた筆を見て、何か言いたそうな顔をしていたが、誰も口にする者はいなかった。

私が書き写す本は、昔の聖賢の言葉を集めた非常に尊い経典だということだった。托鉢をする僧侶が大門の前で木魚を叩いてぶつぶつ呟いていた言葉も何々経だったということを思い出した。その言葉を聞かせてくれた僧侶は意味は分からなくても良いから、ただ時々覚えて口にするようにと、そうすれば悪鬼を倒し、仏になれると言っていた。しかし、私は意味も分からない言葉を口にするのがなんだか馬鹿らしくてその場で忘れてしまった。主人の命を受けて昔の聖賢の言葉を、文字となった言葉を書き写す機会を得た。口で覚えることはできないだろうが、そっくりそのままに書き写すので、一欠片の福でも父と自分にやってくるようにと願った。

仕事を始める前に、私に運筆法を教えてくれた紅い道袍の門下生からいくつかの規則を聞いた。文字を書いていく方向と文字の間の間隔のようなものだ。最初は言われるとおりにしたが、ふと無理に守る必要がない規則だと思った。文字を読むこともできないので、文字と文字との関係や方向が重要なわけがなかった。紅い道袍の門下生は、紙の右の上から下に縦に書いていき、左に行を加えていくようにと言った。しかし、私には紙一枚がまるごと一つの絵に過ぎなかったので、一番楽な方法で同じような一枚を完成させればそれで良かった。門下生が見ていないときに、真ん中から一番端までぐるぐる回りながら広がるように書いてみたり、下から上に埋めていったりした。左の上から縦に書いていき、右側に行を付け加えてもみた。そして結局、左上から横に書いていき、右の下から次の頁に行くのがもっとも効率的な方法であることを悟った。そうやって四日が過ぎ、一冊が完成した。私の筆写本を見た主人はいたく満足した。

「同じだ、そっくりだ。画のゆれているところまで。点の迷いまで。墨がはねた跡まで、そっくりそのままだ」

主人はすぐに私を講堂の外に連れ出した。何か急いでいると感じられた。主人が前を歩きその後に従った。門下生らが私の後ろから何かを我慢している子犬のように、あわてふためきぞろぞろと付いてきた。彼らは主人が私をどこに連れて行くのか知っているようだった。私に筆を握る方法を教えてくれた紅い道袍の門下生が主人の前に立ちはだかった。

「先生。この者をどこに連れて行くのですか。まさかあそこですか」

　主人の顔に不快な心情がみるみる現れた。

「おまえはなぜ私の邪魔をするのだ」

「理智に合わないからです。ここにいる多くの弟子たちは、先生の意を汲み厳しい修練に耐えているではありませんか。それなのに突然その者が現れ、私たちの努力を笑いものにしています。先生どうか考え直してください」

「黙れ。おまえはここに長くいるという理由で先輩面をしているようだが、私の目にはその紅い道袍がちゃんちゃら可笑しいわ。おまえの目には邪悪さが溢れているのが見えないとでも思うか。文を習おうという者の目ではない。私に逆らうでない。私がどうにかする前におまえがおまえ自身を害することになるだろう」

　紅い道袍の門下生は退かなかった。

「十年です。私は後苑に行くためにこれまで全国を歩き回って調べ、夜を徹してそれを整理し、先生の文を数限りなく筆写してきました。そんな私にどうしてこんな仕打ちをなさるのですか」

　何のことかよく分からなかったが、紅い道袍の門下生が必死の思いで訴えていることだけはわかった。主人は唇をぎゅっとむすんで睨みつけてから言った。

「おまえの先輩たちがどんな風にここから追われていったか覚えていないか。おまえたちの中には後苑に入る人間はいない。だからもう辞めて、ここを出て行け。五体満足なうちにそうしろ。これが私がおまえにしてやることのできる最後の慈悲だ」

　主人の声は穏やかだったが、私の耳にも、全身が総毛立つほどの怒りが潜んでいるのが感じられた。根深い憎悪だった。紅い道袍の門下生は歯を食いしばって立ちはだかっていたが、結局、道をあけた。残りの門下生たちは何も言えずに彼に従い退いた。

何が何だか分からなかった私は、ただ胸一杯にたまった冷ややかな気運を何とか抑えようと必死だった。

主人は屋敷の後ろのほうに行き、固く閉じられたくぐり戸を開けた。くぐり戸の向こうには質素だがみすぼらしくはない建物があった。部屋に入ると、そこでは白衣姿の一目で学者に見える三人が何かを熱心に書いていた。彼らは主人が入ってきたのを見て、仕事の手を休めて立ち上がり丁寧に頭を下げた。主人が上座に座るのを待ってから、みんな主人の前に左右に分かれて向き合って座った。私は主人がうなずくのを確認してからようやく膝を折って座ることができた。主人からできるだけ遠くに座ろうとしたら、入り口の扉が足の先に当たった。

「これまで三人で山のような仕事をするので大変だったろう。今度、もう一人増やしたので少しは息がつけるだろう」

主人は少し前の外での出来事のせいか少し疲れた声で話を続けた。三人の学者は温和な目で私を見つめた。私は彼らに向かって中途半端に腰を曲げて挨拶した。

「スボク、今から私の言うことをよく聞くように。ここにいる人たちは、ずいぶん前から私を助けて大切な仕事をしている。外では門下生の中の精鋭が選ばれ、ここで私が書く新しい書籍について討論し、本が出たら初校を一番最初に見て写筆すると思っている。おまえもそう聞いているだろう。だいたいは合っているが、事実はそれが全部ではない」

主人はしばし考えを整理するかのようにそっと目を閉じた。そして私は、にわかには信じがたい話を聞いた。

主人は取引をしている行商団の商人たちを通じて、密かに王宮に手を回していた。そして、王宮内の話を集めてそれを記録していた。主人の記録には王の失政に関するものも含まれていた。主人は王宮で記録している王の日誌はすべて嘘だと言った。事実を記録できるような人間は誰もいなかった。しかし誰かがあるがままを後世に伝えなくてはならないのだと。そのようにして完成した書籍は、後苑の学者たちによって何冊も作られ、筆写本は全国各地にいる主人の同志が作った書庫に密かに保管されていた。

「ここにいるおまえの先輩たちもみんな、おまえのように卑しい身分で文字を読めない者たちだ。しかし、私と師弟の縁を結んだ後にはこの者たちだけではなく、その家族もすべて食べるものにも着るものにも困らないようにしておる。大切な仕事を任せるのだから、粗相があってはならぬからな。おまえの父もすぐに苦しい労役から放たれ、一軒の家と食べていくだけの土地をもらえるだろう」

耳を疑った。そして白い道袍の人々をじっくりと見つめた。彼らは依然として穏やかな微笑を浮かべたまま最初と変わらぬ表情をしていた。自分があんな表情をしたのなら、顔が引きつってしまうのではないかと思った。主人は話を続けた。

「しかしよいか、肝に銘じておくことがある。この部屋の外では絶対にこのことを口にしてはならぬ。おまえと、おまえの父の命が惜しければそうするように」

まるでものすごい渦に巻き込まれたかのように呼吸ができず、気が遠くなりそうだった。私は事前に確認しなければならないことを思いつき、勇気を振り絞ってたずねた。

「私がすでに文字を知っているのに、ご主人様をだましていたとしたらどのようになさるのでしょうか。ご主人様がなさっていることをお上に告げ、父と私の免罪を得ようとしたらどうなさるおつもりですか。私は間違いなく文字を知りませんが、知っていると誤解を受けたら私と私の父はいったいどうなるのですか」

主人はしばし黙って私を見つめていた。顔をよぎった微かな笑みが、まるで私の質問を予想していたとでも言っているようだった。

「おまえが文字を知っていたら、今ここにいるはずがない。たぶん遠いところに売られて行ったか、おまえの父と夜逃げをしていただろう。おまえに書信の使いを何度かさせたことを覚えているか。封印されていないので、その気になればいくらでも見ることができたはずだ。そこにはいつも同じ内容が書かれていた。おまえを売ろうと思うので、適当な価格と買いそうな人間を知らせて欲しいという内容だった。父と離れ離れになってしまうのに、おまえがじっとしていられるわけがないだろう。書信を受け取った人間はその度に値段を書いて返信をよこしたが、わしはだいぶ前からおまえの能力を見てきたので断ってきた。見上げたことに、おまえはその殺伐とした試験をつねに、無事に通過したのだ。庭に文字を書き写していたときには、わしは自分の判断が間違っていたかと思い、しばし驚いたが、おまえは私を失望させなかった。この仕事をする間中ずっと、おまえはそれと同じ試験を絶え間なく受けることになる。文字を知ることになれば、自ら舌を嚙み切ることになるかもしれない試験だ」

それで主人との対話は終わった。その場で主人と私は師と弟子の縁を結ぶ儀式を簡単におこなった。私は師となった主人に拝礼をした後、主人から上等な清酒一杯と冬を越したヤギの腹の毛で作った最上級の筆一本を受け取った。

その日から、先輩弟子たちは一様に私に温かく接してくれ、主人は私のする仕事にいつも満足していた。しかしたった一人だけ、父だけは深い憂いから抜け出せずにいた。質素ではあるが父と私だけの家ができ、主人が分けてくれた肥沃な土地もあった。私は、暮らし向きがはるかに良くなったというのに、日に日に顔の陰りが濃くなる父がもどかしかった。

「文字はそんなに恐ろしいものですか。私は文字を学ぶ考えは今やまったくありません。このように父さんと一緒に腹をすかすこともなく暮らせるのですから。これ以上の欲を出してどうするんです」

ある日、私は父をなだめるようにたずねた。しかし、父は断固として首を横にふった。

「おまえの決心がどうであろうと、文字の力には耐えられないだろう。長い間勉強してきたあの若い両班たちさえできなかったことなのに、どうしておまえにそれができるだろうか。おまえは前に主人の前で地面に描いた鎌で草は刈り取れず、地面に描いた犬で泥棒を追い払うことはできないと言っていた。しかしそうではない。両班たちはその鎌で人の首をはねね、その犬を使い狩りをすることもできる。それだけだと思うか。その鎌が咆え始め。その犬が畦(あぜ)に飛び込んで収穫するときが来るだろう。そうすれば世の中は混乱に陥る。とうの昔の、曽祖父のときのようにだ」

父の話を聞いているとなんだか泣きたくなった。二人の前途が心配だったからではない。父が長い間の恐怖からまだ抜け出せずにいるようで、あまりにも衰弱して見えたからだった。

それから一カ月後、父の憂慮は現実となった。私に筆を握る方法を教えてくれた紅い道袍の門下生が、死ぬほどの鞭打ちの仕置きを受けて追い出されたのだ。彼は師である主人の出した試験を通過できなかったのだ。師は試験に先立ち厳重に警告した。通過すれば昇格し後苑に入ることができるが、通過できなければその後のことは覚悟しろと。彼は師の信任を得られるものと確信していた。

師は彼にまだ誰も読んでいない師の新しい本を一冊渡して、そのまま書き写すようにさせた。損紙はいくら出してもかまわないと言った。試験にしてはたやすく見えた。私だけではなく、誰もが通過できるものと予想していた。門下生は個室にこもって、わずか二日で原本と筆写本を持って出てきた。結果は不合格だった。彼が一文字だけ違って書いていたためだった。師は間違いなく「民が王を肥やしている」と書いたのに、門下生が文字を一つ入れ替えてしまったがために「王が民を肥やしている」という文章になってしまったのだ。門下生はその部分は師が間違えたと考え、危険な文を残すことを憂慮し、悩んだあげく最後に直したのだと言い訳した。しかし、師は大いに怒り彼を叱りつけた。自らの間違いを棚に上げ、師を陥れようとしたというのがその理由だった。

たくさんの文字の中でたった一文字を入れ替えただけなのに、長い間の忍苦の歳月が虚しく崩れてしまった瞬間だった。師は鞭打ち二十回の仕置きをした後、気絶した彼を家から遠く離れた場所に捨てさせた。問題の文章を直接確認することはできなかったが、ことの一部始終を伝え聞いた私は、私が文字の力に耐えられないだろうといった父の話が何を意味するのかぼんやりと理解した。しかし、父からさらにそれが全部ではないと聞かされ、鳥肌が立つほどに恐ろしくなった。父は私からことの一部始終を聞いた後、真っ青になってこう言った。

「恐ろしいお人だ。その門下生が本をそのまま書き写していたら、さらに大きな災難にあっていただろう。門下生の書体が残っている本がそのまま無くなると思うか。無くなるとすれば原本のほうだろう。主人が自分の書いた原本を隠して門下生の作った筆写本だけを官舎に差し出せば、その門下生の家は滅亡を免れないだろう……本当に狡猾で恐ろしい人間だ。おまえがしている仕事はおまえが聞いた説明とは違うかもしれない。肝に銘じろ。おまえは絶対に知ってはならない」

父はその後、数日間、悪寒に襲われて寝込んだ。

私が後苑に入っていつの間にか十年の歳月が流れた。その間、師を慕って集まってきた門下生の数は三倍に膨れ上がった。王様の日誌を記録する仕事を続ける一方で、師はその合間合間に自分の文章を書いて売ることにもいっそう邁進した。いまや新作の筆写本一冊に黄牛一頭の値がついた。その間、温和で堂々たる学者然とした姿で、私にとって大きな柱となってくれていた三人の先輩たちは、白髪の老人となってしまった。彼らの徐々に低下していく気力はすべて私が代わりに埋めていった。
　私は依然として字が読めない。しかしいまや、筆写に老獪（ろうかい）となり、師の文章を書き写しながら、私の中で考えを整理しなくても良くなった。例えば、隣の村で流れ者の雨衣売りとある家の飯炊き女が密かに肌を合わせたなどという噂のようなものを思い浮かべて、筆写の退屈さに耐えるという具合だ。そうすればいつの間にか師の文章は、本来の内容が何であれ、恋に落ちた男女の物語となってしまう。もちろん筆写は点の一つも間違えずに完璧だった。私はいつの頃からか、文字から自由になったに違いない。それでいい。これ以上望めば、それは欲深というものだ。
　このあたりで私の話を終えようと思う。これから私は師に託された新しい文を筆写するところだ。折よく王の日誌ではなく、師が書いたばかりの話だという。これまで私の話を読んでくれた誰かのために、ここで私のしていることを少し見せてもいいと思う。私は字が読めないが、字が読める誰かにとっては貴重な贈り物となるだろう。黄牛一頭と交換する文だというではないか。たぶん、これまでの私の話よりも十倍、いや百倍面白い話だろうに、今ここですべてを見せられないのは実に残念だ。
　師の新しい文章はこんな風に始まっている。

「私は字が読めない」

初出は、『二〇一五　新鋭作家』（韓国小説家協会、二〇一四年）。

*1 ［両班］高麗、朝鮮王朝時代の官僚機構・支配機構を担った支配階級の身分のこと
*2 ［パジ］韓国の民族衣装で、男性用の下着
*3 ［道袍］韓国の伝統的な男性服。道家文化を象徴する服装で道家が身に着ける服
*4 ［酒幕］朝鮮時代に旅人が飲食や宿泊をする施設

塩かます

ク・ヒョソ
具孝書

一九五八年、仁川広域市江華郡生まれ。牧園大学校国語教育専攻。デビュー作は短編「節」（一九八七、中央日報新春文芸入選）。短編小説集に『缶切りがない村』（一九九五）、『桔梗の花の姉』（一九九九）、『朝びっくり波模様のコガネムシ』（二〇〇三）、『夜が美しい家』（二〇〇九）など。長編小説に『沼を渡る方法』（一九九一）、『見慣れぬ夏』（一九九四）、『秘密の門』（一九九六）、『男の西』（一九九七）、『私の木蓮一株』（一九九七）、『悪党イム・コクジョン』（二〇〇〇）、『ドンジュ』（二〇一一）、『夜明けの星が額に迫る時』（二〇一六）などの他に散文集多数。二〇〇〇年から国内では初めて電子版〈YES24〉に小説『情別』を連載している。「塩かます」で李孝石文学賞（二〇〇五）、「明斗」で黄順元文学賞（二〇〇六）、「時計が掛かっていたところ」で韓戊淑文学賞、「調律―ピアノ月印千江之曲」で許筠文学作家賞（二〇〇七）、『長崎パパ』で大山文学賞（二〇〇八）、東仁文学賞（二〇一五）などを受賞した。

『おそれとおののき』[*1]（キルケゴール著、白水社）――母が読んだ本だという。本当に母が読んだ本なのかと従兄に聞き返すことはできなかった。従兄の本棚でその本を見つけた時にはすでに、三日前に故人になっていたからだ。遺品だった。三日早く訪れていたら従兄に尋ねることができただろうか。本当に母の本なのかと。

そんなことはできなかったろう。従兄から直接受け取っていたとしても、その本を本棚で見つけた時のように、私は何も言えずにただぼんやりとその表紙を見つめていただろう。どんな答えを聞いたとしても、その本を手にした私の複雑な胸中がすっきりするはずはなかった。無学な母がキルケゴールを、しかも日本語で読んでいたなんて。

亡くなる直前に従兄は母との思い出をいろいろと話してくれたが、母がキルケゴールを読んでいたわけまでは言わなかった。

それ以外にも母の本が何冊かあった。『金山寺（クムサンサ）夢遊録』と『康明花（カンミョンファ）の哀死』、そして『金仁香（キムイニャン）伝』、『洞庭秋月』、『紅楼夢』……。そういう大衆小説ならべつに驚くこともなかった。小説だったしハングルで書かれていたからだ。学校に通ったこともなく、ゆえに文字を習ったこともなかった母だが、読み書きに不自由はしなかった。ただ一九二〇、三〇年代に覚えたので綴り方には弱かった。秋風嶺（チュプンリョン）の部隊にいた私に母は「イノヤ　パダ　ボアラ（インホ、海を見て）」という手紙を送ってきたことがあった。その手紙を見た小隊長から「忠清北道（チュンチョンブクト）の山奥の部隊でどこに海があるんだ？」と訊かれた。母の綴り方に慣れていたので、それが「イノヤ　パダ　ボアラ（インホ、宛て）」だと理解できた。

しかしキルケゴールは予想外だった。『恐怖と戦慄』なら二十二、三歳の頃に私も読んだ記憶がある。

まだ本棚の片隅にあるだろうが、読んだ当時その内容を理解できたかどうかは覚えていない。

なぜキルケゴールだったのだろう。母はキルケゴールをどれほど理解していたのだろう。ところどころに鉛筆書きのアンダーラインも引いてある。短いメモまでついている箇所もあり間違いなく母の字だった。ただし、私は日本語ができないので、手持ちの古い韓国語版の翻訳と対照してみる他なかった。驚いたことに母がアンダーラインを引いた部分と私がアンダーラインを引いた部分はほとんど一致していた。

ある者は力で偉大であり、ある者は知恵によって偉大だった、ある者は希望により偉大であり、愛を通じて偉大だった。しかし「彼」は無力という力によってより偉大であり、愚かさという知恵でより偉大であり、狂った希望と、おのれを憎むという形の愛を通じてより偉大だった。

キルケゴールはその母が四十五歳で産んだ末っ子だった。奇遇にも私も母の四十五歳の子で、兄弟の中では末っ子だ。母がキルケゴールに親しみを感じた部分だった。それだけではない。子供が全部で六人だということ、そしてその中の何人かが幼くして夭折していることも同じだった。父の反対で娘たちを教育できなかったことも同じだし、キルケゴールが腰痛で苦労していたことも私と似ていた。私が生まれる前に読んでいたのだとしたら、少なくとも私と関連した類似点は、母がその本を読む動機になったはずはなかった。もっともその他の類似だけでも、母がキルケゴールに関心をもつのに十分だった。しかし、そうはいっても当時の大衆小説の中に混じったキルケゴールは依然として違和感があり、しっくりこなかった。

結局、私の漠然とした疑いは、その本の最後のページに書かれた三文字の名前を発見したことである程度解決の糸口を見つけ、次に他の次元の疑惑に発展した。しかし、全く違う次元というわけでもなかった。考えたくなくて蓋をし、そのまま忘れて生きてきた古い疑惑だった。

「持主　朴成顕（パクソンヒョン）」——その名前は、出版年度や発行人などが印刷された版権欄の余白に書かれていた。洗練されたペン字だった。長い年月が経っているにもかかわらず、未だにインクの青色をそのまま保っている文字。うっすらと染みた青色は、何かから必死に目を背けようとする私の胸中にそっと忍び寄ってきた。

当初から母の本だったわけではなかったのだ。持主が母に貸したか、或いはあげたのか。結局母のものになったのだとしても、当初から母の本だったというのとは全く事情が違ってくる。母と持主の間の具体的な関係が証明された瞬間だった。風聞で聞いていた。私は風聞で生まれた子供だった。

無学な母が大衆小説を耽読し、カタカナとひらがなを覚え、ついにはキルケゴールまで読めるようになった裏には、村の唯一のキリスト教徒であり日本留学派だった、風聞の父、朴成顕がいたのだった。

私が思っていたよりも母の知的水準ははるかに高かったのだ。そこには持主の持続的で細やかな配慮と密かな指導があったのだろう。母の教養水準を図るのは、持主との関係がどの程度のものだったかを推測することでもあった。私には違和感がありしっくりこなかった『おそれとおののき』が、二人には違和感もなく当たり前のものだったのかもしれない。

文字を読み、その意味を解釈する母の能力が尋常でないことを私は幼い頃からたまにではあったが経験していた。朝鮮時代に書かれた占い本である『土亭秘訣』——私はよれよれのこの本をいまだに持っている——それを読んで意味を解釈できる女性は、村には母しかいなかった。六十甲子[*2]を生年月日の基数で計算して卦象を出すことは誰でもできるものではなく、ましてや比喩と象徴でいっぱいの妙文をすらすらと読みこなすのは、並大抵の読書力ではできないことだった。

旧正月になると村の女たちが我が家にやって来た。『土亭秘訣（トジョンビギョル）』を見るということは彼女たちの一年の運勢を占うことだった。大勢で我が家に押しかけてきた理由は、村に一冊しかなかった『土亭秘訣』が我が家にあり、それを読める人間も母しかいなかったからだ。主人が不在なことも女たちが気やすく集まる理由だった。

ヨモギの葉と朝顔の葉模様の障子に冬の日差しが差し込むと、母は本を広げて老眼鏡をかけた。

「キテクの母は己卯年の八月生まれだったかな？」

相手が年上でも年下でも関係なく、『土亭秘訣』を見る時だけは母の言葉使いがさっと変わった。敬語を使わず呼び捨てだった。

「あ、はい。八月二十九日……です」

一方相手も年下であれ年上であれ、『土亭秘訣』を見ている間は母に敬語を使った。運命鑑定者と依頼人の間には、権威についての暗黙の合意という前段階が必要だったのだ。

「三月、つり竿を江湖に投げて錦鱗を釣る。いかだに乗り海にでれば雲は晴れ陽がさす……」

その年の毎月毎月の運勢を順に読んでいくと依頼人は緊張した。「黄菊丹楓勝於牡丹（黄菊と紅葉の楓は牡丹に勝る）」とか、「風打蘆荻雁陣失散（風が葦の葉を叩き雁の群れが散り散りになる）」などという言葉はいくら聞いてもその意味がまったく分からないからだ。

良いということなのか、悪いということなのか、一年の運勢がすべてこの『土亭秘訣』のお告げにかかっているのだから心配するのも当然だ。しかし、母は簡単にその意味を漏らしたりはしなかった。

依頼者の表情はどんどん暗くなり、頭は重く垂れていく他ない。そのままだと息が止まりそうな様子で、時間が経つにつれ頬はこわばり落涙さえ見える。

真冬の旧正月の室内が好奇心と無学の惨めさと、未来に対する恐怖でいっぱいになろうとしていた。

母が一言ささやいてくれなければ、女たちは座ったまま死んでしまいそうだった。少なくとも私にはそう見えた。

部屋の中が今にも爆発しそうな緊張感に包まれると、ようやく母は「良い」とつぶやいた。あまりに緊張しているので依頼人はその声さえ聞き取れない。母の近くに座っていた誰かが母の言葉を聞き取り「良いって」と依頼人のわき腹を突けば、ようやく女たちは起死回生して深く長いため息をついた。凍り付いていた部屋の中の空気が一瞬にして解き放たれ、女たちの頬は障子に映る日差しのようにぱっと明るくなった。

『土亭秘訣』に書かれた具体的な内容とは関係なく、ただただ母の「良い」の一言が依頼者の消えかけていた息を蘇らせた。良い、あるいは良くない……という一言で女たちの生死を弄んでいた無限無上の権威だった。その尋常でない姿の片隅に、実はキルケゴールの持主、朴成顕の存在が潜んでいたのだ。

> この無限の諦念は、昔の説話に出てくる下着のようなものだ。糸は涙で織られ、涙で洗われ、シャツは涙で繕われる。しかしそれだからこそまた、このシャツは鉄や鋼鉄よりももっと体を保護してくれるのだ。

母の後ろに潜んでいた朴成顕の存在、それが父を追いつめたのか。父は私が生まれる前に亡くなり、私は父の顔を知らない。だから母や姉たち、そして最近の従兄の思い出話を通じて知るのみだった。

父はおかしな男だった。しかし話を聞いていると、私には父よりも母のほうがもっとおかしく感じられた。どうしてそんなに一方的に、あきれるほど殴られて暮らしながら、ただの一度も父に反抗しなかったのだろう。

父はよく分かりもしない自分の家柄をあげて母を暴力で虐待した。母を殴るたびに父は、丙子胡乱[*3]の際に敵兵を全滅させて玉砕し死後に兵曹参判[*4]の称号を得たという、海のものとも山のものともつかないご先祖さまを持ち出したという。将軍であれ、ご先祖さまであれ、母にとっては生身の人間を苦しめる夜叉か亡霊にすぎなかった。父に殴られ母の顔はいつも九、十月のすっかり熟したかぼちゃのように膨れていた。村の巫女（ムダン）はそんな母に「あんたのご亭主の目には女房が敵軍に見えるんだよ」と言って舌を鳴らした。

　娘を産んで三日と経たない母の腰紐をつかんで庭に引きずり出し、人手も足りないというのに天下泰平に部屋に寝そべっていると怒鳴り散らした。どうやってできた娘だというのか。その誕生秘話とは。北風の吹き荒れる師走のトウキビ畑で、酒に酔った父が母を押し倒して馬乗りになり、その首を絞めつけた。息のできない母の顔は青銅色に変わっていった。風に揺れる乾いたトウキビの赤い茎は母の体から吸い上げた血の色のようだった。張り裂けるような怒りで父は母を強姦した。二十歳になったばかりの私の前で二歳年長の姉の誕生秘話を語る一番上の姉の顔は表情を失っていた。何人もの子供たちの誕生がどれも一様に憎悪と怒りの残りかすに過ぎなかったという事実に気づいた時、父の顔さえ記憶していない自分がむしろ幸せだと思った。母は突然尻を蹴られて豆腐の煮えたぎる大釜に落ちたり、夜通しかけて作った豆腐の中に顔を突っ込むのが日常だったという。

　父は豆腐を売った金を取り上げては、村の最後の酌婦だった女に入れ揚げていた。これ見よがしに浮気をした相手だった。この女が洗濯場にいた母のところにやってきて、女たちの前で「ヒョンニム（お義姉さん）」と呼んでからかっても、母は眉一つ動かさなかった。「兵曹参判の子孫は女房を殴り、酌婦の下の穴を一杯にしてやるんだ」と村の女たちが噂しあっても母は黙々と洗濯をしていた。その超然とした姿がなおさら我慢できず、父の殴打の火種となった。

もともと父は、所帯を持とうとしても何の財産もなかった。そこで同じように貧しかった山向こうの母の実家の小作の仕事を一年間手伝い、母を娶った。母の実家に出入りしていた時に朴成顕の存在を知った。日本にまで行き勉強して来た好男子で、村一番の富農の息子。内心母に想いを寄せていたが、親からは反対されていた。それだけだった。母は朴成顕の方には顔一つ向けようとはしなかった。父は結婚してから母がハングルの読み書きができ、日本語まででできることを知った。父の性的な迫害と放蕩は、子供たちさえ眼中になかった。格の違う朴家に向けることのできない父の軟弱な怒りは、母に対する卑怯な暴力となって現れた。

父の怒りがどうしてそんなに長く、一様であったのかを考えてみると、非常に屈折してはいるが母に対する捨てきれない愛情の裏返しだったのではないかとさえ思う。母や姉たち、従兄の荒々しい記憶からはなかなか窺い知ることはできないが。

とにかく釈然としないものの、父の異様な性格から見て暴力の原因を全く理解できないこともなかった。全く理解できないのは、むしろそんな父とともに暮らし、そんな父になすすべもなく迫害されていた母の態度とその裏にあるものだった。

部屋の扉を閉め切り何時間でも続く殴打は、部屋の外にいる子供たちの息の根さえ止めるのだった。父の怒号とわめき声は家を揺るがすほどだった。げんこつと足蹴りは母の体にバシッ！　ビシッ！　と音を立てて突き刺さり、そのたびに幼い子供たちは気絶した。不思議なのはそんなに殴られ蹴られても、母の悲鳴やうめき声はただの一度も部屋の外に聞こえてこなかったことだ。ようやく部屋の扉が開き外に放り出された母の身体は、いつも脱穀機から出てきた藁のように凄惨な姿だった。九、十月の熟したかぼちゃのように赤く腫れ上がった顔で母が一番に探したのが、部屋の外の幼い子供たちだった。そんな有様でも母は両手を大きく広げて子供たちを懐に引き寄せ抱きしめた。母からはすすり泣きも呻き声も聞こえなかった。母の懐に抱かれた子供たちがしばらくして感じるのは、しっかりと規則正しく脈打つ母の心臓の鼓動と頭上に落ちてきた栗の実のような熱い涙だった。

母は誰も怨まなかった。愚痴をこぼすこともなかった。山のような大豆をふやかし休みなく石臼をひいた。大釜のかまどには一日中、火がついていた。出来上がれば、湯気のもくもくとあがる温かい豆腐を一番先に父のところに持って行った。父はマッコリとともに豆腐一丁を平らげると小便をしに行った。年を取ればそんなふうに生きる母のことを理解できるのではないかと思ったが、一番上の姉はついにそんな母のことが理解できなかったと言う。

そんなふうに生きた母の胸中は真っ黒こげになっていただろう。しかし今でもよく分からないのが、亡くなる寸前まで大病一つしないで九十七歳まで長生きしたことだ。臨終の時の表情も明るく穏やかだった。一生苦労知らずに生きてきたお妃の臨終はこんなだろうかと思わせた。

ある人は可能なことを期待して偉大だった。もう一人の人は永遠なものを期待して偉大だった。しかし、最も偉大だった人は不可能なことを期待していた人だ。

しかし、どんな時にも諦観した表情と穏やかな顔で一貫していた、というわけではなかった。二番目の姉がナツメの木から落ちて死にかけた時に母はひどく取り乱した。

怖いもの知らずの女児はナツメの木に登った。巣の中の卵を獲ろうとして登ったものの、雨で濡れた枝に足を滑らせ地面に叩きつけられた。落ちると同時に子供は四肢をぐったりと広げて息も絶え絶えだった。

　カササギがナツメの木にくわえて来た干草で巣を作りはじめた時から子供の目は輝いていた。長ネギの間に鳥の卵をはさんで焼いて食べると、二人で食べて一人が死んでも分からない程おいしいという隣家の男児の余計な一言のせいだった。焼けた長ネギを包丁でちょんちょんと切る仕草がおいしそうに思えたというよりも、火にあぶった肉にあこがれていたのだ。二羽の雌鶏が産んだ卵は母が厳しく管理し、たった一個の例外なく藁で包んで五日市で売られた。ときに鶏が卵を産まない日には家族全員が卵泥棒の疑いをかけられた。旧正月や秋夕（チュソク）*5にも肉などは、無慈悲で自分勝手な父の食膳にのるだけだった。子供たちの分はなく、肉というのはただ匂いをかぐだけのものだった。そんな子供には、空を飛ぶ主人のいないカササギが産んだ卵ぐらいが手を出せる唯一の品だった。

　母がナツメの木の下に駆けつけた時にはすでに息をしていなかった。周りを取り囲んでいた村の人々も首を横に振るばかりだった。すでに長男を病気で亡くし、二歳下の娘まで井戸のつるべ桶に巻き込まれて死んでいたので、子供の死は不運の連続程度に思われても仕方がなかった。

　しかし母は子供を背中に背負い、もう手遅れだと言う父を血走った目でにらみつけた。「怒りと憎悪の残りかすから生まれた子供だから一人ぐらいまた死んでも構わないと言うの！」と声を荒らげた。そして「もう手遅れだ、無駄だ」と止める父を突き飛ばした。どれほど強く突き飛ばしたのか、大男の父が畑の畝を十ほど飛び越えて飛んで行ったという。

　幹の下に蛇がからみつくからと何かある度にナツメの木を切ろうとしたが、父はそのたびに誉れ高いご先祖さまの祭祀に使うナツメだと言って頑として許さなかった。ナツメの実数個のために子供を殺したようなものだった。

「斧で切り倒すなり、火をつけて燃やしてやる」と叫ぶ母は、口から白い泡を吹いていた。

父だけでなく村の人々もみんな、もう駄目だと言いたてた。陽も暮れかかっており村の病院までは遠すぎた。三十里の道を走って行ったら母親まで一緒に死んでしまう、それよりは鶏を一羽絞めて、鶏卵でもたくさん茹でてやり鎮魂クッ[*6]をしてやれと説いた。

しかし母は聞く耳を持たなかった。人々に向かって罵声を浴びせ、口から泡を吹きながら子供を背負って、しとしとと雨の降りしきる暗闇の中を疾風のように走り去る母の姿は、死神さえ脅えそうだった。

望みがないと言ったのは病院が遠かったこともあったが、梅雨の終わりで水かさの増したヨンネ川のためでもあった。飛び石が水につかって久しく、荒々しい濁流となった川は黄牛さえ飲み込んでしまいそうだった。十里もいかずに足止めになることは、父と村の住人なら誰もが知っていた。正気を失った母だけが知らずにいた。

夜が明けても母は帰って来なかった。子供とともにヨンネ川で溺れてしまったのだと信じられた。村の男たちと父は、母と子供を捜しに早朝に出発した。真夜中にヨンネ川で血を吐くような絶叫を聞いたという人がいた。風の音とともに聞こえてきたその声は人間の声ではなかったと、二年前に川で溺れて死んだ亡霊の声のようだったと。

その日、村人たちと父は川をまたぐように倒れている大きな柳の木を見つけた。切られたばかりの木の幹の下には、持ち手の部分に血のこびりついた古いのこぎりが一つ転がっていた。

その日のことを思い出すたびに母は深く裂けた手のひらの傷跡を見つめていた。柳の木の上を渡って川を越えた母は夜道を走った。どろどろの田舎道を夢中で走っていた母は、暗闇の中で自分を呼ぶ声を聞いた。

「ごめんね。ごめんね。母さん……」

背負った子供の呻き声混じりの怯えたような泣き声だった。無我夢中で疾走してきた母の体が子供の薄い横隔膜を刺激したのだった。子供はゴホンゴホンと咳をして蘇生した。母は子供をぎゅっと抱きしめ泥濘（ぬかるみ）に座りこみ、子供の名前を呼び続けた。

　さあ、これからは死んでもしっかり食べてから死ぬのだと、母は退院してきた娘に鶏が産んだ卵をどんどん茹でて食べさせた。あまりに食べ過ぎたせいで、その娘はゆで卵がこの世で一番嫌いな食べ物になってしまった。姉は今でも鶏の糞の臭いがするといって鶏卵を食べようとしない。

　何かに取り付かれたような情動と無謀な期待が死にかかった子供を助けたのだ。そのように母は時には猛々しく、恐ろしく、父など太刀打ちできないほど強靱だった。

　そうかと思えば一言も発せず、表情一つ変えないで相手の鼻を叩き折る力ももっていた。

　私を朴成顕の息子だといって陰でひそひそ噂していたスンドクおばさんは、真昼間に母に拉致された。野原の真ん中にある葬輿（サンヨ）[7]が保管されている小屋にスンドクおばさんを連れ込むと、タバコ一本を吸うくらいの時間で母は手をパンパンと払って外に出て来た。ちょっと小便をしてきたという風だった。その日スンドクおばさんは、鬼神に取り付かれて魂を抜かれた人のように足をふらつかせ、家までほとんど這って戻ったという。小屋で何があったのかは誰にも分からなかった。母もスンドクおばさんも死ぬまでそのことには触れなかったからだ。ただ、その日を境にスンドクおばさんは母と道で会うたびに、死に神でも見たかのように小便を漏らしていた。そして村の女たちは、父の死んだ時期と私の生まれた日を計算してヒソヒソとかわしていた噂話をピタリとやめた。

　「彼」は沈黙を守る。「彼」はしゃべることができない。そこには苦難と不安がある。つまり、しゃべりながらもおのれの意志を他人に理解させることができなければ、いくら朝に晩に話続けても、それは何もしゃべらずにいるのと変わりがない。「彼」の場合が、まさにそうだ。

家には三つの塩かます[*8]があった。いつでも三つだった。台所の裏の暗い納屋に、それは半歩の間隔で、軒下の踏み石のような形の台の上に並べて祀ってあった。時が経ち少しずつ腹部が膨らんだそれは、その高さから見ても台の上に置かれている姿から見ても紛れもない三尊仏だった。それで祀ってあったと言わなければならないのだ。

私の生まれるずっと前からあったものだった。時には新しい塩かますに変わることもあったが、私の目にはいつも変わらずに、その場にあるように見えた。それぞれの塩かますの下には白い陶器の小鉢が置かれていた。陶器の小鉢には黄色い苦汁（にがり）がポタリポタリと落ちていた。

納屋はいつも暗かった。味噌やキムチの甕（かめ）の並ぶ甕置き場の下を流れる水脈が納屋の下を貫通しているので湿気に満ちていた。梅雨の時期でなくても塩かますはよく溶け、涙のような苦汁を流していた。

米かますとは違い塩かますの藁（わら）はゆるく編んである。苦汁は暗闇と湿気を十分に吸収してこそ得られるものだった。苦汁は誰もが好きなおいしい豆腐を作りだした。特に母の作る豆腐は近隣でも有名だった。家族を養っていたのは母の豆腐だった。

ひんやりした暗闇とじめじめした湿気、そして寂寞。何かの用で納屋に入るとゾクッとするような気が首筋を舐めるようで背筋が冷たくなった。暗闇と湿気で体が凍り付いてしまい、ぶるぶる震えながら必死に全身の力を振り絞って納屋から逃げ出したものだった。塩辛くて苦い苦汁はそういう納屋で生まれていた。そんな苦汁が毎回、温かくて香ばしく、柔らかくて、真っ白なおいしい豆腐を作るという事実が私には不思議でもあり、不可解でもあった。

炎天下でも鳥肌の立つような納屋なので、真夏などうだるような暑さをさけて入ってもよさそうなものだったが、なぜか家族は誰も足を向けなかった。母だけの避暑地だった。長い時間を過ごして納屋から出てくる母の姿は、暗闇と湿気と寂寞でいっぱいになった塩かますそのものだった。父に殴られ体中にあざを作った時も母は納屋で長い時間を過ごした。そうすると体が治癒されるようだった。

北から人民軍[*9]がやってきた。母に食べるものを出せと迫った。家には出来上がった豆腐があり、豆も積んであった。母は夜通しかけてそのたくさんの豆を全部豆腐にした。時ならぬ祭りのように。父はすでに身を隠した後だった。母は賦役者(ふえきしゃ)[*10]となった。母だけではなかった。当時、船の船頭をしていた母の弟も賦役者となった。人民軍の補給物資をヨンネ川の向こう岸まで運搬する仕事だった。

韓国軍がやって来たとき、叔父(おじ)は自分の母親と二歳になる息子——母の本を私にくれた従兄——と妻を残して逃げ出した。船と家財道具は押収され家は破壊された。右翼青年団により叔母(おば)は村の桃畑で朝鮮銃で処刑された。

母も桃の木に縛り付けられた。叔母は血を吐きながら人民軍が銃で脅かすので仕方なくしたことだと、必死に叔父の弁明をしたが、母はそうではなかった。服がちぎれ、肉が裂けるほどに桃の木の枝で叩かれても沈黙していた。

人民委員会の徴用を避けて身を隠していたという理由だけで、父は親戚の便所の下の土窟から出てきた後は右翼青年団の一員となっていた。こん棒を手にしてぶらぶらと青年団の尻尾にくっついて歩いているだけだったが、さすがに母が桃畑に引きずられて行った時には姿を見せなかった。父だけは事前にお目こぼしになっていたのだ。死を目前にした母を桃の木の間から眺めていたのは朴成顕だった。

朴成顕は父のようないい加減な団員ではなかった。近隣で一番の富農の息子であるうえ人民委員会の下で脅威を感じたキリスト教徒でもあっただけに、彼の行動動機は父のような人間とは全く違うものだった。人民委員会の手により没収された財産はすでに全部彼のもとに返されていたが、信仰に過酷な脅威を受けた彼としては、乱世に目を背けて生きていくわけにはいかなかった。その結果、密かに想いを寄せていた女性に暴力を加えなければならないアイロニカルな状況が起きてしまった。

しかし、このアイロニカルな現実はむしろ母にとっては幸運であった。彼に与えられたわずかな権限が母を救ったのだ。青年団も同様に腹が減っていることを朴成顕はよく承知していた。人民の軍隊がそうだったように、彼も母に豆腐を作るように命じた。豆がなければ自分の家の倉にあるものを使ってもよいと言った。桃畑から釈放された母は、また朝から晩まで豆腐を作り続けた。家の中は負傷した正規軍の兵士たちの臨時の待避所となり、軍人たちは母の作った豆腐で延命し後送（こうそう）されるのを待った。

死の淵から生き延びた母にとって塩かますは命の恩人だった。豆腐が、朴成顕が間違いなく恩人だった。そのことにより母は朴成顕の変わらない胸の内をもう一度確認することができた。村の人々と父の漠然とした推測が確かになった契機でもあった。賦役者の中からは多くの犠牲者が出て、遺族たちはただ一人生き残った母を売女でも見るような目つきで見た。

母はひたすら豆腐を作り続けた。桃の木に縛り付けられた時に何にも言わなかったように、村人の噂話とさらに酷くなった父の暴力も、沈黙と無気力で受け止めた。命を助けてくれた朴成顕にもお礼どころか、一瞥もくれなかった。血の嵐が村を襲い去ったあとも母は動乱の前と同じように、ただただ豆腐を作り続けた。木の器に豆をふやかし、夜通し石臼をひいては苦汁を散らして大釜で煮た。五徳の上に板を渡し、固まる前の豆腐でいっぱいにした麻袋をのせた。表面に模様をつけるために蓮の花模様の瓦を二十個、麻袋の上に順に並べて板をかぶせた後、石臼で重しをした。母は朝起きると子供たちに乳を飲ませ、豆腐を作った。息をするように黙々と。

朴成顕は自分の信仰を守るために愛国青年団の団長になった。国家以外に自分の信仰を守ってくれるものはないという事実を骨身にしみて体験した彼は、先頭に立って大韓民国に忠誠を誓う国民になった。母の弟は行方不明になり、その妻は凄惨に処刑された。実家の母も亡くなると幼い甥っ子は孤児同然の身の上となった。財産はとっくに没収されていた。そうやって母の実家は崩壊した。そんな母の手中に朴成顕の蔵書があるというのはおかしなことだった。儒教精神を守る奉祭祀[*11]を何よりも大切にしていたというわけではないが、かといって母がキリスト教に関心をもっていたわけでもなかった。さらに母にはちょっとしたことにもこぶしを振り上げ足蹴にして虐待する父がいた。そんな母に名前も鮮やかな朴成顕の本だなんて。どうして？　どうやって？　そして母はいつ読んだというのか……。母は今でも、依然として沈黙を続ける。

自分の望みを放棄するのは偉大な行為だ。しかし、自分の願いを捨てた後でもその願いを心に秘めていることはもっと偉大なことだ。一時的なことは捨て、永遠なものをつかむことは偉大なことだ。しかし、一時的なことを捨て去った後でもそれを胸に秘めることはより偉大なことだ。

外祖母は破壊された家の跡にススキで穴倉を作り幼い孫とともに暮らした。叔母は七十三人の他の賦役者の遺体とともに穴に埋められた。叔父が戻ってくる可能性はないように見えた。一握りの土地もないので野菜さえ育てることができなかった。手のひらですりつぶした稗(ひえ)とスギナで粥を炊いた。冬にはそれさえもなかった。夏の日照りと、秋から冬へと続く長い困窮は、戦争よりも恐ろしかった。

干したスケトウダラのように干からびていく実母

と河豚（ふぐ）のように腹だけが飛び出た甥っ子が目と鼻の先にいても、母には為す術がなかった。母にも食べさせていかなければならない九つの口があったからだ。もっと恐ろしかったのは、食べ物を持ち出すのではないかと監視する父の鋭い目だった。用事で実家に行く時には、母は頭の後ろにぴたっと貼りついた父の恐ろしい視線を意識せざるをえなかった。父は庭の端に突っ立ったまま遠ざかっていく母の後ろ姿を最後まで睨んでいた。

　母は粥を炊く時に密かにもう一枡、水を加えた。それでなんとか一杯の粥を得ることができた。母はそれを空っぽの水桶の中に入れた。一番上の姉は岩清水を汲みにいく時に、それを頭にのせて行った。湧き水が外祖母の家の近くにあったのはまさに天の恵みだった。水を汲みに行きながら姉は水桶の中の粥を届けた。毎日、水を汲みに行かなければならなかったのも天の恵みだった。外祖母と従兄はそうやってなんとか餓死をまぬがれた。水桶を頭にのせて水を汲みに行くたびに姉の足はガタガタと震えた。四方から父に見られているようだった。水だらけの粥でいつも腹を空かせていた十五歳の姉は、水桶の中の粥を思い浮かべては唾を飲み込んだ。途中で粥に手をつけてしまうのではないか、母もいつもそれを案じていた。しかし長姉は一度も粥に口をつけることはなかった。けなげな長姉を母はいつも「私の良い娘」と呼んでいた。亡くなるまで母はそう呼んでいた。母の霊前ですすり泣いていた長姉の姿をよく覚えている。母さんが良い娘だと呼ぶせいで生涯どれほど腹を空かせ、苦労してきたか分かっているのかと責めるように泣いていた。

　外祖母がついに亡くなると、当時五歳だった従兄は我が家に来るほかなかった。食い口が一つ増えたのだ。行く当てのない孤児だということは村中の人が知っていたので、父も村人の手前引き取るほかなかった。しかし、家の中ではそうではなかった。俺がなぜおまえの実家のクソガキまで食わせてやらなきゃならないんだと怒った。

従兄は食膳にきちんと座ることもできずに、半分ほど腰を浮かしたまま父の様子をうかがっていた。父の匙を置く音にもびくびくとしていた。母はそんな甥っ子をかばうことはできなかった。庭に放し飼いにしている犬と同じ扱いだった。飯を食べたのか、夜は寝ているのか、父の剣幕のせいで誰一人彼に関心をもつことはできなかった。母さえまったく気にしていないように見えた。空きっ腹を満たそうとキビの茎に食らいつく彼を見ても見ないふりをし、イナゴを獲って食べようと唇と手先を真っ黒にしていても知らんふりをしていた。いてもいないように放っておくことだけが、彼を傍において置くための唯一の方法であることを、母は知っていたのだ。

兄と一緒に入学した小学校で従兄はいち早く頭角を現した。習いもしない漢文を読み、わずか九歳で「江湖砲手参戦碑」の銘文を書くほどの卓越した書道の実力を発揮した。郡守と面長[*12]が神童の出現に驚き父の恩功を賞した日、父は辱めを受けた人間のように怒り狂った。

その後、我が家にいるために従兄は馬鹿を装った。簡単な計算も兄にいちいち尋ねた。家族の前では決して本など広げることはなかった。彼が本を読んだり字を書いたりできたのは、何かの拍子に家の中に母と二人きりになった時だけだった。紙と硯がないので砂の上に柿の木の枝で字を書いた。母が本を隠して読んでいたという、子供たちさえ知らない事実を彼は知っていた。

従兄は十四歳で家を出ていった。兄は中学校に入学したが、従兄は小学校を終えるとすぐに父によって畑に連れていかれた。田畑で一年間借りて来た牛のようにこき使われた従兄は、母が渡した本の包みを手に、ある冬の夜に家を出て行った。母の甥っ子への別れの言葉は「何でも良いから読みなさい、そして書きなさい」というものだった。包みの中には母の読んだ古い本が入っていた。そして従兄にとってはびっくりするような大金も入っていた。訳が分からなかった。金という金はすべて徹底して父の管理下にあったことを従兄もよく知っていたからだ。誰かの援助なしに、少しずつ貯めたにしてはあまりにも大金だった。

　どちらにしても、もう少し我慢していたら従兄は父の蔑視と迫害から抜け出すことができたはずだ。彼が出て行った半年後に父が死んだからだ。

　しかし残念ながら彼の出て行った後だった。実に長い間、だれも従兄の消息を聞くことはなかった。書道大展で大統領賞をとり新聞に載った時には、母もすでに故人となっていた。彼はある地方大学の教授になっていた。母はその消息を知っていたのではないかと思っていたが、私が訪ねた時彼は、父が早くに亡くなった事実さえ知らなかった。

　母の訃報を聞いた時も、彼はさほど驚いたり悲しんだりはしなかった。しばらくの間、無言で天を仰いでいただけだった。その後で私にたずねた。母の願いが何だったか知っているかと。母にも願いなどあったのだろうか。あったとしてもそれは父と結婚した瞬間に消え失せてしまっただろうに。すぐに答えられないでいる私に向かって彼が言った。

「私の願いであり、おまえの願いでもある」と。

「従兄さんの願いは何です」とたずねた私に、従兄は照れくさそうに笑ったあとで言った。

「おまえも私も存分に読んで、書いているのだから願いはすべて叶ったようなものさ。もし私に心残りがあるとすれば、それは七十三人の怨恨の墓、あの桃畑の跡に慰霊碑を建てることだ。私ができなければ、おまえがやってくれるか？」

結局、従兄はその願いを叶えられずに亡くなった。

　神を愛する人に涙は必要ない。驚嘆も必要ない。愛の中で苦悩を忘れる。いや、神自らがそれを思い出させない限りわずかな苦悩の痕跡も後に残さないほど完全に忘れる。なぜなら、神は隠されたものを見て、苦悩を知り、涙を推し量り、またなにごとも忘れないからだ。

私が父の子供ではないと言う人がいるようだった。父が死んでから十か月後に生まれたからだ。陰暦ではなく陽暦でそうだったという。本当はどうなのか私には分からない。母は何も言わなかった。私もたずねなかった。母に父は誰かなどとたずねられるだろうか。私自身に問うのならともかく母にたずねることではなかった。

父は私の生まれる十か月前に亡くなった。四十七歳だった。族譜のためだった。

戦争が終わると新しい族譜がでた。三十年ぶりに新しく増補された族譜には最近生まれた子供たちの名前までずらりと載っていた。族譜は本家にもなかった。それまで族譜を見るには一族の宗家の十代孫の暮らす霊興面（ヨンフンミョン）*13まで、徒歩とバス、最後には海を渡って行かなければならなかった。新しく増補された族譜の表紙は分厚い上に艶のある黒色だった。そして『族譜』ではなく『世譜』ときらりと光る金色で書かれていた。全十巻の一組が本家に配達されてきた。これで霊興面まで行かなくてもよくなった。父はその世譜をどうしても手に入れたくなった。本家でもない我が家に何としてもその世譜を置きたかった。母を殴るにも兵曹判書だったというご先祖さまを持ち出し、蛇の群がるナツメの木も祖先の祭祀に使うと最後まで切らせなかった父だった。

父は機会を狙っていたが、父の又従兄弟にあたる本家の跡取りも父の胸中を見抜いていた。世譜を奪う機会も名分もないことを悟った父は結局、略奪を強行した。世譜のなくなったことを知った本家ではすぐに父の後を追った。橋の上でもみ合いになり、父は世譜とともに橋の下に転げ落ちた。乾いた川の岩に頭をぶつけた父は三日間、生死をさ迷った挙げ句に亡くなった。本家の跡取りは二回にわたり警察に呼ばれて取り調べを受けたが、一家の長老たちの粘り強い嘆願のおかげで、父の死は足を踏み外した事故死として処理された。

　父は母の膝の上で息を引きとった。最期にどんな言葉が交わされたのかは分からないが、息を引き取るまで父は母の手をぎゅっと握り締めていた。生涯、殴られどおしで暮らしてきたものの、母は父の掌から完全に力が抜けるまでその手を離さなかった。閉じた目から流れ落ちた父の一筋の涙が何を意味するのかは誰も分からなかった。父はその死さえも冗談のようだった。

　私の実父と誤解された朴成顕。すべての面で父とは対照的な人生をおくり、愛国青年団長を経て一時は道議員にまで出馬した彼も、最期は父とたいして変わりない虚しい死に様だった。彼は猟銃を手に鹿狩りに行き、イノシシ捕りの罠に落ちて心臓を貫かれて死んだ。

　罠を仕掛けたのは下の村に住む千(チョン)氏というあばたの男だった。動乱の時に叔父と一緒に行方をくらまし、ある日、腕を一本なくして村に舞い戻ってきた彼は、猟と畜殺で生き延びた。あばた面に義手という新たな呼び名が加わった彼は、難しい力仕事を両手のある人よりも上手くこなしていた。

　桃畑に埋められた七十三人の怨恨の一人が彼の父だった。イノシシの罠が報復殺人の陰謀ではないかと疑われたのも無理はなかった。しかし、二十回以上の取り調べを受けたが、結局は嫌疑なしで釈放された。陰謀があったにしろ、なかったにしろ、罠に誤って落ちて即死した朴成顕の死ほど虚しいものもなかったと言える。

　天寿を全うして穏やかに目を閉じたのは、一生が苦労と不幸の連続だった母だけだった。九十七歳というには驚くほど皮膚も白く美しかった。娘たちは「まあ、きれい」「なんて若いの」といって床に伏した母の顔をなでた。意識が遠のきそうになると子供たちは涙を流して母にしがみついた。

「死なないで、千年万年長生きしないと」「母さんにはその資格がある」

母は聞こえているのか、いないのか、唇をもぐもぐさせて言った。

「お、ま、え、た、ち、は、い、き、て、い、る、じゃ、な、い、か……」

そして、もう六十年以上も前に亡くなった息子と娘の名前を呼び、子供を先立たせた親の痛みを噛み締めるように唇の端をゆがめた。兄弟たちも忘れて思い出せない名前だった。

「そうね、その息子と娘に会いに行かなくてはね」

一番上の姉が涙を拭いてささやいた。分かったというふうに母はわずかにほほ笑み、そして九十七年間の生涯を閉じた。

自分の父が誰なのか最後まで母にたずねることはできなかった。いや、たずねなかった。ピンクのつつじが野山を覆う春に、母は葬輿に乗せられ父の傍らに葬られた。棺をのせた輿をおおう仰帳（アンジャン）の四隅を飾った白い紙花が風に揺れていた。生涯、おのれを憎悪するように暗闇と湿気の中で過ごし、子供たちを深い愛情で見守り育てた母の遺体が、苦汁を吐き出す真っ白な塩のように浄化されて花葬輿[*14]の中に横たわっていた。木綿の喪服を着た三十人の子供と孫たちが、朧豆腐（おぼろどうふ）のようにふわふわと花葬輿の後をついて行った。無声で厳粛に続いていく生命の列を眺め、私は一人泣きながらつぶやいた。あなたの生涯は偉大でした。

あの時に流した多くの涙は苦汁のように塩辛く、苦かったが、一方で母の豆腐のように甘く、香ばしくもあった。そして二冊の本のアンダーラインの部分を照らし合わせている今、私はようやく分かった。きちんと理解もできないのに、私がアンダーラインを引くことができたのは、みんな母のお陰だったと。

初出は『創作と批評』（創批、二〇〇五年）。

＊1 以下、引用はすべて同書より。なお原文では『恐怖と戦慄』（白水社・飯島宗享訳）との記載があるが、これは誤り。本作の日本語訳は複数の出版社から刊行されているが、人文書院版（石中象治訳・一九四八年）を除き訳者はすべて桝田啓三郎。白水社の『キルケゴール著作集』（一九六二年）の別の巻には飯島宗享が訳者として参加しており、ここから誤認が起きたと考えられる。ちなみに韓国語訳ではいずれもタイトルが『恐怖と戦慄（공포와 전율）』となっており、それが訳題の表記にそのまま採用されたと考えられる。

＊2 〔六十甲子〕十干と十二支を組み合わせたもの

＊3 〔丙子胡乱〕一六三六年―一六三七年に清が朝鮮に侵入し、制圧した戦いにおける朝鮮の呼び名

＊4 〔兵曹参判〕朝鮮時代に軍事を管掌した従二品の官職

＊5 〔秋夕（チュソク）〕旧暦の八月十五日。祖先祭祀や墓参りなどの行事が行われる、旧正月と並ぶ代表的な韓国の名節

＊6 〔鎮魂クッ〕死者の霊魂を慰めしずめる巫俗

＊7 〔葬輿（サンヨ）〕葬儀の際に棺桶をのせて運ぶ大きな輿のこと

＊8 〔塩かます〕ワラムシロを半分に折って縫い合わせた袋、主に塩を入れたが、米俵の代わりにも使用した

＊9 〔人民軍〕朝鮮戦争当時の北朝鮮の軍隊

＊10 〔賦役者〕人民軍に加担した者

＊11 〔奉祭祀〕祖先祭祀のこと。特に本家筋にあたる家庭では、四代前までの先祖それぞれの命日と正月、陰暦八月十五日を加え、年に十回の祭祀が行われる

＊12 〔郡守と面長〕韓国の行政単位で、郡守は郡の長、面長は面の長

＊13 〔霊興面（ヨンフンミョン）〕仁川市甕津郡霊興面の島。朝鮮戦争中の仁川上陸作戦に際して、霊興島や周辺の島々は作戦工作の舞台となった背景をもつ

＊14 〔花葬輿〕棺桶をのせた喪輿を造花できれいに飾ること

バラの木の食器棚

イ・ヒョンス
李賢洙

一九五九年、忠清北道永同郡生まれ。一九九一年「その災難の兆しは指から始まった」が忠清日報の新春文芸入選。一九九七年「乾いた日々の合間に」で文学ドンネ新人賞を受賞して本格的に作家として活躍する。代表作に小説集『里芋』（二〇〇三）、長編小説『道端の家の女』（二〇〇〇）、『新妓生伝』（二〇〇五）、『四日』（二〇一三）、『消えた曜日』（二〇一七）などがある。『新妓生伝』は二〇一一年、SBSのドラマ『芙蓉閣の女たち～新妓生伝』として制作された。『里芋』で無影文学賞（二〇〇三）とすみれ庶民小説賞（二〇〇七）、『バラの木の食器棚』で韓戊淑文学賞（二〇一〇）などを受賞した。

1

ある気だるい春の日、バラの木の食器棚を拾った。質の良い木で作られた傷一つ無い食器棚を拾って家の中に運び込んだ時には正直、ラッキーと叫びたくなった。そして一日中やきもきしていた。私にだけはやたらと冷たい幸運の女神の悪ふざけかもしれないと思ったのだ。女神が軽い認知症にかかって、お隣りへ行くはずだったのに間違って私のところに現れたのではないか、朝ごはんを食べ損ねたような、ブスッとした表情の食器棚の持ち主がやってきて、捨てるつもりはなかった、間違って出してしまったのだと言って、取り返しに来るのではないかと居ても立ってもいられなかった。私といえば、小学校の春の遠足の宝探しから始まり、抽選はもちろん、スーパーの開店謝恩で配っている洗剤の引換券さえも当たったことがなく、生涯宝くじなど絶対に買うものかと思っているような女だった。だから突然訪れた幸運をそう簡単に、はいありがとうとは言えないのも当然のことだった。しかし、みずみずしい若草色に目が奪われそうな四月だった。じっとしていてもわき腹がムズムズしてくるような四月。何よりも私は幸運な四月生まれではないか。私はとろんとしていた目をかっと見開き、突然降って湧いたこの幸運を素直に受け止めることにした。椅子に座ればポッコリした下っ腹がつかめそうな三十代も後半。もう今では、道に迷った幸運の女神のプレゼントを受け取っても構わない年頃なのだと、一時間ほど自らに言い聞かせた。すると嘘のように気持ちが落ち着いてきた。

バラの木の食器棚を拾った顛末はこんなだ。私の夫は考古学者で、結婚前まで私は考古学について何も知らなかった。映画の中に出てくる考古学者のようにライトの付いた安全帽をかぶり、巨大な王陵でも発掘しているカッコ良い職業だと思っていた。それでに身を包み、友人の紹介で私との最初のデートの席に現れたサファリルックの男を見て、一目で心を奪われてしまったのだ。メニューを手にした男の額によったしわを見て、無条件この男と結婚するんだと決めてしまった。どの料理にすべきか、そんな些細なことにも真剣に悩んでいる姿が魅力的に見えたのだ。後日、値段が高くて顔をしかめていただけで、料理を選ぶのに悩んでいたわけではないことが分かったが、時はすでに後戻りできない状況になっていた。王陵の発掘は生涯に一度あるかないかで、彼の主要な業務は肉体労働だった。手洗いでないと汚れの落ちない泥だらけの洗濯物を山ほど持ち帰る、見かけによらず妻に苦労をかける職業だということも後になって知った。また考古学者だからなのか、何一つ捨てることのできない性格で家の中はゴミ箱状態だった。さらに夕飯のメニューがお粥なのかご飯なのかも気付かない、仕事以外はまったく無関心という性格までおまけで付いてきたので、結婚八年目にして、今や考古学と聞いただけで引いてしまうのだった。

　ではそういう私はどうかというと、五十歩百歩だった。共稼ぎをしてお金を稼ぐわけでもなく、ましてや財テクに長けているどころか、むしろじっとして何もしないのに、資産が目減りしてしまうあり様だった。今住んでいるマンションもそうだ。一番人気の中間階でさえも売れ残っていた十五階建の分譲マンションを買う際に、上の階で子供が走り回ったらうるさいという理由だけで、後先も考えずに最上階を契約してしまったのだ。かといって最上階の分譲価格が安かったわけでもなかった。その頃は一階も、人気の中間階も、そして最上階も分譲価格は同じだった。今は最上階に比べて中間階は四千万ウォンは高い。知らないうちに四千万ウォンを失ったことになる。

「おまえたちは飢え死にしないだけでも大したものよ。夫婦は似るっていうけど、見れば見るほどまさに理想のカップル、混合ダブルスね」と、下の姉から半分本気、半分冗談のお小言を言われたものだ。自分でも融通が利かず、ケチなところまでだんだんと夫に似ていくような気がしていた。どこで拾ってきたのかもわからない、ジャガイモの皮むきにちょうど良さそうな磨り減った匙から、角の欠けた屋根瓦、壊れた陶器の欠けらなどで家の中は足の踏み場も無いほどになってしまい、ようやく私はある決心をした。この機会に財テクを兼ねて家を広くしようと思ったのだ。

　銀行の利子は爪の先ほどもつかず、物価は日々値上がりしているのだから、何とかしなければならないのは確かだった。変動の激しい株と違い、不動産は少なくとも値段が下がることはないから、広い家に移るのが唯一の方法だと思ったのだ。ちょうどテレビでは、投資先を探す投資家たちの関心が住商複合マンションに集まっているといって、モデルハウスの前に長い列をなしている人々の後ろ姿を映し出していた。それで「これだ！」と私もつられて住商複合マンションを買うことにしたのだ。これまでも長い列に並んで損をしたことはなかった。歯磨きを買っても安かったし、ラーメンの時も安く買えた。しかし一世一代、初めての投資なので慎重を期した。インターネットで調べると情報だけでもカバンいっぱいになった。初心者の私にとっては、あふれんばかりの情報もただの絵に描いた餅だった。住商複合マンションをどうやって買えば良いかは分かったが、ではどんな物件を買えば良いのかは、皆目見当がつかず、仕方がないので仲の良い友人に相談してみることにした。

「うちの学科のウンソンって娘、覚えてる？　不動産に詳しいんだって。ほら、クレオパトラ頭の」

「その娘、チャン・ウンソン？　それともクァク・ウンソンだったっけ？」

「あれっ？　私もよく覚えてないなあ。チャン・ウンソンでも、クァク・ウンソンでもいいじゃないの。とにかくウンソンという名前だけは確かよ、あの娘に聞いてみたら。そっちの分野はプロ並みだっていうから」

　ウンソン？　墨のように真っ黒な前髪を眉毛の上一センチで真っ直ぐに切りそろえていた顔が思い浮かんだ。顔が平たい東洋人にはクレオパトラ頭がいかに消化しにくいスタイルなのか、大学四年間を通じて全身で証明していた娘だった。短足にもかかわらずチェック柄のプリーツスカートが好きでよくはいていた自分のことは棚に上げて、ウンソンを見るたびにお節介を焼きたくて、口がうずうずしたものだ。あんたは鼻も低いし、頬骨も無いからそのヘアースタイルは似合わないわよ。その一言が言いたくて、我慢するのに苦労した記憶がある。あの時言わずにおいて本当に良かったと安堵のため息をつきながら、友人が教えてくれた電話番号を一つひとつ念を入れ押していった。

「ウンソン？」

　私は受話器の向こうの相手にいきなり、チェックのプリーツスカートをいつもはいてた同じ科のクラスメートだけど、覚えているかと尋ねた

「久しぶり。わあ、嬉しい。元気？」

　ウンソンは早口でまくしたてた。でも名前は思い出せないようだった。少し寂しかったが口には出さなかった。さんざん世間話をした後、本題の住商複合マンションについて教えて欲しいと、ご指導ご鞭(べん)撻(たつ)をいただきたいと話を切り出した。するとウンソンは、すぐにでも腕まくりをして飛んできそうな勢いで話はじめた。自分はすでに人気の江南(カンナム)地区に二軒の住商複合マンションを持っており、値段が上がるのを待っている。だから、その分野には今は興味がないので、私が流行の最後尾に飛びついて住商複合マンションを買うといっても分譲権のライバルにはならない、だからノウハウを伝授してもかまわな

いと言うのだ。すべてが明快なウンソンが心から羨ましかった。

「それなら最近は何に関心があるの？」

下手をしたらせっかくのチャンスを逃すのではないかと、薄氷を踏むような心情でおそるおそる尋ねた。

「近郊の龍仁（ヨンイン）や南楊州（ナミャンジュ）の一戸建てね。原州（ウォンジュ）や忠州（チュンジュ）のほうの農地も細かくチェックしているところ。競売の物件は言うまでもないし。週に二日は裁判所に通って競売物件にも目を光らせてるわ」

ウンソンの話にすっかり圧倒されてしまった。皆、こんな風に一生懸命生きているというのに、台所の主（ぬし）のように家の中に閉じこもり、持っている資産まで失っているなんて。安易に生きてきたこれまでの人生を心から悔やんでいた。こんな私と結婚した夫に申し訳なくなり、世の中の実情も知らずに夫の悪口を言い、そのせいにしていたことが改めて恥ずかしくなり、今の暮らしにあぐらをかいていたことを深く反省した。

「調べて電話してあげる」

「ありがとう。ウンソンがいなかったら住商複合マンションなんて、きっと夢物語で終わってた」

「何言ってるのよ。こういう時こそ、友達じゃない。同じ科のクラスメートは同じ釜の飯を食った仲じゃない」

電話を切ると、私はしばし妙な気分にとらわれた。私とウンソンは学校で会っても互いに牛や鳥を見るように全然無関心な間柄だった。ウンソンは派手に遊びまわっている遊び人スタイルだったし、私は何かに熱中することもなく、日々をぼんやり過ごしていた学生だった。ウンソンは冴えない、おっとり型の学生だった私を自分のグループに入れず、私は私でウンソンのように目立つ娘は嫌でうちのグループには入れなかった。私はおっとりはしていたものの、授業だけはきちんと出席していたが、ウンソンは授業をサボるのが楽しみで生きているような娘だったので、同じ科だとはいっても互いに顔をあわせることもほとんどなかった。私がウンソンの苗字を知らないのも、ウンソンが私の苗字はもちろんのこと、名前さえも覚えてないのも当然といえば当然のことだった。それでもウンソンは同じ釜の飯を食った仲だと、あの時代を一括りにして表現していた。

若干戸惑ったものの、自分の都合の良いように解釈することにした。袖触れ合うも何かの縁というのだから、ウンソンとは袖も触れ合い、スカートも触れ合い、足まで踏まれた縁だったではないか。同じ大学の同じ学年、同じ科というのだから、縁の中でも十分太い、こんな縁はそんなに簡単にできるものじゃない。そう考えると、ウンソンに対するあふれるような友情が抑えきれない勢いで飛び出してきたのか、みぞおちの辺りが痛くなった。歴史の歯車に翻弄(ほんろう)されてばらばらになった挙げ句に、今ようやく涙の再会を果たした肉親のように感動的でさえあった。それでウンソンに関することを何でも良いからもっと思い出そうとしたが、クレオパトラ頭以外は何も思い出せなかった。どちらにしても親切なウンソンは、二日後に盆唐(ブンダン)で分譲しているオフィステルを推薦してきた。

「最近、分譲している住商複合マンションはないわ。幸い、盆唐のオフィステルは住商複合に負けない人気があるの。戸数も多いうえに、なんと四十階建なのよ。展望が抜群だという話。万一、低層階に当選したらその時は止めること。展望の良い高層階なら寡婦のへそくりを借りてでもフィーが上がるまで待ってから売るのよ、分かったわね」

ウンソンはプレミアムを「フィー」[*1]だと言った。靴のかかとをどれほどすり減らせば、プレミアムを「フィー」と表現するような境地にまで達することができるのだろうか。急にウンソンが、手を広げてポーズをとって派手に立ち回らなくても、その場で槍の十本くらいは簡単に打ち落としてしまう剣豪のように見えた。私は自分が、もう少し広い家に移ろうというだけではなく、各要素ごとに値上がる条件を備えた物件をいくつも掴んでいる不動産投機のスペシャリストになったように感じ、段々興奮していった。

2

　生臭くて普段なら絶対に買わないような牛足を買い込み、それをじっくりと煮込んでスープを作り、大仕事を行う準備作業にとりかかった。モデルハウスに行く日は天気も良かった。朝、夫から山ほどの洗濯物を渡されても優しい微笑を浮かべていた。

「このズボンいくらだと思ってるの、泥まみれの服はさっさと出してよね、長いことそのままにしておくと、しみが取れなくなるのよ、あなたも知ってるでしょう。聞いてるの。黄土は染色できるほどなのよ」

　おっとりとした私も亭主に小言を言う時だけは誰にも負けないしっかり者になる。そんな私がやたら優しくなったのだ。ズボンの一本や二本、何でもないと。

「お前、何かおかしなものでも食べたんじゃないのか」

　首をかしげながら出勤する夫の背中を見送った後、あわてて出かける支度をした。新世代の成金の若奥様のように踵の低いパンプスに活動的なパンツをはき、野球キャップを深くかぶった。盆唐に行く間中も甘たるい微笑が口元から消えなかった。そうよ、四十階建のスマートなオフィステルで人生を新しく始めるのよ。仕上げ材がすべて環境に優しいウェルビーイング素材だというから、そんなオフィステルで暮らせば、きっと私たちもウェルビーイング族になれる。最近流行のメトロセクシャル［都会的でおしゃれな男性の生活スタイル］も大したことない。ウチの亭主だって体にピタッとフィットしたピンク色の花模様のTシャツを着せればいい。まあ、そこまでいくと、想像力もちょっと度が過ぎてしまったようだ。あの亭主がピンク色のTシャツを着て発掘現場に現れたら、間違いなくおかしくなったと思われてしまう。

ウンソンが教えてくれたオフィステルのモデルハウスは、最寄りの駅から五分の距離だった。朝から急いでやって来たというのにモデルハウスの入り口にはすでに人垣ができていた。何とか人混みをかき分けて中に入り案内パンフレットをもらった。パンフレットにはオフィステルではなく、アパテルと書かれていた。そして建物の名称からしてご大層な、何々バリューとか、英語の単語を組み合わせて作られた、意味もよく分からないやたらと長い名前だった。このアパテルに住むおじいさんやおばあさんは運悪く道に迷ったら、絶対に家に戻ることはできないだろう。こんなに長い外来語を覚えられるわけがない。どちらにしてもそんなことは私が心配することではなかった。十八坪と二十四坪は一群で、三十七坪と四十二坪は二群だった。格に合うのはやはり二群だと思い、すました顔で一群の前を通り過ぎ、二群に向かった。果たして二群のモデルハウスの内部は豪華だった。何よりもいくつものクローゼットに目がいった。壁かと思って押してみると三段の靴入れで、壁だと思い撫でてみると壁一面がぐるりと回って隠れていた寝具と洋服用のクローゼットが現れた。アパテルのすべての家具は壁の中に隠れていた。壁にできた小さな溝が取っ手で、扉なのだ。溝は小さく目立たないだけでなく、こんな小さな溝を見てあんなに大きく美しい空間が隠れているとは誰も想像できないだろう。表に出ている家具はベッドとソファ、食器棚だけだった。ベッドの頭上を装飾するキルトの布と窓枠の緑色が調和した主寝室。小さいほうの寝室は格子模様の趣のある窓がついており、シャワールームは乳白色のすりガラスでできていた。うっとり見とれていると、いつの間にか食器棚のあるリビングに戻っていた。寝室から出て食器棚の前に戻り、小さい部屋から出てまた食器棚の前に戻り、バスルームから出てまたまた食器棚の前に戻って台所に向かうという具合だった。初めは食器棚の置かれたリビングがモデルハウスの中心なので、それでそうなるのだろうと思った。しかし何かおかしな気がした。大勢の人間が行き来し、肩がぶつかり押されるほど混雑しているのに、なぜリビングの食器棚の前を二度も三度も通り過ぎるのだろう。

モデルハウスから出て、一面ガラス張りのカフェの窓辺に座ってアイスティーを飲んだ。目の前がすっきりと開けていて、最初は爽やかな気分になったものの、そのうちなんだか落ち着かなくなってきた。小さな陰でも作ろうと帽子を深めにかぶりなおし、残りのティーを口に含む。飲みながらもときどき顔をあげて向かいのモデルハウスをじっと見つめた。そこは相変わらず大勢の人で混みあっていた。私の知っている「家」、皆が家と口にする「家」はあんな形ではなかった。あそこで暮らす人生は本物の人生ではないような気がした。超高層の展望権が確保できたとしてそれがどうだというのだ。超先端のウェルビーイングならどうだというのだ。家は暮らすためにあるもので、見るために、見せるために存在するものではない。アパテルは表にあるべきものが隠れ、隠れているべきものが表にあり、それが問題だった。家には野菜を洗う金物のボウルや、やたら大きなゴムのたらいや、お膳をしまう暗い空間のようなものが必要だ。年に一度使うか使わないか分からなくても無ければ不便な物たち。人生と同じで、人間が暮らす空間も暗くて陰になる隠れた部分がなくてはならなかった。布団を洗って干すベランダの一つもないようなアパテルは、帰って寝るだけの宿舎に過ぎず、家ではない。家とは人が生まれ、暮らし、そして老いて死んでゆく住処であり、人間の肉体と魂を担保とするもので、少なくともあんな空間ではない。便利で洗練されたデジタル式の「ホーム」に、何をアナログ的な「家」を持ち出すのだという人がいるかもしれないが、とにかく違うものは違うのだ。最新流行の「デジログ」もあると折衷案を持ち出す人がいるかもしれない。しかし、うちの母の言葉を借りれば家だけは絶対にダメだ。人の暮らしが無いところに住んではいけない。そういうものは、名前もアパテルではなくオフィステルに変えるべきだ。

アパテルの分譲受付が始まる日、私はゆっくり朝寝をした。目が覚めた後もしばらくは布団の中でごろごろしてから、むくんだ顔でベランダと小さな部屋のバルコニーを眺めた。雑多な品々であふれたその空間がたまらなく愛おしかった。こんなに良い家があるのに、家などと言えないような家を見て回った自分が情けなくなった。たとえ今日、分譲申し込みをしたとしても当選するという保証はなかった。運とは無縁な私が、五十倍の競争率に打ち勝つことはないだろう。また、考古学者が不動産で金を儲けたという話は、一度も見たことも聞いたこともなかった。家の一軒を何とか手に入れれば、皆、その家に腰が曲がるまで住んでいた。専攻分野の本だといっても分厚い資料集が半分以上で、紙質も厚く、ページ数も多いため、どんなに丈夫な本箱でも長くは持たずに壊れてしまった。だいたい三年が過ぎると本の重さに耐え切れず本棚の底は飴のようにゆがんでしまい、応急措置として打った釘まで抜けてしまうと、本は一度に崩れ落ちてしまう。そんな本を一生背負って暮らすのが考古学者だった。さらに、暇さえあれば拾ってくる瓦の欠片のようながらくたも、しっかりそれなりの役割を果たしていた。だから引っ越しなんて、とうてい考えられなかった。まるで申し合わせたかのように、ソウルの中でも特に不動産価格のどんどん上がる江南地区に住んでいる考古学者は一人もおらず、住んでいるのは江北(カンボク)か、ソウルでもほとんど郊外だった。お金もないくせに、庭はぜったい必要だと意地を張り、一戸建てに暮らす人がほとんどだった。不動産価格が決して上がらない一戸建てで、雨漏りすれば拾ってきた瓦で修繕して平然と暮らしている、そんな人間たちだった。女房もまた亭主と同様に世の動きなどにはまったく無関心、それでも皆、心安らかにのんびりと暮らしている。それが考古学者の家だった。そんな中で私一人が突然、新世代の成金の若奥様となって新たな歴史を書き始めたところで何になる、またそんなチャンスも与えられないだろう。これまでも小賢しい真似をしてうまくいったためしがなかった。

そう考えると急に気が楽になった私は、サンダルをひっかけて外に出た。マンション前の花壇には春の花が見事に咲いており、空は真っ青だった。若い女の二人連れが乳母車を押しながらのんびりと中央広場を過ぎていく。マンションの入り口に停まった通園バスからは幼稚園児があふれるように降りてきた。陽射しを受けた子供たちの頬が紅玉のように紅かった。中央広場を過ぎ散策路を一回りしてくるつもりだった。マンションの塀に沿ってぐるりと造成された散策路には木々が鬱蒼と茂り、陽射しの強い昼間でも風が心地よかった。中央広場を半分くらい過ぎたところだった。粗大ゴミ置き場に置かれた大きな家具が目に入った。振り返っては何度も何度も確かめた。そうこうするうちに自然と足がそっちに向かった。それは食器棚だった。アパテルのモデルハウスで見た食器棚に似ていた。捨てたばかりなのか埃ひとつ付いていなかった。食器棚の扉を開けて中を覗いてみた。扉の隙や角まで目を通した後、警備員のおじさんを呼んで大急ぎで我が家に運び込んだ。誰か見ているのではないかと心配で、わずか三十分ですべてを終えた。

バラの木の食器棚は古風で美しかったが、我が家にはそぐわなかった。現代式家具の間に挟まれた重厚な食器棚は、見るからに重苦しかった。見慣れれば大丈夫だろう。私がいくら脳天気でもバラの木で作った家具が高価なことぐらいは知っていた。なんという幸運だろう。高鳴る胸を押さえて、シンク台の収納棚にしまっておいた食器を食器棚に移し始めた。これまで、どこにどんな食器が入っているのか気にもとめなかった。知っていたとしても、幾重にも重ねた中から取り出して使うなど面倒で、いつも外に出ている食器だけを使って暮らしてきた。これからは冷たい料理と温かい料理、料理の色と形に合った器を選んで使うことができる。器を整理しながら感無量になった私は、何度も食器棚の扉を開けたり、閉めたりした。そして整理がおわっても食器棚の前から離れられず、うろうろしていた。

3

ずいぶん昔に、このバラの木の食器棚にそっくりな古家具を見たことがある。紅い木肌の頑丈そうな外見は似ているが、しかしそれは食器棚ではなく机だった。いや、机と言うのもちょっと微妙だ。外見は机で、中は米びつだった。米びつとして使うためにすらりとした机の脚を放棄した四角い箱と言うべきだろう。大きさはどれくらいかというと、門から玄関まで車に乗って行かなければならないような邸宅の書斎の中央に、どんと置かれた威厳のある机を想像すればいい。その巨大な机を製作したのは父だった。雨が降っただけで洪水になるチャンマジェという谷間の村から切り出してきた美しい栗の木で作ったという。三枚の木板をつなげて作った机の真ん中の板は、取り外せるようになっていた。真ん中の板を持ち上げて米を取り出し、板の四隅を合わせて元通りにすると見事四角い机になった。机の下を真四角に切りとり、足の入る空間は確保してあったが、大きくすると米の入る量が減るからといって、足を入れたとき窮屈なほど下の空間は狭かった。足の入る部分を除いた正面には、机に似せて偽の引き出しと偽の取っ手が付いていた。机の上面の板を持ち上げて中をのぞくと、中はがらんとした米びつなのだが、そこには四俵もの米が貯蔵できた。大きな引き出しには柔らかな曲線の真鍮の取っ手をつけ、机の四角(よすみ)は丸く仕上げて異国風の雰囲気を出すなど、それなりに気を遣って作られた作品だったが、なにせ机として使うには不便で、米びつとして使うにもやはり不便だった。米びつなら米びつ、机なら机、父は一つの機能に満足すべきだった。机の中に四俵もの米を入れようとした驚くべき発想には大きな間違いがあった。机はあまりにも大きすぎて部屋の中に入らず、縁側や玄関前に置かれて雨風にさらされていた。米びつの役割はしていた机の最後は、靴などの履物や箒や塵取り、そしてゴミ箱をのせて置くみすぼらしいただの箱になってしまった。そしてついにバラバラにされて焚きつけとして使われ、その荘厳な生涯を閉じたのだった。父の過ぎた欲と、輝く想像力がひねり出した結果だった。

　私は机の置かれていた家を未だに忘れることができない。本家から分家した父は、妻と三人の娘を連れてあちこち転々とした挙げ句に、大邱(テグ)のヨンメ市場まで流れていった。なぜよりにもよって米屋だったのかは分からない。故郷の田んぼで採れた米を持ってきて売ればいいという単純な発想から始まったわけでもないだろうに、とにかく奇抜な想像力の持ち主だった父には適さない職業だった。父は口に出さなかったのではっきりとは分からないが、母は米屋をしている間ずっと、麻の風呂敷で顔を覆って寝るほどに不幸だった。店の裏手に二つの部屋がついていたその家は、L型を反対にしたような形をしていた。家がどれほど奇妙な構造で建てられていたのかというと、壁を隔てた二つの部屋の上部には、座布団を半分に折ったくらいの大きさの穴が開いていた。穴の中を一文字型の蛍光灯が横切っており、二つの部屋で一つの蛍光灯を使う仕組みになっていた。最初に家を建てた時からそうなっていたようだった。そんな具合だから二つの部屋は独立性に欠け、こちらの部屋でささやく声が、隣の部屋に筒抜けだった。また隣の部屋で電灯を消さない限り、こちらの部屋では明るいまま寝なくてはならなかった。

父がその家を気に入りすぐに買った理由は、もしかすると店よりはその二つの部屋、ギョッとするような二つの部屋を貫く穴のせいだったのかもしれない。電気料金を節約できるという節約精神からではなく、家を建てた大工の奇抜な想像力に惹かれたのだろう。これまでの家では長くて三、四年くらいしか住まなかったのに、その家では七年も暮らしたのだから。父は帳簿の整理をしたり、本を読んだりして深夜でも電灯を消さなかった。帳簿や本から目を離し、人生のくぼみのようにポカンと空いた壁の穴を眺めながら熱血青年だった若い頃を思い出した父が、隣の部屋から聞こえてくる三人の娘の静かな寝息にほろ苦い唾を飲み込み、目頭を指でぎゅっと押さえていた時刻、父の作った机が店の片隅で華麗な変身を遂げる日を首を長くして待ちわびていたその時刻に母は、周囲が明るくて眠ることもできず、父の隣に横になり黄色い麻の風呂敷で顔を覆って寝ていた。そして常に睡眠不足だった母は、昼でも夜でも病にかかった鶏のようにふらふらしていることが多く、ヨンメ市場の人々はそんな母のことを「フラフラ夫人」と呼んでいた。しかし私と姉たちは、母のように不幸ではなかった。

日が暮れると数多くの裸電球に明かりが灯った、うちの前には駄菓子の卸売り店があり、いつも祭りのように賑やかだった。米俵くらいのビニール袋には色とりどりの菓子や飴が詰まっていて、電灯の光を浴びて宝石のように輝いていた。中でもセロファンに包まれた飴玉は特別な光と色を放ち、雨の晩や、霧の濃い日にはそのまぶしさに道行く人が目を細めて通り過ぎて行くほどだった。小売商がたくさん訪れる夜には、下の姉はポケットのついた服に着替えて父に見つからぬようにそっとこの駄菓子屋に出動していた。下の姉をかわいがってくれていた店の女店員は菓子を売る際に、升(ます)に山盛りにした菓子を手のひらで升と同じ高さに切り、下に落ちたものを一握りずつ集めては姉のポケットの中にそっと入れてくれた。下の姉はその女店員が自分の顔さえ見ればかわいいと言いながら鼻をつまむといって、もう二度と行かないとぶつぶつ言っていたが、香ばしいピーナッツ飴や甘いミルクキャラメルの前ではその決意も崩れてしまった。それでも姉はしばらくすると気が大きくなり、くれるものを黙ってもらってくるのではなく、ピーナッツ飴がいいとか、ミルクキャラメルにしてくれとか駄々をこねはじめ、女店員に頭の後ろを小突かれたこともあった。いつだったか、上の姉が一人で食べようと妹の代わりに駄菓子屋に出かけていった時のことだ。女店員は上の姉をちらっと見ると、商売の邪魔になるからさっさと家に帰って寝るようにと言ったという。人間を差別すると言って、その晩、上の姉は目が真っ赤にはれるほど泣いていた。下の姉は小学生の時すでに女店員について茶房(タバン)[*2]にも出入りしていた。当時は茶房ではなく茶室と呼ばれていた時代だった。女店員は下の姉のお下げ髪を結い直しながら耳にたこができるほどに言い聞かせた。

「おじさんが何にするかと尋ねたらミイルクと言うんだよ。私について言ってごらん。ミ・イル・ク」

菓子屋の女店員は、生地屋と食器屋の二人の男性と同時に付き合っていたが、どちらと結婚するかが、目下の悩みであった。下の姉は食器屋の方を強く推薦した。なぜなら茶房にいく間、一歩ごとに練習した英語の「ミイルク」の一言を使ってみるチャンスを、生地屋は一度も姉にくれなかったからだ。憎らしくもコーヒーを二杯だけ注文したらしい。その時に「ミイルク」の一言を覚えようと必死になったせいで、その発音が身についてしまい、後日姉はその間違った発音を矯正するのにひどく苦労していた。

姉たちがお祭り気分で過ごす間、店の机は母のように不幸なあり様で一日一日を過ごしていた。米屋なので机を兼ねた米びつは歓迎されるように思われたが、風通しが悪く虫が湧いてしまい、店の片隅に追いやられてしまった。結局机は米袋や豆袋を置いたり、積み上げるだけの、ただの箱の身分に転落してしまった。あんなに輝いていたチャンマジェ出身の机とは信じられないほどの惨めな姿だった。もう誰も気をとめなかった。製作者の父でさえすっかり忘れてしまっているようだった。きな粉のかたまりのようなあられが空からパラパラと落ちてきた日、配達に出かけた父がバスに轢(ひ)かれて亡くなり、燦爛(さんらん)とした大邱ヨンメ市場の時代はその幕を閉じた。

4

父の作った机を兼ねた米びつを持って、爆撃にでもあったような顔で帰郷した母は、五か月間ひたすら寝続けた。その結果、体には途方もない贅肉がつき、声も大きく力強くなった。痩せているよりも太ったほうが似合う人がいるものだが、母の場合がそれだった。肉がつき顔つきも良くなり、度胸もついた様子だった。他人の噂話が好きな隣人たちは、亭主を食い殺して一人前になったと悪態をついていたが、母は気にしなかった。寝て過ごした五か月間で母は完全に別の人間に生まれ変わったようだった。眠りから覚めた母は、固く閉じていた羽をひろげて、世の中に向かって思いっきり飛びだした。

大邱ヨンメ市場内の店舗兼住宅を売ったお金の半分で低温倉庫を買い、残りの半分で柿とクルミを買い集めた。いわゆる仲買人の道を歩み始めたのだ。最初は柿やクルミをかます単位で買っていたが、後(のち)には物量が追いつかず、春先に木を丸ごと先物買いしたりしていた。木を先物買いするというのは、家一軒ほどの値段が行き来する博打のようなものだった。一本の木から採れる柿やクルミの値段は、春先の値段で計算するのだが、農家の立場からすれば現金が必要な時にお金を手にすることができ、仲買人にとっては一定量をあらかじめ確保できるというメリットがあった。だが台風や病虫害で実が落ちたり、大きく育たなければその損害はそっくりそのまま仲買人にはね返ってきた。反対に、秋になり価格が天井知らずに跳ね上がれば、その利益もまた仲買人のもとに入ってきた。すなわち損害と利益の誤差が家一軒分の値段だったというわけだ。低温倉庫に保管された柿とクルミは、値段の良い時に市中に売られた。確かな資本と動物的な勘で、その日その日をすごす緊張の連続の生活だった。時期がぴたりとあって大きな利益を出した年もあったが、もういいだろうと商品を市場に出した途端、さらに値段が五倍も跳ね上がった時には、怒りのあまり母は肛門がつまってしまい、しばらくの間、沢庵のような黄色い顔をしていた。ある年の秋には、クルミの値段が春先の半分にもならず出荷を見合わせるうちにさらに落ち、結局翌年に天安（チョナン）のクルミ饅頭の工場に投げ売りするという不運に見舞われたこともあった。このように収入は多かったり少なかったりしたが、手腕をもっていたのか母は、低温倉庫の数を一つ、二つと確実に増やしていった。

　低温倉庫は柿の林の中の人里離れたところにあった。遠くから見ると巨大な獣が背中を丸めてうずくまっているような形をしていた。風が吹くと、笛の音（ね）のような風の音が倉庫の周辺で絶え間なく響き、コールタールを塗った黒い屋根の上には無情な柿の葉が、突然飛んでくるコウモリの群れのようにぱらぱらとはためいていた。ギーッとシャッターの上がる音が柿の林に響き渡ると、野生動物の遠吠えのようで、その真っ黒な口があくびをするように大きく開くのだった。倉庫の中は夏でも背中が痺れるほどの冷たい風が吹き、生臭い臭いが四方に漂っていた。天井が高く室内の空気は重くじめじめしており、夜も昼も陰気臭かった。長靴を履いた母は貯蔵状態をチェックするために、先の尖った漏斗（じょうご）の形をした木の棒でクルミや柿の入った麻袋の横腹をトントンと突つきながら歩き回った。子供たちに足悪おじさんと呼ばれていた倉庫番のおじさんは、右側に酷く傾いた上半身を長さの違う両足で支えて立ち、夜になると若い奴らがやってきては倉庫の後ろにたむろして、厄介で仕方がないと母に愚痴をこぼしていた。いくら追い払っても戻って来て、どこからかひそひそ話し声が聞こえてくるというのだ。

「もう麦や小麦ば植えとる人もおらん、水車小屋もなくなったやけん、若い男女がこげなところででも青春ば燃やせないかん、仕方なかよ。座りやすいように低温倉庫の前と後ろば見回って、汚いものは片付けときんしゃい」

ご親切に気を利かせて作ってやったその場所を、デートの際に一番愛用していたのが他でもない下の姉だったことを母は夢にも知らなかった。中国との貿易が始まり、中国産のクルミが国内に入ってくると誰もが国産に中国産を混ぜて販売するようになった。母だけが頑固に国産のクルミだけを扱っていた。値段は中国産の三倍にもなったが、我が家の電話はひっきりなしに鳴り響いた。

「釜山(ブサン)の社長のキムだが。わしのところにクルミ回してくれ！　アカンか？」

「待ったついでに、もうちいと待って下さいよ。皮ば剝き次第すぐにお送りしますけん」

まだ夜の闇が消え去らない明け方、トイレに行こうと起き出すと三台のトラックがエンジンをかけたまま門の前で音をたてていた。娘たちがまだ寝静まっている間にも、青紫色の闇を背に立ち尽くす母がどんなに心強く見えたことか、自然と鼻先がジンとしてきたものだ。

「必ず時間までに到着するんだよ。商売は信用が命やけんね。ばってんどうしても眠くなったら道端に車ば停めて一眠りしてから行きんしゃい。世の中、命よりも大事なもんはなかけんね。よかかい。飯もしっかり食っていくんだよ」

前後の脈絡が合わない演説が長くなると、運転席から顔を出した運転手たちの視線は地面に落ちて行き、母の口からは白い息が絶え間なく吐き出される。

運転手たちが適当に「はい、はい」とうなずく頃には東の空が紅く染まり始める。遠くの大田（テジョン）やソウルに向かうトラックが先に出発し、近くの全州（チョンジュ）と光州（クァンジュ）、大邱と釜山に向かうトラックがその後に続いた。母はトラックのライトが見えなくなるまで見守っていた。最初の売り上げが入ると、母は娘たちに大判振る舞いをした。行きつけの洋装店で服を一着ずつ仕立ててくれるのだ。上品なものが好きな上の姉は、いつでもグレー系の流行遅れのデザインに執着した。下の姉が「それは上品ではなく垢抜けないだけだ」といくら止めても、上の姉は最後まで意地を張り通した。何よりも流行に敏感な下の姉は当然、その年一番流行している華やかな模様の生地を選んだ。仮縫いを終え、仮縫いの糸が取れて出来上がるやいなや、すぐに取りに行った。早速、母の品評会が始まった。

「同じ金額ばだして誂（あつら）えとるばってん、どうしてお前のはパッとせんとね」

上の姉には小突くように言い放ち、下の姉には「まあ、狐ごた、きれかばい」と口を開けてポカンと見とれていた。「きれいなら、きれいの一言だけでいいのに、何が狐よ」と言い返しはするものの、姉も気分はいいのかすぐにニコニコした。新しい服に着替えた下の姉は羽が生えたように、母の目を盗んでは恋愛に明け暮れていた。姉はパラムジェンイ［浮気者］だった。幼い私は、町中がひっくり返るほどの大きな浮気をする人をパラムドゥンイ、姉のように移り気で相手がころころ代わるものの噂にはならない人間をパラムジェンイ、と理解していた。

町の高校に通っていた姉さんたちは、休みになっても家に帰ってこなかった。ありとあらゆる理由を作っては一日一日と帰郷を延ばしていた。家は一年中、人の出入りが激しくゆっくり休む空間もなかったからだ。田舎の柿はほとんど渋柿で、皮を剥いて干し柿にした後、一束ずつ紐でつなげなくては商品にならなかった。クルミもやはり殻を剥いてから卸売り市場に出していた。楕円形の薄紅色の渋柿は十月下旬頃に収穫した後、すぐにトラックで低温倉庫に運んで貯蔵し、その後倉庫の前庭で皮を剝いて紐を通した。干し柿の作業は秋の間にすべて終わるから、娘たちは干し柿が誕生するまでの手間のかかる過程は見ずにすんだ。しかしクルミは事情が違った。事前に殻を剝いてしまうとクルミの実が乾燥してしまうので、殻は売る直前に剝かなければならなかった。クルミは一年中、家で殻を剝いていた。別棟がクルミ割りの工場だったが、そこではザルを小脇に抱えたおばさんたちが、二十〜三十人ずつ車座になって一日中働いていた。古参は機械の中にクルミを入れて、均等に剝けるようにと上から押さえつけ、半分くらい殻の剝けたクルミを、今度はおばさんたちが一つひとつ手できれいに剝いていった。不思議なことにクルミの実が一箱出来上がると、殻のほうもちょうど一箱できた。クルミの殻剝きの日当は一箱当り一万五千ウォンで計算した。おしゃべりしながら、のんびりしても一日平均三万ウォンから三万五千ウォンくらいの稼ぎになった。特に農閑期にはやりたいという人が多く競争も激しかった。積み重なったクルミ入りの麻袋は、低温倉庫に保管されていたので水気が染み出し、その水気で庭は常にじめじめとぬかるみ、別棟の話声は母屋にまで響いてきた。人々の出入りの激しいトイレと台所のドアの取っ手は、いつもクルミの油で真っ黒に染まりベトベトしていた。

「もう、イヤッ！」

下の姉はトイレに行ってくる度に、万歳をするように真っ黒になった両手を大きく広げて、バタバタと走ってきた。そして戻ってくるとおしとやかに目を伏せた。前庭に積み上げられたクルミ入りの麻袋から流れ出る水気は、日本地図のように途切れたかと思えばまた続きながら別棟を過ぎ、母屋の花壇に染み込んだ。クルミの成分が十分染み込んだ水を吸い込んだ花壇は、わざわざ肥料をあげなくてもたくさんの花を咲かせた。お前が横になっていると部屋中が手足でいっぱいだと、母によく言われていた下の姉は、その長く美しい足の上に両手をきちんと揃えて座るとマニキュアを塗っていた。鳳仙花(ほうせんか)の花で塗ればよいものを、初雪が降るまで色が残っているかどうか分からないと言って、目を細めて遠くの空を眺めながら、一度も爪を鳳仙花で染めることはしなかった。すぐ目の前には花壇があり、花壇には色とりどりの鳳仙花が咲き乱れているというのにだ。

「ねえ、鳳仙花の花って。まるで鼠が食い荒らしたみたいじゃない」

　花にも耳があるのではと私は内心思ったが、姉はそんな言葉を吐きながら唇を尖らせ指先にフーフーと息を吹きかけているのだった。母は休みになると姉たちが家でぶらぶらしているのを許さず、年子だった二人の姉たちに交代で台所仕事をさせた。勉強の良く出来た上の姉は、家でも学校と同じように特別待遇を望み、勉強のできない下の姉と同じように働くのは不公平だと主張した。

「忙しくて足の甲に小便を漏らしてしまいそうだよ。猫の手も借りたいほどだけんね、勉強のよくできるお前がご飯ば炊いてくれてもよかろうもん」

　勉強さえできれば家の中のことは何もしなくてよかった他の家とは違い、母にはそんな理屈は一切通じなかった。それが不満だった姉は母が呼んでも返事もしなかった。

「ものば言わん牛のお化けでも乗り移ったか。なんで返事ばせんとね！」

　部屋のドアがバタッと開く。

「大声で呼んでも返事しなけりゃ、面倒だと妹ば、呼ぶだろうと口閉じていたんやろ」

「どうして分かったの？」

「お前の考えとることなんかお見通したい。ばってん、うちはこげな不公平な母親じゃなかけんね」

　母は毎回逃げ出そうとする姉の襟首をつかんで、有無を言わさずに台所仕事をさせていた。勉強以外には何の関心もなかった上の姉は、台所仕事が大の苦手だった。そして仕事をする当人も、それを見守る周りの人間も大変なのは同様だった。姉が台所当番の日には、食器の割れる音が何度も種類別に聞こえてきた。そして母は音を聞くだけで、どの食器を壊したのかぴたりと当てた。

「アイゴ、もったいない。今度は花模様の皿を割ったごたあ。あいつはなぜか皿を割るんでも高いもんだけ選んで壊すったい」

　上の姉は母の小言を耳にたこができるくらい聞いて育った。見かねたおばさんたちが、娘のお駄賃よりも皿の値段のほうがもっと高くつくと、自分たちが交代でやるからそのくらいにしたらと姉をかばうと、母は自分の娘のことは自分が一番良く分かっていると、あいつは生涯片方だけ向いて生きていく子だ、あの子は自分のいる場所がどこであれ、そこだけ見て、周りは見ようともしない子だと、容赦なく言っていた。

　勉強以外は何でもよくできた下の姉は、台所仕事も手早くこなし、言われなくても別棟の床に散らばったクルミの殻をさっと掃き集めていた。二十分一緒にいれば誰とでもすぐに親しくなれる性格なのでおばさんたちともすぐに仲良くなった。上の姉が台所仕事が嫌いなのも分かる気がする。というのは下の姉には「うまくできたくさ。お前はチヂミ一つ焼くにしても黄金色においしかごとに焼くとね」と褒めた母が、上の姉には「生焼けだよ！」とやる気をなくすことばかり言っていたからだ。上の姉は母だけでなく世の中の誰もが自分のそばに来ることを嫌がった。犬も猫も、命のあるすべての生き物と仲良くなれなかった。ただただ本とだけ仲良くしていた。そんな姉が一流大学を受験して落ちた。訳の分からないことだった。上の姉は浪人する代わりに二流大学に優秀な成績で入学した。不思議なことに翌年、下の姉がその同じ大学に合格したのだ。まさに異変としか言いようがなかった。補欠ではあったものの。

「お前、カンニングしたんやろう」

母でさえそう言っていた。上の姉は妹と同じ大学に通うことを人生最大の恥だと感じた。しかし下の姉は、入学以前から合格した大学のバッチを手に入れ、これ見よがしに胸につけて歩いていた。新学期が始まると、下の姉は見違えるほどにやつれた顔で肩を落として帰ってきた。どうして分かったのか友人たちが名前の代わりに「補欠」と呼ぶのだという。「おい、補欠！」。夢の中でも友達の呼ぶ声が聞こえ、夜中に目覚めてしまうという。間違いなく上の姉が噂を広めたに違いないと唇を震わせていたが、それを証明するなんの根拠もなかった。しかし、下の姉はすぐにパラムジェンイ特有の社交術を発揮し、その大学で最も人気のある女子大生になった。下の姉が季節ごとに美しい服に身を包みソウルの街を闊歩して遊び歩いている間、上の姉は一張羅のように同じ服を着て図書館に棲み着いたように暮らしていた。上の姉が下の姉よりも服が少ないわけではなかった。箪笥（たんす）や靴箱を見れば、二人は同じ数の服と靴を持っていた。ただ上の姉は同じ色、同じ形の服と靴をいくつも持っていたのだ。このように娘たちはあらゆる手段と方法で母にねだり、母は母で喜んでスネをかじらせていた。姉たちが便利なようにと、大学と塀一つしか離れていない家を買い、自分もうれしそうにソウルに出かけていくようになった。家の内外を見て回り、たくさんの保存食となるおかずを作り、娘たちの学校にも立ち寄った。大学総長を中学高校の校長先生くらいに考えていた母は、退屈すると総長室に挨拶に出かけて行った。

「私はこん学校に娘を二人も通わせとるんです。親としてご挨拶ばせんのは道理にかないません。娘が住んでいる家もこん隣なんです。これはうちの田舎の特産物です。一度召し上がってみてください」

母は持ってきたクルミや干し柿の包みを総長に渡し、堂々とした足どりで家に帰ってきた。その話を伝え聞いた二人の姉は、血の気の引いた真っ青な顔で母を怒鳴りつけた。

「総長室にまた行ったの！　それも洋酒でも、高麗人参でも、蜂蜜でもない、クルミを持って行ったんですって！」

二人の姉は悲鳴をあげ、同時に目をつぶった。クルミや干し柿も問題だが何よりも母の服装が問題だった。肝っ玉母さんのようにふっくらとした母は、服もお寺の作務衣のようなものを着ていた。太った体にも似合い活動的だということで、母としては仕方がない選択だったのだろう。上は韓服のチョゴリの形をしたゆったりした上衣で、下は韓服のズボンのような形の筒型のモンペズボンで、裾だけはボタンで固定するという独特なスタイルだった。馴染みの洋装店で同じデザインのものを何着も仕立てて着ていたのだ。そういえば上の姉は、母の短所をそのまま受け継いでいた。意地っ張りで服の見栄えがしない点だ。

「贈り物ちゅうのは、自分にとって本当に大切なもんば他人にあげにゃいけんたい。それが贈り物ちゃろうもん。うちのクルミと干し柿がどうだと言うんだ。昔は王様に進呈した品だけん」

母も負けてはいない。涙を浮かべて抗議する娘たちの背中を箒でどんと叩いたものだ。そんな母の行動が後に福をもたらすとは誰も想像していなかった。成績の良い上の姉が某研究所に就職したのは当然のことだったが、卒業も危うかった下の姉が化粧品会社の広報室に就職できたのはひとえに母のおかげだった。総長が特別に推薦してくれたのだ。その後、海外販促チームに移った姉は、国内を行きかうように海外出張をし、毎年高い実績を上げていった。家には姉の持ち帰る化粧品があふれていた。うらやましくて仕方がないご近所のおばさんたちは、下の姉がこっそり持ってきたのだろうと噂しあったが、実は母の広報戦略も大したものだった。

「あんた、この化粧品使っとる？　なに、持ってない？　まだ使っとらんやったら一度使ってみてから買いなせーや。私の顔に皺もなく、こげん色白なのは皆、この化粧品のおかげだけん」

太った人間はもともと皺もなく色も白いものだ。母はそのすべてが姉の働く会社の化粧品のおかげだと主張した。パートで来るおばさんたちは、姉のおかげで化粧品を思う存分、使ってみることができた。そして姉は、パラムジェンイと補欠の人生をきれいに清算して、化粧品会社の有能な幹部社員になった。結婚して十九年にもなるのに、今でも義兄とラブラブで暮らしている。近寄ってくる男たちを払い落とすのに忙しかった上の姉は、当然のこと独身を貫いている。学生時代とは違い、仕事ではあまり有能そうにも見えず、昇進も妹に比べて遅い方だった。上の姉はお天道様を敵（かたき）と考えているのか、天気の良い休日にも暗い研究所の片隅に閉じこもって、本を読んで過ごしている。相変わらず流行遅れのグレー系の服を着て、夜は懐かしの名作映画を観て、どこかに長電話をしている。電話の相手が命のある生き物なのか、すこぶる気にはなったが、姉に聞いてみるなんて思いもよらなかった。

5

それでは机の末路についてお話ししよう。結婚前に父が製作した机は、父の実家にも二年ほど置かれていた。

「本当に思い出すとぞっとするけん」

結婚後、少しの間住んでいたチャンマジェの藁葺き屋根の家の話をするたびに、母は顔をしかめた。夏になると渓谷からあふれた水が台所にまで流れ込み、水汲み用に使っていた白い瓢（ひさご）を手に、一日中水を汲みだしていたという。湿ったかまどの火を消さないようにと、嫁に来たばかりの母がどれほど心を砕いたかは、そのゆがんだ顔を見ているだけでも想像がついた。大きな机は新婚の部屋には入らず、その時も狭苦しい板の間の片隅に置かれていたという。それでもその時期、机はほんのしばらくの間ではあったが、本来の机の役割を果たしていた。

「その当時はピカピカの新しい机だったばってん、雨が吹き込んだら乾いた雑巾で拭いてやり、雪が降ればビニールも被せてやった。そりゃあ机じゃなくて、子供を一人育てているのも同然じゃったよ。それに土地が湿っていたけん、洪水になった年には板の間まで水に浸ったこともあった。水を含んだ机は本当に重くて、それば持ち上げるのに家族一同力を合わせてようやく動かしたもんたい。そんなお荷物を父さんはなぜあんなに大事にしてたんやろう。分家して大邱へ行く時も、父さんはあの机を背中に背負って行くと言うけん。気絶しそうやった。岩んごとき重か机ば背負っていく力がありゃ、米俵の二、三個背負っていくべきやろうもん。そうやろう?」

そんな風に目の敵にしていた机を、母はとうとう最期まで捨てることができなかった。それで机は、うちの家族が引っ越した家々で歴史をともに過ごしたのだ。米屋をたたんで故郷に戻った後、机はしばらく玄関前に放置されていた。机としても、米びつとしても使われることはなかった。そのうちに家族の中のだれかが箒と塵取りを置くために、新しく買った靴を置くために、重い穀物の袋を置くために、もう一度机を求めた。そんな時にも机は自分の輝かしい過去を忘れて、単なるもの置き場として私たちが預けた荷物を黙々と引き受けてくれた。それだけじゃない。私たちが悲しみに浸って嘆き悲しんでいる時には黙ってその脇腹を貸してくれ、怒りに駆られて野良犬を蹴飛ばすように蹴り上げても、無骨なほどに丈夫で堅固な机は微動だにしなかった。あの机は、本来あるべき場所である部屋には入ろうともせずに、玄関前に放り出されたまま、新しく塗られたペンキがはがれ木板がゆがんでしまうまで、門番や警備員の役割をしっかり果たしてくれていた。それが、叩きつける雨や雪で腐ってしまい、すぐにでも壊れてしまいそうなみすぼらしい姿となっていた。歳月に敵うものはないというが、本当にそうだ。

「捨てちゃおうよ。お金を借りて返さない、貧しい親戚みたいだよ」

上の姉が机を足でトントン蹴りながら言った。

「誰も見てない時にそっと持ち出して捨てちゃおうよ。病気がちで金ばかりかかる家族みたいだよ」

下の姉が耳元でささやいた。あんなに反対していた母も机の悲惨な姿には仕方がないと思ったようだ。思っていたよりも簡単に手を挙げた。

「捨てるんやったら、いっそ私の目の前で燃やしんさい」

母は何でも、ひとたび自分の手を離れたら絶対に振り返らない人間だった。目に見えるもの、手で触れるものだけを信じて生きてきた人間だ。当然、母は夢をもたなかった。夢を現実にする能力を備えていたので、誰かが夢うつつな顔で夢のような話をすると、母はほとんどあくびで答えていた。そんな母が涙を見せた。

「机が燃えとる、燃えとる……」

その日の母は、長靴を履いて木の棒で麻袋の横腹をトントン突きながら歩きまわっている男勝りの女社長ではなく、昔々のフラフラ夫人と言われた時のか弱い女だった。

「ああ、どげんしよう」

パチパチと飛び散る火花とともに母の鋭い悲鳴が錐のように鋭く上がった。机は母にとってただの机ではなかった。私や姉たちが何も考えずに見ていた時にも母は、その机を違った目で見つめていたのだ。便宜上私たちは机と呼んでいたが、米びつの役割を長い間果たしていたその物の正体は何だったのだろう。机、それとも米びつ。生前の父はどんな用途で使った時に満足したのだろう。それが机ならば、ほんの一時でもちゃんとした机として扱われたことがあっただろうか。それが米びつなら、ほんの一時でも完璧な米びつとして扱われたことがあっただろうか。いくら考えても世の中のすべての父親のように、要領を得ない代物だった。

「ああ、燃えとる。机が燃えとる！」

　母にとってはいつまでも机であり、私と姉たちも便宜上机として記憶しているその物は、煙を吹きながら飽きるほど長い間燃えていた。日差しが照りつける初夏の日、陽に焼けて薄黄色に見える炎はチロチロと舌を出して容赦なく燃え上がり、私と二人の姉は、黒い影を長く引きながら机の最後の花道を見守っていた。傍にあった時には敵のようだった机も、跡形もなく消えてしまうと思うと、枕カバーを剝ぐように私の脇腹もちぎられるように虚しくなった。何とも言いようのない気分だった。

　机は机だが、机としての役割をきちんと果たせない不幸な物の燃える音。その物は覚えているだろうか。川の氾濫したチャンマジェの渓谷や山深いところに必ず生えていた苔を。あの木この木と雑多に生えているようでも、実はその中で厳格に守られている木々の間隔を。葉が生い茂る栗の木が一夜にして木工用の資材に変わってしまった非情な現実を。苦痛の記憶を封じて一本の栗の木にもどったそれは、老いてゆがんだ自らの肉体が燃える音を聞いただろう。さっぱりしただろうか。熱かっただろうか。

　幼い頃、私はよく机の中に隠れて遊んでいた。米がなくなり机の中が空っぽになると板を持ち上げて中に入った。老いて栗の木なのか、松の木なのか、斧折樺（おのおれかんば）の木なのか、記憶も朦朧（もうろう）とし、ただ板と呼ばれているだけのその板からかすかに漂う漆の香り。底に残っていた数粒の米が幼い足の裏に突き刺さった記憶。死んだばかりのハツカネズミを踏んでしまい気絶しそうになったこと。それでも足の裏から伝わってきたハツカネズミの柔らかな感触。大邱ヨンメ市場の店で、山のように積まれた米と豆と小豆たち。暗い机の中に隠れて隙間から覗いていた。米と豆と小豆の山、一つひとつの粒は小さいものの、一定の形態の穀物が家族のように仲良く肩を並べて集まっていると、どんなに美しい光景になるかを私はこの目で見た。

　私が聞いたり、暮らしたり、見たりしてきた家々。夏になると台所が水につかったチャンマジェの、藁葺き屋根で壁には穴の開いた家、そして結婚するまで住んでいた故郷の家と現在住んでいるマンション、この前見てきたアパテルまで。時代によって多様に変化する家の中で、私が望む望まないにかかわらず、私はその家々と似た姿で、その時その時を生きてきた。ある家では気後れして暮らし、ある家ではすくすくと育つ花のように暮らし、ある家では倦怠と憂鬱の中で暮らした。数々の家の中でも「私の家」と優しく語りかけたいのは、多くの人々と共に、自然と調和して暮らした故郷の家だ。庭にクルミ割り工場のあった故郷の家。

　今、私は母の目でバラの木の食器棚を見ている。机が、亡き母にとってただの机でなかったように、バラの木の食器棚は、私にとってはただの食器棚ではない。食器棚を開くたびに甘いバラの香りではなく、渋くてほろ苦い柿の木の臭いが漂う。この食器棚がある限り、燃えてなくなってしまった机と共に、私たちが住んできた何軒もの家と、その家にまつわる歴史や些細な事件とを、私は永く記憶するだろう。オフィステルとアパテルの登場で出現する新しい種族も、刹那に消え失せてしまう生命の瞬間を記憶するには馬鹿でかい机やバラの木の食器棚の一つくらいは持たなくてはならないだろう。

　――これまで私を作ってきた家々、父を作ったチャンマジェ出身の机、そしてこれからも私たち皆を作ってくれる家々がすべて燃え尽きてしまう前に。


初出は『バラの木の食器棚』（文学トンネ、二〇〇九年）

＊1　［プレミアム］不動産取引の際の割増金
＊2　［茶房］一九八〇年代に流行した喫茶店。当時はインスタントコーヒーを提供し、女性が話し相手になる業態だった

てんとう虫は天辺から飛び出す

パク・チャンスン
朴贊順

一九四六年、慶尚北道栄州市生まれ。延世大学校英文学科卒業。還暦の年に「カリボン羊肉串」(二〇〇六、朝鮮日報の新春文芸に入選)でデビュー。小説集は『渤海風の庭園』(二〇〇九)、『てんとう虫は天辺から飛び出す』(二〇一三)、『アムステルダム行き鈍行列車』(二〇一八)など。二〇一四年『てんとう虫は天辺から飛び出す』で第四回韓国小説作家賞を受賞した。

屋上の欄干（らんかん）から天空に足を出す。足はすくみ、目がまわる。ロープを握って「ゼンダイ」[*1]に両足をそっと下ろす。ロープにつながれたまな板ほどの大きさの僕の仕事場。木製の長方形の安全板だ。安全板についている四本のロープの間にそろりそろりと片足ずつ足を入れて座る。太ももとお尻がなんとか乗るほどの大きさだ。グラッとくれば、安全板はブランコのように揺れ動く。両腕に全身の力を込めてロープをしっかり握り締める。僕の生命を預ける一束のロープ。頭の中が真っ白になる。尻で安全板をそっと揺らしてみる。スルルッ、ロープが数十センチほど下にずり落ちた。気が遠のきそうになるが、なんとか持ち直す。どうしたんだろう。たしかにロープを二点にかけて八の字結びにしたのに。ロープを二箇所以上の固定枠にかけ、輪に通してから八の字結びにするのはロープ師[*2]の一番大切なルールだ。ロープの滑る音よりも僕の胸の鼓動の方が大きく聞こえる。さっと粟立つように全身に鳥肌が立ち、ロープを摑んだ手には冷や汗が吹き出る。母さん！と叫びそうになり口をぎゅっとつぐんだ。どんなに大声で叫んでも、もう母は僕の声を聞くことはできない。意識もなく病床に横たわってもう八か月。声がもれないように僕は舌を強くかみしめる。くつわをはめなくては。この新米ロープ師の口にくつわを。

ロープが滑り落ち、一瞬気絶しそうになったものの、安全板に座ってしまえばこっちのもの、気持ちも少しは落ち着く。無事に安全板に乗り込んだだけで、仕事の半分くらいは終わったような気がする。事故が最も多いのは安全板に最初に腰を下ろす時なのだという。何の安全装備もつけていないので、体の重心を失いやすいからだ。昨夜の悪夢が蘇る。一緒に作業をしていた同僚が安全板から滑って墜落する夢だ。僕は悲鳴をあげて飛び起きた。寝る前に、ペンキ職人が高層マンションの工事現場で、安全板に乗り込もうとして墜落死したというニュースを見たからか。安全板に乗り込むまでのほんの数分が、ロープ師にとっては生死を分ける瞬間だ。普通は一生に一度か二度あるかないかのそんな瞬間を、ロープ師は一日に何度も経験する。

そんなことあるはずがない。僕は頭(かぶり)を振る。仕事に来て悪夢を思い出すことほど愚かなことはない。落ち込んだ気分は事故につながりやすい。目をつぶって、一番穏やかで気持ちの良かった瞬間を記憶の底から探し出してみる。幼い頃、祖母と暮らした田舎の森が見えてくる。きれいな模様のてんとう虫を捕まえようと草むらを駆けずりまわる幼い僕の姿が見える。そしてその後ろには、不自由な脚を引きながら追いかけてくる祖母がいる。僕にとってこれ以上平和な情景はない。てんとう虫を捕まえて手の平にのせると、祖母の口からはいつも歓声がもれた。

「まあ何と、丸々としてるんだろう。うちのヨン君のように可愛らしいこと」

今もその声が目の前のガラス窓に木霊(こだま)のように響いている。祖母はてんとう虫が体や服に飛んでくると、幸運がやってきて夢がかなうと言っていた。捕まえたのを放してやれば愛する人の耳元に飛んで行き、放してくれた人の名前をささやき、恋がかなうという話もしてくれた。アブラムシのような害虫を退治してくれるから、そんな素敵なイメージを抱くようになったのかもしれない。もしかするとてんとう虫を思うことだけでも、今日のような日には気分が良くなるかもしれない。気持ちが落ち着いたところで、もう一度姿勢を整える。座った位置はどうか、体をかがめて安全板の具合を見る。洗剤と汚れにまみれて真っ黒になった、限りなくお粗末な小さな木の板。鼻をつけたら悪臭がしそうだ。現場ではいまだに「ゼンダイ」という日本語がよく使われている。韓国語にすれば「棚板」という意味だが、最近では「月の足場」や作業台、または安全板などと呼ばれている。まあ、安全板と呼べば少しは安全に感じられるのかもしれない。一つの言葉が大きな慰めになることもある。

僕の座っているこの安全板が誕生した日の感激は、今も忘れることができない。ある日、社長から新しく作るから手伝うようにと言われた。僕がもたもたしていると社長は鼻をしかめて急がせたものだ。

「さっさと来て手伝え、何をぼんやりしてるんだ」

てんとう虫の触覚のように、僕の頭のアンテナが直ちに信号をキャッチした。そう、これは僕の安全板だと。先輩たちの補助と雑用を買って出て数か月が過ぎた頃のことだった。震える手で木を切り、四隅にロープを結んでいる僕の姿が見える。厚さ五十ミリ、幅百ミリの松の板で作った僕の「ゼンダイ」、僕だけの安全板が生まれたのだ。胸が躍り、安全板を手にとって見た。天空で僕の体を預ける木の椅子。誰にでも座って仕事をする席の一つくらいはあるようだと僕はようやく安堵し、そして興奮した。

安全板の四隅から飛び出したロープが、頭の上で一つになり鉄製の輪に結ばれている。この輪を鋳物やステンレスでできたΩ字型のシャックルにかけて連結する。シャックルにかけたロープを少しずつ押し上げると体が自然に下がっていく。シャックルとロープがストッパーの機能をするのだ。四本のロープが集まる輪をつかんで手で持ち上げると安全板はまるで大きな天秤皿のように見える。何かをのせて量るのにちょうど良い形だ。一流企業と仕事をするとなると安全板をアルミニウム製に替えなければならないというが、僕は木製のほうに断然愛着が湧く。木肌をなでていると、まるで初恋を思い出すような切ない気持ちになる。

欄干の上には洗剤の入ったバケツと吸着盤、そして水の出るホースがのっている。屋上に設置されたポンプがタンクの水をくみ上げてホースに送り込んでいるのだ。洗剤の入ったバケツには塵や汚れをそぎ落とす洗浄機と、洗剤をつけて窓ガラスを拭く

T字型のモップが入っている。洗剤のバケツは安全板の右に、ホースは左にかける。洗剤のバケツはちょうど脇腹に着けているように見えるので、仲間うちでは脇腹のバケツと呼ばれている。そして左手には吸着盤を持つ。僕の左にはチャンイ先輩が、右ではコニ先輩が作業の準備をしている。先輩たちとの距離はおよそ二メートル。僕が新米なので先輩たちが真ん中に配置してくれたのだ。

天空に席を移した途端、初冬の風が頬を刺すように吹き付けてくる。その痛くて切ないような感覚。苦痛でも快感でもない生まれて初めて感じる気分だ。腹の底まで孤独だが、世の中の誰にも気兼ねすることのない満たされた気分。目の前で一本のロープが揺れている。今日の作業ロープであり、僕の生命(いのち)を託す十八ミリのロープだ。安全板に座れば僕は決して下を見ることはしない。それは社長から教わった鉄則だ。

「新米の頃は絶対に下を見るな。この仕事は恐怖に打ち勝つのが一番大切なんだ。目は常にビルの天辺か空を見上げてろ。通り過ぎる雲や鳥を見ろ。鳥の羽を支える風を見ろ。いつかはお前の羽を支える風が見つかるから」

他の社員のことは知らないが、チャンイ先輩と僕はそんな言葉は気にも留めなかった。この業界で顔のきく中年男の大法螺(おおぼら)くらいに思って聞き流していた。僕の羽を支える風だなんて。重力の法則を無視したたわ言だ。

いくら下を見ないといっても恐怖心はなくならない。また母のことが思い出されるが、その名を叫んでも無駄なことを僕は知っている。母の声の代わりに、一つの映像が頭の中で動き出す。マンションの階段にかがんで真鍮を磨いている女、両腕が階段の両端に行き着くたびにふわっとモンペに吹き込む風。波のように揺れるお尻に咲く花模様。僕はその姿が恥ずかしくて目をつぶる。再び押し寄せてくるひりひりするような恐怖感。軍隊の遊撃訓練の時のように、スヒの名前が喉から飛び出しそうになるのを何とか飲み込んだ。

「チッ、皆ふるえてるよ。どっちみち世間から見捨てられた身、やらなきゃならないからやるだけだろ。行くぞ」

僕が最初に高層の仕事をした日、チャンイ先輩は屋上でブルブル震えている僕の姿を見て、タバコの吸い殻を踏みしめながらはき捨てるように言った。その言葉は未だに僕の耳元に生々しく響いている。不思議なことにその言葉は、僕に「こわい」の「こ」の字も言わせない迫力があった。「どっちみち世間から見捨てられた」だなんて。僕の心の奥底の暗く湿ったところに隠れていた感情を、先輩はまるで槍で突き刺すように指摘してみせた。どうして分かったんだろう。中三の頃だったろうか。母から「父さんについては詮索しないように」と言われ、それから僕の頭の中には怒りの塊のようなものが棲みついた。そして僕は、それを何と言い表せばよいのか分からないでいた。

整った顔立ちとは裏腹な、チャンイ先輩の口調と表情。そのギャップはどこから来ているのだろう。孤独、あるいはその孤独の果てを見た者だけが到達する境地なのだろうか。「どっちみち」という言葉を吐き出した時の厳しい口調には、その起源を掘り起こそうという試みさえ禁ずるような鋭さが漂っていた。その時、僕は本能的に悟った。どんなことがあっても恐怖を口にしてはいけないということを、それがこの業界の暗黙のルールであり美徳であることを。

スヒの名前を呼ぶのも同じことだ。外国の航空会社の入社試験に向けて準備中の彼女の猛烈なスケジュールが窓ガラスに映る。午前には英語、スペイン語の講座。午後には専門学校で客室乗務員の基本教養とイメージトレーニング。夜にはジムで痩せる為の運動。一週間に何度かの心肺蘇生術の実習。マネキン相手に汗をだらだら流しながら、人工呼吸と胸部圧迫の実習をするスヒの必死の姿。彼女には僕の愚痴に耳を傾ける時間はない。コンビニ、ピザ店、宅配のアルバイトをするミョンス、キボン、ソクジンの名前を呼んでみようか。あいつらはそれ見たことかと僕をバカにするだろう。クスクス笑う声が聞こえてくるようだ。あいつらの酒の肴になるのは嫌だ。

　ロープが数十センチほどずり落ちたものの、僕は何もなかったかのように、咳払いをした。僕の右にいるコニ先輩は経歴六年のベテランロープ師だ。僕は先輩の怖がっているところを一度も見たことがない。最初から恐怖心などない人間のようだ。いつ見ても沈着冷静で余裕に満ちた顔には、瑞山弥勒仏（ソサンみろくぶつ）のような穏やかな微笑が口元に浮かんでいる。それはチャンイ先輩がコニ先輩を「何を考えているのか分からない腹黒い奴」と言う理由でもあるのだが。二人の間の張りつめた空気に僕は最初から気付いていた。何が二人をそんなにも憎み合わせているのか。

　今日の地上の天気は十一月の平均気温の八度だという。地上五十階、百五十メートル上空のここはたぶんそれよりも三~四度は低いだろう。それでも寒さなどまったく感じない。最初にロープがずり落ち、心臓がドキドキしてしまったため、顔はまだ赤くのぼせていた。周囲には四十~五十階建のビルがひしめきあっている。下から見上げるとたぶん天辺で何かの虫たちがロープにぶら下がってバタバタしているように見えるだろう。それが僕にとっては大きな跳躍の動作なのだ。いや普通の虫ではない。その色と模様だけで自分より数倍大きなカマキリを後ずさりさせる、てんとう虫の動きだ。今朝、事務所を出てくる時に僕の肩を叩きながら社長が言った言葉が思い出された。

「ヨン、今日は超高層へのデビューだ。少しは大きくなった肝っ玉を見せてみろ。分かったな」

　今日はいつもとは違い装備も多かった。雨具にもなる作業服はもちろん、頭には強化繊維でできたへルメットをかぶり、足の指の部分が鉄になっている安全靴も履いている。落ちても足の指を怪我しないようにするためだ。子供の頃、てんとう虫の甲羅に手を触れた時のあの固い感触を忘れることができない。小さくても青のような甲羅で羽と体を保護しており、頭には敵の出現や危険を察知する触覚がアンテナのようについている。てんとう虫のようにロープ師も墜落の危険に備えて補助ロープを使わなければならない。X字型になった安全ベルトを着用し、背中と腰の部分に墜落防止装置のコブラをかけて補助ロープと連結する。メインのロープがはずれても補助ロープのコブラが墜落を止める仕組みだ。しかし、大部分のロープ師は補助ロープ無しにロープ一本で作業をしている。皆、自分だけは事故とは無縁だと考えているからだろうか。そうでなければただ単に作業の速度を上げようとしているのか。

「おい、補助ロープだのコブラだの贅沢なこと言うな。それは一流企業相手に仕事をする大きな会社だけの御託だよ。そんなことしている時間がどこにある」

僕が最初に安全装置についていろいろと尋ねたときのチャンイ先輩の答えだ。それでも親方――いや、社員が十名足らずでも社長は社長だ――グリーンパワークリーニング社の社長は、一日に何度も僕たちに念を押す。

「何よりも安全が第一だからな。絶対にミスは許されない。地上だったらミスをしてもやり直すチャンスはいくらでもあるが、空の上では一度のミスでお陀仏だ！」

いかつい肩と丸々とした顔、細い目をさらに細くして吊り上げ、指で空中を指しながら説教する社長の姿。力あふれる声と自信に満ちたジェスチャーは、彼が経歴三十年のベテランロープ師であることを物語っている。彼は、自分の会社ではこれまで一度も事故がなかったことを自慢にしていた。そのせいか補助ロープを使うようにと強調することもない。つまりどのみち安全装置もないから決してミスがあってはならない。とまあ、そういうことだ。人間はもともと失敗を犯すものなのに、僕らは絶対に失敗の許されない環境で仕事をしているということだ。こんなにも過酷な作業環境があるだろうか。しかしそれがロープ師の現実であり、宿命だ。

安全板の左にかけたホースからは水が出っぱなしだ。ガラス窓に吸着盤を押し当てる。吸着盤から突き出た取っ手をあげれば空気が抜けて、ガラス窓から離れる。吸着盤を押し当てたり、外したり、左右に二〜三メートルほど移動しながら自分の区域を拭いていくのだ。ガラス窓に当てた吸着盤を左手で摑み、足は下の窓につける。てんとう虫のように足が六本三組くらいあればはるかに便利だろう。右手のモップをバケツにもどしてから、洗浄機で煤煙や汚れをそぎ落とし、最後にホースで水をかけ洗剤と汚れを洗い落とす。真っ黒に汚れた水が顔にかかり目、鼻、口に飛び込んでくる。マスクは息苦しいのでよほど寒くない限り使わない。

煤煙と黄砂の染み付いた都会のビルはこんな風に、一年に二〜三回シャワーを浴びることになる。もしロープ師がいなければ、何層にも積もったビルの煤煙が春の胞子のように空中を飛び交い、人々の肺を真っ黒にしてしまうだろう。てんとう虫が、花や農作物を食い荒らすアブラ虫を退治するように、都会のビルの埃や煤煙を僕らが退治していくのだ。てんとう虫のように、何の装備もなしに口で汚れをサクサク食べて片付けられないのは、ちょっと残念なことだが。

このビルにとっては今年最後のシャワーだ。シャワーというよりは洗礼とでも言おうか。僕たちの手でビルに洗礼を与えると、高層ビルに照りつける陽の光の粒は、ガラス窓の上でうれしそうに躍りはじめる。それはきれいに磨かれたガラス窓のなめらかな素肌に光の粒がキスや愛撫をして大騒ぎをしているようだ。そう、まるで僕がスヒの体を初めて抱きしめた時のように。

体は空中高くに浮かんで都会のビルに洗礼を与えているというのに、心は地上に止まったままだ。頭の中に刻まれた映像が再び動き始める。女が一人階段にかがんで両手で力いっぱい真鍮を磨いている。マンションの階段のエッジの上にはめ込まれた真鍮に、こねた珪藻土をつけて力いっぱい磨いている。右に一回、左に一回。ピストンのように往復運動をし、腕が両端に達するたびにモンペにふわっと風が入る。波のように揺れるお尻に咲く花模様。

水をかけて洗浄したガラス窓に、真夜中に見た病室の風景が映る。白いガウンを身に着け集中治療室に入っていく僕の姿。ソンパ医療院三階の第三集中治療室。五床ずつ二列に並んだ病床では、患者たちが微動だにせずに静かに横たわっている。ときどきピーピーという機械の音だけが聞こえてくる。右側の窓から二番目が母の病床だ。母は荒い息を吐きながら深い眠りについている。監視モニターに映る心拍数百五十二、血圧百六十五／百十五、酸素飽和度九十。母の生命の数値だ。深く眠っているのに数値は激烈だ。心拍数は早すぎ、血圧も上下ともに高く、酸素飽和度も危うい。母は夢の中でも息子の学費を稼ごうと真鍮を磨いているのかもしれない。そうでなければ心拍数も血圧もあんなに高いはずがない。ベッドの脇には血栓溶解剤と水液、牛乳のように白い栄養剤がかかっており、頭の上にはソン・ギョンファ、五十八歳、脳梗塞と書かれている。

「母さん、どうだい。ウヨンだよ。母さんの息子のウヨンだよ。ウヨンだよ。ちょっとでいいから目を開けてよ」

僕は何も答えてくれない母をそっと抱きあげ、横にして患者衣の背中を覗きこむ。臀部(でんぶ)の床ずれもまだ治らないというのに、背中と腰にはまた膿んだ部位ができてる。僕は汗びっしょりの母の背中をガーゼで拭き、扇子であおぎながら心の中で呟く。

「あと数か月だったのになんで倒れたんだよ。今年の秋にはどこでもいいから入ろうと思ってたのに。

誰が母さんにあんなことやれと言ったんだよ。誰も言ってないだろう？」

　母が倒れたという電話を受けた日のことが思いだされた。僕はありとあらゆる資格証を取っていたがそれでも足りず、予備校で大企業の入社試験に焦点を合わせた講義を聴いていた。大小の大学三〜四校が集まっているその街にはコンピュータ、英会話教室から就職の為の短期完成コースまで、付近の大学生と就職浪人の懐を狙った看板が軒を連ねていた。予備校や英会話教室の間には、ビアホールと同じくらいの数でタロット占いカフェ、ピタリとあたる婆さん予言師、四柱推命の名家、元祖キム・ボンス哲学館といった占い師たちが、未来は自分たちに任せろとばかりに待ち構えていた。さらに「海苔巻き天国」、「安東（アンドン）蒸鶏」、ホルモン焼き屋から緑茶パンの屋台まで、就職も「腹が減っては戦ができぬ」と美味そうな匂いを漂わせている。また一方では「オルチャン」、「エチュード」、「イメージの女王」のようなコスメストアが、あなたの顔は私たちが責任を持ちますと言わんばかりに並んでおり、道の角にはスマートフォンのショップが軒を連ね「世界をその手に」というキャッチフレーズを掲げて、僕たちの袖を引っぱるのだった。交差点にはデパートと大型スーパーが洒落た顔で、景気良く金を使ってこそ人生も開けるものだと学生たちを煽っていた。就職先を心から心配してくれるところなど、どこにもなかった。就職浪人として過ごしながら、僕はいったいどれだけのお金をこの街にばら撒いたのだろう。

　母の血と汗を吸い取った紙きれが、目の前に一枚ずつクローズアップしては消えていく。インターネット情報検索士、物流管理士、事務自動化産業技士、会計資格証、多文化家庭相談士、日本語、ＴＯＥＩＣの点数表、漢字資格証……、数えきれない資格証でも足りずに、大企業の入社試験用の講義を聴いていた時に携帯電話が鳴った。倒れたその日まで僕は、母が近くのスーパーでレジ打ちをしているとばかり思っていた。救急センターに駆けつけた僕は入院手続きをした後、母の職場の同僚が残していったという番号に電話をかけた。彼に会ったのはビルの外壁を清掃している現場だった。

洗剤だらけの窓ガラスを水で洗い流すと、社長と初めてあった日が窓ガラスに現れた。

「階段の真鍮を拭いていて……」

五十歳ほどの清掃会社の社長が言いかけてやめた。何を言っているんだろう。マンションでは階段に真鍮を使うのか？

「何の話です？　階段の真鍮だなんて」

男はむしろ僕が何を言っているか分からないという表情だった。

「お母さんが何の仕事をしていたのかも知らなかったのかい。仕事をして、もう何年にもなるんだが」

その時になって僕は、大学前のワンルームマンションで暮らし始めて三年以上経つことを思い出した。母が何をして暮らしていたのか、少しも気にしていなかった。そして母の人生がパノラマのように頭の中によみがえった。おしゃれをして大企業のオフィスレディとして勤務していた若い頃の清純可憐な姿。僕を産んでからは化粧品の販売員、ヤクルトレディ、スーパーのレジ打ち、そして最後はマンションの階段の清掃員だった女の人生。

社長の話に唖然としてしまい顔をそむけた先に、ロープにつかまりビルの外壁を洗っている人々がいた。思わず口から「僕も雇ってくれませんか？」という言葉が飛び出し、社長は意外だという目つきをしていた。

「よく知ってるな。業界じゃあこの職種の報酬が一番いいんだ。だが誰でもたやすく足を踏み入れられるってもんじゃない」

外壁を洗う清掃員を見た瞬間、どうしてそんな言葉が口から飛び出したのか自分でも分からなかった。ただあの時、ぼんやりとではあるが僕の中で膨れ上がってきたものがあったのは確かだ。もう嫌になるほど長い間続けてきて、まるで人生の習慣のようになってしまった「スペック作り」の悪習は、もう終わりにしろという声。マンションの階段で起きた事件が僕にそう命じていた。これからは自分で体を動かして何かしろと。僕の中で十分に熟すだけ熟した何かが落ちたのだ。それは、その事件が起きるのを待っていたかのようだった。二十代が終わる前に自らの意志で決断を下せ、どこも合格させてくれないからってぐずぐず泣き言ばかり言っているんじゃないと。胸の中に湧き上がってきたその何かが、僕に太く響き渡るような声で、そう叫んでいた。

社長の許可を得るのは簡単ではなかった。僕がすぐに音をあげるだろうからダメだと手を振る社長の姿が見える。事務所を何度も訪ねて、補助として手伝いながら社長の許しがもらえるのを待っていた僕の姿も。大理石の隙間を埋めるシリコーン作業や普通の清掃の仕事など、何でもやった。母のしていたマンションの階段の真鍮磨きの仕事を二か月ほど続けた後で、ようやく聞けた社長の言葉。

「明日から三〜四階建の外壁洗いしてみるか」

全体の高さの三分の一ほどは降りてきたようだ。三十四〜三十五階くらいか。まだ怖くて下を見ることは到底できない。左のチャンイ先輩はあまりにも几帳面なせいで、未だに僕よりも上の方に留まっており、右のコニ先輩は僕と同じくらいの高さまで来ている。コニ先輩はいつ見ても余裕綽々（よゆうしゃくしゃく）だ。僕がたまに怖くないかと尋ねても、その真っ黒な顔に真っ白な歯を見せてニヤッとするだけだ。いつだったかタバコの煙と一緒に吐き出すように、一度だけ口にした言葉があった。

「まあ、お前も俺も人生どっちみち綱渡りさ」

標準くらいの背丈に肩幅が広く、丸く平たい顔のコニ先輩は、いつでも淡々とした表情をしているので、時にはそのおっとりとしたイメージの底に何か油断のならないものが潜んでいるようにさえ見えることがある。でも決して憎めない。それは相手を温かく包んでくれる包容力があるからだ。反面、チャンイ先輩は尖った顎と切れ上がった目尻のせいで、シャープだが偏屈で気難しそうに見える。チャンイ先輩も話をする時に「どっちみち」という言葉をよく使うが、コニ先輩の「どっちみち」とは印象が違う。チャンイ先輩の「どっちみち」は、誰も助けてくれずに世間に放り出されたという意味に聞こえる。本をたくさん読んでいるチャンイ先輩は、よく僕たちをビクトリア時代の幼い煙突少年に喩える。

父親から人買いに売られ、幼いのに煙突の煤落としをしなければならなかった少年トム。狭く真っ暗な煙突の中が恐ろしくて高く上ることができないでいると、大人たちは壁付き暖炉に火を入れた。熱い炎を避けるため、泣きながらもっと高く、もっと高く上っていくしかなかった子供たち。大人になり睾丸ガンにかかったトムと同僚たちの体からは、煤に含まれた発ガン物質が見つかった。こんな話をチャンイ先輩から耳にタコができるほど聞かされた。そのせいでトムのように、黒い棺の中に他のロープ師たちと一緒に閉じ込められる夢まで見た。でも夢の最後には、輝く鍵を手にした天使がやって来て棺の蓋を開けてくれた。数日前には、五ポンドで煙突清掃員として売られそうになるディケンズのオリバーが、我が家の窓を叩いて「助けて」と叫んでいる夢も見た。

そんな話をするチャンイ先輩にとっては、コニ先輩は目の上のたんこぶのように見えるのだろう。社長から休日やお盆休みに仕事があると呼び出されても安請け合いをし、日当を値切られても、コニ先輩はいつもイエスマンだったからだ。

一度は二人が取っ組み合いのけんかをしたこともあった。社長が僕に日曜にも出てくるようにと言うので、どうしようかと相談した時のことだ。ああだこうだと皮肉を言っていたチャンイ先輩の声音が僕の頭の中にそのまま刻印されている。

「休日にも出てくるかどうか、コニに聞いてみろよ。

人間らしく暮らすのかもコニに、日当を削られても黙っているべきなのかも、コニに聞いてみろよ」

その言葉にコニ先輩は、普段とは違って真っ向からチャンイ先輩につっかかっていった。

「休日は休むとわがまま言って、お前が勝手なことして俺たちまで失業したら、お前はそれで気分がいいんか？　どいつもこいつも清掃業に飛び込んで来るんだ。体一つあればいいんだからな。それを俺にどうしろというんだ」

その言葉でチャンイ先輩の拳骨がコニ先輩の顎に食い込んだ。パンチを浴びせながらもチャンイ先輩のからかうような口調は続いた。

「俺の話がわかってんのか？　どうなんだ、コニ。後輩の前で恥ずかしくないのかよ、どうなんだ、コニ」

コニ先輩がギュッと相手の胸倉を摑んだ。下顎を突き出したコニ先輩の顔が酷くゆがむ。

「この野郎。金のあるお前が出ていけばいいだろう。なんで他人まで巻き込んで飢え死にさせるんだ」

二人でさんざん殴り合いをした挙げ句に、チャンイ先輩は鼻血を出し、コニ先輩はシャツが破れてしまった。そしてその二人を引き離そうと僕もくたくただった。険悪な雰囲気の中では、補助ロープや墜落防止装置の話を持ち出すこともできなかった。

とにかくコニ先輩の「人生はどっちみち綱渡りさ」という言葉には、悔しさや恨みがましい感じは全くなかった。ただ黙々と自分の仕事をするだけという雰囲気だった。それにギターだけはエリック・クラプトンに負けないくらいにうまかった。先輩が僕の十八番の「レット・イット・グロウ」を歌ってくれる時には、僕も一緒にサビの部分を声の限りに歌ったものだ。レット・イット・ブロッサム。レット・イット・フロウ、レット・イット・グロウ、ラブ・イズ・ラブリー。

母が教えてくれた歌だ。エリックのママのように未婚の母として僕を産んで育てながら、母は息子がその歌手のように立派な何かになることを願っていたのかもしれない。しかし僕は音痴で、勉強もできなかった。そして一人できちんと息子を育てあげた母は、昔愛した男に大きなプレゼントを残した。そうでなければたぶん僕は、生涯をかけてその男を苦しめていただろう。母は僕にそんなチャンスをくれるべきだった。思春期に母を困らせた僕の姿が窓ガラスに映っている。

「棄てられたんだったら他の男のところにでも行けば良かったんだ。なぜ僕を父無し……」

さすがに最後までは口にできなかった。でも友達の間ではすでに広まっており、皆知っていた。その鋭利な一言をこれ見よがしに母に投げつけたかった。でももし未婚のままでも産むことにしたのが母の選択だったのなら、話は違ってくる。彼を激しく非難することもできないだろう。とにかくそんな母と外祖母に対して僕が「世間から放り出された」などと言ったら天罰を受けるだろう。僕はY染色体——あんな奴には父さんという呼称ももったいない——の子供ではなく、母の息子であり、自然の子なのだ。

母がソウルで働いている間、外祖母と二人で江原道(カンウォンド)で過ごしていた時のことが思い出される。学校から帰ると、祖母はご飯を食べさせてくれ、体を洗ってくれ、宿題をみてくれ、それから手をつないで森へ散歩に連れて行ってくれた。荒れた森の中をピョンピョンと飛び跳ねては、木の葉に止まってキラキラ輝くてんとう虫のように、僕はやわらかい草の葉の上に座ってきれいな朝露を飲みながら育った。温かな陽ざしを受けて、木の葉に群がるアブラムシを捕まえながらたくましく育った。僕は祖母のかわいいてんとう虫。その色も模様もはなやかで賢い、生命の存在様式。手の平にてんとう虫を乗せて見ていると祖母が耳元でささやく。

「なんて丸々としてるんだろう。ヨン君のように可愛らしいこと」

祖母の「丸々として可愛い」てんとう虫は、今では天空高く浮かび都市に洗礼を与えている。僕はこれまで自分を支えてくれたその限りない葉っぱの存在を忘れて過ごしていた。そして自分の人生は、ひたすら悲しみでいっぱいだった。しかし今や、ビルの天辺に上がり、ロープにぶら下がって動きまわりながら自分の仕事をしている。僕は天辺から飛び立ったてんとう虫なのだ。

祖母と森の中を歩き回っていた時に、てんとう虫の動きをじっくり観察したことがあった。彼らは木の下の方から上がって行き、アブラ虫をきれいに食いつくした後に、木の天辺まで上っては次の木へと飛んでいった。仕事をする順序が僕たちロープ師とは逆だが、でも天辺から飛び出すのは同じことだ。もう二十年が過ぎたが、未だ鮮やかに目に浮かぶ。赤の地に黒い斑点模様の羽をパッと広げて誇らしげに飛び出していった姿が。

右のコニ先輩がホースを安全板にかけると、左腕を後ろに回して背中を何度か叩き、さらに頭の上に伸ばしたり下ろしたりしている。先輩も腰や肩が痛いようだ。今朝、床に置いた湿布の上に、腰と肩を合わせて貼ろうとしていた自分の姿が窓ガラスに映る。ズキズキする肩を壁に押し付けてマッサージをする姿や、指がパンパンに腫れ上がり、箸を握れずスプーンでキムチを口に運んでいる姿。手が痛くて歯ブラシを摑むこともできずにうがいだけしている歪んだ表情。それでも朝、先輩たちに会った時には疲れた様子を見せずに笑っていた顔。僕は二十九歳、もう世の中に甘えて駄々をこねるのをやめた。それは一つの革命だった。でも僕はまだ高層に対する恐怖からは抜け出せずにいる。

いつだったかコニ先輩にたずねたことがある。天空で揺れる木の板に座って平常心を保つには、どんな修行をすればよいのかと。彼はチャンイ先輩や僕ほど学校に通ったわけでもない。

「修行だなんて、俺はそんな難しいことは知らん。俺が信じているのはギターだけだ」

「ロープにぶら下がるの怖くありませんか？　ギターを持って乗るわけにはいかないでしょう」

「その代わり、ロープを弾くのが楽しいじゃないか」

「冗談言わないでくださいよ。正直に言って下さいよ」

僕は先輩の背中をドンと叩いた。先輩は口元にニヤニヤと笑いを浮かべただけだった。

「ギターは指で弦を弾くものだが、俺たちのロープは全身で弾くんだ。だから長短合わせて鼻歌を歌いながら弾かなくちゃ」

僕は段々とイライラしてきた。からかわれているのか。

「怖くて仕方がないのに鼻歌？　僕はブルブル震えているだけです」

先輩は上の歯で下唇を噛むとしばらく僕を眺めていた。そしてぽんと言い放った。彼らしくないぶっきらぼうな口調だった。

「俺までブルブル震えたら、お前やチャンイが落ち着いてできるか。バカ野郎！」

最後の言葉を聞いてようやく安心した。先輩は恐怖を知らない怪物のような特殊な人間ではないということだ。仲間を得たような気がした。未亡人となった貧しい母親が再婚し、義理の父、腹違いの兄弟と喧嘩しながら生きるほかなかった先輩の人生は、もしかすると僕よりももっと大変だったのかもしれない。先輩はその辛い時期を耐えながら、ロープ師は体全体でロープを弾く人間なのだと自分を納得させていたのかもしれない。そうだ、どこで何をしようとロープを弾くんだ。ギターのように抱きしめて、洗練された技でタララ・タン・ティララ・タタララ・ティラララ・タララ、誰かの胸を打つ音がでるように。

そんなことを考えているとコニ先輩がまるで「ギターを弾くてんとう虫」のように見える。「てんとう虫」という名前が気にかかる。アメリカでは「レディーバグ（lady bug）」と呼ばれるがヨーロッパでは「レディーバード（lady bird）」や「レディビートル（lady beetle）」という。甲虫の一種であるこの昆虫には「レディー」や「バード」という名前がついている。「レディーメアリー」というニックネームまである。メアリー女王が初期の肖像画で紅い地に黒い斑点の入ったマントを身につけた姿で描かれているからだ。一世のブラッディ・メアリーなのか、二世の悲運のメアリーなのかは分からない。継母からいじめられプリンセスから召使いの呼称であるレディーに降格された履歴からいえば、ブラッディ・メアリー一世のことのようである。とにかくその名前には、虫けらのような位置から、脱皮したいという人々の願いが込められているようだ。それなのに韓国では、華麗な背中が巫女（ムダン）の衣装を連想させるとして、付けられた呼び名が「ムダン虫」。突然ピンポーンと何かが頭をよぎった。予言においてはムダンのほうが専門家だから、女王よりも一段上かもしれない、という考えが。

朝方にはぐずついていた空に陽が差してきた。陽の差し込む森で虫を捕まえようと飛び回っていた僕の姿が、目の前に見える。何も不足しているものの無かった時代。父がいてもいなくても関係なかった。僕もてんとう虫のように自然の子供となって陽の光を浴び、朝露を食べ、体内で栄養素を作っていたのだろう。左手に吸着盤を持ち、洗剤の入ったバケツにモップを入れ、右手を横に突き出した。軍手の中のパンパンに腫れた指を動かしてみる。寒さに痺れた安全靴の中の指も。僕が自然の子供なら、手と足の指が大気中からありとあらゆる滋養分を吸収できるはずだ。木の葉のように葉緑素を作り、体の中に拡散するだろう。そして僕はてんとう虫のように、天辺からまた他の木へと飛んでいくのだ。

こんな時は、チャンイ先輩の話の煙突少年よりは、僕たちの方がはるかに条件が良いのではないかという気もする。それでもチャンイ先輩は、今の僕たちはまさにその少年たちと同じ身の上だという。育ちたくても育つこともできず、花も咲かない病んだ幼い木の葉。さて、それは当てはまるだろうか。まあ現代の都市文明自体を煙突とするなら、都市をきれいに洗浄する僕たちは、新煙突清掃員といえるかもしれない。

ようやく三十階くらいまでは降りてきただろうか。タバコが吸いたくてたまらない。ちょっと軍手をはずしてタバコを吸う。緊張が少しはほぐれた気がする。若い頃の社長は、安全板の上でジャージャー麺を注文して食べ、電話をしたり小便をしたり、何でもしていたと言っていたが、先輩たちはまったく休もうとしない。コニ先輩に声をかけようとしたが、結局やめてまたモップを握った。ガラス窓に洗剤をつけながらよく見ると、窓枠が開いていて、水をかけたら部屋の中に入ってしまいそうだった。コニ先輩に声をかけるうまい口実が見つかった。

「先輩、ここちょっと見てくれますか。窓枠が開いていて水が中に入ってしまうんですが」

「ならそっと洗えばいいじゃないか」

「でもちょっと見てくださいよ。気になるから」

先輩は吸着盤をガラスに何度か付けて位置をずらしながらローリングで隣にやってきた。先輩の顔は真っ黒に汚れた水の跡が飛び散り、まるで真っ黒なあばたができているようだ。僕は吹き出しそうになるのをなんとかこらえた。

「なんだ? 何がおかしい」

「先輩、その顔、何に見えると思います? 真っ黒なあばたのお兄さん」

「なんだ、お前は違うと思ってるのか? このあばたのアホが」

頬に点々と真っ黒な汚れの跡が飛び散る先輩の顔が、急にてんとう虫の背中のように見えた。そうだ、祖母が見たらこんな声を上げただろう。「まあ、なんて丸々としてるんだろう。可愛らしいうちのてんとう虫たち!」。コニ先輩はロープ師としてベテランな上に、仕事もがむしゃらにするから鮮やかな紅色に七つの黒い点がはっきりと浮き出た食いしん坊のナナホシテントウに違いない。ナナホシテントウは、一日に数百万匹のアブラ虫を食べつくすと祖母が言っていた。整った顔立ちのチャンイ先輩は、赤色に黒い点が二十八個もある雑食性のニジュウヤホシテントウだ。こいつはアブラ虫でもジャガイモの葉でも、ナスの葉でも食べてしまう、常に何か食べるものはないかと探しているような奴だ。僕はなんだろう。まだ若造だから背中の赤色も黒い点模様もぼんやりしているウンモンテントウくらいだろうか。コニ先輩と互いに顔を見合わせ吹きだす。先輩は窓枠のはずれたガラス窓を調べてから、自分のお尻に差し込んでおいたタオルを一つ差し出した。

「窓枠が壊れてる。水が染みこんじまう。中に何があるか分からないからこれに水をつけてそのまま拭いておけ」

「やっぱり先輩は用意周到ですね」

「最近はお前、怖くなった時に恋人の名前呼ばないのか？」

「先輩、またその話ですか。もう勘弁してくださいよ」

いつだったか、一度僕がスヒの名前を口走ったのを先輩は未だ忘れてはいない。これだけでも先輩と話をしたことで、おののいていた気持ちが落ち着いてきた。朝も食べたような食べないような状態なので腹も減り、怖さもある今、ガラス窓にスヒが僕のワンルームを訪ねてきた時の映像がちらつく。もっとも甘美な映像だ。

「オッパ[*3]、サプライズ！　私、目標達成したの。四十七、二十四、二百十二」

「体重とウエストは分かるけど、二百十二は？」

「そんなことも分からないの。アームリーチ、両腕の長さよ。立って両腕を伸ばした時の全体の長さ。機内で棚を開けたり閉めたり、荷物も上げたり下ろしたりしなくちゃならないでしょう」

「やってることに比べて用語だけは偉そうだなあ」

ちらっと眺めると、本当に見て分かるほど細くなっていた。身長百七十三センチに六十キロだった体重を、四十五キロにまで落としたスヒ。ロープ師だけが命をかけている訳じゃない。殺人的なダイエットをして、ありとあらゆるスペックを積み上げ、機内で働くスヒの姿を想像してみた。入り口に立ち乗客に九十度の丁寧なお辞儀をし、機内食を配り、飲料水を注ぎ、免税品を売り、洋式トイレの使い方を知らない乗客が蓋の上にドンと残していった見事な作品、その酷い悪臭を我慢しながら掃除している。いやいや、もしかするとスヒはその間、磨いてきた心肺蘇生術で心筋梗塞の乗客を生き返らせたり、凶器を手にしたハイジャック犯を一瞬の機知と、幼い頃から鍛えてきたテコンドーの実力で制圧し、数百人の生命を助けるかもしれない。僕はスヒがあまりにも軽くなり、風に吹かれて試験に落ちてしまわないか心配だが。まあ今のところは快く喜んでやろう。

「偉いぞ、やったね、スヒ。毎日のように絶食してたけど。結局ボディサイズゲームだな」

「ずいぶん冷たい言い方ね。少なくとも三か国語が喋れて、心肺蘇生術の資格証、教養、マナー、爽やかな微笑にスタイルまですべて揃ってなくちゃならないの。ねえ、ところで私の太ももどう？　まだまだ太いわよね、どう？」

「別に美人大会じゃないんだろう。客室乗務員は何よりも健康じゃなくちゃ。太ももの太さは健康のバロメーターらしいよ」

「オッパのせいでおかしくなりそう。まったく。来週カタール航空のオープンデイがあるの。まずスタイルで審査委員の目を捉えなきゃ」

資格制限無しに選ぶという外国航空会社のオープンデイを思い描いてみる。飢え死にする覚悟でダイエットをしてスタイルを整えた志願者たちが、それぞれのスタイルを誇示して審査委員の前で一回転してから順に並んでいく。一瞬でも口元の微笑を絶やしてはならない。もっと明るく華やかに、七歳の少女のように天真爛漫に、いやアラブの富豪を一目で魅了するような、そんな悩殺的な微笑を。スヒが何度か試験に落ちた後のことだ。

「オッパ、ネイティブのいい先生知らない？　たぶん発音のせいだわ」

「今になって舌を丸めても生粋の韓国人がネイティブになれるとは思えないな。むしろ他の職業にしたら。それだけの根性があるなら大統領府にでも入れるだろ」

「私をなんだと思ってるの。一度やると言ったらやらなきゃ。助けてくれないにしても、そんな気の抜けるようなこと言わないでよ」

それ以上は喧嘩にならないように、僕はキスでスヒの口をふさいだ。そしてさっとスヒのTシャツの下から手を差し入れる。手の平にすっぽりおさまるチーズビスケットくらいの大きさの乳房。

「ねえ、私の小さすぎるでしょう」

今度は小さな胸の愚痴だ。そういう時はスヒが本当におバカさんに見える。また僕の術にはまったな。僕の指先を待っていたように固くなる、干しブドウくらいの乳首。

「いいや、これで十分。小さい方が後で大きくなるっていうし」

今、僕たちにあるのはこの未熟な二つの肉体だけだ。スヒも僕も羽がいまだ固まらず、斑点の色も鮮やかには成熟していない。二人ともウンモンテントウだ。僕は唇を重ねたままスヒを抱いてベッドに行った。長い間我慢してきたものだから僕はあっという間に達してしまいそうだったが、スヒはまだ宵の口だ。その晩、僕は何度も鼻血を出すことになった。僕たちの絶望はこんなふうに未解決のまま手なずけられて処理される。しかし、いつまで青臭いだけで誤魔化すことができるか。

後輩のスヒはまだ僕ほどは敗北の履歴が華やかではない。放棄するにはまだ早いのかもしれない。今まで僕が書いた八十通の履歴書と自己紹介シートが紙くずとなり、空中を舞っている。僕よりも五通多く書いたと言って照れていたチャンイ先輩の顔が見える。大学進学率が約八十パーセントで、ＯＥＣＤ国家の中でも最高レベルにある韓国は誇らしい教育大国だ。だが誰も真実を知ろうとはしない。在学中、合コン一つ参加することなく、死に物狂いで勉強して卒業証書を手にしたところで、就職に直接つながるわけではないということを。大学の卒業証書は結局、趣味生活の資格証に過ぎない。だが何の使い道もなくても、格好をつけるのには一番の紙切れだ。別に役にはたたないが、世界の有名大学の学位をもっている綺羅星のような教授たちが、結婚式の仲人にはなってくれるからだ。道端の道路清掃員をするにしても、まずはその群れに行き大卒の申告をしなくてはならない。大卒の清掃員が箒(ほうき)ではいたところは「学士清掃区域」という立て札が立ち、星が五つ押されているのだから。

　チャンイ先輩は僕よりも五階ほど遅れている。偏屈で気難しくても先輩は完ぺき主義者だ。そのくらいにしたら、と独りつぶやいてから先輩の方を眺める。

「先輩。もうそのくらいでいいんじゃないですか。王妃様の寝室でも磨いてるんですか」

「仕事の最中には話しかけるな。他人におせっかいしている時間があるのか、この野郎」

「隣も見なくちゃ。先輩、ベランダから飛び降りようという人がいても助けられないですよ」

「夢みたいなことを。世の中にそんなことないよ」

「分かりませんよ。飛び降りようとした美人を受け止めて助けたら、先輩を救世主だといって婿にしてくれるかもしれない」

「おまえ、ここがどこだと思ってる。よくもそんな寝ぼけたことを。つまらん空想してないで、さっさと仕事しろ」

　そんなことは本当にないだろうか。三十階建てのマンションで十五階のガラス窓を拭いている時に。

恐怖を追い払おうと僕は、コニ先輩の裏技をつかって歌を口ずさむことにした。「一日でもダメ／もう会いたい／どうしよう私の心を」。下手くそだとスヒからさんざんコケにされた歌だ。一棟のマンションなので一人で作業をしながら「どうしよう私の心を」の部分を喉が痛くなるくらいに繰り返し練習していたら、ベランダの窓が開いた。右に三〜四メートルほどのところだ。うるさいと水を片手にしたオバサンでも出て来るんだろうと見向きもしなかった。しかし、妙な気配がするので振り向くと、予想外に初々しい娘が窓枠によじ登っている。今すぐにでも飛び降りそうな様子だ。僕は吸着盤を付いて彼女に近づく。天空に向かい身を翻そうとした女のもちもちとしたふくらはぎが僕の胸に飛び込んでくる。てんとう虫の飛行のタイミングは絶妙だった。女を注意深くベランダに下ろしてやる。その時、鋭い叫びとともにビシャッと、僕の頬にするどい一発。

「他人のことに何出しゃばってんの。歌うならちゃんと歌いなさい。音痴じゃないの。まったくイライラする」

僕は驚いて女を見つめる。白いTシャツにジーンズをはいた大きな目はどこか遠くをさ迷っているような表情だ。ゆがめた顔で僕を睨んでいた女が両手でギュッと、煙突の少年のように汚い水の流れる僕の顔をさすると、僕の唇に自分の唇を重ねた。抵抗する暇も無い。真っ黒に汚れた水が飛び散った僕の顔も、実はきれいなてんとう虫だということを見抜いてくれる人もいるのか。音痴も時には誰かの助けになることも、と考えながらキスに没頭していると、なぜか男の叫び声が聞こえてきた。下の大きく開いた窓の隙間から聞こえてくる声。

「おい、あんたおかしいんじゃないのか。なぜその窓にだけいつまでも水かけてるんだ。もう十分もたってるよ」

はっと我に返る。女は姿を消し、隣を見るとコニ先輩もいない。先輩ははるか下の方に降りていた。

僕は進度を合わせようとあわててガラス窓を拭きながら降りていった。

この頃の天気は本当に気まぐれだ。少し前には陽が差していたというのに急に風が強くなってきた。映画の中で地下鉄の排気口の風が美女のスカートを持ち上げてから、都心の突風はその名前をとってモンロー風と呼ばれるようになった。名前は魅惑的だが風は強く荒々しい。ビルの壁に当たった風は加速度がつくうえに、抜け道が狭いので荒野に吹く風よりも遥かに強さを増すのだ。台風の際にはビルの壁に一度ぶつかった後、激しい風となって木を根こそぎ引き抜いていったのを見たことがある。僕は吸着盤を摑んだまま、ガラス窓にガムのように貼り付こうと必死だった。コニ先輩も同じように吸着盤をギュッと押し付けてじっとしていた。

僕らよりも少し速度が遅れていて気持ちが焦っていたのか、チャンイ先輩は風が吹く中でも作業を続けている。あんなことをしてたら大変なことになる。てんとう虫が天敵と出会った時には、死んだふりをしてじっとしているのを知らないのだろうか。僕らにはてんとう虫のように足から噴き出す強い液汁もないのに。そして先輩が手を動かそうとした瞬間、風が洗浄機を奪っていった。あわてるチャンイ先輩。右手でロープを摑んだ手に体重がかかってしまったのか、安全板がくるりと一回転した。驚いた先輩が右足をガラス窓につけようとした瞬間、再び突風が吹き、安全板をもう一回転させた。安全板のロープと作業用のロープがぐるぐる巻きにからまり、先輩は身動きがとれなくなってしまった。何とかしようとジタバタするうちに吸着盤まで取り落としてしまう。碇を下ろすところのない安全板は継続して突風に回っている。ロープが完全にからまってしまい、シャックルの調整もできないので地上に降りることもできなかった。

チャンイ先輩も心配だが、今は僕の方もじっと耐えるしかなかった。何を思い浮かべればこの恐怖に打ち勝つことができるか。生命の信号を検出する、ありとあらゆる端子をつけて横たわっている病床の母。マンションの階段にかがんで真鍮を磨いている母。何十回も磨いてようやく光沢がでてきた。偉大で吝嗇な真鍮。波のように大きく揺れ動くお尻。波打つお尻に華やかに咲く花模様。フランス語では母と海は同じ発音だ。母もラ・メール、海もラ・メールだ。僕を受胎し吐き出したお尻。突然ある考えが頭を横切る。僕は母さんのモンペに描かれた花模様なんだ。その花を咲かせようと真鍮を磨く母。安全板から急に他の臭いがしてくるような気がした。これは僕が使っている洗剤の臭いじゃない。珪藻土と汚れた水の混ざり合った母のモンペの臭いだ。その悪臭が今は心地よいペパーミントの香りのように鼻をくすぐる。万一、僕が今落ちる運命なら、僕は母さんのモンペに顔を埋めたまま、その臭いをかぎつつ地獄でも天国でも行くだろう。

　風はまだ治まらない。どうかチャンイ先輩が突風にも生き残れますように。先輩との話はまだ終わっていない。僕たちはこの世から「むやみに見捨てられた身なのか、それとも世の中のありとあらゆる甘い味を楽しもうと生まれたのか」について。モンロー風よ、なぜよりにもよってこのビルのそばから出ていかないんだ。美女の風よ、もしかして僕たちに気があるのか？　そうだとしたら気のある相手が誰なのか言ってくれよ。世の中の偉そうな政治家や作家でも満たしてやることのできなかった君の渇望を、このキム・ウヨンが確実に解決してやる。モンロー風が僕の必死な声を聞いてくれたのか、風は徐々に弱まっていった。コニ先輩が大声で叫ぶ。

「チャンイ、ちょっと待ってろ。俺たちが解いてやるから。ウヨン、お前も早く下に降りて来い。もう一度上に上がるから。上がってチャンイの両側に行く。チャンイ、分かったら手を挙げてくれ」

　死んだようにじっとしていたチャンイ先輩が力なく右手を挙げる。

「先輩、すぐに行くから。しっかりしなくちゃだめだ」

僕は大声で叫んでから、力強い足運びで直線で下降し始めた。降りながら考えた。今日もあちこちでロープ師が墜落したというニュースがあるだろう。それでも社長は、他の会社との頭脳戦の中で入札価格を推し測っているだろう。ロープもうまく解け、下降もするすると無理がない。この職に就いて初めて綱渡りもなかなかだと思った瞬間、下の方から何やらワーワーという声が聞こえてきた。

「今日は仕事の速度がやたら遅いな。皆に知らせだ。午後には、これまで訓練を続けてきた新人のロープ師を一緒に投入する。誰が最も早くきれいに仕事を終わらせるのか見るぞ。これからは経験よりは能力だ。昼飯しっかり食ってこい。二時ちょうどに屋上に集合」

いつ来たのか社長がいつもと違ってなまりのない太い声で叫ぶ。なんてことだ。最近、会社の雰囲気が何かおかしいと思ったら。恐怖を感じることさえ今や贅沢なんだという考えが脳裏をかすめた。チャンイ先輩がへっぽこ哲学を話していた頃が、今になってみるとロープ師の全盛期だったようだ。僕の目の前にはもう壮観な景色が広がっている。五十階建の天辺から数十人のロープ師が各自のロープに掴まり、社長のヨーイドンの合図を待っている場面が。より速く、よりきれいにガラス窓を拭くレースがもうすぐ始まる。命なんて関係ない。順位に入れば生き残れる。

天秤の皿に似ていると思った安全板が、僕の体の値段を量ることになりそうだ。大きな天秤の皿に置かれた僕の命の値段が、ハエの重さとバランスをとりながら降下していく図が浮かぶ。足のすくむような感覚。僕は唇をぎゅっとかみ締めたまま、天空に力強い蹴りを入れた。その瞬間、月暈のように目の前がぼやけたが、不思議なことに天空を切る足が少しも重くなく、怖くもなかった。ウンモンテントウが月暈を解き放ったのだ。羽が生えたように体が軽い。僕はてんとう虫になったのだろうか。僕だけじゃない。一匹、二匹、三匹、四匹、飛び回るてんとう虫が増えはじめる。ほかにもナナホシテントウ、顎の尖ったニジュウヤホシテントウも見える。煙突少年のトムも、オリバーもてんとう虫になって僕のそばにいる。丸くて愛らしい赤、黄、青、オレンジ色のたくさんのてんとう虫が、群れを成して天辺から飛び出す姿、なんて眩しいんだ。

初出は『てんとう虫は天辺から飛び出す』(文学と知性社、二〇一三年)。

＊1 ［ロープ師］ビルの窓拭き職人。日本ではブランコ師と呼ぶ
＊2 ［ゼンダイ］日本語の「膳台」からきている
＊3 ［オッパ］女性が目上の兄弟を呼ぶ時に使う言葉。また女性が親しい間柄の男性に対して使うこともある

初恋

チョン・ギョンニン
全鏡潾

一九六二年、慶尚南道咸安郡生まれ。慶南大学校ドイツ文学科卒業。デビュー作は、小説「砂漠の月」（一九九五年、東亜日報新春文芸入選）。代表作に小説集『海辺の最後の家』（一九九八）、『天使はここに留まる』（二〇一四）、長編小説『私の生涯で一日だけの特別な日』（一九九九）、『情熱の習慣』（二〇〇二）、『月の海』（二〇〇七）、『草原の上の食事』（二〇一〇）、『最低限の愛』（二〇一二）、『額を照らす、足首を染める』（二〇一七）、散文集『蝶』（二〇〇四）、『赤いリボン』（二〇〇六）など。『ヤギを追う女』で韓国日報文学賞（一九九六）、『どこにもいない男』で文学トンネ小説賞（一九九七）、「夏休み」で大韓民国小説文学賞（二〇〇四）、「天使はここに留まる」で李箱文学賞（二〇〇七）、「川辺の村」で現代文学賞（二〇一一）などを受賞した。

人は初恋を思い出すと胸はドキッ、顔はポッと赤くなり、魂が抜けたようにぼーっとした表情になる。そしてこんな慣用句で初恋の話を始める。「そうだなあ。初恋と言えるかどうかは分からないけど……」。初恋とは、実はふたりの間に何も起こらなかった、抑圧された感情に関する追憶だ。しかしそうではない人もたまにはいる。初恋が生涯ただ一つの恋である人々。最初のたった一度の確信が永遠に己をとりこにする時、明瞭でもなく、約束でもない一つのイメージが、存在の結界になったりするものである。

ウンムはアワビを買った薄暗い魚屋のでこぼこした足元に気を取られ、自然に眉間にしわをよせていた。そして男が目に入った。あっとつぶやき、しばしポカンとして濡れてビシャビシャになった地面に足を踏み入れてしまった。サンダルを履いた白い足の指が黒い下水道の水に浸かる。捌かれた魚の内臓から飛び出した生臭く、汚れた墨色……、ウンムは暗い気持ちで男を見た。イカやタコのようなぬるぬるとした異物感が一度に頭に押し寄せてきた。思い出というのはどれほど自発的なものだろうか。想念は記憶の危うい集積を一度に崩してしまう。

膝まで覆った幅広の半ズボンに袖なしの濃い黄色のTシャツを着た男は、店の柱にかかった蠅叩きを手に取ると、並べてある品の上をビュンビュンと振り回し蠅を追った。天井で回っている大きな扇風機の風が男の髪を揺らし滑稽に額を覆っていた。男は汗に濡れた顔にへばり付いた髪をイライラしながらかき上げる。意識をどこか遠くにおいてきた人のように虚ろな表情だった。まるで今まさに昼寝から目覚めたばかりのように……、たぶん、口の中いっぱいに汚い唾とすっぱい口臭がたまっているだろう。

ウンムは男の前にどんな商品が並んでいるのか見なくても分かっていた。片隅を占めているのはゴマ油の瓶だった。そしてコチュカル[*1]と炒りゴマと落花生も置いてあるだろう。小麦粉と食用油と麺類と塩と砂糖、サッカリンと苛性ソーダとベーキングパウダー、ゴム手袋と蝿叩きと蚊取り線香、色も種類も様々なゴムひもと安全ピン、針と糸、防虫剤と芳香剤なども変色し埃をかぶったままどこかに置いてあるだろう。

「スボク万物商会」。それがその店の名前だった。ウンムのようにこの町の人々は看板が無くても店の名前を知っていた。三十年前からあったかどうかは分からないが、もしかすると四十年や五十年前、彼女が生まれる前からあったのかもしれない。まだスーパーマーケットや農協などのチェーンストアのようなものができる前から町にあった唯一の万物商会だった。深い陰に覆われた店の中の土間には唐辛子を粉砕する機械と、ゴマを炒って油を絞る機械、米を粉砕する機械が雑然と置いてあったが、その店はパンアッカン[*2]ではなく万物商会だったので、子供の頃から母さんのお使いはいつもこの店で解決していた。

店の奥の部屋から黒いうちわを手にした女が出てきた。脱色しパーマをかけた髪をねじり上げ、赤い口紅を塗ったすらりとした若い女。見るからに薄い布地のホットパンツを穿き、踵の高いサンダルをひっかけていた。冷たい水でシャワーを浴びたばかりのように肌が引き締まって見えた。女はガムを噛みながら早口で何か言うと、うちわをバタバタさせてサッと店の外に出て行ってしまった。男は無表情に女の後ろ姿を一瞥すると、狙いも定めずにむやみに壁のあちこちを叩いて蝿を捕まえた。

ハロクではなかった。ハロクではないものの、ウンムはハロクが生きて帰ってきてそんな風に暮らしているのを見ているような悲しみと混乱に陥った。ハロクが町のほかの男たちのように歳をとり、子供の頃に見た彼らの父や叔父たちのような姿になり、店子から家賃を取りたてて回ったり、家業を継いで豆腐工場や刺身屋や家具店や万物商会を切り盛りする、小学生の保護者になっていることを願っているのか、十九歳の美しい顔のまま、永遠に沼のミイラになっていることを願っているのか、よく分からなかった。悲しみは二つのうちのどちらを選択することもせずに、ただただ純粋にウンムの内面に充満していた。

　ハロクの弟を子供の頃に何度か見たことがあった。濃い眉と柔らかな薄い紅色の唇と艶のある褐色の肌は同じだったが、実際はハロクとは全く違う子供だった。平凡で、寡黙で、素朴で、ある面では少し足りないようにも見える子供だった。彼はいまや肉もつき体も太って丸くなり、意味もなく視線を引いた濃い眉毛とゆがんだ薄い紅色の唇さえも倦怠に満ち、世俗の垢にまみれて見る影もなくしぼんでしまっていた。褐色の肌もその家の人間特有の艶は消えうせ、どこか体の具合でも悪いのか黄色く浮いて見えた。

　美容院と電気店の間の眼鏡屋でウンムは、もう一人知った顔を見た。小学校のバレエ部で一緒に踊った女の子だった。先生の言うことが理解できず、体が思い通りに動かないのでいつも罰を受けていた子だった。その子が年をとって体もすっかり大きくなり、顔は雨に濡れて乾いた新聞紙のようにしわくちゃに膨れ上がっていた。娘時代に流行っていたような、全然似合っていないロングヘアーにパーマをかけているので、より色あせて無残な姿だった。彼女はわけの分からない不幸に酷く怒っているような顔つきで、客のいない店のカウンターに一人立っていた。眼鏡店を通り過ぎると、幼い頃に菓子卸問屋だったところはファストフード店になり、時計の修理屋はカジュアルブランドの洋装店になっていることに改めて気付いた。急に町から色が消え去り、通り一面が色あせた白黒画面に変わっていった。
ウンムは二人の子供の夏休みを利用してすでに五回も、高速道路を三時間も運転してこの町に帰ってきていた。そして必ず市場に寄ってアワビを買い、暗くてジメジメした市場の中を歩きまわり、病にふせっている従姉の家に見舞いに行った。スボク万物商会の前を五回も通りすぎたというのに、これまでは一度もハロクのことを思い出すことも、眼鏡店の女を見かけたこともなかった。ファストフード店と洋装店の前を通り過ぎる時にも、何の記憶もない異邦人が小さな町の通りをただ歩いているように、放心したまま通り過ぎていたのだ。前の年もそうだったし、その前の年にもそうだった。五年前にも、八年前にも、十年前にも……。結婚が突然作り上げた実用的な歯車に組み込まれ、一切の精神的な関係を喪失してしまったかのように、あるいは恋愛して結婚した二人が互いの成長期について何も言わなくなるように……、結婚がそのように強固な形態なのに比べて、ハロクはウンムの人生に、そんな風にか細く、ぼんやりと繋がっていたのだ。それは事実だった。何も起こらなかったのだから、すべての初恋がそうであるように。

台風は避けて通り過ぎたものの暴風雨が吹き荒れた後なので、日差しは炎のように熱かった。ウンムは道路際に停めておいた車に乗るとすぐに窓を下ろしエアコンを作動させてサングラスをかけた。八月ももう数日しか残っていなかった。車をスタートさせる時に、ペンキ屋の前に置かれたソファーに座り、うちわで扇いでいる二人の老人が目についた。老人たちの顔にも見覚えがあった。一人は大きな荷物用の自転車にガラスや鏡を載せてやって来て、弟たちの割ったガラス窓や鏡の大きさを物差しで測り、まるで画用紙を切るようにガラスをナイフで切った後、手品のように付け替えてくれたガラス店の男だった。

そしてもう一人は、練炭の配達をしていた少し頭の足りない男だった。彼は幼い頃もそうだったが今も相変わらず頭を左右に少し揺らしていた。ガラス店の横にはまだ洋服店があった。友達の父親のやっている店だった。「テソン洋服店」。不思議な話だ。衣類ブランドのチェーン店がいくつも立ち並んでいる通りに、未だにオーダーメイドの洋服店があるなんて。そして交差点にはイタリー洋靴店もそのままあった。ナミャンアロエの代理店とパン屋のパリバケットの間だった。天然パーマの髪を肩まで伸ばし、いつもスーツを着て白い靴を履いていた靴屋の主人は、ハロクが唯一、先輩と呼んで慕っていたハンサムな青年だった。

風呂屋と喫茶店と薬局と飲食店に分かれた昔の交差点は、今や新しく建った建物のせいで薄暗い横丁となり、四車線道路に変わった道には二百メートルほど先に新しい信号まで設置されていた。ウンムは信号で停まった。その道だった。バスが停まったのは……。ここに来てしまった以上、そのまま通過することはできないことはウンムも分かっていた。一時は故郷に戻るたびに、まるで訪問を許される手続きのようにハロクと関係のあった暗い記憶の森を通り過ぎなければならないこともあった。ウンムは誰かに強靭なピアノ線のようなもので頭の後ろを引っ張られているかのようにゆっくりと振り返った。首がガチガチに凝っていた。

十九歳、都会の大学に通っていたウンムは、最初の夏休みを迎えて故郷に帰ってきた。交差点を曲がるとすぐに高速バスは停車した。警察が道を封鎖していたのだ。舗装されたばかりの二車線のアスファルト道路は石炭のように真っ黒だった。鉄の塊でできたローラーで道を固めているおもちゃのようなローラー車も道端に放りだされていた。道の両側の店の店主たちも歩道に出てきていた。空には生クリームのような雲が浮いており、火鉢の中のような熱い空気が石炭のこげた臭いと石油の臭いが混じったまま微動だにせずに停まっていた。乗客はバスの窓を開けて窓から顔を突き出した。イタリー洋靴店の前の薬局から上半身裸の青年が警察官を押しのけて飛び出してきた。道の真ん中で青年は空に向って鳥が飛びたつように高く跳んだ。黒のズボンの上に露出した褐色の上半身は、ゴムのように強靱だった。日差しがまるで甲羅のように上体を覆い、表情もそのまま空に飛んでいきそうだった。青年は天に向かって何か叫ぶと駆け出した。まるで跳び箱を跳ぶために跳躍する運動選手のように正面のその何かに向かって恐ろしい速度で駆け出したのだ。警官三人がばたばたと青年の後ろを追いかけていった。青年は路地から飛び出してきた警官と肩がぶつかり転がってしまい捕まったが、両脇を摑まれたまま巨大な鳥が羽をばたつかせるように何度もまた空に飛び上がろうとしていた。ハロクだった。ハロクは見違えるほど背が伸びていた。ほとんど二メートル近くに見えた。真っ黒な縮れ毛と閉じ込められた獣のような、倦怠に満ちた哀切なふたつの瞳、鋭い角度をなすまっすぐな鼻筋と攻撃的に盛りあがったきりりとした顎……、それがウンムが見たハロクの最後の姿だった。ハロクはその年の夏、十九歳で死んだ。

ハロクがいつからウンムの人生の中に入ってきたのか正確には分からない。

ウンムが中学生になった時、「私たち幼稚園の同級生だよ」と言う女の子の持ってきた幼稚園の卒業写真に彼を見つけた。それでハロクと最初に会ったのが幼稚園だったと分かったのだ。もしも、幼稚園の同級生だと主張するその女の子と会わなかったら、そのことは謎のまま終わっていただろう。

幼稚園に通っていたウンムは、ときどき戸棚の中のお菓子を黙ってカバンに入れ持ち出していた。お菓子を密かに持ち出す瞬間の感覚を今でも覚えている。それは決して自分が食べるためのものではなかった。また幼稚園の他の子供たちに分けてあげるためのものでもなかった。幼いウンムは黙って持ち出す行為より十倍も、密かな贈与の行為に対する期待で胸が震えていた。

養護施設を兼ねた幼稚園は、線路脇の急なセメント階段の上にあった。幼稚園の鉄門のそばには大きなアカシアの木が立っていた。階段を上がる時、度々通り過ぎる汽車の巻き起こす風と、汽車の車輪の苦しげなうめき声のせいで、アカシアの花びらがはらはらと散り、黄色いアカシアの木の葉が舞っていた。幼い女の子は、青いペンキがところどころ剝げてさび付いた欄干を力いっぱい握って、汽車が通り過ぎるまで目をしっかりつぶっていた。

幼稚園の門を入ると真正面に遊び場があり、水飲み場の横には大きな釜のかかった小さな調理室があった。子供たちの給食用のトウモロコシ粥や牛乳粥を炊くところだった。そして反対側の広い庭の端には平屋建ての木造の養護施設があった。養護施設は枕木のように黒い色をしており、幼稚園は砂糖のように白い色をしていた。幼稚園の教室は水飲み場を過ぎた先の低い石階段の上にあった。幼稚園の飾り棚にはフランス製の珍しいおもちゃが飾ってあった。金髪の人形と動物の大きなぬいぐるみと精巧な艦船の模型とフランスの家々……。

幼稚園時代は幸せだった。でも誰の顔も思い出せない。まるでのっぺら坊や透明人間のようにぼんやりとしていて、途切れ途切れのささやきと事物だけが、ゆらゆらと揺れ動いている。くるくる回る庭の遊具、子供たちの笑い声、高く積み上げられたおもちゃの積み木、絵本、動物のぬいぐるみ、がらんとした広い板の間、おやつに飲んだ牛乳、いくつかの歌と小さな歌声、何よりも最も印象に残っているのは、南側の壁を飾っていたガラス窓だった。水のように揺らめくようにも見え、ゼリーのように柔らかいようでもあり、氷の塊のように冷たいようでもあった、非現実的できれいに磨かれたガラス窓……、その時代の記憶の中に男の子の顔はない。もちろん彼女自身の顔も、私たち幼稚園の同級生だったのよ、と言っていた女の子の顔も。

すべてが夜明け前の朝霧のように白くぼんやりしているだけだった。ウンムは成長期のどの時点で、自分がウンムだということを知ったのか分からなかった。長い間、のっぺら坊のように誰のものでもない顔で育った気がした。ウンムが覚えているのは、まだ自分の顔の見分けも付かないその幼い女の子が、密かな関係に喜びを感じ、それを繰り返すためにちょくちょく黙ってお菓子を持ち出し、そしてそのお菓子は間違いなく幼稚園の子供の中の誰かにあげていたものだったということだ。

幼稚園を卒園した後、ハロクとウンムが再び出会ったのは、それから三年後の小学校の講堂だった。ウンムはバレエ部員として講堂に入っていった。講堂には跳び箱の練習をする体操部の男子のトントントントンという音が響いていた。助走と跳躍と着地の音だった。床にはマットが敷かれ鉄棒台が設置されており、高さの違う平均台が講堂の壁にそって延びていた。そして講堂の両脇の壁には「北朝鮮の実情」という赤と黒と白そして黄土色で塗られた悪魔派の画風とでも言えそうなポスターが隙間なく貼られていた。

何気なく頭を上げたウンムの目に一人の男子生徒が映った。青みがかった黒い縮れ毛に褐色の肌、紺色の運動着を着た痩せて頑丈そうな男子だった。彼は風を切って走ってくると跳躍した。三段の跳び箱が置いてある。三段の跳び箱を軽く跳び越えるとその男子は安定した姿勢でマットの上に着地した。彼の目が、目を丸くして見つめていたウンムの目と合った。

するとウンムは、くすねたお菓子と贈与の喜びが思い出された。そしてすっかり忘れていた記憶が一つよみがえった。幼稚園の遊び場だ。子供たちの声が騒々しい。ウンムはある敵対的な雰囲気の中で泣いている。するとある瞬間誰かが現れる。すると急にウンムを取り巻いていた空気の構図がピタッと変わる。ぐるぐる回る鳥かごのような形をした遊具に乗っていた子供たちが押し黙ったまま器具からおり、ウンムは一人で器具に乗り丸く曲がった鉄を摑んだ。誰かがゆっくりと器具を回している。彼の笑い声が聞こえる。器具は地面から抜け出し、空に飛んで行くように勢いよくぐるぐる回った。それでもウンムは怖がりもせず雲の中に埋もれたように優しく微笑んでいる。その時の感情は大人になり、見知らぬ町の児童公園を通りすぎる時にも、心の奥深くから蘇りウンムを微笑ませた。

　ウンムは自分が彼を知っていることに気付いた。名前も歳も家も分からないが、ウンムは彼を知っていた。おかしなことだった。わけの分からない事実だった。九歳のハロクとウンムは懐かしさと好奇心に包まれた顔できょとんと互いを見つめていた。ずいぶん経って中学生になったウンムに一人の女の子が「私たち幼稚園の同級生だったのよ」と言って写真を見せてくれた時になってようやくおぼろげながら納得できた。

　体育の教師は背が低く色白の独身の先生だったが、あだ名は毒蛇だった。彼は毒蛇のように獰猛(どうもう)だった。ある日、彼は体操選手たちを一列に並ばせ訓示をしていたかと思うと突然、履いていた褐色のプラスチックのサンダルを脱ぐとハロクの頭を殴りだした。ハロクは両手で頭を抱えて亀のように首をすぼめて床に転がった。それを皮切りに毒蛇は、手当たり次第にサンダルを振り回しはじめ、選手たちが順に倒れていった。舞台の上で練習していたバレエ部員たちは身動きもできずに息を殺していた。講堂の中には「白鳥の湖」が静かに流れていた。ウンムはその場に立ち尽くしたままお漏らしをしてしまいそうになった。体操選手たちはウンムと同じ三年生にすぎず、そんな体罰を受けるには体が幼なすぎた。しかしどんな形であれ体罰なしに練習が終わる日はほとんどなかった。チョウセンブナの枝で尻を二十回ずつぶたれるか、平均台の上で逆立ちをするか、運動場を十周するか、拳骨かサンダルで殴られるか……。

　三年がまた過ぎ、学校を卒業するまでにハロクが受けた体罰の量はどれほどになるだろう……。それほどの体罰は、後に復讐を誓うような恨みになるのではないか……。四年生の運動会の日、バレエ部と体操部の選手たちは公演をした。その日、ハロクは鉄棒のデモンストレーションをしていてあやまって地面に墜落してしまった。非常に高い鉄棒から三回転をして飛び上がったものの、まるで風に吹かれた洗濯物のように浮き上がったかと思ったらすぐに、敷いてあったマットを越えて真っ逆さまに地面に落ちたのだ。人々はあーっとかすかな悲鳴をあげた。ハロクは担架に乗せられて保健室に運ばれ、しばらくすると救急車がやって来た。そしてハロクは四週間後に再び学校に戻って来た。

　五年生になった年だった。その年にハロクは全国少年体育大会に出場し賞を受賞した。ウンムはバレエ部を退部した。ハロクが体操選手を辞めるのは癲癇でも起こさない限り不可能だったが、ウンムがバレエ部を辞めるのは簡単だった。全身の力を抜いて二週間ほど仮病を使い、父にせがめば十分だった。ウンムがそれ以上講堂に行かなくなったある日、校舎の裏で出会ったハロクは、拳骨を握り締めて容赦なくウンムを殴った。ウンムはずいぶん後になってその時に殴られた理由が分かった。ハロクが毒蛇に殴られるのを何度も見たからだった。そしてそれ以上、殴られるのを見なくなったからだった。恥辱とは慣れてきた時と我慢できなくなる時があるものだ。ハロクは小学校を卒業した後、体育の特待生に選ばれ大都市の中学に進学した。


線路下のガードを抜け、家具工場を過ぎると住宅街が広がっていた。五階建ての古いマンションが見え、新しく建てられたマンションの黄金色のモデルハウスも現れた。そしてモデルハウスを過ぎると、やみくもに建てられた小さなマンションとその間に埋もれた昔の住宅、血管の浮いた老婆の足のように歪んで破裂した狭い舗装道路が現れる。住宅街だというのにチキンとピザの店、焼肉、焼鳥などの飲食店とカラオケボックスなどがひしめいていた。その密集した住宅街の中でも、従姉の家は最も古かった。子供の頃には、教育委員会と鉄道駅の間の野原には二、三軒の家と豆腐工場があるだけで、従姉の家は緑の波の上にプカプカ浮いているクレメンタイン[*3]の荒野の一軒家のようだった。

伯母は糖尿を長いこと患い、従姉が二十一歳の年に亡くなった。従姉が小児麻痺だったので娘のことが心配な伯母は臨終の床でも死ぬに死にきれず、苦しみながらさらに一か月近く息を引き取ることができなかった。従姉は伯父と二人でその家に住み二十四歳で結婚した。非常に整った顔立ちをしていた夫は、結婚からわずか三週間後に家を出て行った。男が出て行った後、親戚の者たちは噂しあった。伯父が男の家に約束した金を渡さなかったからだ、男にはもともと女がいて最初から結婚詐欺だったんだ、金をもらったら心変わりしてさっさと逃げ出したのだと。そして離婚しようともせず、依然として夫の家のことにまで口を出して平気な顔で暮らしている従姉に対して、身の程しらずに欲を出して結婚し、それがうまくいかなかったので、今度は自分の失敗を認めるのが嫌で意地を張っているのだと噂しあった。従姉は伯父とともにその家で暮らし続けた。そして五年前に伯父まで亡くなると、従姉は完全に一人ぼっちになった。

子供の頃、ウンムは従姉の行動範囲の中で育った。従姉の暗く狭い部屋と衣擦れの音のような少し荒い息遣いと口から漏れる甘い匂いと、落とし穴に落ちたように限りなく波打つその歩き方と、絹やレーヨンなどの柔らかい布で作られたオーダーメイドの服、香りと味の違ういろいろな種類のガム、華やかなマニキュアの塗られた爪、美しい色のレース……、従姉は特にウンムをかわいがりいつも側に置きたがった。胸がふくらみ始めた頃に美しい刺繍を施した厚い胸隠しを作ってくれたのも従姉だったし、布屋から一番柔らかい綿を買ってきて生理帯を準備してくれたのも従姉だったし、女子高生になった時に手鏡とガードルを買ってくれたのも従姉だった。

　ウンムは五軒の家が並んでいる路地で車を停め、三番目の家の塀ぴったりに車をつけて駐車した。草木がとくに生い茂っているその家は、乾いた血のような真っ赤な実をつけた石榴(ざくろ)の木が塀の上から身を乗り出していた。玄関までの狭い通路を除けば、庭は伸び放題になった草木と濃い紫色の花をつけた紫露草と赤いダリアで溢れていた。庭は長い間手入れがされていないので湿った臭いがしていた。子供の頃から従姉の家にはカタツムリとミミズと苔と埃が多かった。家は広く家族が少ないからだった。庭には赤とんぼの群れが縦横に飛び交っていた。

　家はリフォームされていて、昔のままなのは屋根と柱と骨格くらいだった。板の間はサッシが温室のように張りめぐらされ、狭い玄関のドアは固く閉じられていた。ドアを開けて家の中に入っても何の気配もしなかった。部屋の入り口に新聞紙が敷かれその上に安っぽい男ものの黒い靴がおいてあった。ウンムは合成皮の靴のサイズを見ながら従妹の部屋の前でしばしためらってからドアを開けた。薄暗い部屋は床擦れと潰瘍の臭いに満ちており、ウンムは自分でも知らないうちに目を閉じてからそっと開けていた。わざわざ合わせたように扇風機が壁の方を向いており、病人は薄い麻の布団をかけて眠っていた。

　臭いの酷さに比べれば、部屋の中は丁寧に掃除されていて清潔だった。枕もとの小さなテーブルの上には、見事なほどに新鮮に見える五鉢の蘭の鉢植えと従姉の入れ歯がおいてあった。入れ歯は鮮紅色の人工歯茎のせいでなお一層、異様に見えた。ウンムは、入れ歯を取り出した後の従妹のすぼんだ口と虚しくへこんだ布団の片足の部分をぼんやりと見下ろしてから、そっと後ずさりした。部屋のドアを閉めて出る直前に壁にかかった男物の背広の上着を見たような気がして、ウンムは再びドアを開けてみた。間違いなく、くたびれて見る影もない夏物の背広がかかっていた。従姉は相変わらずぐっすり眠っていた。起こしてたずねようかとも思ったがやめておいた。患者なのでなかなか寝付くのが難しいこともあったが、最近は頭が混乱している時も多かったからだ。痛みのせいか従姉は二十歳以前の世界にとどまっているようだった。ウンムを叔母さんと呼んでみたり、看病をしてくれている向かいの家の若い嫁をヨンニミと呼んだりしていた。ヨンニミというのは従姉の家で昔働いていたお手伝いさんの名前だった。

台所の前の小さな中庭には従姉の服と見られる洗濯物が水滴をぽたぽた垂らしながら、乱雑に干してあった。わずか数分前まで誰かが洗濯をしていたようだった。ウンムは不満そうな顔で服を一つずつ手に取ると、しっかり絞ってからまた干し直した。その誰かは、家事に不慣れなようだった。従姉の面倒を見てくれている向かいの家の若い嫁のしたことではないようだった。ウンムは裏庭の方から流れてくる煙の元を見に行き唖然としてしまった。柿の木の下に集められたゴミに火がついているのだ。家の中で火を使っているというのに誰もいないのは納得がいかなかった。ウンムは驚きのあまりすぐにバケツに水を汲んできて、まだ燃え尽きていないゴミの山の上から水をかけた。台所に入ると今度は薄鍋がガス台の上でぐつぐつと煮えたぎっていた。ウンムは驚きのあまり台所を見回したが、やはり数分前に皿洗いをしたように器とシンク台がびっしょり濡れていた。一方の片隅には、ジューサーが使ったままの状態で洗いもせずにカスがこびりついたまま置いてあった。ウンムは眉をひそめた。

すぐに向かいの家の嫁のところに行き問いただそうかとも思ったが、思いなおして米を研ぎ水に浸した。そしてアワビを切ろうと周りを見回すと、とんでもないところに置かれたまな板と包丁とぎゅっと絞った布巾を見つけて、また首をかしげた。台所の様子はやはり普通ではなかった。間違いなく向かいの家の嫁のやったことではなかった。男物の上着と靴が思い出された。サイズがかなり大きい、二十七センチくらい……、そして壁にかかった男物の服のサイズも大きかった。この家に来る男など誰一人想像できなかった。ウンムはほんのわずかな期間、従姉の亭主だった男の顔を思い出した。彼が帰ってきたのだろうか。万が一でも、そんなことがありうるだろうか。あの男が従姉の血のついた服を洗い、ゴミを燃やし、鍋に水をいれてガスにかけ、布巾を絞るだろうか。あの男は今はいくつになっているのだろう。あんなに輝いていた人も年老いているのだろうか……。

「外出はほとんどしないんだけど、久しぶりに叔母さんが訪ねてきたんで、叔母さんと一緒に母さんの実家のある町に行ったの。叔母さんはそこで昔の友達に会ったものだから、私一人を真桑瓜畑に残して友達の家に行ってしまった。一人で瓜畑の小屋に座っていると雨が降ってきたの。雨が降り出すと、黄色いマクワ瓜をカゴにいっぱい入れた農家の若者が作業を中断して小屋の中に飛び込んできた。若い男は服についた雨水をぱっぱっと払い落とすと、濡れた手でマクワ瓜を一つとって私に差し出し、剝いて食べろと言ったの。その黄色いマクワ瓜を摑んだ手の何と美しかったことか……。その男は私に話しかけ、一人でいろんな話もして、何か尋ねたことに私が答えるとハハハと笑ったりもした。その日私は一目で恋に落ちてしまったの、体の不自由な私に親切にしてくれたその農家の若者に。男の人を好きになったのは生まれて初めてだった。いや、そうじゃない、私は恐怖に打ち勝ち誰かを好きになってしまったの。誰かを好きになれば恐ろしいことが起きてしまうことを知っていたから、そんなことは夢にも考えていなかったというのに。陽がすっかり暮れても、微動だにせずにその場に座っていた。叔母さんが私を迎えに来るという言い訳をして。雨が止むと男は残りの作業をするために、薄暗くなった畑にまた入って行った……」

ウンムに初潮のあった十四歳のある日、従姉がそう話してくれた。それは従姉が結婚して三年目の年だった。

「数日後にまたマクワ瓜畑に行ったら、その男が沈痛な面持ちで私の歩く姿をじっと見ていた。男は私が足を引きずることを、その時になって初めて知ったの。その日から毎日通った。その男はだんだんと私を怖がるようになっていった。もちろん私も怖かった。それでもやめることができなかった。私の体からは時々刻々と聞こえてきた。あの人を自分のものにできなければ崖からとびおり死んでしまうと……眠っていても起きていても、崖の上から落ちて背中がばらばらになってしまうようで、恐ろしくて呆然とした……生まれて初めて意地を張ったの。いや、意地じゃない。それは私の運命だった。二か月近く眠ることもできずに、食べたものも吐いてしまう瀕死の状態だったから、父がその町の人を通じて仲人をたてて金を持って行かせた。その人は九人兄弟の長男で、土地の一つもない極貧の農家だということだった。ひとマジギ[*4]の田んぼを持つのが夢だという若くもない男を金で買ったのよ。人々は体も不自由なくせに図々しい女だと陰口を叩いていたけど結局、九か月目に結婚することができた。お前も私の結婚式おぼえてるでしょう。あの日は本当に美しい日だった……。五月だったよね。家々には蔓(つる)バラが美しく咲き乱れ、ボタンが散った後に今度は芍薬のつぼみが開こうとしていた。あの写真立ての中の写真を見て。両家の親戚も皆写っているし、背広を着た彼がしっかり私の隣に立っていて、私はまぶしいほどに真っ白い絹の韓服を着て、高くて長いベールをかぶっているでしょう。見て、皆、あんなにうれしそうな表情をしている。本物の結婚よ。そう見えるでしょう。式が終わると私たちはバスに乗り海水浴場の近くの旅館に新婚旅行に行った……」

早口で流れるように話していた従姉は唇をぎゅっと閉じると、堪えるように深いため息をはいた。目は赤くなり涙がいっぱいたまっていた。

「あのきれいな手、白い顔、長くまっすぐな腰と、あんなに優しかった口調と仕草……でもそれはただの一度も私のものにはならなかった」

従姉は紫色の糸でブドウの房を刺繍したハンカチを取り出すと、顔を隠してしばらくの間泣きじゃくっていた。

「あの人が出て行った後にいろいろな噂がささやかれた……。向こうの家は、お金は返すから離婚しようと言ってきたけど、私は金も受け取らず離婚もしないと言い張った。ウンム、あなたのお父さんは返してもらってくると怒ってたけど、私はその金をもらってきたらこの場で舌噛みきって死んでやると脅かした。うちの家の人間も、向こうの家の人間もみんなが一斉に私のことを怒ったわ。体の不自由な娘が嫌だと逃げ出した男をあきらめもせずに蛭のようにくっついて離れないと……そういうわけ。みっともない生き方はしないと決めていた私が、実に執念深く破廉恥を貫きとおした。もともと私は結婚しないと決めていた。できるだけ侮辱されないように、きれいに潔く生きて死んで行こうと、それが私の肉体の運命だと考えていた。こんな体でどんな結婚をするかは分かり切っていた。そしてその結婚がどれほどつまらないものかは火を見るよりも明らかだった。普通の人間なら苦労するのも意味があるように見えるかもしれないけど、私のような人間にはただただ惨めでみっともないだけ。それがあの人に出会ったの。結論から言えば、ウンムちゃん、これは父さんたちには秘密だけど、私は結婚した後、あの人が逃げ出すと分かっていたの。でもね、あのね、私は他のことも分かってた。彼がどんなに遠くに行こうとも、人生の最後まで逃げても、彼には私が唯一の妻だという事実……。彼には残忍で、私には悲しいことだけど。でも私たちはたとえ不幸でも一緒に人生を終えるの。そうでもしなければ私に何が起きるというの」

十七歳の夏にウンムはハロクとまた会った。ウンムが都会の下宿から帰省して一週間目のことだった。乾燥した暑い日々が続いていた。ウンムは母の台所仕事を手伝ってジャガイモの皮を剝いたり、ワカメの茎を炒めたり、チヂミを焼いたり、「完全征服英語」や「数I定石」などと格闘したり、毛糸玉で猫と遊んだり、従姉に会いに行ったり、ラジオを聴いたりして夏休みを過ごしていた。

その日は日曜の昼間で、ウンムはシャワーをした後、板の間に横になり英語の文法書の付録のところを開いてアメリカの州の名前を憶えていた。オレゴン州、モンタナ州、ノースダコタ州、ミネソタ州、アイオワ州、ミシシッピー州、ネバダ州、テキサス州、ジョージア州、バージニア州、ネブラスカ州……。弟たちは教会に行き、母は昼の約束があると言って外出していて留守だった。家の裏の郡庁のテニスコートからはテニスボールの跳ねる軽やかな音が聞こえていた。父と同僚たちは、ウンムが子供の頃から日曜日になるといつもビールを賭けてテニスの試合をしていた。

扇風機で髪を乾かしながらテニスボールの響きに耳をすましていると、この上なく平和で、体の中から時間が無為に過ぎ去っていくのが感じられた。時間が消え去り、風景も消え去り、自分自身も消えていく。鏡を見ると厳しく養育されている内向的な女子高生特有の澄んだ瞳が映っていた。時間の有限性の上に、月のように明るく輝く、静かで空虚で潔癖な瞳。ウンムは忘れていた大事な仕事があるかのようにせわしげに板の間をうろうろしていた。まるで見えない出血を続けているような浪費の感覚。

しかし、そんな倦怠と不安定な平和は、日曜日のちょうど半分を過ぎたところで突然終わった。正午だった。誰かが庭に敷かれた砂利を注意深く踏みしめながら家の中に入ってきた。ウンムと同じくらいの年頃のおかっぱ頭の女学生だった。背が低く顔が陽に焼けたかわいい顔をした少女は、ウンムがきょとんとした顔で座りなおしている間に、板の間の下まで来るといきなりたずねた。

「ハロク知ってるよね?」

ウンムはうなずいた。

「ハロクが、今すぐ会いたいって言ってる」

「……」

ウンムは不思議なことにその瞬間が来ることを知っていたとでもいうように別に驚きもせず、ハロクが少女を使いによこしたことに抵抗も感じなかった。

「どこにいるの?」

「沼にいる」

「そんな遠くに?」

「私たちが連れてってやる」

「私たち?」

「うん」

少女は門の外を顎で指した。誰かと一緒に来たようだった。

ウンムは袖の丸い黄色い半そでのワンピースを着て真っ白な靴下を穿き、父の夏の登山用の帽子をかぶり、黒のエナメルの靴を履いて出て行った。門の前にはオートバイに乗りヘルメットをかぶった少年が二人待っていた。少女のするとおりにウンムも一人の少年の後ろに乗り込んだ。オートバイはウンムの父がテニスをしている郡庁の前を過ぎ、畑の真ん中を通る農道を猛スピードで走っていった。帽子はすぐに脱げた。幸い、紐がついていたので飛んではいかずに背中にくっついていたが、風に吹かれて大変だった。薄い布のワンピースはもっとどうしようもないくらいに風に吹かれている。何か大きな間違いをしているような気がしたが、ウンムはなす術もなく目の前を汽車が通りすぎる時のように目を半分ほどつむったまま、頼りない少年の腰を後ろからしっかりつかんでいた。

彼らが橋の上を通り過ぎるのを、川で泳いでいた子供たちや魚を捕っていた男たちが顔を上げてポカンと見つめていた。ウンムは穴があったら隠れてしまいたいほど恥ずかしいのと同時に、とてつもない秘密を抱いた成熟した女性になったようなおかしなプライドに囚われた。彼らは、町に進入する欄干のない橋の上に人々が集まり一様に下を見下ろしているのを見て、オートバイを突然止めた。そこでは川に落ちた車を二台の耕運機が引き上げていた。好奇心が満たされると少年たちは「なんだつまらない」と言ってまた走りだした。トマト畑を過ぎると蓮根畑が続いた。そしてよどんだ川の水の生臭い臭いがただよってきた。少年たちが三叉路でオートバイを止め小豆の入った氷菓を買ってくると、四人はプラタナスの木陰に座って氷菓を食べた。氷菓を食べている間中、少女は乗って来たオートバイの少年と冗談を言い合っていた。ウンムには誰も話しかけてこなかった。

小さな果樹園の前から狭い小道に入り、方向を変えるためにオートバイの速度が落ちた。すると、まともな垣根もないタマネギ農場の屋根だけの倉庫の前で、五十歳ぐらいの女が垂れた乳房をあらわにしたままスカートを身に着けようとしているのが見えてきた。少年たちは自分の母親くらいの年頃の女に向かって口笛を吹きながら拳をにぎった腕を突き出して見せた。女は胸を隠そうともせずに驚いた目できょとんと彼らを見つめていた。少年たちと少女はゲラゲラ笑い、ウンムはなぜ女が真昼間に道端で胸を丸出しにしていたのか、彼らがどうして自分の母親くらいの年齢の女に卑猥なジェスチャーができるのか、理解ができなかった。ウンムは少年の腰をつかんでいた手をそっと放した。

沼に入る道は荒れていた。道の両側にはウンムの背丈よりも高い雑草がびっしり茂り、埃をかぶってしおれており、小さな沼地では農薬でも撒いたのか死んだ魚が腹を上にして水面にたくさん浮いていた。陽に焼けたような赤黒い水草が生い茂った空き地にはところどころ廃タイヤが転がっていた。道端のポプラの葉には土埃が厚く積もっており、枝は長く伸び膝あたりまで水に漬かっていた。ポプラの森が終わると突然沼が現れた。

沼に沿って角を曲がると一軒屋が現れ、彼らはその前でオートバイを停めた。そして家の前のしだれ柳の木に縛ってあった古い木造の舟の縄を解くと、ぞろぞろと舟に乗りこんだ。ウンムはしばしためらったが、一斉に促す六つの目に促されるように彼らのするとおりに従った。少年が一人、長い棒で押しながら舟を沼に漕ぎ出した。母鴨を先頭に五羽の子鴨が羽を広げて舟の傍をばちゃばちゃと過ぎていった。ウンムはその時、初めて沼を見た。どろどろした泥水の上にはいくつもの種類の水草が茂っており、舟は水草を割ってどうにか進んでいるようだった。まるで剝製のように見える大きな真鶴が水の中に立っていたが、彼らが近づくと驚いて、その大きな羽を広げて低く飛び上がった。沼からは、熱く野性的で清冽な真水の匂いが立ちのぼっていた。水面の上の空気はあまりに静かで、巨大な磁石が大気を吸い上げてしまったような緊張感がただよっていた。ポプラの森に見える小さな島に舟をつけると、色あせた黒いTシャツを着たハロクが現れた。彼は特に表情も変えずに舟から降りたウンムを見つめていた。それだけだった。

ハロクは最後までウンムに一言も声をかけず、そばに来ようともしなかった。少年たちと少女が薪を焚いて沼からとった巻貝を焼いてその中味を食べている間、ウンムはそれを食べる気にもなれずただただじっと座っていた。ハロクは巻貝を酒の肴に焼酎を飲み、タバコをプカプカふかしていた。誰もハロクに話かけずウンムにも話かけなかった。ハロクは身長がずいぶん伸びており、まるで人間に内在するありとあらゆる感情の沼を全部見通しているかのような表情をしていた。出口のない沼のようにハロクも憂鬱そうで、しかも激情的に見えた。

沼に夕暮れの霧がたちこめ、風景は白黒の水墨画のように曇っていった。彼らは再び舟を出して小さな島を後にした。沼の岸辺の空き家は彼らの一人の親戚のおばあさんの家だった。今は息子の家に行っており空いているので、おばあさんが家を空ける夏の間は、ここが彼らのアジトになっているようだった。ハロクはオートバイに乗ると上着を手に取りウンムを振り返った。山葡萄のように黒い瞳と乾いたように曲がった紅色の唇が美しく、一瞬ウンムは何をすればいいのか分からずぼんやりと立ち尽くしていた。ウンムが近づくとハロクは大きな夏用のジャンパーをウンムの肩にかけ首の下までファスナーを上げてくれた。ウンムはハロクの後ろに乗り、彼の腰を摑んだ。ハロクの下着からは熱くて清冽な沼の匂いがし、彼の首の後ろと黒い縮れ毛が眉毛に触れるほどウンムの近くにあった。ハロクは郡庁の前でウンムを降ろすまで無言のままだった。

その日のことについてウンムは、じつに些細なことまで覚えている。おかしなことにハロクと会っていたことと、オートバイに乗り帰って来たことが夢の中のことのようにぼんやりとしているのに比べて、別れた後の、いつもと同じように繰り返される平凡な夕方の我が家の様子は生々しく記憶されていた。もつれた髪で疲れた様子で帰ってきたウンムを、家族はきょとんとした表情で、手にしていた箸を止めて見つめていた。ワカメの茎の炒め物とジャガイモ炒め、キュウリの入った冷たい汁とニラのお焼きに卵焼き、その頃いつも我が家の食卓に載っていたありきたりのおかず類。短パンを穿いた父と弟たちの足。夕方の湿った空気と強い蚊取り線香の臭いとカエルの鳴き声、板の間の外側にかかった裸電球に群れる羽虫の羽音……、ウンムがもじもじしていると母は「ご飯よ」と言い、父は「おれの帽子をかぶって行ったのか」と言った。そして、それ以上は何も言わずに食事を続けた。箸と匙が茶碗に当たる音と、食べ物を噛む音、弟がぶつぶつつぶやく声と父の空咳の音を聞きながらウンムは服を着替えた。地球を半分くらい回ってきたような気がしたが、それだけだった。

　ウンムの夏のイメージはそうやってハロクがもたらした。火で焼けたように枯れた草むらに捨てられていた廃タイヤ、川に向かって疾走するオートバイに乗せられ、今にも浮き上がりそうに膨らんだ黒いチューブ、舗装したばかりの黒いアスファルトの道、ゴムのように頑強な褐色の上半身、そして陽光で熱くなった沼の生臭い臭い、風にざわめくパラソルのように高くて大きな蓮の葉、その陰に隠れたオニバス……、だんだんと沼底に落ち込んでいくポプラの森、よどんだ沼が吐き出す執拗でべたべたした気配……、沼辺に、恐ろしいほどたくさん捨てられていた中味を食い荒らされた巻貝の殻、沼を覆った水草と静かに揺れる睡蓮。

　夏休みが終わる頃、女学生がもう一度ウンムを連れに来た。少女がウンムを連れて行った所は、鉄道駅舎の隣の空き地にある小屋だった。ウンムの家から十五分ほどの距離だった。

　ウンムは彼女について駅に行く野原を歩きながらたずねた。

「ハロクはいつもあんなふうに無口なの?」

「あの子は何も言う必要がないのよ。グループの大将だから」

「大将! 幼稚ね」

ウンムがちょっと笑った。

「幼稚ですって? あの子たち悲壮だわ。あのグループはみんな、器械体操の選手ばかりよ。ハロクだけが都会の体育高校に進学し、残りの子たちはこの田舎の中学を出て農業高校の問題児になった。ハロクが去年から休みになると帰ってくるので、また会うようになったの」

「何も言わないから……なんだか大変そう」

「知らないの?」

「何を?」

「あんた意外とハロクについて知らないんだね」

「何を?」

「あの子の悩み。何よりも、あの子背がどんどん伸びてる」

「背が伸びるのがどうして?」

「あんた、長い間ハロクのこと忘れてたんだね。あの子は一昨年の初めまでは、将来有望な器械体操の選手だった。中三の時に全国少年体育大会で銀メダルをとったでしょ。でも一昨年から今年まで二十センチも背が伸びたの。体操選手にとって身長と体重は競馬選手と同じで致命的な条件よ。十歳から体操選手だった子が、勉強なんて全然したことのない子が選手を辞めたら、不良になる以外に何ができるというの。家の事情も……、ハロクの父さんがハロクのことを何かといえば殴るの。それに死んだ母さんの代わりに家のことをしていた姉さんが、町の妻子持ちの男と駆け落ちしてから、ハロクは家にも滅多に帰らなくなって……もう止めとく。いつかハロクから聞くだろうから。あいつがあんたに会いたがってる」

「私たちそんな仲じゃないわ。ただ、気になるだけよ。ずいぶん前から知っているから。会わない間にどう変わったかって」

「それがそういうことじゃない。好きじゃないなら何、親戚だとでも言うの、気になるんでしょう?」

そう言われるとウンムは、どこか肉親に近いような気がした。

「他の子たちは日が暮れると女の子を呼び出すけど、ハロクはそんなことしない」

ウンムはその言葉の意味がよく分からなかった。

「あんたみたいなお嬢さんには、あの子たちの昼と夜がどれほど違うか分からないわよ」

少女はじれったいという顔で言った。


口字型の小屋は四方に大きなセメントのブロックが積み上げられており、その上にスレートの屋根を載せただけの倉庫だった。倉庫には飼料の詰まった俵と乾いたわらが天井までびっしり積まれていた。少年たちは俵とわらの敷かれた床に座ったり、寝転んでタバコを吸っていた。

ウンムが日陰に入って帽子を脱ぐと一人がうれしそうにつぶやいた。

「ウンムはいつも高そうなワンピースを着ているなあ。顔は砂糖のように真っ白だし……」

少年が最後まで言い終える前に、ハロクが吸っていたタバコをその子の顔に向けて投げつけた。少年は頭をすくめて手で顔を隠し、タバコは手の甲にあたって床に落ちた。その子はタバコの火がわらに燃え移るのを恐れて、あわてて起き上がり足で消した。精米所の二卵性双子の内の一人だった。少女の彼氏は豆腐工場の息子で、建材所の息子と工具店の息子もいた。彼らはウンムが一緒にいる間、酒を飲んだりタバコをふかしたり、小銭で賭けをする以外は昼寝をしたり、そうでなければ柱に寄りかかったまま居眠りをするようにじっと座っていた。みんな、三日くらい寝ていないかのようにやつれて見えたが、夏の暑さのせいかもしれなかった。何度か汽車がすぐ横を通り過ぎた。汽車が通り過ぎる時にはウンムの眼裏に、子供の頃の幼稚園の急な階段が目まぐるしく浮かんだ。

ウンムはブロック塀によりかかったまま眠っているハロクを見ていた。ハロクもふいに目を開けて、まだ夢見ているような曖昧な視線でウンムを見つめていた。空気の中に広がるわらの臭いのせいか朦朧とし、何の意味もない休息の時間が長くゆっくりと過ぎていった。夕方になると彼らは、約束でもしたかのようにわらをパッパッと払い落として立ち上がると、川に泳ぎに行くのだと言った。少年たちはぴんと張った黒のチューブを腕にはめ、バイクのエンジンをやたらにふかして離れていった。ハロクはウンムを家の近くの野原に降ろしてくれた。

「冬休みにも、会いに来てくれるか？」

それがその日ハロクが最初に発した言葉だった。ハロクは眉毛を上げて頭を少しかがめ、傾けた特有の角度で何か噛んでいるように唇を少し歪ませたままウンムを見ていた。ウンムは答えずに、ただ笑っていた。

「……あんたの顔、どんなだか分かってる。こんなよ……」

ウンムは両手で眉毛を持ち上げると顎を下のほうにぐっと下げて唇を噛んだ。

「いくら恐そうな顔をしても私は恐くない」

ハロクはさらに孤独の影が増した表情になった。ウンムはその顔が好きだった。その顔が笑ったりおしゃべりをすることは想像もできず、似合いもしなかった。別れる時にもハロクはズボンのポケットに手を突っ込み、間を思いっきりあけて付いてきた。


アワビを小さく切ってから、水に浸しておいた米をついていると、向かいの家の嫁が台所の扉を開けて入ってきた。彼女はウンムの様子と台所を交互に見ていた。

「今日あたり、いらっしゃると思ってました……」

彼女は何かを我慢しているように低い声でゆっく

りと話し始めた。

「男の方はどこにいらしたのかしら……お昼まではいたのに」

「従姉さんにお客さんみたいね？」

　ウンムがついた米を鍋に入れてからたずねると、女はずっとこらえていたものを吐き出すように急にしゃべりだした。

「ご存知なかったんですか。一昨日の昼に男の方が来たんです。私にもう看病はしなくてもいいと言って。自分がすると。誰ですか、あの男の人。ご存知ですか。近所の人も誰も知らないと言うし。任せてもいいものかどうか、それでなくても心配していたところでした。夜になっても帰らずに隣の部屋を片付けて寝たみたいです」

　ウンムは靴のサイズと背広の上着の大きさをもう一度思い出した。

「いくつくらいの男の人？」

「六十歳にはなっているようでした。非常に痩せて、顔色も黒くて、お粥を炊いて、床を拭いて、布団を洗って、ゴミを焼いて、一生懸命なさっているんですが、その方もあまり元気そうではなくて。さっき見たら、ゴマ粥も鍋いっぱいに作って冷蔵庫の中に入れてありました」

　ウンムは長い木べらで粥をかき回しながら立っていた。年は従姉よりも一つ二つ多い五十代の半ばのはずなのに、男はもう六十代に見えるほど老いているようだった。

「ご存知の方ですか」

　向かいの家の嫁がもう一度執拗に聞いてきた。

　ウンムはうなずいた。

「従妹さんはその人のこと分かったみたいなの？」

「分かりません。部屋の中に一緒にいるところは見てませんから」

「看病はちゃんとしてるの？」

「ええ、誠心誠意、ほんとうに一生懸命に。ガンを治療する何とかというキノコを食べさせてました。

いったい誰です？」

ウンムは急に笑いがこみ上げてきてにこっとした。抑えられていた力がすっと抜け、そのすべてがたわいもない、的外れなことのように感じられた。彼女は突然のウンムの笑い声に同調でもするように二つの目に笑いを浮かべた。

「ご主人よ」

彼女は口をぽかんと開けてウンムを見つめ返した。

「ご主人がいたんですか。この町で二十年暮らしている人も知らないって……。この家の奥さん結婚してたんですか」

ウンムはまたにこっと笑って肯いた。彼女は納得がいかないような顔をして首を傾げた。

「なんで一生を別々に暮らしてたの……」

「そんな結婚もあるのよ」

家を出てから十五年目に初めて手紙が来た。女ができたので離婚して欲しいというものだった。手紙は二年にわたり五通ほど来たが従姉は一貫して無視していた。その時に聞いた話では、男は大きな工業団地のある都市に暮らしており、意外なことにナイトクラブでサックスフォンを演奏しているということだった。従姉はその年、わずか三十九歳で入れ歯をし、入れ歯をしたといってひどく泣いていた。

ウンムは粥を器に装い、部屋に入って行った。従妹は相変わらず寝ていた。なんで昼寝がこんなに長いのだろう……ゴミに火をつけ、鍋を火にかけたまま出て行った人は、なぜ未だに帰ってこないのだろう……ウンムは独り言をつぶやいた。

ウンムは蘭の鉢植えを外に出し、水をたっぷり与えて水が切れるまで水道のそばに座っていたが、また蘭を従姉の部屋に一鉢一鉢運び入れた。ドアを開け閉めする音がし、蘭の植木鉢を戻す際にテーブルの角にドンとぶつかり、受け皿に載せる時にもガタガタ音がしたのに、従姉は相変わらず胸で大きく息をしながら眠っていた。ウンムは板の間に座ったり、庭をうろうろし、ゴミを拾ってぼんやりと過ごした。いつの間にか日が暮れてきた。なんでこんなに長い時間眠るんだろう……ゴミに火をつけ、鍋を火にかけて出かけた人はどうしてまだ帰ってこないんだろう……ウンムはもう一度つぶやいた。

冬休みに入りウンムが帰省すると、小さな町には恐ろしい事件が起きていた。六十六歳の老女が強姦された後、殺害され駅の前の小屋に捨てられていたのだ。小さな町にはいつも一つや二つ事件が起きていた。そして、その事件を中心に不確かな噂が噂を呼び、どんどん大きくなり中味の見えない洗剤の泡のように膨れてはまたゆっくりと消えていった。昨年末亡人になった靴屋の女と学校前の文房具店の主人ができていたのがばれて、真昼間に靴屋のショーウインドーのガラスが全部割られ、文房具店の女主人が靴屋の女をつかんで一時間ちかく町中をひきずり回した話、家具店で働いていた若い男と化粧品店の若奥さんが三年も密かにつきあっていた挙げ句に、化粧品店の女がついに離婚して二人で暮らし始めたものの、わずか一か月で男の方が心臓麻痺で死んでしまったという話、ソウルからやって来た身元の分からない一組の男女が、車に乗ったまま貯水池に飛び込み自殺した話……。

「一次調査を受けて証拠不十分で釈放にはなったものの、万物商会の息子の仕業に違いないって。町の人々はみんな、そう信じている。あのグループが小屋をアジトにしていたことを知らない者はいなかった。あいつらそんなことをやらかしたくせに、大胆にも自分で警察に通報までしたらしい。それに万物商会の長男が、去年の秋に体育高校を退学になって戻ってきてから、刃物を振り回して他人を脅かしていることは世間では皆知っている。警察署にしょっぴかれて泊まった日の方が、自分の家で寝た日よりも多いはずよ。あそこん家の親父さんももう完全にお手上げ状態で降伏したという話」

ウンムは余りに恐ろしく、とてつもない話なので当惑するだけだった。

「あの子は間違いなく刑務所行きよ。そうでなければ一生逃げ回るか」

「お従姉さん、あの子は私と幼稚園の時からの知り合いなの。もしかするとその前からかもしれない」

「何の関係があるというの？」

従姉は呆れたという目でウンムを見ていた。ウンムもなぜ突然そんな言葉が飛び出したのか自分でも分からず驚いていた。

「幼稚園の時からじゃなくて、お腹の中にいた時から知っていたとしても関係ない。あの子とあんたとは生きてる世界が違うんだから」

「私が言いたいのは、あの子がそんなことをするはずがないということ。私はあの子のことならよく知ってるもの」

ウンムが意地を張って言うと、従姉は独り言のようにつぶやいた。

「とにかく、あの子は町の鼻つまみ者。みんな今度のことを契機にあの子が完全に町からいなくなることを願ってる。捕まるなり、逃げ出すなり」

ウンムは焦った。ハロクの家と家族、彼らのアジトとタバコと酒と小銭の賭け。想像もつかない夜に向かって走っていくオートバイ、ぴーんと張った黒い色のチューブ、母さんと同じ年頃の女に向かって淫乱なジェスチャーをしていた少年たち、少年たちと関連しているという老女強姦という恐ろしい噂、そして見知らぬ少女の言葉。

「あんたみたいなお嬢さんには、あの子たちの昼と夜がどれほど違うか分からないわよ……」

数日後、ウンムは道でハロクに会った。公務員たちの帰宅時間だった。彼はオートバイに乗りまっすぐに走ってきて彼女の前でピタッと停まると、ハンドルを横にすっと曲げた。ウンムはうつむいた。去年の夏に嗅いだハロクの体臭が、ウンムの頭のてっぺんを刺すようだった。沼の空気と清冽な薫りとオニバスの花と道を覆っていた中身が空の巻貝の殻を思い出した。ハロクは黙ってウンムの額の辺りを見つめていた。

「いつ来たんだ?」

ウンムは手袋をはめた手をコートのポケットに深く突っ込んだまま、黙って立っていた。役所帰りの公務員が、ウンムとハロクをいぶかしそうな表情で見ながら通り過ぎていく。その中には見知った顔の父の同僚たちも混ざっていた。ウンムは彼らに顔を見られないように横を向いていた。彼らは数年前の顔のまま少しだけ年老いていたが、ウンムは毎日のようにどんどん変わっていく年頃だった。

「乗れよ」

ウンムは相変わらず下を向いたまま唇をぎゅっと嚙み締めて立っていた。ハロクは笑った。しかし歪んだ顔だった。ハロクはオートバイにまたがったまま後ずさりした。通り過ぎる人々が驚いて避けて通っていく。ハロクは少し距離をおいてしばらくの間、ウンムを睨んでいた。

「お前も、もう俺のことが恐いのか……」

悲しそうな怒った目だった。沈黙の緊張が続き、ハロクが何か非常に軽い物を虚空に投げ捨てるような口調で淡々と短く言い捨てた。

「行けよ」

ハロクの声は空虚で温かかった。そして断固としていた。ある断念の心情、どんどん伸びる身長のせいで器械体操を断念した時のように、自分の中の何かのためにその瞬間、突然断念したのが感じられた。ハロクが言葉を発したとたんウンムは歩き始めた。数歩歩くと角を曲がって前から郡庁の女職員らが現れ、ウンムは目礼した。彼女たちは通りすがりにささやいた。「誰?」「知らないの?」「内務課長のお嬢さんよ」「すっかり見違えたわ」「育ち盛りだもの」長いまっすぐな道路を歩いていく間、ハロクのオートバイが出発する音は聞こえなかった。しかしウンムは後ろを振り返らなかった。ウンムは迷うことなく角を曲がった。

どこかで子供が高いところから落ちでもしたのか、やたらと大きな声で泣いていた。そして小さな犬がワンワン鳴いていた。ウンムはサッシのガラスを拭いていて突然胸騒ぎがして、雑巾を握ったまま従姉の部屋のドアをさっと開けて入っていった。洋服かけにかかった男物の背広の上着と机の上に置かれた入れ歯の鮮紅色の歯茎が再び目についた。従姉は上を向いて寝たまま目をぱっちりと開けていた。後悔の色に包まれた無力で悲しい顔だった。

「お従姉さん」

ウンムの声が霧のように軽く響いた。従姉はそのまま天井を見ながら低くつぶやいた。

「ウンム、話は次にしよう。あの人が不便そうだから……」

従姉は固く目を閉じると、ウンムに背を向けて壁の方を向いてしまった。ウンムはようやく従姉がいつもよりも頭がしっかりしており、何時間も寝たふりをしていたことに気付いた。そして男もやはり、突然やって来たウンムを避けて家の中のどこかに隠れたまま何時間もウンムの帰るのを待っていることにも。それでゴミが燃えていて、それで鍋の中でお湯がぐつぐつと沸いており、それで台所があんなに濡れていたのだと。

ウンムは部屋のドアを閉めて出た。庭には数えきれないほど多くのトンボが追われるように乱れて飛び交っており、息がつまるような寂寞が流れていた。

ウンムはハロクが死んで二年も経ったあとに、道で偶然出会った男の子から消息を聞いた。沼が溢れて道にまで水が上がってくる雨季に、オートバイに乗ったまま高い土手道から沼に飛び込んだという。酒に酔って泥酔した状態だったので事故だったのか、自殺だったのか分からないと。オートバイはすぐに見つかったが、沼をきちんと捜索しなかったのでハロクは見つけることができなかったという。ハロクが自殺に見せかけて遠いところに逃げたと主張する人もいたが、オートバイに乗って飛び込んだのを目撃した町の人がいた。道であったその男の子はハロクの消息を伝えた後に、「もう過ぎたことだが、あいつはお前のことが本当に好きだったんだ」と言った。「お前のことを考えると気分がよくなるって。お前のことをいつから知っていたのかは分からないが、とにかく最初から知っていたとも言っていた。それがいつも不思議だったと」。ウンムはその話を聞くと、ハロクが死に陥った瞬間の美しい顔を、ずいぶん前に夢の中で見たような気がした。沼の緑の苔が毛布のように柔らかくハロクの体を包んでいるのを。水の土の中に埋もれているハロクの手と爪と指と手の指紋と歯と瞳が見えたような気がした。広い肩とまっすぐな脊髄と曲がった足と眠ったような輪郭の曇った顔。笑っていた、笑顔の似合った柔らかく歪んだ紅色の唇……ハロクはその年、十九歳だった。

初出は『ヤギを追う女』(文学トンネ、一九九六年)。

＊1　[コチュカル]唐辛子粉
＊2　[パンアッカン]製粉所。唐辛子や米を製粉したり、ゴマからゴマ油を絞るところ
＊3　[クレメンタイン]アメリカ民謡「いとしのクレメンタイン」のこと。西部開拓時代が背景
＊4　[マジギ]田畑の面積の単位。一斗分の種を蒔く広さの耕地

あとがき

翻訳してから15年以上経っても、心に残り続ける作品というものがある。今回この短編集にまとめた作品群は、元々季刊誌『Koreana』日本語版に掲載されていたものだ。五十編以上の作品から十二編を厳選するにあたり、翻訳者、監修者とも話し合いの場をもったが、三名の選んだ作品は不思議と重なっており、意見はすんなりとまとまった。この十二編は特定のテーマを元に書かれたわけではないが、どこか共通したものがある。それは、食や住処、性といった暮らしの生々しい側面と、そこに亀裂を入れる妄執や思い出の存在だ。人の営みを緻密に活写することで、かえってその暗部をのぞき込んでしまうような、そんな不穏なトーンが全作に共通しているように思える。

それぞれの著者の紹介は、各短篇の扉に記載しているので、以下では各作品を簡単に紹介したい。

クォン・ジエ「ワタリガニの墓」では、江華島で偶然出会った男女が、ワタリガニを媒介として関係を深めていく。モチーフとして登場するワタリガニの醤油漬けは、「カンジャンケジャン」という名でも知られる韓国の定番料理の一つ。醤油や磯の香り、べたべたとした汁の描写など、官能的なイメージと食とを結びつける表現が実に巧みな作品だ。

ハ・ソンナン「隣の家の女」は、ごく平凡な団地暮らしの専業主婦である主人公の隣の部屋に、若い女性が引っ越してくるところから始まる。主人公の一人称を通じて語られる隣人は、人懐っこくも、少し不自然な行動が目立つ。しかし次第に、その不自然さはむしろ主人公自身の歪みであることが明らかになっていく。日常が、日常のままに崩れていくところが恐ろしく、なんとも居心地の悪い、独特な読後感を味わえる。

チョン・ハナ「マテ茶の香り」は、心に深い傷を抱き、移民先のアルゼンチンからソウルに戻ってきた家族の物語。父、母、娘は各々の方法で傷を癒やし、また互いに支え合う。タイトルにもなっているマテ茶は、父が家族にスペイン料理を振る舞った後に必ず淹れるアルゼンチンのお茶。特有のほろ苦い味が、郷愁の象徴として家族を包む。また、大学生の娘が惹かれる「大学の時間講師」は、脆弱なインテリの代表として韓国の小説にたびたび登場する重要なモチーフでもある。

キム・ミウォル「プラザホテル」では、三十代の夫婦がソウル市庁前の「プラザホテル」で休暇を過ごしながら思い出を振り返る。民主化運動が盛んな時代の大学生カップルの、「プラザホテル」にまつわるほろ苦い記憶。よくある若者の恋愛模様も、二つの時代を行き来することによって不思議な奥行きを持って感じられる。

クォン・ヨソン「桃色のリボンの季節」は、まるでドラマのような現代生活を描いた作品だ。ソウル近郊のマンションに住み、大型スーパーで食料品を買い、近くの居酒屋でマッコリを飲んだ後に家でワインを空ける登場人物たちは、典型的な韓国の三十代と言える。大学の先輩である一人の男を取り巻く、主人公をはじめとする三人の女たちの関係も実にドラマ的でありながら、滲む生活感や時代背景が妙に印象に残る。

ユン・デニョン「からたちの実」は、幼い頃の記憶しかない叔母から三十年ぶりに突然便りが届くことから始まる。家族からも疎まれ、厄介払いされて嫁いだはずの叔母が、老叔母の姿で済州島に暮らす甥っ子を訪ねる。親切な島の人々との出会いや、甥っ子の親切心に徐々に心を許し、積年の胸のつかえを下ろす叔母。叔母が島に持参した鞄いっぱいのからたちの実は、扱いに困り、厄介がられる叔母の象徴でもあるが、物語の最後ではそれがあるものに交換される。

イ・ジェハ「旅人は道でも休まない」に登場するのは、厳しい冬の東海と吹雪、女を買う男たちと銃を持つ兵士たちだ。荒々しく無骨な内容と幻想的なイメージが印象に残る。現在八十歳を超える著者は、四十八歳の時にこの作品で韓国の芥川賞とも言われる李箱文学賞を受賞している。

キム・ドッヒ「鎌が吠える時」は、作者の最高傑作とも言われる一作。文字の読めない奴婢が、ひょんなことから偉大な文豪に師事することになる。文字が読めないがゆえに、文字を書き写す仕事を任されるという展開も興味深く、短編ではあるものの、歴史小説のような重厚な読み応えが味わえる。

ク・ヒョソ「塩かます」は、家庭と国家、二つの横暴に耐えながら、塩かますで黙々と豆腐を作り続け、時代を生き延びた母親の物語。母の残した日本語訳のキルケゴールをきっかけに、主人公の回顧が始まる。無学なはずの母が難解な思想書を、しかも日本語で読んでいた。そこから次々に疑惑が生じ、しまいに余白に記された本の持ち主の名前から、自分の出生にまで疑念は及んでいく。

イ・ヒョンス「バラの木の食器棚」は、考古学者の妻である主人公がバラの木の食器棚を拾ったことをきっかけに、家族やこれまで住んできた家々、家業などの思い出を振り返る一代記だ。とりわけ印象に残るのは、父の死後に事業を立ち上げ、家を再興するたくましい母の姿。「女は弱し、されど母は強し」とも言われるほどに韓国の母は強い。干し柿とクルミの工場を経営する母が奮闘する姿は、現代に生きる娘の目を通して眺めるとなおさら力強く感じられる。

パク・チャンスン「てんとう虫は天辺(てっぺん)から飛び出す」は、危険な高層ビルの外壁清掃をしながら生きる人々の話だ。主人公はその仕事を、幼い頃に魅了された「てんとう虫」の懸命な羽ばたきに重ねる。そんな人生の背景にある韓国のキャリア事情も興味深い。庶民の生活を実直に描きつつも、そこに突然洒落た固有名詞を混ぜ込むところには、長年映画の翻訳に従事してきた著者の来歴が垣間見える。

　チョン・ギョンニン「初恋」は、育ちの良い主人公ウンムと、街の不良ハロクの幼い恋を描いている。著者はよく「情念の作家」だと言われるが、本作は初期作だからか、パステル画のような淡さが印象的な作品となっている。

　今回の出版にあたり、十二編の小説を改めてじっくり読み直した。一番古いものは二〇〇六年に翻訳した作品だったが、それでも今ではすでに時代遅れに思えるような表現もあった。それだけ急速に社会が変化しているということだろう。もちろんすべて手直ししたが、全体的に翻訳文的な硬さはまだ残っていると思う。それだけ原文に忠実な翻訳であると言い訳したい。翻訳者、監修者が本当に面白いと選び抜いた作品が、日本の読者の皆さんの心にも響けば幸いである。末筆ながら、この本の出版を勧めてくれた韓国国際交流財団の関係者、そして細かな編集にまでご協力くださった株式会社クオンの金承福代表に心よりお礼を申し上げたい。

『Koreana』日本語版編集長　金鍾徳

COPYRIGHT NOTICE

ワタリガニの墓(はか)

韓国現代短編選

2021年4月20日　初版第1版発行

著者

クォン・ジエ　ハ・ソンナン　チョン・ハナ　キム・ミウォル

クォン・ヨソン　ユン・デニョン　イ・ジェハ　キム・ドッキ

ク・ヒョソ　イ・ヒョンス　パク・チャンスン　チョン・ギョンニン

翻訳

金明順(きむみょんすん)

監修

嘉原和代(よしはらかずよ)　金鍾徳(きむちょんどく)

編集

松本友也

装丁・装画・組版

三好誠

印刷・製本

大日本印刷株式会社

発行人

永田金司　金承福

発行所

株式会社クオン

〒101-0051 東京都千代田区神田神保町1-7-3 三光堂ビル3階

電話 03-5244-5426　FAX 03-5244-5428

URL http://www.cuon.jp/

ISBN 978-4-910214-23-8　C0097